JONAS JONASSON

Né en Suède en 1961, Jonas Jonasson est journaliste. Son premier roman, *Le vieux qui ne voulait pas fêter son anniversaire*, paru en France en 2011 aux Presses de la Cité, est un best-seller international. Il a été acheté par 35 pays et a été adapté au cinéma par Félix Herngren.
Après *L'analphabète qui savait compter* (Presses de la Cité, 2013), Jonas Jonasson a publié en 2016 *L'assassin qui rêvait d'une place au paradis* chez le même éditeur.

Retrouvez toute l'actualité de l'auteur sur :
www.jonasjonasson.com

Pour Lise B.

L'ANALPHABÈTE
QUI SAVAIT COMPTER

JONAS JONASSON

L'ANALPHABÈTE
QUI SAVAIT COMPTER

Traduit du suédois par Carine Bruy

PRESSES DE LA CITÉ

Titre original :
ANALFABETEN SOM KUNDE RÄKNA

© Jonas Jonasson, 2013
Édition originale : Piratförlaget Suède
Publié avec l'accord de Pontas Literary et Film Agengy

© Presses de la Cité, un département de place des éditeurs, 2013,
pour la traduction française
ISBN 978-2-266-24898-3

Statistiquement, la probabilité qu'une analphabète née dans les années 1960 à Soweto grandisse et se retrouve un jour enfermée dans un camion de pommes de terre en compagnie du roi de Suède et de son Premier ministre est d'une sur quarante-cinq milliards six cent soixante-six millions deux cent douze mille huit cent dix.

Selon les calculs de ladite analphabète.

PREMIÈRE PARTIE

« La différence entre la bêtise et le génie,
c'est que le génie a ses limites. »

Anonyme

1

Où il est question d'une fille dans une cabane et d'un homme qui, une fois mort, l'en fit sortir

D'une certaine manière, les videurs de latrines du plus grand ghetto d'Afrique du Sud étaient bien lotis. Après tout, ils avaient du travail et un toit au-dessus de la tête.

Néanmoins, statistiquement, ils n'avaient aucun avenir. La plupart succomberaient jeunes à la tuberculose, à une pneumonie, aux diarrhées, à la drogue, à l'alcool ou à une combinaison de l'ensemble. Quelques rares spécimens auraient le privilège de fêter leurs cinquante ans, ce qui était le cas du chef du bureau des latrines de Soweto, même s'il était usé par le travail et malade. Il avalait bien trop d'antalgiques avec bien trop de bière bien trop tôt le matin. En conséquence, il se montra un jour quelque peu véhément à l'égard d'un représentant envoyé par les services sanitaires de la commune de Johannesburg. Un moricaud qui osait hausser le ton ! L'affaire remonta jusqu'aux oreilles du chef de service qui, lors de la collation matinale avec ses collaborateurs le lendemain, annonça qu'il était temps de remplacer l'analphabète du secteur B.

Une collation particulièrement agréable d'ailleurs, puisqu'on y avait mangé du gâteau pour souhaiter la bienvenue à un nouvel agent sanitaire : Piet du Toit, qui, à vingt-trois ans, venait d'être embauché pour son premier travail.

Ce fut lui qu'on chargea de régler le problème de Soweto, car c'était ainsi qu'on fonctionnait dans cette commune : on attribuait les analphabètes aux bleus afin qu'ils s'endurcissent.

Personne ne savait si tous les videurs de latrines de Soweto étaient effectivement analphabètes, mais on les nommait ainsi. Désormais, mieux valait éviter d'appeler un nègre un nègre. De toute façon, aucun n'était allé à l'école, ils vivaient tous dans des taudis et avaient le plus grand mal à comprendre ce qu'on leur disait.

Piet du Toit se sentait mal à l'aise. C'était sa première visite chez les sauvages. Pour plus de sécurité, son marchand d'art de père lui avait fourni un garde du corps.

Le gamin de vingt-trois ans entra dans le bureau des latrines et ne put s'empêcher de lâcher une remarque irritée sur l'odeur. Là était assis le chef des latrines, celui qui allait devoir partir. Et, à côté de lui, une petite fille qui, à la stupéfaction de Piet, ouvrit la bouche et répondit que la merde avait en effet la fâcheuse propriété de puer.

L'agent sanitaire se demanda l'espace d'une seconde si la gamine se moquait de lui, mais ce n'était pas envisageable. Il laissa tomber et alla droit au but. Il expliqua au chef des latrines qu'il ne pouvait plus garder son travail, car il en avait été décidé ainsi en haut lieu, mais qu'il percevrait trois mois de salaire si, au cours de la semaine suivante, il lui présentait trois candidats pour le poste qui venait de se libérer.

— Est-ce que je peux redevenir simple videur de latrines pour gagner un peu d'argent ? demanda le chef tout juste viré.

— Non, répondit Piet du Toit. Vous ne le pouvez pas.

Une semaine plus tard, l'agent du Toit et son garde du corps étaient de retour. Le chef remercié était à son bureau, très certainement pour la dernière fois. La même fillette se tenait à côté de lui.

— Où sont vos trois candidats ? s'enquit l'agent.

Le chef remercié s'excusa que deux d'entre eux ne puissent être présents. L'un avait eu la gorge tranchée la veille, lors d'une bagarre au couteau, et nul ne savait où était passé le deuxième. Peut-être avait-il fait une rechute.

Piet du Toit ne voulait pas savoir de quel genre de rechute il retournait. En revanche, il voulait quitter ces lieux au plus vite.

— Et qui est votre troisième candidat ? demanda-t-il avec colère.

— Eh bien, la fille à côté de moi. Cela fait déjà quelques années qu'elle m'aide. Je dois dire qu'elle travaille bien.

— Mais, bon Dieu, je ne peux quand même pas nommer chef des latrines une gamine de douze ans ! s'exclama Piet du Toit.

— Quatorze, intervint la fille. Et j'ai neuf ans d'expérience.

La puanteur s'infiltrait dans le bureau et Piet du Toit craignait qu'elle n'imprègne son costume.

— As-tu déjà commencé à te droguer ?

— Non, répondit l'intéressée.

— Es-tu enceinte ?

— Non.

L'agent sanitaire resta silencieux quelques secondes.

Il était hors de question de remettre les pieds ici plus souvent que nécessaire.

— Comment t'appelles-tu ?

— Nombeko.

— Nombeko comment ?

— Mayeki, je crois.

Doux Jésus, ils ne connaissaient même pas leur nom de famille !

— Dans ce cas, le poste est à toi, si tu arrives à rester sobre.

— J'y arriverai.

— Bien.

Puis l'agent se tourna vers le chef limogé.

— Nous avions dit trois mois de salaire en échange de trois candidats, donc, un seul mois car une seule candidate, auquel je soustrais un mois de salaire pour avoir été incapable de dénicher autre chose qu'une gamine de douze ans.

— Quatorze, le corrigea l'intéressée.

Piet du Toit s'en alla sans les saluer, le garde du corps deux pas derrière lui.

La fille qui venait de devenir le chef de son chef le remercia de son aide et l'embaucha sur-le-champ comme bras droit.

— Et Piet du Toit alors ? s'inquiéta son ancien chef.

— Nous changerons simplement ton nom. Je suis sûre que le préposé est incapable de faire la différence entre deux nègres, répliqua la gamine de quatorze ans qui en paraissait douze.

Le nouveau chef des latrines du secteur B de Soweto n'avait jamais pu aller à l'école. Cela était dû au fait que sa mère avait eu d'autres priorités, mais aussi parce que Nombeko avait eu la malchance de naître en Afrique du Sud, qui plus est au début des années 1960, époque où les dirigeants politiques considéraient que les enfants comme Nombeko ne comptaient pas. Le Premier ministre d'alors s'était rendu célèbre avec une question rhétorique : pourquoi les bronzés devraient-ils aller à l'école alors qu'ils n'étaient de toute façon bons qu'à porter du bois et de l'eau ?

En l'occurrence, il se trompait, puisque Nombeko ne portait ni bois ni eau, mais de la merde. Pour autant, rien ne laissait penser que cette gamine fluette allait grandir et fréquenter des rois et des présidents. Ou terrifier des nations. Ou influencer l'évolution du monde au plus haut point.

Si elle n'avait pas été ce qu'elle était.

Mais elle l'était.

Entre autres choses, c'était une enfant travailleuse. Dès l'âge de cinq ans, elle portait des tonneaux d'excréments aussi grands qu'elle. Son travail de videuse de latrines lui permettait tout juste de gagner l'argent dont sa mère avait besoin pour l'envoyer acheter sa bouteille de solvant quotidienne. Quand Nombeko revenait de mission, elle la gratifiait d'un « Merci, ma chère fille », dévissait le bouchon et entreprenait d'anesthésier l'infinie souffrance de ne pouvoir leur assurer un avenir. Le dernier contact entre Nombeko et son papa remontait à environ vingt minutes après sa conception.

À mesure que Nombeko grandissait, elle vidait davantage de tonneaux, et son salaire se mit à couvrir d'autres besoins que le solvant. Sa mère put donc compléter sa médication journalière avec des cachets et de l'alcool. Sa fille, qui se rendait compte que cela ne pouvait pas continuer ainsi, expliqua à sa mère qu'elle devait choisir entre le sevrage et la mort.

Sa mère acquiesça ; elle avait compris.

Il y eut foule à ses funérailles. En ce temps-là, de nombreux habitants de Soweto se consacraient principalement à deux activités : se suicider à petit feu et rendre un dernier hommage à ceux qui venaient de réussir. Nombeko avait dix ans quand sa mère décéda et, comme indiqué plus haut, il n'y avait pas de père à portée de main. La fille envisagea de reprendre là où sa mère s'était arrêtée et de se construire un bouclier chimique permanent contre la réalité. Néanmoins, lorsqu'elle perçut son premier salaire après l'enterrement, elle préféra acheter à manger. Quand sa faim fut apaisée, elle regarda autour d'elle et se demanda : Qu'est-ce que je fais là ?

Au même moment, elle comprit qu'elle n'avait pas d'autre choix dans l'immédiat. Les analphabètes de dix ans n'étaient pas très demandés sur le marché du travail sud-africain. Pas demandés du tout d'ailleurs. Et, dans cette partie de Soweto, il n'y avait carrément pas de marché du travail.

Cependant, vider ses intestins est une nécessité pour tous, y compris les spécimens humains les plus pitoyables sur la Terre, et Nombeko avait donc un moyen de gagner un peu d'argent. De surcroît, à présent que sa mère était morte et enterrée, elle pouvait garder sa paye.

Dès l'âge de cinq ans, afin de tuer le temps quand elle se coltinait les tonneaux, elle avait commencé à les compter :

— Un, deux, trois, quatre, cinq…

En grandissant, Nombeko avait complexifié l'exercice afin qu'il demeure stimulant :

— Quinze tonneaux par trois tournées par sept, moins un qui reste où il est, parce qu'il est trop plein… Cela fait… trois cent quatorze.

Hormis sa bouteille de solvant, la mère de Nombeko ne prêtait pas attention à grand-chose autour d'elle, mais elle avait quand même remarqué les capacités de sa fille à additionner et soustraire. Durant la dernière année de sa vie, elle avait donc pris l'habitude d'appeler Nombeko chaque fois qu'il fallait partager un arrivage de comprimés divers et variés entre les occupants des taudis alentour. Une bouteille de solvant n'est jamais qu'une bouteille de solvant. En revanche, lorsqu'il s'agit de répartir cinquante, cent, deux cent cinquante ou cinq cents milligrammes en fonction des appétits et des moyens financiers de chacun, il importe de pouvoir procéder à la division selon des principes mathématiques. Ce qui était dans les cordes de la gamine de dix ans. Et pas qu'un peu.

Exemple : un jour, elle se trouva en présence de son supérieur hiérarchique direct alors qu'il s'escrimait à établir le récapitulatif mensuel des quantités de tonneaux charriés et du poids total traité.

— Quatre-vingt-quinze fois quatre-vingt-douze donc, marmonna-t-il. Où est la calculatrice ?

— Huit mille sept cent quarante, annonça Nombeko.

— Aide-moi plutôt à chercher, petite.

— Huit mille sept cent quarante, répéta Nombeko.

— Qu'est-ce que tu dis ?

— Quatre-vingt-quinze fois quatre-vingt-douze, ça fait huit mille sept cen…

— Et comment le sais-tu ?

— Eh bien, je me dis que quatre-vingt-quinze, c'est cent moins cinq, et que quatre-vingt-douze, c'est cent moins huit. Inversés et soustraits, les deux font quatre-vingt-sept. Et cinq fois huit, ça fait bien quarante. Quatre-vingt-sept quarante, donc huit mille sept cent quarante.

— D'où sors-tu cette méthode de calcul ? s'enquit son chef, médusé.

— Je ne sais pas, répondit Nombeko. Est-ce qu'on peut se remettre au travail maintenant ?

À partir de ce jour-là, elle fut promue assistante du chef.

L'analphabète qui savait compter éprouvait une frustration grandissante de ne pas comprendre ce que les éminences de Johannesburg racontaient dans l'avalanche de décrets qui atterrissaient sur le bureau de son chef. Lui aussi rencontrait des difficultés avec l'écrit. Ne maîtrisant pas l'afrikaans, il déchiffrait laborieusement chaque texte à l'aide d'un dictionnaire bilingue anglais, afin d'appréhender au moins ce galimatias dans une langue accessible.

« Que veulent-ils, cette fois-ci ? demandait parfois Nombeko.

— Que nous remplissions mieux les sacs, répondait le chef. Enfin, je crois. Ou bien ils envisagent de fermer l'une des unités sanitaires. Ce n'est pas très clair. »

Le chef soupirait. Son assistante ne pouvait pas l'aider, elle soupirait donc, elle aussi.

Par chance, il se trouva que Nombeko, alors âgée de treize ans, fut importunée par un vieux libidineux dans les douches du vestiaire des videurs de latrines. Avant que l'individu ait eu le temps d'arriver à ses fins, la gamine le ramena à de meilleures pensées en lui plantant une paire de ciseaux dans la cuisse.

Le lendemain, elle alla le trouver de l'autre côté de la rangée de latrines du secteur B. Il était assis sur un siège de camping, la cuisse bandée, devant son taudis peint en vert. Sur les genoux, il avait... des livres.

— Qu'est-ce que tu veux ? lui demanda-t-il.

— Je crois que j'ai oublié mes ciseaux dans ta cuisse, monsieur, hier, et je voudrais les récupérer.

— Je les ai jetés.

— Dans ce cas, tu m'en dois une paire. Comment se fait-il que tu saches lire ?

Le libidineux s'appelait Thabo et avait perdu la moitié de ses dents. Sa cuisse était très douloureuse et il n'avait pas envie de discuter avec une gamine enragée. Néanmoins, c'était la première fois depuis son arrivée à Soweto que quelqu'un s'intéressait à ses livres. Sa cabane en était pleine, ce qui lui avait valu le surnom de Thabo le Fou. Et il percevait plus d'envie que de dédain dans le ton de la fillette campée devant lui. Peut-être pourrait-il en tirer avantage ?

— Si tu te montrais un peu plus coopérative au lieu de te montrer si violente, tonton Thabo accepterait peut-être de te raconter son histoire. Il pourrait peut-être même t'apprendre comment interpréter les lettres et les mots. Si tu te montrais un peu coopérative...

Nombeko n'envisageait pas une seconde de se montrer plus coopérative que la veille, dans les douches. Elle lui répondit donc qu'elle possédait une autre paire de ciseaux et qu'elle aimerait les conserver plutôt que de les planter dans l'autre cuisse de tonton Thabo. En revanche, si tonton se maîtrisait – et lui apprenait à lire –, sa deuxième jambe garderait toute sa mobilité.

Thabo eut un doute : cette fille venait-elle de le menacer ?

Cela ne se voyait pas, mais Thabo était fortuné.

Il était né sous une bâche sur les quais de Port Elizabeth dans la province du Cap-Oriental. Alors qu'il était âgé de six ans, la police était venue chercher sa mère et ne l'avait jamais ramenée. Son père avait estimé que le garçon était assez vieux pour se débrouiller seul, même si lui avait du mal à le faire.

« Prends bien soin de toi », avait-il dit en guise de tout conseil de vie avant de lui taper sur l'épaule et de partir pour Durban, où il fut abattu lors d'un hold-up mal préparé.

Le gamin de six ans survivait en volant ce qui lui tombait sous la main au port et on pouvait présumer que dans le meilleur des cas il grandirait, serait arrêté, puis emprisonné, ou abattu à l'instar de ses parents.

Dans le ghetto vivait depuis plusieurs années un marin espagnol, cuisinier et poète, qui avait un jour été jeté par-dessus bord par douze matelots affamés qui affirmaient qu'on avait besoin de nourriture pour le déjeuner, et non de sonnets. L'Espagnol avait regagné la terre ferme à la nage. Il s'y était déniché une cabane, et depuis vivotait en respirant des poèmes. Quand sa vue commença à décliner, il se hâta de capturer le jeune Thabo et de lui imposer l'art de la lecture en échange d'un morceau de pain. Ensuite, le garçon eut droit à une ration supplémentaire à condition de lire à haute voix – le vieillard, une fois aveugle, était devenu à moitié sénile. Il ne mangeait rien d'autre que du Pablo Neruda matin, midi et soir.

Les marins avaient eu raison : il n'est pas possible de vivre de la seule poésie. En l'occurrence, le vieillard mourut de faim et Thabo décida d'hériter de tous les livres. Personne d'autre ne s'en souciait de toute façon.

Son aptitude à la lecture permit au garçon de décrocher divers petits boulots au port. Le soir, il lisait de la poésie, de la littérature et surtout des récits de voyage. À seize ans, il découvrit le sexe opposé, qui ne le découvrit à son tour que deux ans plus tard. De fait, Thabo ne trouva une recette efficace qu'à dix-huit ans. Elle consistait en un tiers de grands sourires, un tiers d'histoires inventées sur tout ce qu'il avait vécu lors de ses voyages sur le continent, pour l'instant exploré uniquement en imagination, et un tiers de pur mensonge sur le fait que son amour serait éternel.

Il ne fit cependant pas de véritable percée avant d'ajouter la littérature aux trois ingrédients de base. Parmi les biens dont il avait hérité, il trouva une traduction que le marin espagnol avait faite de *Vingt Poèmes d'amour et une chanson désespérée* de Pablo Neruda. La chanson désespéra Thabo, mais il se servit des vingt poèmes d'amour pour séduire vingt femmes dans le quartier du port et fit ainsi dix-neuf fois l'expérience de l'amour temporaire. La vingtième aurait sans doute succombé si cet idiot de Neruda n'avait pas ajouté un vers déclarant « je ne l'aime plus, c'est vrai » à la fin d'un poème. Thabo s'en aperçut trop tard.

Après quelques années, la plupart des habitantes du quartier connaissaient son jeu et les perspectives de nouvelles expériences littéraires devenaient minces. Décrire tout ce qu'il avait vécu à l'époque où le roi Léopold II déclarait que les natifs du Congo belge étaient bien traités – alors qu'il faisait couper les mains et les pieds à ceux qui refusaient de travailler gratuitement – ne l'aida pas davantage.

Thabo allait à présent être puni (exactement comme le roi belge, d'ailleurs, qui se vit d'abord privé de sa colonie, puis dilapida tout son argent pour sa fille de joie franco-roumaine préférée avant de mourir), mais d'abord, il s'éloigna de Port Elizabeth, allant droit au nord. Il atterrit au Basutoland, où, disait-on, se trouvaient les femmes aux courbes les plus généreuses.

Il y trouva des raisons de s'attarder plusieurs années, changeant de village quand les circonstances l'exigeaient, trouvant toujours du travail grâce à sa capacité à lire et à écrire. Il devint même peu à peu le principal négociateur pour tous les missionnaires qui souhaitaient avoir accès au pays et entrer en contact avec ses populations non éclairées.

Le chef du peuple basotho, Son Excellence Seeiso, ne voyait pas l'intérêt de laisser baptiser ses sujets, même s'il comprenait que son pays avait intérêt à s'attirer les bonnes grâces de l'Occident en cas de problèmes. Quand les missionnaires, à l'initiative de Thabo, proposèrent des armes en échange du droit de distribuer des bibles, le chef mordit directement à l'hameçon.

C'est ainsi qu'affluèrent prêtres et diacres venus sauver le peuple basotho du mal. Ils apportaient des bibles, des armes automatiques et quelques mines antipersonnel.

Les armes tenaient les ennemis à distance tandis que les exemplaires du livre sacré étaient brûlés par les habitants des montagnes frigorifiés. De toute façon, ils ne savaient pas lire. Quand les missionnaires s'en aperçurent, ils changèrent de stratégie : ils érigèrent en un temps record une longue rangée de temples chrétiens.

Thabo œuvra comme assistant pour différents ecclésiastiques et développa une forme toute personnelle d'imposition des mains, qu'il pratiquait de manière sélective, et en secret.

Sur le front de l'amour, il n'eut qu'un seul incident à déplorer, quand les habitants d'un village de montagne découvrirent que le seul homme de la chorale avait promis fidélité éternelle à au moins cinq des neuf voix féminines. Le pasteur anglais sur place soupçonnait depuis le départ les intentions de Thabo, car ce dernier chantait comme une casserole.

L'homme d'église contacta les pères des cinq victimes, qui décidèrent d'organiser un interrogatoire traditionnel. À la prochaine nuit de pleine lune, Thabo recevrait des flèches de cinq directions différentes alors qu'il serait assis, cul nu, sur une fourmilière.

En attendant que la lune soit dans la bonne phase, on enferma Thabo dans une hutte que le pasteur surveillait en permanence jusqu'à ce que, victime d'une insolation, il décide de descendre au fleuve pour sauver l'âme d'un hippopotame. Le pasteur posa délicatement la main sur les naseaux de l'animal et déclara que Jésus était prêt à…

Avant qu'il ait eu le temps d'aller plus loin, l'hippopotame ouvrit grande la gueule et le coupa en deux.

Le pasteur maton ainsi désuni, Thabo parvint, à l'aide de Pablo Neruda, à obtenir de sa gardienne qu'elle le libère.

— Et nous deux alors ? lui lança-t-elle quand il s'enfuit à toutes jambes dans la savane.

— Je ne t'aime plus, c'est vrai, rétorqua Thabo.

On pourrait s'imaginer, à tort, que le jeune homme se trouvait sous la protection du Seigneur, car il ne croisa ni lion, ni guépard, ni rhinocéros, ni quoi que ce soit d'autre durant sa randonnée nocturne de vingt kilomètres jusqu'à Maseru, la capitale. Là, il postula pour un travail de conseiller auprès du chef Seeiso, qui se souvenait de lui et l'accueillit à bras ouverts. Le chef négociait avec les orgueilleux Britanniques pour obtenir l'indépendance. Les pourparlers n'avançaient pas avant que Thabo soit recruté et qu'il déclare à ces messieurs que s'ils persistaient à se montrer aussi récalcitrants, le Basutoland envisagerait de demander son aide à Joseph Mobutu, du Congo-Kinshasa.

Les Britanniques eurent le hoquet. Joseph Mobutu ? L'homme qui venait d'annoncer au monde qu'il envisageait de changer son nom pour Le Guerrier Tout-Puissant Qui Grâce À Son Endurance Et À Sa Volonté Inébranlable Va De Victoire En Victoire Et Laisse Une Traînée De Feu Dans Son Sillage ?

— Précisément, répondit Thabo. C'est l'un de mes plus proches amis, en fait. Pour gagner du temps, je l'appelle Joe.

Au cours d'une assemblée extraordinaire, la délégation britannique s'accorda sur le fait que la région avait besoin de la paix, et non d'un guerrier tout-puissant qui choisissait ses titres en fonction de ses délires. Les Britanniques revinrent à la table des négociations et déclarèrent :

— Dans ce cas, le pays est à vous.

Le Basutoland devint le Lesotho, et le chef Seeiso fut couronné sous le nom de Moshoeshoe II. Thabo, lui, se retrouva le favori absolu du nouveau souverain. Traité comme un membre de la famille, on lui remit une fortune sous la forme d'un sac de diamants bruts issus de la plus grande mine du pays.

Pourtant, il disparut un jour sans préavis. Il avait une avance de vingt-quatre heures – impossible à rattraper –, quand Sa Majesté s'aperçut que la frêle princesse Maseeiso, sa petite sœur et la prunelle de ses yeux, était enceinte.

Celui qui était noir, sale et avait à ce stade perdu la moitié de ses dents n'avait aucune chance de se fondre dans le monde des Blancs de l'Afrique du Sud des années 1960, malgré sa richesse. Après cet incident malheureux dans l'ancien Basutoland, Thabo se hâta donc de gagner Soweto dès qu'il eut revendu une partie insignifiante de ses diamants chez le joaillier le plus proche.

Il y trouva un taudis libre dans le secteur B. Il emménagea, remplit ses chaussures de billets et ensevelit environ la moitié des diamants dans le sol en terre battue. L'autre moitié trouva place dans les différentes cavités à l'intérieur de sa bouche.

Avant de trop promettre à un maximum de femmes possible, il repeignit sa cabane en un beau vert, car ce genre de détail impressionnait les dames, et il acheta un revêtement de sol en lino.

Thabo exerçait ses talents de suborneur dans tous les secteurs de Soweto, mais au bout d'un moment il exclut le sien pour pouvoir lire devant sa cabane sans être dérangé entre deux conquêtes.

Le temps qu'il ne consacrait pas à la lecture et à ses entreprises de séduction, il le passait à voyager. Deux fois par an, il sillonnait l'Afrique, évitant soigneusement le Lesotho. Cela lui procurait des expériences et de nouveaux livres.

Il revenait néanmoins toujours à son taudis, même s'il n'avait plus aucune contrainte financière. Il revenait au bercail essentiellement parce que la moitié de sa fortune se trouvait toujours trente centimètres sous le lino. La dentition de Thabo était encore en bien trop bon état pour que la totalité des diamants trouve place dans sa bouche. Il fallut plusieurs années avant qu'on ne commence à murmurer dans les taudis de Soweto : où donc ce fou avec tous ses livres trouvait-il tout son argent pour mener un tel train de vie ?

Afin d'éviter que la rumeur n'enfle trop, Thabo décida de prendre un travail. Le plus simple : videur de latrines quelques heures par semaine.

Ses collègues étaient en majorité des jeunes hommes alcoolisés sans avenir. Il y avait également quelques enfants, dont une adolescente de treize ans qui lui avait planté une paire de ciseaux dans la cuisse au seul motif qu'il avait ouvert la mauvaise porte de douche. Ou plutôt la bonne. C'était la gamine qui ne s'était pas révélée bonne. Bien trop jeune, sans formes ni quoi que ce soit qui puisse satisfaire ses besoins.

Le coup de ciseaux lui avait fait mal et elle était maintenant campée devant sa cabane et voulait qu'il lui apprenne à lire.

— Je t'aurais bien aidée, mais je pars en voyage demain, répondit Thabo, se disant que le plus sûr était peut-être qu'il fasse ce qu'il venait d'affirmer.

— En voyage ? s'étonna Nombeko, qui n'était jamais sortie de Soweto de ses treize longues années de vie. Mais où vas-tu ?

— Vers le nord. Ensuite, j'aviserai.

Durant l'absence de Thabo, Nombeko, vieillit d'un an, fut promue et s'adapta vite à son nouveau rôle de chef. Grâce à un ingénieux redécoupage des zones de son secteur en fonction de leur démographie et non plus de leur superficie ou de leur réputation, la répartition des toilettes sèches devint plus pertinente.

— Une amélioration de trente pour cent, la félicita son prédécesseur.

— Trente virgule deux, le corrigea Nombeko.

L'offre satisfaisait la demande et inversement. Au bout du compte, cela permit d'économiser une partie du budget et ce reliquat fut utilisé pour financer l'installation de quatre nouveaux équipements sanitaires.

Les capacités linguistiques de la gamine de quatorze ans étaient étonnantes eu égard à l'indigence du langage de son entourage (quiconque a eu l'occasion de discuter avec un videur de latrines de Soweto sait que la moitié de son lexique n'est pas digne d'être imprimée, et que l'autre mérite d'être oubliée). Son sens de la formule était en partie congénital, mais il y avait également, dans un coin de son bureau, un poste de radio que Nombeko veillait à allumer dès qu'elle se trouvait à proximité. Elle le réglait sur la station des émissions de débats et prêtait une oreille attentive non seulement à ce qui s'y disait, mais à la manière dont s'exprimaient les débatteurs.

Grâce au magazine radiophonique hebdomadaire intitulé *Excursions africaines*, Nombeko comprit pour la première fois qu'il existait un monde en dehors de Soweto. Pas nécessairement plus beau ou prometteur, mais situé *à l'extérieur*.

Par exemple, elle apprit que l'Angola avait obtenu son indépendance. Le parti de la liberté PLUA avait fusionné avec le parti de la liberté PCA pour fonder le parti de la liberté MPLA qui, avec les partis de la liberté FNLA et UNITA, fit regretter au gouvernement portugais que cette partie du continent ait jamais été découverte. Gouvernement qui n'avait d'ailleurs pas réussi à construire une seule université durant les quatre siècles où il avait dirigé le pays.

L'analphabète Nombeko ne saisissait pas bien quelle combinaison de lettres avait abouti à quoi, mais le résultat semblait en tout cas avoir été le « changement » – le plus beau mot que Nombeko connaisse avec « nourriture ».

Un jour, elle laissa échapper devant ses collègues que cette histoire de changement pourrait faire sens dans leur vie à chacun, mais ils se plaignirent alors que la chef parlait politique. Ne suffisait-il pas qu'ils soient obligés de porter de la merde toute la journée, allaient-ils aussi devoir en écouter ?

En tant que chef des latrines, Nombeko était forcée de gérer ses collègues navrants, mais également l'agent sanitaire Piet du Toit. Lors de sa première visite après la nomination de Nombeko, il lui annonça qu'on n'installerait pas quatre nouveaux équipements sanitaires, mais un seul en raison du difficile contexte budgétaire. Nombeko se vengea à sa manière : avec malice.

— Cela n'a aucun rapport, mais que pense monsieur le préposé de la situation en Tanzanie ? L'expérience socialiste de Julius Nyerere n'est-elle pas sur le point de capoter ?

— La Tanzanie ?

— Oui, la perte de céréales doit bien approcher du million de tonnes, à ce stade. La question est de savoir ce que Nyerere ferait s'il n'y avait pas le Fonds monétaire international. À moins que le préposé ne considère le FMI comme un problème en soi ? demanda la gamine, qui n'avait jamais été à l'école et n'avait jamais mis les pieds hors de Soweto, à l'agent qui était un représentant de l'élite dirigeante, avait fréquenté l'université et ignorait tout de la situation politique en Tanzanie.

L'agent sanitaire, déjà blanc de naissance, devint

livide face au raisonnement de l'adolescente. Il se sentait humilié par une analphabète de quatorze ans, qui, en plus, contestait son rapport sur les crédits à octroyer aux sanitaires.

— Quelle est donc l'idée du préposé du Toit, ici ? s'enquit Nombeko, qui avait appris à interpréter les chiffres toute seule. Pourquoi a-t-il multiplié les résultats entre eux ?

Une analphabète qui savait compter.

Il la détestait.

Il les détestait tous.

Quelques mois plus tard, Thabo rentra de voyage. Sa première découverte fut que la fille aux ciseaux était devenue sa supérieure hiérarchique. La seconde, qu'elle était moins une gamine qu'avant : elle commençait à prendre forme.

Une lutte interne fit rage dans l'homme à moitié édenté. D'ordinaire, il se serait fié à son sourire désormais crénelé, à sa technique narrative et à Pablo Neruda. Mais il y avait désormais un problème de hiérarchie... et le souvenir des ciseaux.

Thabo décida de patienter encore, mais de placer ses pions.

— Bon, il est grand temps que je t'apprenne à lire, déclara-t-il.

— Parfait ! répondit Nombeko. Commençons tout de suite après le travail. Nous viendrons à ta cabane, mes ciseaux et moi.

Thabo était un excellent professeur et Nombeko une élève douée. Dès le troisième jour, elle fut capable de tracer l'alphabet avec un bâton dans la boue, devant le taudis de Thabo. À partir du cinquième jour, elle commença à déchiffrer des mots et des phrases, syllabe par syllabe. Au début, elle connut plus d'échecs que de succès. Après deux mois, elle réussissait plus souvent qu'elle ne se trompait.

Pendant leurs pauses, Thabo lui racontait ce qu'il avait vécu au cours de ses périples. Nombeko ne tarda pas à comprendre qu'il mêlait au moins deux doses de fiction pour une dose de réalité, mais elle estimait que c'était aussi bien. La réalité était déjà assez merdique comme ça. Nombeko n'avait pas besoin d'autres récits du même tonneau.

Thabo venait de se rendre en Éthiopie pour destituer Sa Majesté Impériale, le Lion de Juda, l'Élu de Dieu, le Roi des Rois.

— Hailé Sélassié, intervint Nombeko.

Thabo ne répondit pas. Il préférait parler qu'écouter.

L'histoire de ce simple chef de tribu qui était devenu empereur, se hissant au rang de véritable divinité[1] dans les Caraïbes, était si savoureuse que Thabo l'avait gardée en réserve pour le jour où il serait temps de tenter sa chance. À présent, l'être divin avait été chassé de son trône impérial et des disciples perdus fumaient des pétards partout dans le monde en se demandant comment il se faisait que le Messie promis, l'incarnation de Dieu, ait soudain été déposé. Destituer Dieu, c'était possible ?

Nombeko évita de poser des questions sur le contexte politique de ce drame. De fait, elle était quasiment certaine que Thabo n'en avait aucune idée et qu'une surabondance d'interrogations aurait nui au divertissement.

---

1. Hailé Sélassié signifie « Puissance de la Trinité ». *(Toutes les notes sont de la traductrice.)*

— Raconte encore ! l'encouragea-t-elle plutôt.

Thabo pensa que la situation évoluait dans le bon sens (comme il est facile de se tromper !). Il se rapprocha un peu et poursuivit en lui expliquant que sur le chemin du retour il avait fait un crochet par Kinshasa et avait aidé Mohammed Ali avant *The Rumble in the Jungle* – le combat de poids lourds l'opposant à George Foreman, l'invaincu.

— Dieu, ce que c'est passionnant ! s'exclama Nombeko en songeant que, question créativité narrative, cela l'était effectivement.

Thabo lui offrit un sourire si large qu'elle vit les scintillements entre les chicots qui lui restaient.

— Oui, en fait, c'était l'Invaincu qui voulait mon aide, mais j'ai eu le sentiment que… poursuivit Thabo, qui ne s'arrêta plus avant que Foreman ait été mis K-O par Ali grâce au soutien inestimable de son dévoué ami Thabo.

La femme d'Ali s'était d'ailleurs montrée charmante.

— La femme d'Ali ? s'étonna Nombeko. Tu ne veux quand même pas dire que…

Thabo rit tant que des tintements se firent entendre dans son clapet, puis il reprit son sérieux et se rapprocha davantage.

— Tu es très belle, Nombeko. Bien plus que la femme d'Ali. Imagine si nous nous mettions ensemble ? Si nous partions ensemble quelque part, suggéra-t-il en posant le bras sur son épaule.

Nombeko trouvait la perspective de « partir quelque part » délicieuse. N'importe où, en fait. Mais certainement pas avec le libidineux. La leçon du jour était terminée. Nombeko planta sa paire de ciseaux dans la cuisse gauche de Thabo et s'en alla.

Le lendemain, elle revint à la cabane et asséna à

Thabo qu'il ne s'était pas présenté au travail et n'avait pas prévenu.

Thabo répondit qu'il avait trop mal aux deux cuisses, surtout dans celle de gauche, et que Mlle Nombeko savait sans doute à quoi c'était dû.

Oui et cela ferait plus mal encore, car la prochaine fois elle n'avait pas l'intention de planter les ciseaux dans une cuisse, mais quelque part entre les deux, si tonton Thabo n'apprenait pas à se tenir.

— Par ailleurs, hier j'ai non seulement vu, mais entendu ce que tu avais dans ta vilaine gueule. Si tu ne surveilles pas ton comportement à partir de maintenant, je te promets de le raconter au plus grand nombre de personnes possible.

Thabo pâlit. Il savait très bien qu'il ne survivrait guère plus de quelques minutes si on venait à apprendre l'existence de sa fortune en diamants.

— Que me veux-tu ? pleurnicha-t-il.

— Je veux venir ici apprendre à lire dans tes livres sans avoir à apporter une nouvelle paire de ciseaux à chaque fois. Les ciseaux coûtent cher pour nous autres qui n'avons que des dents à l'intérieur de la bouche.

— Tu ne pourrais pas juste m'oublier ? s'enquit Thabo. Je te donnerai l'un des diamants, si tu me laisses en paix.

Il avait déjà eu recours à la corruption, mais jamais dans un tel but. Nombeko répliqua que les diamants ne l'intéressaient pas. Ce qui ne lui appartenait pas ne lui appartenait pas.

Bien plus tard, dans une autre partie du monde, il lui apparaîtrait que l'existence était bien plus compliquée que ça.

Assez ironiquement, ce furent deux femmes qui mirent un terme à la vie de Thabo. Elles avaient grandi dans l'Afrique orientale sous domination portugaise, et subvenaient à leurs besoins en assassinant des fermiers blancs pour les dépouiller. Leur entreprise prospéra aussi longtemps que la guerre civile dura. Une fois l'indépendance proclamée et le nom du pays transformé en Mozambique, on donna quarante-huit heures aux paysans encore sur place pour plier bagages. Les deux femmes n'eurent donc pas d'autre choix que de se reporter sur les Noirs aisés. Ce business se révéla bien moins lucratif, car presque tous les Noirs possédant quelque chose digne d'être volé étaient désormais membres du parti marxiste-léniniste présentement au pouvoir. Il ne s'écoula pas longtemps avant que les voleuses ne soient recherchées et pourchassées par la redoutable et redoutée police.

C'est la raison qui les fit partir en direction du sud, jusqu'à Soweto, cette remarquable cachette aux portes de Johannesburg.

Le plus grand ghetto d'Afrique du Sud a un avantage : on se fond dans la masse (pour peu qu'on soit noir), mais il a un inconvénient : les huit cent mille habitants de Soweto réunis (à l'exception de Thabo) ont sans doute moins de ressources qu'un seul fermier blanc d'Afrique orientale. Les femmes avalèrent quand même quelques comprimés de différentes couleurs, et se lancèrent dans une de leurs virées meurtrières. Elles échouèrent dans le secteur B et là, derrière la rangée de latrines, elles aperçurent une cabane peinte en vert au milieu des autres couvertes de rouille. Celui qui peint sa cabane en vert (ou en n'importe quelle autre teinte) a sans doute trop d'argent pour sa seule subsistance, se dirent les femmes, avant de s'introduire chez Thabo en pleine nuit et de lui vriller un couteau dans la poitrine. L'homme qui avait brisé tant de cœurs vit le sien réduit en bouillie.

Lorsqu'il fut mort, les femmes cherchèrent l'argent au milieu de tous les maudits livres éparpillés. Quel cinglé avaient-elles tué cette fois-ci ?

Elles finirent par découvrir une liasse de billets dans chacune de ses chaussures. Sans réfléchir, elles s'assirent devant la cabane pour se partager le butin. Le mélange de comprimés ingurgité avec un demi-verre de rhum leur avait fait perdre la notion du temps et de l'espace. De ce fait, elles étaient encore assises là, un rictus triomphal aux lèvres, quand la police – une fois n'est pas coutume – débarqua.

Les femmes furent arrêtées et expédiées pour un séjour de trente ans tous frais payés dans une prison sud-africaine. Les billets qu'elles avaient essayé de compter s'évanouirent à un stade précoce de la procédure policière. Le cadavre de Thabo fut abandonné sur place jusqu'au lendemain. Au sein de la police locale, refiler les nègres morts à la patrouille suivante quand c'était possible était un sport prisé.

Le vacarme de l'autre côté de la rangée de latrines avait réveillé Nombeko. Elle s'habilla, se rendit sur place et comprit plus ou moins ce qui s'était passé. Après le départ des policiers avec les meurtrières et l'argent liquide de Thabo, Nombeko entra dans la cabane.

— Tu étais un être humain abject, mais tes sornettes étaient divertissantes. Tu vas me manquer. Tes livres, du moins.

Sur ce, elle ouvrit la bouche de Thabo et y récupéra

quatorze diamants non taillés, soit le nombre exact des dents qu'il avait perdues.

— Quatorze trous, quatorze diamants, commenta Nombeko. C'est tout ?

Thabo ne répondit pas. Nombeko souleva le lino et se mit à creuser.

— C'est bien ce que je pensais, déclara-t-elle quand elle eut trouvé ce qu'elle cherchait.

Puis elle alla chercher de l'eau et un chiffon pour laver Thabo. Elle le sortit ensuite de la cabane et sacrifia son seul drap blanc pour lui en faire un linceul. Il méritait quand même un peu de dignité. Pas beaucoup, juste un peu.

Ensuite, Nombeko cousit sans attendre les diamants dans la doublure de son unique veste, puis retourna se coucher.

La chef des latrines prit sa matinée le lendemain. Elle avait beaucoup de choses à régler. Quand elle entra dans le bureau à une heure tardive, tous les videurs étaient présents. En l'absence du chef, ils en étaient à leur troisième bière et, depuis la deuxième, avaient décidé que le travail était moins important que la possibilité de s'accorder sur l'infériorité de la race indienne. Le plus bravache était en train de raconter l'histoire de celui qui avait essayé de colmater une fuite au plafond de sa cabane avec du carton ondulé.

Nombeko interrompit leur colloque, confisqua les canettes de bière encore pleines et déclara qu'elle soupçonnait ses subordonnés de n'avoir rien d'autre dans la tête que le contenu des latrines qu'ils étaient censés vider. Étaient-ils trop stupides pour saisir que la bêtise n'est pas une affaire de race ?

Le plus téméraire rétorqua que leur chef n'était manifestement pas fichue de comprendre qu'on puisse avoir envie de boire une bière en paix après les soixante-quinze premiers tonneaux de la matinée, sans avoir à écouter ces conneries comme quoi nous sommes tous fondamentalement semblables.

Nombeko envisagea de lui balancer un rouleau de papier hygiénique au front, mais décida que le rouleau ne méritait pas un tel sort. Elle préféra leur ordonner de reprendre le travail. Puis elle regagna sa cabane et s'interrogea de nouveau :

— Qu'est-ce que je fais ici ?

Elle allait avoir quinze ans le lendemain.

Le jour de son anniversaire, Nombeko devait assister à une réunion budgétaire prévue de longue date avec Piet du Toit. Cette fois-ci, l'agent sanitaire s'était préparé. Il avait vérifié les calculs avec minutie. La gamine de douze ans allait voir ce qu'elle allait voir.

— Le secteur B a dépassé le budget de onze pour cent, déclara Piet du Toit en regardant Nombeko par-dessus les lunettes de lecture dont il n'avait pas réellement besoin, mais qui le faisait paraître plus âgé.

— Absolument pas, répliqua Nombeko.

— Si je dis que le secteur B a dépassé le budget de onze pour cent, c'est un fait, rétorqua Piet du Toit.

— Et si je dis que le préposé compte comme il pense, c'est que c'est le cas. Donnez-moi quelques secondes, dit Nombeko en lui arrachant les feuilles de calcul des mains.

Elle parcourut rapidement les chiffres, désigna la vingtième ligne et annonça :

— La remise que j'ai négociée ici nous a été octroyée sous forme de livraison gratuite. Si le préposé se rapportait au prix effectivement payé au lieu d'un prix indicatif fictif, il verrait que ses onze pour cent imaginaires n'existent plus. En outre, il a inversé le signe plus et le signe moins. Si nous comptions comme le préposé, nous aurions *économisé* onze pour cent du budget. Ce qui n'aurait pas été mieux, soit dit au passage.

Piet du Toit sentit le rouge lui monter aux joues. La gamine ne comprenait-elle pas quel était son rang ? Que se passerait-il si n'importe qui pouvait définir ce qui était bien ou mal ? Il la haïssait plus que jamais, mais ne trouvait rien à dire. Il déclara donc :

— Nous avons pas mal parlé de toi au bureau.

— Ah bon, répondit Nombeko.

— Nous avons le sentiment que tu as du mal à travailler en équipe.

Nombeko comprit qu'elle était sur le point d'être virée, exactement comme son prédécesseur.

— Ah bon, répéta-t-elle.

— Je crains que nous ne devions te réintégrer à l'équipe des videurs.

C'était plus que ce qu'on avait accordé à son prédécesseur. Nombeko se dit que le préposé devait être de bonne humeur ce jour-là.

— Ah bon.

— « Ah bon », c'est tout ce que tu as à dire ? s'enquit Piet du Toit avec colère.

— Eh bien, je pourrais évidemment dire à monsieur du Toit quel idiot il est, mais l'amener à comprendre son idiotie serait quasiment une mission désespérée. Mes années passées auprès des videurs de latrines me l'ont appris. Ici aussi, il faut que monsieur du Toit le sache, on trouve des crétins. Il vaut mieux que je quitte ces lieux plutôt que de supporter la vue de monsieur du Toit plus longtemps, conclut Nombeko à toute vitesse.

Et c'est exactement ce qu'elle fit.

La fille s'était déjà évaporée avant que Piet du Toit ait eu le temps de réagir. Il était inimaginable qu'il entreprenne de la rechercher au milieu des taudis. Pour sa part, elle pouvait bien continuer à se cacher dans le ghetto jusqu'à ce que la tuberculose, la drogue ou l'un des autres analphabètes lui fasse la peau.

— Pfft, lâcha Piet du Toit en adressant un signe de tête au garde du corps que son père lui payait.

Il était temps de retourner à la civilisation.

Ce ne fut pas seulement son poste de chef qui partit en fumée lors de cette conversation avec le préposé, mais tout simplement son travail. De même que son dernier salaire.

Son sac à dos contenant ses effets insignifiants était prêt. Elle avait une tenue de rechange, trois livres de Thabo et vingt morceaux de viande d'antilope séchée qu'elle venait d'acheter avec ses derniers deniers.

Elle avait déjà lu les livres et les connaissait par cœur, mais elle trouvait la simplicité de leur aspect réconfortante. À l'inverse de la simplicité de ses collègues, qu'elle trouvait affligeante.

C'était le soir et l'air était frais. Nombeko enfila sa seule veste, s'allongea sur son unique matelas et remonta sa seule couverture sous son menton (son unique drap venait de servir à emballer un cadavre). Le lendemain, elle s'en irait.

Mais où ? Soudain, elle eut la réponse, en se remémorant un article lu dans le journal de la veille. Sa destination : le 75 Andries Street, à Pretoria.

La Bibliothèque nationale.

Pour autant qu'elle le savait, ce n'était pas un secteur interdit aux Noirs. Avec un peu de chance, on la laisserait entrer. Elle ignorait ce qu'elle pourrait y faire de plus que de respirer et de savourer la vision des milliers d'ouvrages, mais ce serait un bon commencement. Elle sentait que la littérature la guiderait pour la suite.

Avec cette certitude, elle s'endormit pour la dernière fois dans la cabane qu'elle avait héritée de sa mère cinq ans plus tôt. Elle le fit avec un sourire.

Cela ne lui était jamais arrivé.

Le matin venu, elle se mit en route, et pas pour une promenade de santé. Pour sa première excursion en dehors de Soweto, un voyage de quatre-vingt-dix kilomètres l'attendait.

Après environ six heures, soit au vingt-sixième des quatre-vingt-dix kilomètres, Nombeko arriva au centre de Johannesburg. Un autre monde ! La plupart des gens autour d'elle étaient blancs et présentaient tous une ressemblance frappante avec Piet du Toit. Nombeko regardait autour d'elle avec intérêt. Il y avait des enseignes au néon, des feux tricolores, un vacarme permanent, ainsi que des voitures neuves rutilantes, des modèles qu'elle n'avait jamais vus. Lorsqu'elle pivota d'un demi-tour pour découvrir d'autres nouveautés, elle vit un véhicule à pleine vitesse se diriger droit sur elle.

Nombeko eut le temps de se dire que c'était une bien belle voiture.

En revanche, elle n'eut pas le temps de s'écarter.

L'ingénieur Engelbrecht Van der Westhuizen avait passé l'après-midi au bar du Hilton Plaza dans Quartz

Street. Il était à présent au volant de son Opel Admiral flambant neuve et roulait vers le nord.

Il n'est jamais facile de conduire avec un litre de cognac dans le sang. L'ingénieur n'alla pas plus loin que le premier carrefour avant que son Opel ne monte sur le trottoir et – merde ! N'avait-il pas renversé une bamboula ?

La fille sous la voiture de l'ingénieur, une ancienne videuse de latrines, s'appelait Nombeko. Quinze ans et un jour plus tôt, elle était venue au monde dans une cabane de tôle au sein du plus grand ghetto d'Afrique du Sud. Entourée d'alcool, de solvants et de comprimés, elle était destinée à vivre un peu avant de mourir dans la boue, au milieu des latrines du secteur B de Soweto.

Ce fut justement cette fille-là qui s'en échappa. Elle quitta sa cabane, pour la première et la dernière fois.

Elle n'alla pas plus loin que le centre de Johannesburg avant de se retrouver en piteux état sous une Opel Admiral.

C'est comme ça que tout finit ? pensa-t-elle avant de sombrer dans l'inconscience.

Ce ne fut pas le cas.

2

Où il est question
d'un retournement complet de situation
dans une autre partie du monde

Renversée le lendemain de ses quinze ans, Nombeko survécut. Sa situation allait s'améliorer ou empirer ; en tout cas, changer.

Ingmar Qvist de Södertälje, en Suède, à neuf mille cinq cents kilomètres de là, ne faisait pas partie des gens qui lui porteraient préjudice, mais son destin entrerait néanmoins en collision frontale avec celui de Nombeko.

Il n'est pas aisé de déterminer quand Ingmar perdit la raison, car ce processus fut graduel. Il est clair toutefois qu'il était déjà bien amorcé dès l'automne 1947, et que ni lui ni son épouse n'acceptaient de regarder la situation en face.

Ingmar et Henrietta s'étaient mariés alors que la quasi-totalité du monde était encore en guerre, puis ils acquirent une maisonnette dans les bois en périphérie de Södertälje, à environ trente kilomètres au sud de Stockholm.

Lui était petit fonctionnaire, elle laborieuse couturière à domicile.

Ils s'étaient rencontrés devant la salle n° 2 du tribunal de Södertälje, saisi pour se prononcer sur un conflit opposant Ingmar au père de Henrietta. Le premier avait en effet eu le malheur, une nuit, de peindre « Longue vie au roi ! » en caractères d'un mètre de haut sur la façade de la permanence du Parti communiste suédois. En général, le communisme et la famille royale ne font pas bon ménage et cela fit donc un sacré tapage dès l'aube quand l'homme fort des communistes à Södertälje, le père de Henrietta, découvrit à l'aube l'infamie.

On coinça vite Ingmar, d'autant plus vite que, son forfait accompli, il s'était endormi sur un banc dans un parc non loin du commissariat, le pot de peinture et le pinceau entre les bras.

Au tribunal, un courant électrique était passé entre le défendeur Ingmar et la spectatrice Henrietta. En partie parce qu'elle était attirée par le fruit défendu, mais surtout parce que Ingmar était si... plein de vie... à la différence de son père, qui ne faisait qu'attendre que tout tourne au désastre afin que lui et les communistes puissent s'imposer, du moins à Södertälje. Son père avait toujours été un révolutionnaire, mais il était en plus devenu aigri et sombre depuis que, le 7 avril 1937, on lui avait accordé ce qui se révéla être la 999 999ᵉ licence de radio du pays. Le lendemain, un tailleur de Hudiksvall, à trois cent trente kilomètres de là, avait fêté le décrochage de la millionième licence. Cela lui avait non seulement valu la célébrité (il était passé à la radio !), mais également une coupe commémorative en argent d'une valeur de six cents couronnes. Le père de Henrietta n'eut, lui, que ses yeux pour pleurer.

Il ne se remit jamais de cette déconvenue et perdit sa capacité (déjà limitée) à voir le côté humoristique des choses, le graffiti à la gloire du roi Gustave V en tête. Il représenta lui-même le parti au tribunal et requit dix-huit ans de prison contre Ingmar Qvist, qui fut condamné à une amende de quinze couronnes.

Il n'y avait aucune limite aux revers endurés par le père de Henrietta. D'abord, l'histoire de la licence de radio et de la relative humiliation au tribunal de Södertälje, puis sa fille qui tombait dans les bras de l'admirateur du roi, sans compter ce maudit capitalisme qui ne cessait de lui empoisonner la vie.

Lorsque Henrietta décida par-dessus le marché d'épouser Ingmar à l'église, le leader communiste de Södertälje rompit avec sa fille une bonne fois pour toutes ; sur quoi la mère de Henrietta rompit avec son mari, rencontra un autre homme à la gare de Södertälje, un attaché militaire allemand, partit avec lui à Berlin juste avant la fin de la guerre, et l'on n'entendit plus jamais parler d'elle.

Henrietta voulait des enfants, de préférence autant que possible. Sur le fond, Ingmar trouvait que c'était une bonne idée, pour la principale raison qu'il appréciait le *process* de fabrication. Il lui suffisait de songer à leur toute première fois dans la voiture du père de Henrietta, deux jours après le procès. Cela avait été un grand moment, même s'il en avait coûté à Ingmar de devoir se cacher dans la cave de sa tante tandis que son futur beau-père passait Södertälje au peigne fin pour l'étriper. Ingmar n'aurait pas dû oublier le préservatif usagé dans la voiture.

Enfin, ce qui était fait était fait et la découverte du carton de capotes destinées aux soldats américains était quand même une bénédiction, car les choses doivent être faites dans le bon ordre pour que tout finisse bien. Cela ne signifiait pas qu'Ingmar avait l'intention de faire carrière afin d'assurer des revenus confortables à sa famille. Travaillant à la poste de Södertälje, ou plutôt aux « postes royales », comme il disait toujours, il percevait un salaire médiocre et tout laissait penser qu'il le resterait.

Henrietta gagnait presque le double de son mari, car elle était d'une efficacité redoutable avec un fil et une aiguille. Elle disposait d'une clientèle aussi large que fidèle. La famille aurait bien vécu, si Ingmar n'avait pas eu une tendance grandissante à dilapider l'argent que Henrietta parvenait à économiser.

Des enfants, tout à fait d'accord, mais Ingmar devait d'abord accomplir la mission de sa vie, qui requérait le plus grand sérieux et une implication idoine. Avant que cette mission ne soit accomplie, il ne fallait pas qu'un projet parallèle insignifiant le distraie.

Henrietta protesta contre le vocabulaire de son mari : les enfants étaient la vie et l'avenir, pas un projet parallèle.

— Si c'est comme ça, tu peux prendre ton carton de préservatifs pour soldats américains et aller dormir sur la banquette de la cuisine.

Ingmar se tortilla. Il ne voulait évidemment pas dire que les enfants étaient insignifiants. C'était juste que… Enfin, Henrietta était au courant. C'était juste le truc avec Sa Majesté le roi. Il *fallait* juste qu'il règle cette question avant. Cela ne prendrait pas nécessairement une éternité.

— S'il te plaît, ma douce Henrietta, pouvons-nous dormir ensemble cette nuit aussi ? Et peut-être nous entraîner un peu pour l'avenir ?

Bien sûr, le cœur de Henrietta fondit, comme tant de fois avant et tant de fois à venir.

La « mission de sa vie » consistait à serrer la main du roi suédois. Au départ, il s'agissait d'un vœu qui était devenu un objectif. Comme précisé plus haut, il est difficile de situer le moment précis où l'objectif vira à l'obsession. En revanche, il est plus simple d'établir quand et où toute cette histoire commença.

Le samedi 16 juin 1928, Sa Majesté le roi Gustave V fêtait ses soixante-dix ans. Ingmar Qvist, alors âgé de quatorze ans, était venu à Stockholm avec ses parents pour agiter des drapeaux suédois devant le palais avant d'aller au zoo de Skansen, qui abritait un ours et un loup !

Il fallut quelque peu modifier ces projets. Il apparut qu'une foule bien trop compacte s'était massée à proximité de la demeure royale, et la famille se plaça donc une centaine de mètres plus loin, le long du trajet que le cortège emprunterait. Selon la rumeur, le roi et sa Victoria sortiraient en landau découvert.

Ce fut effectivement le cas. Les parents d'Ingmar, même dans leurs rêves les plus fous, n'auraient osé imaginer ce qui se produisit ensuite. Car, juste devant la famille Qvist, il y avait une vingtaine d'élèves de l'internat de Lundsberg venus offrir un bouquet de fleurs à Sa Majesté pour le remercier du soutien que l'école recevait, en grande partie grâce à l'engagement du prince héritier, Gustave Adolphe. On avait décidé que le landau marquerait un bref arrêt, que le roi descendrait, recevrait le bouquet et saluerait les enfants.

Tout se déroula selon le protocole. Le roi reçut ses

fleurs, et à l'instant où il s'apprêtait à remonter dans son véhicule, il aperçut Ingmar. Il s'arrêta.

— Quel beau garçon, commenta-t-il avant d'avancer de deux pas et de lui ébouriffer les cheveux. Attends, tiens, poursuivit-il en sortant de la poche intérieure de son veston une plaquette de timbres du jubilé, qui venaient tout juste d'être émis pour son anniversaire.

Il tendit les timbres au jeune Ingmar, lui sourit en ajoutant : « Pour toi, désolé, avec un peu de beurre dessus », puis lui ébouriffa à nouveau les cheveux avant de rejoindre la reine, qui le fixait avec irritation.

— L'as-tu remercié comme il faut, Ingmar ? lui demanda sa mère, une fois remise d'avoir vu Sa Majesté le roi toucher son fils, et lui donner un cadeau.

— N-non, bégaya Ingmar, la plaquette de timbres à la main. Non, je n'ai rien dit. Il était, comment dire… trop raffiné pour ça.

Les timbres devinrent évidemment le bien le plus précieux de l'adolescent, et deux ans plus tard il entra au service financier de la poste de Södertälje, au bas de l'échelle ; seize ans plus tard, il n'avait gravi absolument aucun échelon.

Ingmar était incroyablement fier du grand monarque à l'allure si raffinée. Jour après jour, sur les timbres qui défilaient entre ses mains, Ingmar voyait son roi regarder en biais au-delà de son épaule. Ingmar lui renvoyait un regard soumis et aimant dans les locaux des postes royales, revêtu de l'uniforme royal de facteur, même si cela n'était en aucun cas nécessaire au service financier.

Le seul problème, c'était que le roi regardait *au-delà* d'Ingmar. C'était comme s'il ne voyait pas son sujet et ne pouvait donc pas recevoir son amour. Ingmar aurait infiniment aimé pouvoir croiser le regard royal, s'excuser de ne pas l'avoir remercié le jour où il n'avait que quatorze ans, l'assurer de son éternelle loyauté.

Amour éternel n'était pas une expression exagérée pour décrire ce que ressentait Ingmar. Ce désir de regarder le souverain dans les yeux, de lui parler et de lui serrer la main devint très important.

De plus en plus important.

Carrément important.

Il faut dire que Sa Majesté ne rajeunissait pas. Bientôt, il serait trop tard. Ingmar Qvist ne pouvait plus se contenter d'attendre que le roi débarque un jour au bureau de poste de Södertälje. Il en rêvait depuis toutes ces années, mais il était en train de s'éveiller : le roi ne viendrait pas à Ingmar.

Alors, Ingmar irait au roi.

Ensuite, Henrietta et lui feraient des enfants, c'était promis.

L'existence déjà misérable de la famille Qvist empirait jour après jour. L'argent était englouti dans les tentatives d'Ingmar de rencontrer le roi. Il écrivait de véritables lettres d'amour (avec un nombre de timbres inutilement élevé), téléphonait (sans parvenir à passer le barrage d'un malheureux secrétaire de cour, bien sûr), il envoyait des cadeaux sous la forme de pièces d'orfèvrerie en argent suédois, qui étaient ce que le roi aimait par-dessus tout (approvisionnant par la même occasion le père de cinq enfants pas tout à fait honnête à qui incombait la tâche d'inventorier chaque présent envoyé au roi). Il se rendait à des tournois de tennis et, pour faire bref, à tous les événements que le roi aurait pu honorer de sa présence. Cela impliquait de nombreux voyages et billets d'entrée onéreux, pourtant Ingmar ne parvenait jamais à s'approcher du souverain.

Les finances de la famille ne s'améliorèrent pas quand Henrietta, rongée par l'inquiétude, se mit à faire comme presque tout le monde à l'époque, c'est-à-dire à fumer plusieurs paquets de John Silver par jour.

Le chef d'Ingmar au service financier était si las de la fixation de son subalterne sur le satané monarque et ses prédécesseurs que chaque fois que le sous-fifre Qvist sollicitait un congé, il le lui accordait avant même qu'Ingmar n'ait eu le temps de formuler sa requête jusqu'au bout.

— Euh, monsieur le comptable, pensez-vous qu'il serait envisageable de m'accorder deux semaines de congé immédiatement ? Oui, parce que je dois…

— Accordé.

On s'était mis à appeler Ingmar par ses initiales plutôt que par son nom. Il était devenu « Q.I. » pour ses chefs et ses collègues.

— Je souhaite bonne chance à Q.I., quelle que soit l'idiotie qu'il a en tête de commettre cette fois-ci, ajouta le comptable.

Ingmar n'avait cure des moqueries. Contrairement à ses collègues du bureau de poste principal de Södertälje, il avait, lui, un but dans la vie.

Il fit encore trois tentatives sérieuses avant le retournement complet de situation.

La première fois, il se rendit au château de Drottningholm en uniforme de postier et sonna.

— Bonjour. Je m'appelle Ingmar Qvist, je suis envoyé par les postes royales et j'ai un message à remettre en personne à Sa Majesté. Auriez-vous l'obligeance de le prévenir ? Je vous attends ici, déclara-t-il en conclusion au gardien à la grille.

— Il vous manque une case ou quoi ? lui rétorqua ledit gardien.

Il s'ensuivit un dialogue de sourds et Ingmar fut prié de quitter les lieux sur-le-champ, faute de quoi le gardien veillerait à ce qu'il soit ligoté, emballé et réexpédié au bureau d'où il venait. Froissé, Ingmar eut le malheur de railler la taille des organes génitaux du gardien, ce qui lui valut de devoir déguerpir au pas de course, l'intéressé aux trousses. Ingmar parvint à s'enfuir, en partie parce qu'il était un peu plus rapide que son poursuivant, et surtout parce que ce dernier, ayant pour ordre de ne jamais quitter son poste, dut faire demi-tour.

Ingmar traîna ensuite deux jours complets à proximité de la clôture de trois mètres de haut, hors de vue du butor à l'entrée qui refusait de comprendre les intérêts du roi, avant de renoncer et de regagner son camp de base.

— Je vous prépare la note ? lui demanda l'hôtelier qui le soupçonnait depuis le début d'avoir l'intention de partir à la cloche de bois.

— Oui, merci, répondit Ingmar avant de rejoindre sa chambre, de faire sa valise et de quitter l'établissement par la fenêtre.

La deuxième tentative avant le retournement complet de situation eut pour point de départ la lecture d'un entrefilet dans le *Dagens Nyheter*, alors qu'Ingmar était planqué dans les toilettes du bureau de poste. On y expliquait que le roi se trouvait à Tullgarn pour quelques jours de chasse à l'élan, histoire de se détendre un peu. Ingmar se demanda de manière purement rhétorique où il y avait des élans sinon dans la nature libre de Dieu, et qui avait accès à la nature libre de Dieu... Tout un chacun ! Les rois comme les simples préposés des postes royales.

Ingmar tira la chasse pour sauvegarder les apparences et s'en alla solliciter un nouveau congé. Son supérieur le lui accorda sur-le-champ, ajoutant sans malice qu'il ne s'était pas rendu compte que M. Qvist était revenu du précédent.

Comme il y avait longtemps que plus personne n'avait assez confiance en Ingmar pour lui louer une voiture à Södertälje, il dut prendre le bus jusqu'à Nyköping, où sa bonne tête lui donna accès à une Fiat 518 d'occasion mais en état de marche. Il gagna Tullgarn aussi vite que les quarante-huit chevaux du moteur pouvaient l'emmener. Il avait parcouru la moitié du chemin lorsqu'il croisa une Cadillac noire, V8, modèle 1939. Le roi, évidemment. Qui avait fini sa partie de chasse et s'apprêtait à nouveau à lui filer entre les doigts.

Ingmar effectua un demi-tour sur les chapeaux de roues. Plusieurs pentes descendantes l'aidèrent à rattraper le véhicule royal, qui alignait cent chevaux de plus. L'étape suivante consistait à essayer de doubler et peut-être de feindre la panne en plein milieu de la chaussée. Cependant, le chauffeur, nerveux, accéléra pour ne pas s'attirer le courroux de son employeur, au cas où celui-ci aurait été froissé de se voir dépasser par une Fiat. Hélas, l'homme regardait davantage dans son rétroviseur que devant lui et dans un virage, la Cadillac, le roi et sa suite foncèrent tout droit dans un fossé rempli d'eau.

Gustave V et sa troupe s'en sortirent sains et saufs, mais Ingmar n'avait aucun moyen de le savoir. Sa première pensée fut de sauter hors de son véhicule pour leur porter secours et d'en profiter pour serrer la main du roi. Et si j'avais tué le vieil homme ? fut sa deuxième pensée. Et la troisième : trente ans de prison, c'était peut-être cher payé pour une simple poignée de main. D'autant plus si la main en question appartenait à un cadavre. Sans compter que cela ne le rendrait guère populaire aux yeux de la nation. Les régicides le sont rarement.

Il fit donc demi-tour.

Il gara la voiture de location devant les locaux du Parti communiste de Södertälje dans l'espoir que la faute retombe sur les épaules de son beau-père. Puis il rentra à pied auprès de son Henrietta et lui raconta qu'il venait peut-être de tuer ce roi qu'il aimait tant. Henrietta le consola en l'assurant que le souverain s'en était sûrement tiré dans le virage en question ; dans le cas contraire, les finances de la famille en seraient améliorées.

Le lendemain, la presse signala que le roi Gustave V avait fini dans un fossé lors d'un trajet en voiture à une vitesse un peu excessive, mais qu'il était indemne. Henrietta accueillit cette nouvelle avec des sentiments mitigés et pensa que cela servirait peut-être de leçon à son époux. Pleine d'espoir, elle lui demanda s'il était arrivé au terme de sa mission.

Il ne l'était pas.

Pour sa troisième tentative avant le retournement complet de situation, Ingmar se rendit sur la Côte d'Azur, à Nice, où Gustave V, alors âgé de quatre-vingt-huit ans, résidait chaque année à la fin de l'automne pour soulager sa bronchite chronique. Dans un entretien, le roi avait confié qu'il passait ses journées sur la terrasse de sa suite à l'hôtel d'Angleterre, quand il n'arpentait pas la Promenade des Anglais.

Ingmar irait donc sur place, s'avancerait vers le roi pendant sa sortie et se présenterait.

Impossible de savoir ce qui serait susceptible de se produire ensuite. Les deux hommes discuteraient éventuellement un moment, et si le courant passait, Ingmar inviterait peut-être le souverain à boire un verre à l'hôtel. Et pourquoi pas une partie de tennis le lendemain ?

— Cette fois-ci, rien ne peut aller de travers, affirma Ingmar à Henrietta.

— Si tu le dis, répondit son épouse. Tu as vu mes cigarettes ?

Ingmar traversa l'Europe en stop. Cela lui prit toute une semaine, mais à peine arrivé à Nice il ne patienta que deux heures sur un banc de la Promenade des Anglais avant d'apercevoir le grand gentleman raffiné avec sa canne en argent et son monocle. Dieu, ce qu'il était beau ! Le souverain approchait à pas lents. Il était seul.

Bien des années plus tard, Henrietta pouvait encore rapporter en détail ce qui se produisit ensuite, car Ingmar ne cessa de le rabâcher jusqu'à la fin de ses jours.

Se levant, Ingmar, s'était avancé vers Sa Majesté et s'était présenté comme le loyal sujet employé aux postes royales qu'il était. Il avait suggéré la possibilité de prendre un verre et peut-être de faire une partie de tennis et avait fini sa tirade en proposant une poignée de main entre hommes.

La réaction du roi avait été bien différente de celle à laquelle s'attendait Ingmar. Primo, il avait refusé de lui serrer la main. Secundo, il ne lui avait pas accordé un regard. Au lieu de ça, il avait fixé le lointain par-dessus l'épaule d'Ingmar, comme il l'avait déjà fait des milliers de fois sur les timbres que le fonctionnaire Qvist avait eu l'occasion de manipuler dans le cadre de son emploi. Puis il avait déclaré qu'il n'envisageait en aucun cas de frayer avec un sous-fifre de la poste.

En temps normal, le roi était trop majestueux pour dire ce qu'il pensait de ses sujets. Dès sa plus tendre enfance, on l'avait exercé à l'art de montrer à son peuple un respect en général non mérité. Mais ce jour-là, il avait mal partout et, par ailleurs, il avait dû tenir sa langue toute sa vie et en avait ras la couronne.

— Votre Majesté, vous ne comprenez pas, plaida Ingmar.

— Si je n'étais pas seul, j'aurais prié ma garde d'expliquer à l'importun devant moi que j'ai bien saisi, rétorqua le roi, choisissant, par l'emploi de la troisième personne, de ne pas s'adresser directement à l'infortuné sujet.

— Mais... insista Ingmar avant que le roi ne lui assène un coup de son pommeau en argent sur le front.

— Ça suffit ! s'exclama le royal promeneur.

Ingmar en resta sur le cul et laissa ainsi le champ libre à Sa Majesté. Le sujet demeura à terre tandis que le roi s'éloignait.

Ingmar fut anéanti.

Pendant vingt-cinq secondes.

Puis il se releva avec lenteur et suivit longuement son roi des yeux. Et encore.

— Sous-fifre ? Importun ? Tu me le paieras.

Et boum, badaboum ! Retournement complet de situation.

3

Où il est question d'une peine sévère, d'un pays incompris et de trois filles chinoises aux multiples facettes

Selon l'avocat d'Engelbrecht Van der Westhuizen, la fille noire s'était jetée sur la chaussée et son client avait tenté par tous les moyens de l'éviter. En conséquence, la responsabilité de l'accident incombait à la fille, pas à lui. L'ingénieur Van der Westhuizen était une victime. Par ailleurs, la Noire marchait sur un trottoir réservé aux Blancs.

L'avocat commis d'office de Nombeko ne plaida pas, car il avait oublié de se présenter au procès. Quant à l'intéressée, elle préféra garder le silence, surtout parce qu'elle avait une fracture de la mâchoire, ce qui lui coupait l'envie de parler.

Ce fut donc le juge qui prit sa défense. Il rappela sèchement à M. Van der Westhuizen qu'il avait dans le sang au moins cinq fois la dose d'alcool tolérée et que les Noirs avaient évidemment le droit de circuler sur ce trottoir, même si cela paraissait inconvenant. Mais si la fille s'était précipitée sur la chaussée – un point qui ne prêtait pas à discussion puisque M. Van der Westhuizen affirmait que c'était le cas –

une grande partie de la responsabilité revenait alors à Nombeko.

Au final, elle fut condamnée à verser cinq mille rands à M. Van der Westhuizen au titre du préjudice moral, et deux mille de plus pour la tôle froissée.

Nombeko avait les moyens de régler tant l'amende que les réparations de tout ou partie de la carrosserie. Elle aurait sans peine eu les moyens de lui payer une nouvelle voiture. Dix, même. En effet, sa bourse était généreusement garnie, ce que personne dans cette salle de tribunal, ni nulle part ailleurs, n'avait de raison de soupçonner. Elle avait déjà vérifié à l'hôpital, avec son seul bras valide, que les diamants se trouvaient toujours dans la doublure de son manteau.

Sa fracture de la mâchoire n'était néanmoins pas la principale raison de son silence. Les diamants étaient des objets volés. À un homme mort, certes, mais quand même. Et puis, il s'agissait de pierres, pas d'argent liquide. Si elle en sortait une, on lui prendrait les autres, et dans le meilleur des cas on l'emprisonnerait pour vol ; dans le pire, pour complicité de vol avec violence et meurtre. En d'autres termes, la situation était délicate.

Le juge scruta Nombeko et crut lire autre chose dans son expression soucieuse. Il déclara que la jeune fille ne semblait pas disposer de revenus dignes de ce nom et qu'il pouvait la condamner à payer ses dettes en travaillant pour M. Van der Westhuizen, si l'ingénieur approuvait cet arrangement. Après tout, le juge et l'ingénieur avaient testé de telles dispositions une fois déjà et elles s'étaient révélées satisfaisantes, non ?

Engelbrecht Van der Westhuizen frissonna en songeant à la manière dont il s'était retrouvé avec trois domestiques jaunes sur les bras, mais, bon, elles lui étaient très utiles à présent. Une bamboula en plus ne serait peut-être pas du luxe. Même si ce spécimen misérable avec une jambe cassée, un bras fracturé et une mâchoire en morceaux l'encombrerait peut-être plus qu'autre chose.

— À salaire réduit, dans ce cas, répondit-il. Le juge voit bien l'état dans lequel elle est.

L'ingénieur Engelbrecht Van der Westhuizen fixa les émoluments à cinq cents rands par mois, desquels seraient soustraits quatre cent vingt rands de frais et logement. Le juge marqua son assentiment d'un signe de tête.

Nombeko fut au bord d'éclater de rire, juste au bord, parce qu'elle avait mal partout. Ce gros lard de juge et ce menteur d'ingénieur venaient de suggérer qu'elle travaillerait gratuitement pendant plus de sept ans ! Au lieu de payer les amendes qui, malgré leur côté déraisonnable tant sur leurs motifs que sur leur montant, représentaient une somme presque négligeable au regard de ses finances.

N'empêche. Cet arrangement constituait peut-être la solution à son dilemme. Elle pouvait emménager chez l'ingénieur, laisser cicatriser ses blessures et se faire la belle le jour où elle sentirait que la Bibliothèque nationale de Pretoria ne pouvait plus attendre. Après tout, elle était sur le point d'être condamnée à devenir domestique, pas à une peine de prison.

Elle allait accepter la proposition du juge, mais gagna quelques secondes de réflexion supplémentaires en protestant un peu, malgré sa mâchoire douloureuse.

— Cela ferait quatre-vingts rands nets. Avant que j'aie fini de payer tout ce que je dois, j'aurai travaillé chez l'ingénieur sept ans, trois mois et vingt jours. Le juge ne trouve-t-il pas cette peine un peu sévère pour une personne qui a juste eu le malheur d'être renversée sur un trottoir par un individu qui, eu égard à son taux d'alcoolémie, n'aurait même pas dû prendre le volant ?

Le juge en resta bouche bée. Non seulement parce que la fille s'était exprimée en termes choisis, remettant en question le déroulement des événements que l'ingénieur avait livré sous serment, mais aussi parce qu'elle avait calculé la durée de sa peine avant même que quiconque dans la pièce en ait eu une idée approximative. Il aurait dû la rabrouer, mais il était trop curieux de savoir si son calcul était juste. Il se tourna alors vers son greffier qui, après quelques minutes, confirma :

— Euh, oui, il se pourrait bien effectivement que, comme cela a été dit, nous parlions de sept ans, trois mois et... oui... vingt jours ou quelque chose comme ça.

Engelbrecht Van der Westhuizen prit une gorgée de la petite bouteille brune de sirop pour la toux qu'il gardait en permanence sur lui, car on ne pouvait pas boire du cognac n'importe où. Il justifia cette gorgée en déclarant que le choc causé par cet affreux accident devait avoir aggravé son asthme. Le médicament lui fit du bien.

— Je pense que nous allons arrondir à l'inférieur, déclara-t-il. Sept ans pile, ça m'ira. Il y a moyen de débosseler la voiture.

Nombeko décida que quelques semaines de plus ou de moins chez ce Van der Westhuizen valaient mieux que trente ans de prison. Bien sûr, c'était dommage que la Bibliothèque nationale de Pretoria doive attendre, mais il lui restait encore un sacré bout de chemin pour y parvenir, du genre qu'on n'entreprenait pas trop volontiers avec une jambe cassée. Sans compter tout le reste. Y compris les ampoules apparues lors des vingt-six kilomètres inauguraux.

Une petite pause ne pourrait donc pas lui faire de mal, enfin si l'ingénieur ne l'écrasait pas à nouveau.

— Merci, c'est généreux de votre part, ingénieur Van der Westhuizen, répondit-elle, acceptant par la même occasion la proposition du juge.

Il devrait se contenter d'« ingénieur Van der Westhuizen », car elle n'avait pas l'intention de l'appeler « maître ».

Après le verdict, Nombeko atterrit sans plus attendre sur le siège passager de l'ingénieur Van der Westhuizen, qui se dirigeait vers le nord d'une main tandis que l'autre serrait une bouteille de cognac Klipdrift. Le breuvage était identique tant en odeur qu'en couleur au sirop pour la toux que Nombeko l'avait vu biberonner pendant le procès.

Ces événements se produisirent le 16 juin 1976.

Le même jour, un grand nombre d'écoliers de Soweto prirent en grippe la dernière idée du gouvernement : l'enseignement, déjà médiocre, serait désormais dispensé en afrikaans. Les jeunes descendirent donc dans la rue pour manifester leur mécontentement. Ils estimaient qu'il était plus facile d'apprendre quand on comprenait ce que disait l'enseignant. Et qu'un texte est plus accessible au lecteur s'il est possible de le déchiffrer. Par conséquent, disaient les jeunes, l'enseignement devait se poursuivre en anglais.

La police sur place écouta le raisonnement des manifestants avec intérêt, puis défendit le point de vue du gouvernement, à la manière spécifiquement sud-africaine.

En ouvrant le feu sur le cortège.

Vingt-trois manifestants moururent sur-le-champ. Le lendemain, la police étoffa son argument avec des hélicoptères et des blindés. Avant que la fumée ne se fût dissipée, cent vies humaines supplémentaires s'étaient éteintes. Les services municipaux de Johannesburg purent donc revoir le budget scolarité de Soweto à la baisse du fait d'un effectif réduit.

Nombeko échappa à tout cela. L'État venait de la transformer en esclave et elle était en route pour la maison de son nouveau maître.

— Est-ce encore loin, monsieur l'ingénieur ? demanda-t-elle, histoire de dire quelque chose.

— Non, pas vraiment, répondit l'ingénieur Van der Westhuizen, mais ne parle pas plus que nécessaire. Contente-toi de répondre quand on t'adresse la parole.

L'ingénieur Van der Westhuizen était un sacré numéro. Nombeko avait compris que c'était un menteur au procès. Un alcoolique, durant le trajet en voiture. C'était aussi un imposteur au plan professionnel. Il était complètement dépassé par son travail, mais se maintenait au sommet en exploitant des gens qui, eux, étaient compétents.

Cela n'aurait pu être qu'un grain de sable dans le Grand Tout si l'ingénieur n'avait pas été chargé d'une des missions les plus secrètes et épineuses au monde : c'était lui qui devait transformer l'Afrique du Sud en puissance nucléaire. L'opération était orchestrée depuis le centre de recherche de Pelindaba, à environ une heure au nord de Johannesburg.

Bien sûr, Nombeko n'en savait alors rien, mais elle comprit que les choses ne seraient pas aussi simples qu'elle l'avait cru quand ils approchèrent de leur point de chute.

Alors que le contenu de la bouteille de cognac diminuait à vue d'œil, l'ingénieur et elle arrivèrent au poste de garde. Après vérification de leur identité, ils purent franchir les grilles entourées d'une clôture de trois mètres de haut, électrifiée avec du douze mille volts. Venaient ensuite un no man's land de quinze mètres surveillé par deux gardes avec chiens et un autre grillage aussi élevé et parcouru par le même voltage. Et on avait pris soin de truffer de mines un champ tout autour des installations.

— Voilà où tu vas vivre et réparer ton délit, lui expliqua l'ingénieur.

Clôture électrifiée, maîtres-chiens et champ de mines étaient des paramètres que Nombeko n'avait pas envisagés lors du jugement, quelques heures plus tôt.

— Les lieux ont l'air accueillants.

— Voilà que tu recommences à parler pour ne rien dire.

Le programme nucléaire sud-africain avait débuté en 1975, un an avant que l'ingénieur Van der Westhuizen, ivre, ne renverse accidentellement une fille noire. Deux raisons expliquaient qu'il ait bu du cognac à l'hôtel Hilton jusqu'à ce qu'on l'en chasse avec courtoisie. La première était son alcoolisme. L'ingénieur avait besoin d'au moins une bouteille entière de Klipdrift par jour pour que son organisme veuille bien continuer à fonctionner. La seconde était sa mauvaise humeur. Et sa frustration. Le Premier ministre Vorster venait de lui mettre la pression, en se plaignant qu'il n'y ait eu aucune avancée au bout d'un an.

L'ingénieur s'était efforcé de soutenir le contraire. Un système d'échange avait été mis en place avec Israël. Certes, il avait été initié par le Premier ministre lui-même, mais désormais l'uranium partait vers Jérusalem, tandis que le tritium effectuait le trajet inverse. Dans le cadre de ce projet, deux agents israéliens étaient en poste à Pelindaba de manière permanente.

Non, le Premier ministre n'avait pas à se plaindre de la collaboration avec Israël, Taïwan et d'autres. C'était la réalisation en elle-même qui posait problème. Ou, pour reprendre les termes du Premier ministre :

— Ne nous donnez pas des tas d'explications sur ceci ou cela. Ne nous donnez plus d'autres partenariats à droite ou à gauche. Donnez-nous une bombe atomique, bordel, monsieur Van der Westhuizen. Puis donnez-nous-en cinq autres.

Tandis que Nombeko prenait ses quartiers derrière la double clôture de Pelindaba, Balthazar Johannes Vorster, le Premier ministre, soupirait dans son palais. Il avait des corvées à accomplir du matin au soir. Le dossier le plus brûlant sur son bureau était celui des six bombes atomiques. Et si ce lèche-bottes de Van der Westhuizen n'était pas le bon cheval pour ce boulot ? L'ingénieur ne cessait de parler, mais ne livrait jamais rien.

Vorster marmonna tout bas quelque chose au sujet de ces satanées Nations unies, des communistes en Angola, des Soviétiques et de Cuba qui envoyaient des hordes de révolutionnaires en Afrique méridionale, et des marxistes qui s'étaient déjà emparés du pouvoir au Mozambique. Et puis cette maudite CIA qui parvenait toujours à apprendre ce qui se tramait et était ensuite incapable de garder pour elle ce qu'elle savait.

« Nan, mais putain » était l'expression qui résumait

la pensée de B. J. Vorster à l'égard du monde en général.

C'était maintenant que la nation était menacée, pas quand l'ingénieur daignerait sortir ses mains de ses poches.

Le Premier ministre n'avait pas pris le chemin le plus court pour arriver au pouvoir. À la fin des années 1930, dans sa jeunesse, il avait été séduit par le nazisme. Vorster estimait que les nazis allemands employaient des méthodes intéressantes quand il s'agissait de séparer peuple et peuple. Il l'expliquait à tous ceux qui voulaient bien l'écouter.

Puis la guerre mondiale s'était déclenchée. Malheureusement pour Vorster, l'Afrique du Sud avait pris le parti des Alliés (il faut dire que c'était une partie de l'empire britannique) et les nazis comme lui furent enfermés quelques années en attendant la victoire. Une fois relâché, il se montra plus prudent ; de tout temps, les idées nazies se portent mieux lorsqu'elles ne disent pas leur nom.

Dans les années 1950, Vorster redora son blason. Au printemps 1961, l'année où Nombeko naissait dans un taudis de Soweto, il fut nommé au poste de ministre de la Justice. L'année suivante, lui et ses policiers parvinrent à attraper dans leurs filets le plus affreux de tous les gros poissons : Nelson Rolihlahla Mandela, le terroriste de l'ANC, le mouvement de résistance sud-africain.

Condamné à perpétuité, Mandela fut expédié sur une île-prison au large du Cap, où il était prévu qu'il reste jusqu'à ce qu'il moisisse. Vorster pensait que cela pourrait aller assez vite.

Pendant que Mandela commençait supposément à pourrir, Vorster continuait à grimper les échelons. Pour franchir le dernier, déterminant, il reçut l'aide d'un Africain. La bureaucratie de l'apartheid avait classé cet homme parmi les Blancs, ce qui était une erreur, car il avait l'air d'un homme de couleur, si bien qu'il n'était à sa place nulle part. Le seul remède que cet individu trouva pour apaiser ses tourments psychiques consista à planter un couteau dans le ventre du prédécesseur de B. J. Vorster, à quinze reprises.

Celui qui était à la fois blanc et noir fut interné dans un hôpital psychiatrique où il resta trente-trois ans sans jamais comprendre à quelle race il appartenait. Ensuite, il mourut. Le Premier ministre, qui avait reçu quinze coups de couteau et qui était absolument certain d'être blanc, mourut, lui, illico presto.

La nation avait donc besoin d'un nouveau Premier ministre. Si possible, genre dur à cuire. En deux temps trois mouvements, l'ancien nazi Vorster hérita du poste.

Il était satisfait de ce que lui et la nation avaient accompli sur le plan de la politique intérieure. Avec la nouvelle législation, le gouvernement pouvait qualifier de terroriste n'importe qui, puis emprisonner l'intéressé pour n'importe quelle durée et au motif de son choix. Voire sans motif.

Une autre réussite était la création de zones, une par ethnie, sauf pour les Xhosa, à qui on en attribua deux, vu leur nombre. Il avait suffi de rassembler chaque sorte de bamboulas, de les parquer dans le secteur prévu à cet effet, de leur retirer la citoyenneté sud-africaine et de leur donner celle de leur nouveau territoire à la place. Celui qui n'est plus sud-africain ne peut pas prétendre à des droits sud-africains. Logique.

La politique étrangère était un morceau plus coriace.

Le monde extérieur ne cessait de se méprendre sur les ambitions du pays. On poussait par exemple les hauts cris (bien trop hauts), contestant la vérité incontournable proclamée par l'Afrique du Sud : celui qui n'est pas blanc au départ ne le sera jamais. Vorster, l'ancien nazi, éprouvait quand même une certaine satisfaction à collaborer avec Israël. Bien sûr, c'était un peuple de Juifs, mais souvent aussi incompris que lui-même.

Nan, mais putain, se dit Vorster pour la seconde fois.

Que fabriquait cet incapable de Van der Westhuizen ?

Engelbrecht Van der Westhuizen tirait grand bénéfice de la nouvelle esclave que la providence lui avait fournie. Même quand elle traînait sa jambe dans le plâtre et avait encore le bras gauche en écharpe, elle se montrait assez efficace. Quel que soit son nom.

Au début, il l'appelait « bamboula 2 » pour la distinguer de l'autre Noire, celle qui faisait le ménage du poste de garde. Mais lorsque ce surnom arriva aux oreilles de l'évêque de l'église réformée locale, l'ingénieur eut droit à un sermon : les Noirs avaient droit à plus de respect.

Environ cent ans plus tôt, l'Église avait laissé les Noirs communier au même moment que les Blancs, même s'ils devaient attendre que tous les Blancs soient passés devant l'autel. Ils finirent par être si nombreux, et la file d'attente si longue, qu'on décida de leur attribuer leurs propres églises. Selon l'évêque, il n'était pas possible de surcharger l'Église réformée au motif que les Noirs se reproduisaient comme des lapins.

— Respect, répéta l'homme d'Église. Pensez-y, monsieur l'ingénieur.

Engelbrecht Van der Westhuizen écouta son évêque, mais le prénom de Nombeko restait toujours aussi impossible à mémoriser. Quand il s'adressait à elle, il l'appelait « Comment-tu-t'appelles-déjà ». Et quand il parlait d'elle… ? Eh bien, cela n'arrivait jamais, car il n'avait aucune raison de faire référence à sa personne.

Le Premier ministre Vorster lui avait déjà rendu deux visites. Il ne s'était pas départi d'un sourire aimable, mais le sous-entendu était clair : si les six bombes n'étaient pas rapidement opérationnelles, l'ingénieur Van der Westhuizen, lui, ne le serait peut-être plus pour longtemps.

Avant la première rencontre avec le ministre, l'ingénieur avait pensé enfermer Comment-tu-t'appelles-déjà dans le placard à balais. Certes, employer une femme de ménage noire ou de couleur était permis dans cette zone à condition qu'elle n'ait jamais d'autorisation de sortie, mais l'ingénieur trouvait que sa présence faisait sale.

L'inconvénient de remiser son esclave dans un placard à balais était qu'il ne l'aurait plus sous la main, or l'ingénieur avait vite compris qu'elle pourrait lui être utile. Pour une raison incompréhensible, le cerveau de cette fille fonctionnait à plein régime. Bien plus effrontée que cela était tolérable, cette Comment-tu-t'appelles-déjà brisait toutes les règles imaginables. L'une de ses plus grandes impudences avait consisté à s'aventurer dans la bibliothèque du centre de recherche sans autorisation et même d'en sortir des ouvrages. La première pensée de Van der Westhuizen avait été de mettre un terme à cette manie et de demander à la sécurité qu'elle enquête. Qu'est-ce qu'une analphabète de Soweto pouvait bien faire avec des livres ?

Puis il avait remarqué qu'elle lisait bel et bien ce

qu'elle empruntait. Intrigant : lire n'est pas le trait le plus frappant chez les analphabètes de la nation. L'ingénieur examina ensuite ses lectures : tout y passait, y compris des ouvrages très techniques en mathématiques, chimie, électrotechnique et métallurgie (les domaines qu'il aurait dû approfondir). Il la prit un jour en flagrant délit, plongée dans un livre au lieu de récurer le sol, et fut abasourdi de voir la fille sourire devant un tas de formules mathématiques.

Elle lisait, hochait la tête et souriait.

L'ingénieur le ressentit comme une pure provocation. Lui n'avait trouvé aucune joie à étudier les mathématiques. Ni aucune autre matière, d'ailleurs. Pourtant, il avait obtenu les meilleures notes à la fac – son père était le plus gros donateur de l'université.

L'ingénieur savait qu'il n'était pas nécessaire de tout savoir sur tout. Il était facile de se hisser jusqu'au sommet avec de bonnes notes, le bon père et une exploitation éhontée de la compétence des autres. Pour se maintenir à ce poste, il s'agissait dans le cas présent qu'il livre la marchandise. Enfin, pas lui en personne, mais les chercheurs et les techniciens qu'il avait embauchés et qui trimaient jour et nuit en son nom.

L'équipe progressait et l'ingénieur était certain que dans un avenir pas trop lointain ils auraient résolu les problèmes techniques résiduels qui leur permettraient de tester les bombes. Le chef des chercheurs n'était pas un crétin. Mais il était pénible, car il s'obstinait à lui livrer un rapport sur la moindre avancée, puis il attendait une réaction de sa part.

C'est là que Comment-tu-t'appelles-déjà était entrée en scène. En la laissant feuilleter à sa guise les ouvrages de la bibliothèque, l'ingénieur lui avait ouvert en grand la porte des mathématiques et elle assimilait tout ce qui avait trait aux nombres algébriques, transcendantaux, imaginaires et complexes, à la constante d'Euler, aux équations différentielles et diophantiennes, et à un nombre infini (∞) d'autres complexités, plus ou moins obscures pour l'ingénieur.

Au fil du temps, Nombeko aurait fini par devenir le bras droit du chef si elle n'avait pas été une femme et, surtout, si elle n'avait pas eu la mauvaise couleur de peau. Dans la situation présente, elle conservait le titre de « domestique », mais c'était elle qui, parallèlement aux tâches ménagères, lisait tous les pavés décrivant les problèmes, les résultats des tests et les analyses transmis par le chef des chercheurs. Ce dont l'ingénieur était incapable.

— De quoi parle cette merde ? lui demanda un jour l'ingénieur, lui collant une nouvelle liasse de documents dans la main.

Une fois sa lecture terminée, Nombeko répondit :

— Il s'agit d'une analyse des conséquences de la charge statique et dynamique d'une bombe en fonction de son nombre de mégatonnes.

— Exprime-toi de manière compréhensible.

— Plus la bombe est puissante, plus le nombre de bâtiments pulvérisés augmente.

— N'importe quel gogol comprendrait ça, non ? Ne suis-je entouré que d'idiots ? lança l'ingénieur avant de se servir un cognac et d'inviter la femme de ménage à disparaître de sa vue.

Nombeko estimait que Pelindaba était presque un palace, pour une prison. Lit propre, accès aux W-C au lieu de devoir vider quatre mille latrines par jour, deux repas quotidiens à deux plats, avec des fruits pour le déjeuner. Plus une bibliothèque qui, si elle ne lui appartenait pas, lui était quasiment réservée. Nombeko n'en demandait pas davantage. Même si l'éventail des disciplines traitées était limité. Nombeko s'imaginait que celle de Pretoria couvrait tous les domaines. Et certains des ouvrages de Pelindaba étaient anciens ou dépassés, voire les deux.

C'est donc avec un chagrin modéré qu'elle continuait à purger sa peine pour avoir été renversée sur le trottoir par un homme ivre mort, un jour d'hiver de 1976 à Johannesburg. Son existence actuelle était en tout cas plus agréable que le vidage des latrines de la plus grande décharge humaine au monde.

Au bout d'un nombre assez important de mois, elle commença à compter. Elle pensait parfois, pour ne pas dire souvent, à la manière dont elle s'éclipserait de Pelindaba, mais franchir la clôture, le champ de mines, les gardes avec leurs chiens et l'alarme représentait un beau défi.

Creuser un tunnel ?

Non, cette idée était si stupide qu'elle l'abandonna aussitôt.

Se glisser en douce dans un camion ?

Non, elle serait repérée par les bergers allemands et il ne lui resterait alors plus qu'à espérer que leur première morsure lui soit infligée à la carotide afin que la suite ne soit pas trop pénible.

La corruption ?

Mouais, peut-être… mais le coup d'essai devrait se révéler un coup de maître ; et celui qu'elle tenterait de corrompre réagirait sans doute de manière typiquement sud-africaine : il accepterait les diamants et la dénoncerait.

Voler l'identité d'une autre personne ?

Oui, c'était une éventualité. Voler une autre couleur de peau serait plus délicat.

Nombeko décida d'imposer le silence à ses pensées vagabondes. Il était possible que sa seule chance soit de se procurer des ailes. Même pas, car elle serait alors abattue par les huit gardes postés dans les quatre miradors.

Elle avait un peu plus de quinze ans quand on l'avait enfermée derrière la double clôture et le champ de mines, et elle était sur le point de fêter ses dix-sept lorsque l'ingénieur lui annonça avec solennité qu'il lui avait fait délivrer un passeport sud-africain malgré sa couleur de peau. Sans ce document, elle n'aurait en effet pas accès à tous les couloirs où l'ingénieur paresseux estimait qu'il serait utile qu'elle puisse circuler.

Il conservait le passeport dans le tiroir de son bureau et comme il éprouvait le besoin permanent d'humilier les gens, il ne cessait de lui répéter qu'il était obligé de le garder fermé à clé.

— Comme ça, Comment-tu-t'appelles-déjà, tu ne te mettras pas en tête de te faire la belle. Sans passeport, tu ne peux pas quitter le pays, et alors nous te retrouverons toujours, tôt ou tard, déclara l'ingénieur avant de lui lancer un sourire mauvais.

Nombeko répondit que Comment-elle-s'appelle-déjà avait accès au passeport, puisqu'elle était depuis longtemps responsable du trousseau de l'ingénieur, ce qui incluait la clé de son bureau.

— Et je ne me suis pas sauvée pour autant, conclut Nombeko, gardant pour elle que c'était plutôt les gardes, les chiens, l'alarme, le champ de mines et les douze mille volts de la clôture qui l'avaient retenue.

L'ingénieur dévisagea sa femme de ménage. Voilà qu'elle se montrait à nouveau impertinente ! Elle le rendait fou. Et le pire, c'est qu'elle avait tout le temps raison !

Maudite petite peste !

Deux cent cinquante personnes travaillaient à différents niveaux au plus secret des projets secrets. Nombeko avait vite constaté que le chef suprême n'avait que le talent de s'enivrer. Et puis, il était chanceux (jusqu'au jour où il ne le fut plus).

Durant la période d'expérimentation, les fuites incessantes dans les essais avec l'hexafluorure d'uranium posaient problème. Sur le mur de son bureau, l'ingénieur Van der Westhuizen avait accroché un tableau noir sur lequel il traçait des lignes et des flèches ainsi que des formules et quelques autres graffitis pour donner l'impression qu'il réfléchissait. Assis dans son fauteuil, l'ingénieur marmonnait « hydrogène comme gaz porteur », « hexafluorure d'uranium », « fuite », le tout entrecoupé de jurons en anglais et en afrikaans. Nombeko aurait pu le laisser jurer à sa guise, puisqu'elle n'était là que pour passer le balai, mais elle finit quand même par intervenir :

— Bon, je ne sais pas grand-chose au sujet des gaz porteurs et c'est à peine si j'ai entendu parler d'hexafluorure d'uranium, mais je vois bien que monsieur est confronté à un problème d'autocatalyse.

L'ingénieur ne répondit rien, mais regarda au-delà de Comment-elle-s'appelle-déjà, en direction de la porte donnant sur le couloir, pour s'assurer que personne n'écoutait au moment où cette singulière créature s'apprêtait à se montrer plus futée que lui.

— Dois-je interpréter le silence de l'ingénieur comme une autorisation à poursuivre ? D'habitude, je ne peux parler que s'il m'a adressé la parole au préalable.

— Oui, continue, bon sang !

Nombeko lui adressa un sourire amical et déclara qu'en ce qui la concernait le nom donné aux composantes du problème n'avait pas d'importance, puisqu'il suffisait de leur appliquer des principes mathématiques.

— Nous appellerons A le gaz porteur, et B l'hexafluorure d'uranium.

Elle se dirigea alors vers le tableau, effaça les inepties de l'ingénieur et y inscrivit l'équation correspondant à la vitesse d'une réaction autocatalytique de premier ordre. Comme l'ingénieur ne faisait que regarder bêtement, elle explicita son raisonnement en traçant une courbe sigmoïdale. Lorsqu'elle eut fini, elle comprit que l'ingénieur Van der Westhuizen ne comprenait pas ce qu'elle avait écrit, à l'égal de n'importe quel videur de latrines. Ou de n'importe quel employé des services sanitaires de Johannesburg.

— S'il vous plaît, monsieur l'ingénieur, faites un effort, car j'ai des sols à récurer. Le gaz et le fluorure ne s'entendent pas bien et leur mésentente ne fait que s'accroître de manière exponentielle.

— Quelle est la solution alors ?

— Je ne sais pas. Je n'ai pas eu le temps d'y réfléchir. Comme je vous l'ai dit, je ne suis qu'une femme de ménage.

À cet instant, l'un des collaborateurs, tous qualifiés, de l'ingénieur Van der Westhuizen entra dans le bureau. L'équipe avait découvert que le problème était de nature autocatalytique, ce qui entraînait une contamination dans le filtre du processeur, et une solution serait bientôt trouvée.

Le collaborateur n'eut pas à jouer les messagers,

car, juste derrière la bamboula armée de son balai à franges, il lut ce que Nombeko avait écrit au tableau.

— Bon, le chef a déjà trouvé ce que j'étais venu lui dire. Dans ce cas, je ne vais pas le déranger plus longtemps, déclara-t-il en tournant les talons.

L'ingénieur Van der Westhuizen garda le silence derrière son bureau et se servit un autre verre de Klipdrift.

Une heureuse coïncidence, lui glissa Nombeko. Elle allait bientôt le laisser tranquille, mais elle avait juste deux questions à lui poser. La première était de savoir si l'ingénieur trouverait opportun qu'elle lui livre une description mathématique de la manière dont son équipe pourrait faire passer la capacité de douze mille unités de travail de séparation par an à vingt-quatre mille, avec un dosage constant à 0,46 pour cent.

L'ingénieur l'estimait opportun.

La seconde question était de savoir si l'ingénieur pouvait avoir l'amabilité de commander une nouvelle brosse à récurer, étant donné que son chien avait grignoté la précédente.

L'ingénieur répondit qu'il ne pouvait rien promettre.

Quitte à être enfermée sans possibilité d'en sortir, Nombeko se disait qu'elle pouvait tout aussi bien savourer les côtés positifs de l'existence. Il serait ainsi passionnant de voir combien de temps cet imposteur de Van der Westhuizen réussirait à faire illusion.

En fin de compte, elle avait plutôt la belle vie. Elle lisait quand personne ne la voyait, nettoyait quelques couloirs, vidait quelques cendriers, lisait les analyses de l'équipe de recherche et en faisait des comptes rendus simplifiés à l'ingénieur.

Elle passait son temps libre avec les autres aides-ménagères, qui appartenaient à une minorité que le système de l'apartheid avait plus de difficultés à caser. Elles étaient classées dans le groupe « Asiatiques en tous genres ». Pour être exact, elles étaient chinoises.

Les Chinois avaient atterri en Afrique du Sud presque un siècle plus tôt, à une époque où le pays avait besoin de main-d'œuvre bon marché (et qui ne se plaignait pas à tout bout de champ) pour exploiter les mines d'or à proximité de Johannesburg. Cette époque était révolue, mais la colonie chinoise était restée.

Les trois Chinoises (la petite sœur, la moyenne et la grande) étaient enfermées avec Nombeko le soir. Au début, elles avaient gardé leurs distances, mais le mah-jong se joue beaucoup mieux à quatre qu'à trois, et surtout cette fille de Soweto n'avait pas l'air aussi stupide que son statut de non-Jaune pouvait le laisser craindre.

Nombeko ne s'était pas fait prier et avait rapidement maîtrisé les secrets des pung, kong, chow et autres subtilités du jeu. Favorisée par sa capacité à mémoriser les cent quarante pièces, elle gagnait trois parties sur quatre, laissant les filles remporter la dernière.

Une fois par semaine, Nombeko fournissait à ses compagnes des informations sur l'état du monde, qu'elle avait glanées dans les couloirs et à travers les portes. Le bulletin d'actualités était loin d'être exhaustif, mais son public n'était pas très exigeant. À titre d'exemple, quand Nombeko leur expliqua que les autorités chinoises avaient pris la décision d'autoriser à nouveau Aristote et Shakespeare dans le pays, les filles s'étaient réjouies pour les deux hommes, à qui cela avait sans doute fait très plaisir.

Grâce aux soirées actu et aux parties de jeu, les

quatre sœurs d'infortune devinrent des amies. Les signes et les symboles gravés sur les pièces de mahjong poussèrent les Chinoises à enseigner leur dialecte à Nombeko. Celle-ci en échange tenta de leur apprendre l'isiXhosa, la langue de sa mère, avec moins de succès.

Les Chinoises avaient atterri entre les griffes de l'ingénieur à peu près de la même manière que Nombeko, sauf qu'elles avaient écopé de quinze ans au lieu de sept. Elles avaient rencontré l'ingénieur dans un bar de Johannesburg. Il les avait draguées toutes les trois, mais elles avaient déclaré qu'elles avaient besoin d'argent pour un parent malade et voulaient donc vendre non pas leur corps, mais un objet de famille d'une grande valeur.

Même si l'ingénieur était avant tout concupiscent, il flairait qu'il y avait peut-être moyen de faire une bonne affaire. Il avait donc suivi les filles à leur domicile, où elles lui avaient montré une oie en terre cuite de la dynastie Han, environ deux cents ans avant Jésus-Christ. Elles en voulaient vingt mille rands. L'ingénieur comprit que l'objet devait en valoir dix fois plus, voire cent ! Les filles n'étaient que des gamines, chinoises de surcroît, alors il leur en offrit quinze mille en liquide, tout droit sortis de la banque le lendemain (« Cinq mille chacune, à prendre ou à laisser ! »). Ces idiotes avaient accepté.

L'oie unique avait pris place sur un piédestal dans son bureau jusqu'à ce qu'un an plus tard un agent du Mossad, participant lui aussi au projet de bombe atomique, jette un œil plus attentif à l'objet. Il lui fallut dix secondes pour rendre son verdict : camelote. L'enquête qui s'ensuivit, conduite par un ingénieur au regard assassin, révéla que l'oie n'avait pas été façonnée par un artisan de la province de Zhejiang sous la dynastie Han environ deux cents ans avant Jésus-Christ, mais probablement par trois filles chinoises de la banlieue de Johannesburg, autour de 1975 après Jésus-Christ.

Les filles avaient eu l'imprudence de pigeonner l'ingénieur dans leur propre maison, si bien que l'ingénieur et les autorités n'eurent aucun mal à leur mettre la main dessus. Des quinze mille couronnes, il n'en restait que deux, raison pour laquelle les filles étaient à présent enfermées à Pelindaba pour encore dix années.

— Entre nous, nous appelons l'ingénieur 鹅, déclara l'une des filles.

— L'Oie, traduisit Nombeko.

Ce que les Chinoises souhaitaient par-dessus tout était de retourner dans le quartier chinois de Johannesburg pour continuer à produire des oies d'avant Jésus-Christ en gérant l'affaire de manière un peu plus subtile.

À Pelindaba, elles n'étaient pas plus dans la détresse que Nombeko. Parmi les tâches qui leur incombaient, elles devaient servir les repas de l'ingénieur et des gardes, et s'occupaient du courrier qui entrait et sortait de la base. Surtout celui qui sortait. Tout objet, petit ou grand, susceptible d'être volé sans que cela manque trop à quelqu'un était adressé à la mère des filles et placé dans le panier des expéditions. La mère recevait les colis avec reconnaissance et revendait les objets, se félicitant d'avoir investi dans l'éducation de ses enfants en leur faisant apprendre à lire et écrire l'anglais.

Elles ne faisaient pas très attention et prenaient des risques, ce qui leur valait régulièrement des déconvenues. Comme la fois où elles s'étaient trompées dans les adresses : le ministre des Affaires étrangères, en personne, avait appelé l'ingénieur Van der Westhuizen pour lui demander pourquoi il avait reçu un colis de huit bougies, deux perforateurs et quatre chemises vides. Dans le même temps, la mère des filles avait reçu un rapport technique de quatre cents pages sur les faiblesses de l'utilisation du neptunium comme base de la charge de fission, qu'elle s'était empressée de brûler.

Nombeko avait fini par comprendre la gravité de sa situation. Elle s'irritait de s'en apercevoir si tard. En pratique, ce n'était pas à sept ans qu'elle avait été condamnée, mais à perpétuité. À la différence des trois Chinoises, elle avait une vision globale du projet le plus secret sur la planète. Tant qu'il y aurait des clôtures de douze mille volts entre elle et le monde extérieur, il n'y avait pas de problème. Mais si elle était relâchée, elle deviendrait une combinaison de femme noire sans valeur et de bombe à retardement pour la sécurité du pays. Combien de temps lui resterait-il alors à vivre ? Dix secondes. Vingt, si elle avait de la chance.

Sa situation ressemblait à un problème mathématique insoluble. Si elle aidait l'ingénieur à accomplir sa mission, il serait encensé, prendrait sa retraite et toucherait une pension faramineuse de l'État, tandis qu'elle, qui savait tout ce qu'elle ne devait pas savoir, prendrait une balle dans la nuque.

En bref, c'était l'épineuse équation qu'elle avait à résoudre. Tout ce qu'elle pouvait entreprendre était de jouer au funambule, c'est-à-dire agir de son mieux pour que l'ingénieur ne soit pas démasqué comme l'imposteur qu'il était, et faire traîner le projet aussi longtemps que possible. Cela ne la protégerait pas de la balle dans la nuque, mais plus elle retarderait l'aboutissement du projet, plus elle avait de chances qu'un événement se produise – révolution, mutinerie du personnel ou incident tout aussi improbable – qui lui sauverait la vie.

À moins qu'elle ne trouve une autre issue.

Faute d'idées lumineuses, elle s'installait régulièrement à la fenêtre de la bibliothèque pour étudier les mouvements au niveau du portail, à différentes heures de la journée.

Elle avait repéré que chaque véhicule entrant ou sortant était fouillé par les gardes comme par les chiens, sauf celui de l'ingénieur. Et celui du chef de recherche. Et des deux agents du Mossad. Cette bande des quatre était sans doute au-dessus de tout soupçon. Nombeko aurait pu se rendre dans le grand garage, se glisser dans un coffre et être découverte par le garde comme par le chien de service. Ce dernier avait pour instruction de mordre d'abord et de demander l'avis de son maître ensuite. Le petit garage, celui du gratin, aux voitures munies de coffres où l'on pouvait survivre, celui-là, elle n'y avait pas accès. La clé de l'endroit était l'une des rares que l'ingénieur gardait en permanence sur lui.

Par ailleurs, Nombeko avait observé que la femme de ménage noire franchissait en fait la frontière de Pelindaba chaque fois qu'elle vidait la poubelle verte juste de l'autre côté de la clôture de douze mille volts. Cela se produisait un jour sur deux et fascinait Nombeko, car elle était presque certaine que l'employée n'avait pas le droit de pénétrer dans cette zone, mais que les gardes l'y autorisaient pour ne pas avoir à vider leur merde eux-mêmes.

Cela avait donné à Nombeko une idée audacieuse.

Via le grand garage, elle pourrait se faufiler jusqu'à la poubelle, se cacher derrière et accompagner la femme noire de l'autre côté des grilles jusqu'à la benne de la liberté. La Noire agissait selon une routine stricte – un jour sur deux à 16 h 05 – et survivait à la manœuvre parce qu'on avait sans doute intimé aux chiens de garde de ne pas déchiqueter cette bamboula sans demander l'autorisation d'abord. Ce qui ne les empêchait pas de renifler chaque fois la poubelle avec suspicion.

Il s'agissait donc de rendre les chiens indisponibles un après-midi. Alors, et alors seulement, la clandestine aurait une chance de survivre à sa fuite.

Un minuscule empoisonnement pouvait-il porter à conséquence ?

Nombeko mit les trois Chinoises dans le coup, étant donné qu'elles étaient responsables des repas pour les gardes, hommes et chiens.

— Bien sûr ! s'exclama l'aînée, lorsque Nombeko évoqua la question. Nous sommes justement trois expertes en empoisonnement canin. Pour être exacte, deux d'entre nous.

Nombeko ne s'étonnait plus des faits et gestes des filles, mais cette assertion sortait quand même de l'ordinaire. Elle lui demanda de prendre le temps de développer.

Voici ce qu'elle apprit : avant que les filles ne se lancent dans leur lucrative activité de faussaires, leur mère gérait un cimetière pour chiens juste à côté de Parktown West en banlieue de Johannesburg. Les affaires n'étaient pas florissantes, car les chiens sont aussi bien portants et nourris que leurs maîtres blancs, dans ce secteur, et leur espérance de vie tirait donc en longueur. Leur mère avait alors pensé que son aînée et sa benjamine pouvaient améliorer la situation en plaçant de la nourriture empoisonnée dans le parc où les caniches et les pékinois des Albinos s'ébattaient en liberté. À cette époque, la cadette, trop jeune, qui aurait pu avoir l'idée de goûter la nourriture, était exclue de la manœuvre.

En peu de temps, la propriétaire du cimetière canin avait vu son activité exploser et la famille aurait pu continuer à en vivre confortablement si, il fallait bien le reconnaître, elle ne s'était pas montrée trop cupide. Car lorsqu'il y eut dans le parc plus de chiens morts que de vivants, les regards des racistes blancs s'étaient évidemment braqués vers la seule Jaune du secteur et ses filles.

— Ça montre bien leurs préjugés, commenta Nombeko.

Leur mère avait fait ses valises à la hâte, puis elle s'était cachée avec sa progéniture dans le centre de Johannesburg et avait changé d'activité. Cette histoire remontait à plusieurs années, néanmoins les filles se souvenaient des différents dosages de poison.

— Bon, dans le cas présent, il s'agit de huit chiens, qu'il faut juste empoisonner un peu, expliqua Nombeko. Pour qu'ils soient indisposés un jour ou deux. Rien de plus.

— Un empoisonnement à l'éthylène glycol alors, déclara la benjamine.

— Je me disais la même chose, confirma l'aînée.

Elles débattirent de la dose appropriée. La benjamine estimait que trois décilitres suffiraient, mais l'aînée lui rappela qu'on avait affaire à de robustes bergers allemands, pas à des chihuahuas.

Les filles s'accordèrent sur cinq décilitres. Elles

avaient résolu le problème d'une manière si distanciée que Nombeko regrettait déjà sa demande. Ne comprenaient-elles pas quels problèmes elles auraient quand on remonterait à la source de la nourriture empoisonnée ?

— Bah, répondit la cadette. Ça s'arrangera. Première étape, commander un bidon d'éthylène glycol, sinon nous ne pourrons pas procéder à l'empoisonnement.

Les scrupules de Nombeko redoublèrent. Ne se rendaient-elles pas compte que la sécurité les démasquerait illico presto, lorsque le personnel relirait la liste des courses ?

— Attendez un peu, les filles. Ne faites rien avant mon retour. Absolument rien !

Les Chinoises considérèrent Nombeko avec étonnement. Qu'avait-elle en tête ?

Nombeko avait songé à une information qu'elle avait lue dans l'un des innombrables rapports que le chef de recherche avait envoyés à l'ingénieur. Il ne s'agissait pas d'éthylène glycol, mais d'éthane-1,2-diol. Le rapport expliquait que les chercheurs expérimentaient des liquides possédant un point d'ébullition supérieur à cent degrés Celsius pour retarder l'augmentation de température de la masse critique de quelques dixièmes de secondes. C'était là que l'éthane-1,2-diol entrait en jeu. Cette substance et l'éthylène glycol ne possédaient-ils pas plus ou moins les mêmes propriétés ?

Un arrêt à la bibliothèque lui confirma que l'éthane-1,2-diol et l'éthylène glycol étaient carrément la même chose, oui.

Nombeko emprunta deux des clés du trousseau de l'ingénieur, se faufila dans la réserve de produits chimiques à côté de la centrale électrique. Elle y trouva un bidon de vingt-cinq litres d'éthane-1,2-diol presque plein, en versa plus de cinq litres dans le seau dont elle s'était munie, puis retourna auprès des sœurs.

— Voilà, vous en aurez plus qu'assez.

Nombeko et les filles décidèrent de commencer par glisser une dose très faible dans la nourriture des chiens pour voir leur réaction. Elles l'augmenteraient progressivement jusqu'à ce que les huit bêtes soient en arrêt maladie sans que les gardes ne suspectent une action terroriste.

Conformément aux instructions de Nombeko, les filles diminuèrent donc la dose de cinq décilitres à quatre, mais commirent l'erreur de laisser la responsabilité du dosage à la cadette. Celle-ci mélangea la dose convenue à la pâtée de *chaque* chien. Douze heures plus tard, les huit bergers allemands étaient aussi raides morts que leurs congénères de Parktown West quelques années plus tôt. Le matou chapardeur du chef des gardes se trouvait, lui, dans un état critique.

L'éthylène glycol possède cette propriété d'entrer rapidement dans le sang via l'intestin grêle. Dans le foie, il se transforme ensuite en glycolaldéhyde, acide glycolique et oxalate. Si la quantité est assez importante, ces substances se répandent ensuite dans les reins avant de toucher les poumons et le cœur. Conséquence : crise cardiaque pour les toutous.

L'erreur de calcul de la petite Chinoise eut pour effet immédiat de mettre les gardes sur le qui-vive. En conséquence, il fut impossible à Nombeko de se faufiler dehors avec la poubelle.

Les filles furent convoquées pour un interrogatoire dès le deuxième jour, mais tandis qu'elles niaient avec la plus grande fermeté, un membre de la sécurité découvrit un seau presque vide d'éthylène glycol dans le coffre de la voiture d'un employé. Nombeko avait en effet accès au grand garage avec le trousseau de l'ingénieur. Il fallait bien qu'elle se débarrasse du seau quelque part. Le propriétaire du véhicule qui n'avait pas verrouillé son coffre était un collaborateur du genre pas très net. Il n'aurait jamais trahi son pays, mais ce jour-là il avait dérobé le portefeuille de son chef de service. Argent et chéquier furent retrouvés à côté du seau. L'employé fut interpellé, interrogé, renvoyé et condamné à six mois de prison pour vol plus trente-deux ans pour acte terroriste.

— Ça n'est pas passé loin, commenta la cadette.

— Allons-nous faire une nouvelle tentative ? s'enquit la benjamine.

— Dans ce cas, il va falloir attendre une nouvelle meute. Les anciens sont *kaputt*.

Nombeko s'abstint d'ajouter son grain de sel, mais pensa que ses perspectives d'avenir n'étaient guère plus reluisantes que celles du chat du chef des gardes, qui commençait à convulser.

4

Où il est question d'un bon Samaritain,
d'un voleur de vélo et d'une épouse
de plus en plus portée sur la cigarette

Comme il avait dépensé tout l'argent de Henrietta, Ingmar n'avala presque rien durant tout le trajet de retour en stop entre Nice et Södertälje. À Malmö, le petit employé de poste crasseux et affamé tomba sur un soldat de l'Armée du Salut, qui rentrait chez lui après une longue journée au service de Dieu. Ingmar demanda au soldat s'il avait un morceau de pain dont il pouvait se séparer.

Le soldat de l'Armée du Salut se laissa immédiatement envahir par l'esprit d'amour et de compassion, au point qu'il invita Ingmar dans sa demeure. Il lui offrit de la purée, du porc et son propre lit, déclarant qu'il dormirait, lui, sur le sol devant le poêle. Bouche bée, Ingmar se déclara impressionné par la gentillesse de son hôte. L'intéressé lui répondit que l'explication à son comportement se trouvait dans la Bible, surtout dans l'Évangile de saint Luc, où on pouvait lire la parabole du bon Samaritain. Le soldat proposa à Ingmar de lui lire quelques versets des Saintes Écritures.

— Bien sûr, répondit Ingmar, mais lisez en silence, car j'ai besoin de dormir.

Il fut réveillé le lendemain matin par une odeur de pain frais. Après le petit déjeuner, il remercia le soldat au grand cœur, prit congé et lui vola son vélo. En s'éloignant, Ingmar se demanda s'il n'était pas écrit dans la bible que nécessité fait force de loi. Il n'en était pas sûr. Il revendit le bien volé à Lund et, avec l'argent, se paya un billet de train pour retrouver sa femme.

Arrivé devant la porte, il vit Henrietta venir à sa rencontre. Sans lui laisser le temps d'ouvrir la bouche, il annonça qu'il était à présent temps de faire un enfant. Henrietta aurait aimé lui poser des tas de questions, entre autres, pourquoi voulait-il soudain se glisser entre les draps sans son maudit carton de préservatifs pour soldats américains sous le bras, mais elle n'était pas assez stupide pour décliner l'offre. Elle exigea juste que son époux prenne d'abord une douche, car sa puanteur était presque aussi terrible que son apparence.

La toute première aventure sans préservatif du couple dura quatre minutes. Henrietta en fut quand même satisfaite. Son hurluberlu adoré était rentré et il avait jeté le carton de préservatifs à la poubelle avant que le couple n'atteigne le lit. Et si cela signifiait la fin de toutes ces âneries ? Et si, par la grâce de Dieu, ils venaient de concevoir un bébé ?

Quinze heures plus tard, Ingmar se réveilla. Il commença par lui raconter qu'il était bel et bien entré en contact avec le roi à Nice. Enfin, c'était plutôt le contraire. C'était le roi qui avait établi le contact. Avec une canne dans le front d'Ingmar.

— Doux Jésus ! s'exclama Henrietta.

Oui, c'était le moins qu'on puisse dire. Pourtant,

Ingmar lui en était reconnaissant. Le roi lui avait ouvert les yeux. Il lui avait fait comprendre que la monarchie était une invention diabolique qui devait être éradiquée.

— Une invention diabolique ? répéta son épouse, pantoise.

— Qui doit être éradiquée.

Et cette mission nécessitait patience et ruse. Une partie du plan requérait qu'Ingmar et Henrietta conçoivent un enfant, qui s'appellerait Holger.

— Qui ? s'étonna Henrietta.

— Notre fils, bien sûr.

Henrietta, qui, sans l'avouer, avait toute sa vie d'adulte rêvé d'une Elsa, répondit qu'ils pourraient tout aussi bien se retrouver avec une fille. Ingmar lui rétorqua qu'elle devait cesser d'être aussi négative. Si elle lui servait à manger, il lui promettait de lui raconter comment se passeraient les choses à l'avenir.

Henrietta s'exécuta. Elle fit réchauffer les restes et les accompagna de betterave rouge et d'œufs. Entre deux bouchées, Ingmar lui relata plus en détail sa rencontre avec Gustave V. Pour la première fois (mais pas la dernière, loin de là), il mentionna « sous-fifre » et « importun ». Pour la deuxième fois (mais pas la dernière, loin de là), il répéta l'histoire de la canne en argent.

— Et maintenant, il faut éradiquer la monarchie ? demanda Henrietta. Avec de la patience et de la ruse ? Et quelles formes prendront la patience et la ruse ?

Historiquement parlant, ni la patience ni la ruse n'avaient été des traits caractéristiques de son époux. Henrietta s'abstint toutefois d'y faire allusion.

Pour ce qui était de la patience, Ingmar se rendait bien compte qu'il faudrait plusieurs mois au petit, conçu la veille, pour arriver et qu'il s'écoulerait ensuite des années avant que Holger ne soit assez âgé pour prendre le relais de son père.

— Le relais pour quoi ? s'étonna Henrietta.

— Pour la lutte, ma chère Henrietta. La lutte.

Ingmar avait eu tout le temps de réfléchir durant sa traversée de l'Europe en stop. L'éradication de la monarchie ne serait pas aisée. C'était sans doute un projet à l'échelle d'une vie. Peut-être même davantage. C'était là que Holger entrait en scène. Car si Ingmar partait avant que la lutte ne soit gagnée, son fils reprendrait le flambeau.

— Pourquoi Holger ? s'enquit Henrietta parmi toutes les questions qu'elle se posait encore.

Euh, en fait le garçon pouvait s'appeler comme il voulait. Ce n'était pas le nom qui était important, mais la lutte. On pouvait aussi décider de ne pas lui donner de prénom. Mais ce ne serait pas pratique. Ingmar avait d'abord songé à Wilhelm, en hommage au célèbre écrivain et républicain Vilhelm Moberg, avant de se souvenir que l'un des fils du roi, prince et duc de Södermanland, en plus, portait ce prénom.

Lors de son périple à vélo de Malmö à Lund, il avait donc passé tous les prénoms en revue, en commençant par la lettre A jusqu'à ce qu'il arrive à la lettre H et pense au soldat de l'Armée du Salut dont il avait fait la connaissance un jour plus tôt. Il se trouvait que le bon Samaritain s'appelait Holger et qu'il avait véritablement bon cœur, même s'il s'était montré négligent sur le gonflage des chambres à air de son vélo. Et, cerise sur le gâteau, Ingmar n'arrivait pas à évoquer un seul noble sur terre répondant à ce prénom.

Henrietta eut alors une vision plus ou moins globale de ce qui l'attendait. Le plus grand monarchiste de la Suède allait désormais consacrer sa vie à anéantir la maison royale. Il avait l'intention de suivre cette vocation jusqu'à la fin de ses jours et de veiller à ce que ses descendants soient prêts à prendre la relève quand l'heure viendrait. Le plan dans son ensemble prouvait qu'il était à la fois rusé et patient.

— Pas mes descendants, corrigea Ingmar. Mon descendant. Il s'appellera Holger.

Cependant, le descendant en question ne daigna pas faire son apparition. Durant les quatorze années qui suivirent, Ingmar se consacra essentiellement à deux activités :

1) lire tout ce qu'il pouvait trouver sur l'infertilité ;

2) calomnier le roi en tant qu'institution et que personne de manière aussi exhaustive que non conventionnelle.

Par ailleurs, il prenait garde de ne pas bâcler son travail de fonctionnaire au bas de l'échelle à la poste de Södertälje davantage que son employeur ne pouvait le tolérer, ce qui lui évitait d'être renvoyé.

Lorsqu'il eut écumé tout le fonds de la Bibliothèque nationale de Södertälje, Ingmar commença à effectuer des allers-retours réguliers à la Bibliothèque royale de Stockholm. Elle portait un nom affreux, mais possédait bien plus d'ouvrages.

Ingmar apprit tout ce qui méritait d'être su sur les troubles de l'ovulation, les anomalies chromosomiques et les perturbations dans la formation des spermatozoïdes. En fouillant davantage dans les archives, il découvrit des informations à la valeur scientifique plus douteuse. Par exemple, certains jours bien précis, il se promenait à la maison, nu de la taille aux pieds, dès qu'il rentrait du travail (en général quinze minutes avant l'heure à laquelle il était censé finir) jusqu'au coucher. De cette manière, ses bourses prenaient le frais, ce qui selon ses lectures était bon pour la capacité motrice des spermatozoïdes.

— Peux-tu remuer la soupe pendant que j'y ajoute de l'eau, Ingmar ? demandait parfois Henrietta.

— Non, mes bourses seraient trop près de la cuisinière, répondait Ingmar.

Henrietta aimait toujours son mari, parce qu'il débordait tant de vie, mais elle avait besoin d'équilibrer son existence avec une John Silver supplémentaire de temps en temps. Et encore une autre. Elle en fuma d'ailleurs une, non prévue, le jour où Ingmar eut l'obligeance d'aller chercher de la crème à l'épicerie. Nu de la taille aux pieds, par pure étourderie.

D'habitude, il était plus fou qu'étourdi. Il avait mémorisé les périodes de règles de Henrietta. De cette façon, il pouvait employer ces jours improductifs à pourrir l'existence de son chef d'État. Ce dont il ne se privait pas. De toutes les manières possibles.

Par exemple, il parvint à honorer Sa Majesté le jour de ses quatre-vingt-dix ans, le 16 juin 1948, en déployant une banderole de treize mètres de large sur Kungsgatan juste au moment où le cortège royal passait. On y lisait : « Crève, espèce de vieille bique ! Crève ! » La vue de Gustave V était mauvaise à cet âge avancé, mais un aveugle aurait presque pu lire le message. Selon le *Dagens Nyheter* du lendemain, le roi aurait déclaré : « Qu'on arrête le coupable et qu'on me l'amène ! »

Voici comment les jours se déroulaient désormais.

Après son succès de Kungsgatan, Ingmar fit profil relativement bas jusqu'en octobre 1950, époque à laquelle il loua les services d'un jeune ténor de l'opéra de Stockholm, ignorant tout de ses intentions, pour chanter *Bye, Bye, Baby* sous les fenêtres du château de Drottningholm, où Gustave V était à l'article de la mort. Le ténor se fit rosser par la foule qui veillait son souverain tandis qu'Ingmar, qui avait appris à connaître les buissons du secteur à une autre occasion, réussissait à leur échapper. Le ténor brutalisé lui adressa une lettre furieuse dans laquelle il exigeait non seulement le cachet de deux cents couronnes convenu, mais également cinq cents couronnes de dommages et intérêts pour les coups et blessures subis. Cependant, comme Ingmar avait fait appel à ses services sous un faux nom et une adresse encore plus fausse, ce fut le chef de la décharge de Lövsta qui lut la missive, la chiffonna et la jeta dans l'incinérateur n° 2.

En 1955, Ingmar suivit le nouveau roi dans son périple inaugural, dit Eriksgata, jusque dans la campagne sans parvenir à quoi que ce soit. Il commençait à soupçonner que ses efforts pour faire évoluer l'opinion publique ne suffiraient pas. Il lui faudrait prendre des mesures plus radicales. Les grosses fesses du roi semblaient plus fermement installées sur le trône que jamais.

— Tu ne peux pas laisser tomber tout ça, maintenant ? s'enquit Henrietta.

— Te voilà à nouveau négative, ma chérie. On m'a dit qu'il fallait avoir des pensées positives pour tomber enceinte. Et j'ai lu que tu ne devais pas boire de mercure, c'est nocif pour la grossesse.

— Du mercure ? s'étonna Henrietta. Mais pourquoi diable irais-je boire du mercure ?

— C'est bien ce que je te dis ! Et tu ne dois pas manger de soja.

— Du soja ? Qu'est-ce que c'est ?

— Je n'en sais rien, mais n'en mange pas.

En août 1960, Ingmar eut une nouvelle idée pour concevoir, encore un truc qu'il avait lu. Un truc… renversant, un peu gênant à présenter à Henrietta.

— Euh, si tu es tête en bas pendant que… nous le faisons… ce sera plus facile pour les spermatozoïdes de…

— Tête en bas ?

Henrietta demanda à son mari s'il était sûr de ne pas être tombé sur la tête et s'aperçut, résignée, que cette question lui avait déjà traversé l'esprit plus d'une fois. Bon. Inutile d'espérer un changement.

Bizarrement, cette position innovante rendit toute l'affaire beaucoup plus agréable. L'expérience suscita force exclamations joyeuses des deux partenaires. Lorsque Henrietta s'aperçut qu'Ingmar ne s'était pas endormi sur-le-champ, elle lui fit même une suggestion :

— Ce n'était pas si bête que ça, mon amour. On essaie une deuxième fois ?

Étonné d'être encore éveillé, Ingmar réfléchit à ce que Henrietta venait de lui proposer.

— Oui, que diable !

Impossible d'établir si ce fut la première ou la seconde fois qui fut déterminante ce soir-là, mais après treize années infructueuses, Henrietta se retrouva enceinte.

— Holger, mon Holger, tu es en route ! cria Ingmar au ventre de sa femme quand celle-ci lui apprit la nouvelle.

Henrietta, qui en savait assez long sur la vie pour

ne pas exclure une Elsa, partit fumer une cigarette dans la cuisine.

Durant les mois qui suivirent, Ingmar passa à la vitesse supérieure. Chaque soir, il lisait à haute voix des passages de *Pourquoi je suis républicain* de Vilhelm Moberg devant le ventre en expansion de Henrietta. Au petit déjeuner, il discutait avec Holger, à travers le nombril de son épouse, des pensées républicaines qui lui traversaient l'esprit sur le moment. Martin Luther, qui considérait que « nous devrions craindre et aimer Dieu en veillant à ne pas mépriser et irriter nos parents et nos seigneurs », faisait l'objet d'attaques régulières.

Le raisonnement de Luther présentait au moins deux failles. Premièrement, Dieu n'avait pas été élu par le peuple et ne pouvait être destitué. Bon d'accord, on pouvait en changer si on le voulait, mais, de toute façon, ils se valaient tous. Deuxièmement, cette histoire de ne pas « irriter nos seigneurs ». Qui donc étaient ces seigneurs et pourquoi ne fallait-il pas les irriter ?

Henrietta intervenait rarement dans les monologues d'Ingmar devant son ventre, mais était parfois obligée d'interrompre son entreprise afin que le repas sur le feu ne brûle pas.

L'heure de l'accouchement arriva, un mois complet avant la date prévue. Quand Henrietta perdit les eaux, par bonheur Ingmar venait tout juste de rentrer de son satané travail à la poste royale, où on l'avait menacé de représailles s'il ne promettait pas de cesser de dessiner des cornes au front de Gustave VI sur chaque timbre qui lui passait entre les mains. Henrietta rampa jusqu'au lit tandis qu'Ingmar, parti dans le couloir appeler la sage-femme, se prenait les pieds dans le fil du téléphone avec une telle violence qu'il arracha la prise du mur. Alors qu'il était encore en train de jurer, Henrietta donna naissance à leur enfant dans la pièce voisine.

— Quand… tu auras fini de blasphémer, tu seras… le bienvenu ici, haleta-t-elle. Et apporte des ciseaux, tu as un cordon ombilical à couper.

Ingmar ne trouva pas de ciseaux (il n'était pas doué pour localiser les objets dans la cuisine), mais il dénicha une pince coupante dans sa caisse à outils.

— Garçon ou fille ? demanda la mère.

Ingmar jeta un coup d'œil du côté où se trouvait la réponse, puis déclara :

— En tout cas, c'est bien un Holger.

Il s'apprêtait à embrasser sa femme sur la bouche, lorsqu'elle annonça :

— Oh ! Je crois qu'il y en a un autre en route.

Le jeune papa était confus. Pour commencer, il avait failli assister à la naissance de son fils, mais s'était pris les pieds dans le fil du téléphone. Et quelques minutes plus tard, ça lui tombait dessus… Un autre fils !

Ingmar n'eut pas le temps d'intégrer cette donnée, car d'une voix faible mais ferme Henrietta lui lança une série d'instructions à suivre afin de ne pas mettre la vie des enfants comme celle de la mère en danger.

Le calme enfin revenu et tout péril écarté, Ingmar se retrouva avec deux fils sur les bras alors qu'il ne devait y en avoir qu'un. Il l'avait clairement exprimé pourtant. Ils n'auraient pas dû le faire deux fois le même soir, car voyez la situation embarrassante dans laquelle cela les plaçait maintenant.

Henrietta pria son mari de cesser de parler un instant, considéra ses deux enfants tour à tour, puis déclara :

— J'ai l'impression que Holger est celui de gauche.

— Oui, marmonna Ingmar. Ou alors celui de droite.

Dans la confusion générale, avec le placenta et le reste, Ingmar avait mélangé le numéro un et le numéro deux, et maintenant ne savait plus lequel était le premier-né.

— Merde ! lâcha-t-il, ce qui lui valut un sermon immédiat de son épouse.

Il ne fallait pas que la première chose que leurs fils entendent soit des grossièretés, au seul prétexte qu'ils étaient plus nombreux à l'appel que prévu.

Alors, Ingmar se tut, considéra à nouveau la situation et prit sa décision.

— Celui-là, c'est Holger, annonça-t-il en désignant l'enfant de droite.

— D'accord, très bien, répondit Henrietta. Et l'autre ?

— C'est Holger aussi.

— Holger et Holger ? s'étonna Henrietta, soudain prise d'une terrible envie de fumer. Tu en es vraiment sûr, Ingmar ?

Il lui confirma qu'il l'était.

DEUXIÈME PARTIE

« Plus je connais les hommes,
plus j'aime les chiens. »

Madame de STAËL

5

Où il est question d'une lettre anonyme, de la paix sur Terre et d'un scorpion affamé

La domestique de l'ingénieur Van der Westhuizen s'en remit à l'espoir ténu qu'un changement sociétal extérieur viendrait à son secours. Mais il n'était pas facile pour elle de prédire les éventuels événements qui pourraient lui procurer un avenir, de quelque nature qu'il soit.

Les ouvrages du centre de recherche lui permettaient bien sûr de se faire une idée, mais l'essentiel de la bibliothèque remontait à dix ans, voire davantage. Nombeko avait, entre autres, feuilleté une publication de 1924 dans laquelle un professeur de Londres rapportait sur deux cents pages ce qu'il estimait être la preuve qu'il n'y aurait plus jamais de guerre du fait de la combinaison de la Société des Nations et de la popularité grandissante du jazz.

Il était donc plus facile de suivre ce qui se passait dans la zone clôturée du centre. Les derniers rapports lui avaient malheureusement appris que les collaborateurs compétents de l'ingénieur avaient résolu le problème d'autocatalyse, et qu'ils étaient à présent prêts pour un tir d'essai. Un essai réussi signifierait un aboutissement du projet un peu trop précoce au goût de Nombeko, qui avait envie de vivre encore un peu.

Retarder l'imminente séance de forage dans le désert du Kalahari pourrait être une solution adaptée.

Malgré le désastre de l'éthylène glycol, Nombeko résolut de faire à nouveau appel aux sœurs chinoises. Elle leur demanda s'il était possible d'expédier une lettre par leur intermédiaire. Le courrier quittant la base était-il contrôlé ?

Il l'était. Un bleu du service de sécurité avait pour unique tâche de passer en revue toute missive adressée à des destinataires non validés par les services de sécurité. Au moindre soupçon, il ouvrait l'enveloppe et faisait subir un interrogatoire à l'expéditeur.

Le chef de la sécurité avait plusieurs années auparavant convoqué les responsables de l'expédition du courrier pour un briefing. Après avoir expliqué en détail aux Chinoises le fonctionnement des règles de sécurité, soulignant que toutes ces mesures étaient nécessaires étant donné qu'il était impossible de faire confiance à qui que ce soit, il s'était excusé pour aller aux toilettes. Les filles s'étaient alors empressées de prouver qu'il avait raison d'être méfiant : dès qu'elles s'étaient retrouvées seules dans la pièce, elles avaient contourné son bureau sur la pointe des pieds, avaient glissé le bon papier dans sa machine à écrire et avaient rajouté un destinataire aux cent quatorze déjà existants.

— Votre mère, commenta Nombeko.

Les filles acquiescèrent en souriant. Pour plus de sûreté, elles l'avaient affublée d'un titre honorifique. *Professeur* Cheng Lian inspirait confiance. La logique raciste n'était pas plus compliquée que ça.

Nombeko se disait qu'un nom chinois aurait dû faire réagir quelqu'un, professeur ou pas, mais prendre des risques et retomber sur leurs pattes semblait bel et bien dans la nature des sœurs, même si elles étaient pour l'instant aussi enfermées que Nombeko. Cette astuce fonctionnait depuis plusieurs années déjà. Était-il donc envisageable que Nombeko envoie une lettre au professeur Cheng Lian et que celle-ci la transmette à son véritable destinataire ?

— Absolument, confirmèrent les filles sans exprimer la moindre curiosité quant à la personne avec qui Nombeko voulait entrer en contact.

À :
Président James Earl Carter Jr.
Maison-Blanche, Washington

Bonjour, Monsieur le Président. Il pourrait éventuellement vous intéresser d'apprendre que l'Afrique du Sud, sous la direction d'un âne en état d'ébriété permanente, a l'intention de faire sauter une bombe atomique d'environ trois mégatonnes dans les trois mois à venir. L'essai aura lieu dans le désert du Kalahari au début de l'année 1978, pour être plus exacte, à cet endroit : 26° 44' 26'' S, 22° 11' 32'' E. L'Afrique du Sud a ensuite l'intention de s'équiper de six bombes du même type, pour les utiliser selon les besoins.
Cordialement,

Une amie

Nombeko, munie de gants en caoutchouc, scella l'enveloppe, écrivit le nom et l'adresse, puis ajouta dans un coin : « Mort à l'Amérique ! » Puis elle la glissa dans une autre enveloppe qui fut expédiée dès le lendemain à un destinataire résidant à Johannesburg et avalisé par la sécurité.

La Maison-Blanche à Washington a été bâtie par des esclaves noirs importés de l'Afrique de Nombeko. À l'origine, c'était un édifice imposant et il l'était encore davantage cent soixante-dix-sept ans plus tard. Le bâtiment comportait cent trente-deux pièces, trente-cinq salles de bains, six étages, une piste de bowling et une salle de cinéma, de même qu'un nombre impressionnant d'employés qui traitaient trente-trois mille courriers par mois. Tous passés aux rayons X, soumis au flair sensible de chiens renifleurs et examinés à la loupe avant d'être transmis à leurs destinataires respectifs.

La missive de Nombeko franchit l'étape des rayons X et des chiens, mais lorsqu'un contrôleur ensommeillé, néanmoins vigilant, vit « Mort à l'Amérique ! » sur un courrier adressé au président en personne, il donna l'alarme. Douze heures plus tard, la lettre avait été transférée à Langley, en Virginie, où on la montra à Stansfield M. Turner, le chef de la CIA. L'agent rapporteur lui décrit son apparence et lui exposa que les empreintes étaient partielles et placées de telle manière qu'il ne serait vraisemblablement possible que de remonter à divers employés de poste ; que la lettre n'était pas radioactive ; que le cachet de la poste paraissait authentique ; et que la missive avait été expédiée du district postal 9 de Johannesburg, en Afrique du Sud, huit jours plus tôt. Une analyse informatique avait par ailleurs montré que le texte avait été formulé à partir de mots découpés dans l'ouvrage *La Paix sur Terre*, écrit par un professeur britannique qui avait d'abord soutenu la thèse selon laquelle la Société des Nations et le jazz apporteraient le bonheur au monde, avant de se suicider en 1939.

— Le jazz était-il censé apporter la paix sur Terre ? fut la première question du chef de la CIA.

— Comme je vous l'ai dit, il s'est suicidé, répondit l'agent.

Le chef de la CIA remercia son agent et resta seul avec la lettre. Trois conversations et vingt minutes plus tard, il était clair que son contenu correspondait en tout point avec les informations que, de manière assez gênante, il avait obtenues des Soviétiques vingt et un jours plus tôt et qu'il n'avait pas crues. Seule information supplémentaire dans la lettre anonyme : les coordonnées précises. Mises bout à bout, ces informations semblaient extrêmement crédibles. Deux pensées se bousculaient à présent dans l'esprit du chef de la CIA :

1) qui diable était l'expéditeur ?

2) il était temps de contacter le président. La missive lui était quand même adressée.

Stansfield M. Turner était impopulaire au bureau, car il essayait de remplacer autant de collaborateurs que possible par des ordinateurs. En l'occurrence, c'était l'un d'eux, et pas un être vivant, qui avait identifié la source des mots découpés.

— Le jazz était-il censé apporter la paix sur Terre ? demanda le président Carter à Turner, son vieux camarade d'études, lorsqu'ils se rencontrèrent le lendemain dans le bureau ovale.

— L'auteur s'est suicidé quelques années plus tard, monsieur le président, répondit le chef de la CIA.

Le président Carter, qui aimait le jazz, s'interrogeait. Et si ce malheureux professeur avait eu raison sur le fond ? Et si c'étaient les Beatles et les Rolling Stones qui avaient tout fait capoter ?

Le chef de la CIA répondit qu'on pouvait sans doute reprocher beaucoup de choses aux Beatles, mais pas d'avoir déclenché la guerre au Vietnam. De toute façon, si les Beatles et les Rolling Stones ne s'étaient pas déjà chargés de détruire la paix dans le monde, il y avait à présent les Sex Pistols pour s'en occuper.

— Les Sex Pistols ? s'étonna le président.

— « *God save the Queen, she ain't no human being*[1] », cita le chef de la CIA.

— Je vois, répondit le président.

Mais pour en revenir au fait : ces crétins d'Afrique du Sud étaient-ils sur le point de faire sauter une bombe atomique ? Et cette mission était-elle dirigée par un âne ?

— Pour cette histoire d'âne, je ne sais pas, monsieur. Le pôle de recherche est sous la direction d'un certain Van der Westhuizen, qui est sorti de la meilleure université sud-africaine avec les notes les plus élevées. Ce qui a sûrement motivé son recrutement.

Néanmoins, beaucoup d'éléments laissaient penser que la plupart de ces informations pour le moins inquiétantes étaient exactes. Le KGB avait eu l'amabilité de les tuyauter sur ce qui se tramait. Et à présent cette lettre, à la formulation si curieuse que le chef de la CIA aurait parié qu'elle n'émanait pas du KGB. Par ailleurs, les images satellites de la CIA montraient des signes d'activité dans le désert à l'endroit précis indiqué par l'expéditeur anonyme.

— Mais pourquoi ce « Mort à l'Amérique ! » sur l'enveloppe ? s'enquit Carter.

1. « Dieu sauve la reine, elle n'est pas humaine ».

— Cela a abouti à ce que la lettre atterrisse directement sur mon bureau et je pense que c'était le but recherché. L'auteur semble avoir une conception exacte des mesures de sécurité autour du président. Cela nous pousse d'autant plus à nous interroger sur son identité. Bien joué, en tout cas.

Le président grommela un acquiescement. Il avait du mal à apprécier que l'injonction « Mort à l'Amérique ! » puisse être qualifiée de « bien jouée ». Tout comme l'affirmation que la reine Elizabeth II appartiendrait à une espèce autre qu'humaine.

Il remercia toutefois son vieil ami et pria son secrétaire d'appeler le Premier ministre Vorster à Pretoria. Le président Carter était directement responsable de trente-deux mille têtes nucléaires pointées dans différentes directions. Brejnev à Moscou en possédait un nombre à peu près équivalent. Dans cette situation, est-ce que le monde avait besoin de six bombes supplémentaires de la même magnitude ? Il était temps de mettre les points sur les i !

Vorster était furieux. Le président américain, ce paysan baptiste, avait eu le culot de l'appeler et d'affirmer qu'on préparait un tir dans le désert du Kalahari. Il lui avait aussi récité les coordonnées exactes de la localisation de l'essai. Cette accusation était tout à fait infondée et extrêmement blessante ! Dans sa rage, Vorster avait raccroché au nez de Jimmy Carter, mais il avait eu la présence d'esprit de ne pas pousser les hostilités plus avant. Il avait sur-le-champ appelé Pelindaba pour ordonner à l'ingénieur Van der Westhuizen de procéder à l'essai ailleurs.

— Mais où ? avait demandé l'ingénieur Van der

Westhuizen tandis que sa femme de ménage passait la serpillière autour de ses pieds.

— N'importe où, mais pas dans le Kalahari, avait rétorqué le Premier ministre.

— Cela va nous retarder de plusieurs mois, peut-être même d'une année ou plus, avait protesté l'ingénieur.

— Faites ce que je vous dis, bordel !

La domestique laissa réfléchir son geôlier deux jours entiers, à présent que le désert du Kalahari n'était plus une option. La meilleure trouvaille de Van der Westhuizen était de tout raser dans un des townships, mais lui-même paraissait se rendre compte que ce n'était pas une bonne idée.

Nombeko sentait que la popularité de l'ingénieur se rapprochait dangereusement du seuil critique et qu'il serait bientôt temps de faire remonter un peu sa cote. Miraculeusement, un heureux coup du hasard, une circonstance extérieure, offrit à l'ingénieur, et par conséquent à sa femme de ménage, un répit de six mois.

Il apparut que le Premier ministre B. J. Vorster s'était lassé d'être confronté, constamment ou presque, aux récriminations et à l'ingratitude dans son propre pays. Avec un peu d'aide, il avait donc pioché soixante-quinze millions de rands dans les caisses de l'État et avait lancé le journal *Le Citoyen*, qui à la différence du citoyen lambda était unanimement élogieux à l'égard du gouvernement sud-africain et de sa capacité à opposer sa supériorité aux indigènes et au monde.

Malheureusement, un citoyen particulièrement traître rendit cette information publique. Comme cette satanée communauté internationale décidait dans le même temps d'organiser une action militaire réussie en

Angola à cause du massacre de six cents civils, il fut temps pour Vorster de s'éclipser.

Nan, mais putain, pensa-t-il une dernière fois avant de se retirer de la politique, en 1979.

Il ne lui restait plus qu'à rentrer chez lui, au Cap, à s'installer sur sa terrasse un verre à la main, et à contempler la vue sur Robben Island, où était emprisonné le terroriste Mandela.

C'était Mandela qui était censé pourrir sur place, pas moi, se dit Vorster en pourrissant.

Son successeur au poste de Premier ministre, P. W. Botha, était surnommé « *Die Groot Krokodil* », le Grand Crocodile, et avait terrorisé Van der Westhuizen dès leur première conversation. Nombeko comprit que l'essai nucléaire ne pouvait plus attendre. Elle prit donc la parole en une fin de matinée, alors que l'ingénieur était encore en état de l'écouter.

— Euh, monsieur l'ingénieur, glissa-t-elle en tendant le bras vers le cendrier sur son bureau.

— Qu'est-ce qu'il y a encore ?

— Euh, je me disais juste… Je me disais juste que si le désert du Kalahari, seule zone terrestre d'Afrique du Sud assez vaste pour effectuer l'essai, est exclu, pourquoi ne feriez-vous pas sauter la bombe en pleine mer ?

L'Afrique du Sud était entourée d'une quantité d'eau presque infinie au sud, à l'est et à l'ouest. Il y avait longtemps que Nombeko se disait que le choix de cette zone aurait dû être évident même pour un enfant, à présent que la solution du désert était exclue. Effectivement, l'enfant Van der Westhuizen s'illumina. L'espace d'une seconde. Puis il se souvint que la police de sécurité l'avait mis en garde contre toute collaboration avec la marine. L'enquête minutieuse effectuée pour déterminer qui avait informé le président Carter des États-Unis du projet d'essai dans le Kalahari avait désigné le vice-amiral Johan Charl Walters comme le principal suspect. Ce dernier avait en effet visité Pelindaba à peine trois semaines avant l'appel de Carter et avait pris connaissance des grandes lignes du projet. Il avait également passé au moins sept minutes seul dans le bureau de Van der Westhuizen, parce que l'ingénieur avait été retardé à cause de la circulation dense (version de Van der Westhuizen pendant son interrogatoire pour éviter de dire qu'il s'était attardé un peu trop longuement dans le bar où il avait pour habitude de boire son petit déjeuner). Quand Walters avait compris que ses sous-marins ne seraient pas équipés de têtes nucléaires, vexé, il s'était épanché auprès des États-Unis. Voilà la théorie qui prévalait pour expliquer la fuite.

— Je ne fais pas confiance à la marine, marmonna l'ingénieur.

— Demandez l'aide des Israéliens à la place, suggéra Nombeko.

Le téléphone sonna à cet instant.

— Oui, monsieur le Premier ministre... Bien sûr que je suis conscient de l'importance de... Oui, monsieur le Premier ministre... Non, monsieur le Premier ministre... Là, je ne suis pas vraiment d'accord, si monsieur le Premier ministre veut bien m'en excuser. J'ai sur mon bureau un plan détaillé pour effectuer un essai dans l'océan Indien en collaboration avec les Israéliens... Dans les trois mois, monsieur le Premier ministre... Merci, monsieur le Premier ministre, vous êtes trop aimable. Merci encore... Oui, au revoir.

L'ingénieur Van der Westhuizen raccrocha, fit

passer le tout avec le verre de cognac qu'il venait de se servir, puis il déclara à Nombeko :

— Ne reste pas plantée là. Va me chercher les deux Israéliens.

L'essai fut bel et bien effectué en collaboration avec Israël. Van der Westhuizen formula une chaleureuse pensée envers l'ancien Premier ministre et nazi Vorster pour ce coup de génie qui avait consisté à établir des relations diplomatiques avec Tel-Aviv. Après tout, dans la guerre, en amour et en politique, tous les coups sont permis. Les représentants d'Israël sur place étaient deux agents prétentieux du Mossad. Malheureusement, l'ingénieur fut amené à les rencontrer plus souvent que nécessaire et il ne parvint jamais à interpréter leur sourire supérieur qui, pourtant, signifiait : « Comment as-tu pu être assez stupide pour acheter une oie en argile à peine sèche et croire qu'elle avait deux mille ans ? »

Comme le supposé traître, le vice-amiral Walters, avait été tenu à l'écart, l'Amérique n'avait pas été informée à temps. Et pan ! L'explosion fut certes repérée par un satellite américain Vela, mais trop tard.

Le nouveau Premier ministre P. W. Botha fut si satisfait par les résultats de l'essai qu'il vint en visite au centre de recherche en apportant trois bouteilles de mousseux de Constantia. Il organisa une fête de remerciement dans le bureau de Van der Westhuizen avec les deux agents du Mossad et une bamboula locale qui assurait le service. Le Premier ministre Botha ne se serait jamais permis d'appeler une bamboula une bamboula. Son statut exigeait un peu de retenue. Mais il n'était pas interdit de penser.

La bamboula en question servait ce qu'elle avait à servir et s'efforçait, le reste du temps, de se fondre dans la tapisserie blanche – autant que cela était possible.

— À votre santé, monsieur l'ingénieur ! lança le Premier ministre en levant son verre. À votre santé !

L'ingénieur Van der Westhuizen avait l'air gêné juste ce qu'il faut dans son rôle de héros et demandait discrètement à Comment-elle-s'appelle-déjà de le resservir, tandis que le Premier ministre discutait amicalement avec les agents du Mossad.

Cette situation agréable s'inversa du tout au tout en une seconde, quand le Premier ministre se tourna vers Van der Westhuizen et lui demanda :

— Au fait, que pense monsieur l'ingénieur de la problématique du tritium ?

Le Premier ministre P. W. Botha avait un parcours assez similaire à celui de son prédécesseur. Le nouveau leader du pays était peut-être plus doué, car il avait abandonné le nazisme quand il avait vu où celui-ci se dirigeait et avait commencé à rebaptiser ses convictions « nationalisme chrétien ». Cela lui avait évité l'emprisonnement quand les Alliés avaient remporté la Seconde Guerre mondiale et il avait pu accomplir une carrière politique sans période de carence.

Botha et son Église réformée savaient que la Vérité était dans la Bible, pour peu qu'on la lise avec assez d'attention. Le premier livre de Moïse mentionnait déjà la tour de Babel et les tentatives des hommes pour s'élever jusqu'au ciel. Dieu avait jugé que c'était de l'impudence, s'était mis en rage, avait dispersé les hommes à la surface de la Terre et créé les différentes langues en guise de châtiment.

Des peuples différents, des langues différentes. La volonté de Dieu était de maintenir les peuples séparés. Feu vert au plus haut niveau pour trier les gens en fonction de leur couleur.

Le Grand Crocodile avait également le sentiment que c'était Dieu qui l'avait aidé à progresser dans sa carrière. Il n'avait pas tardé à être ministre de la Défense du gouvernement de Vorster. À ce poste, il avait commandé l'attaque aérienne contre les terroristes qui s'étaient cachés en Angola, attaque que le monde stupide qualifiait de « massacre d'innocents ». « Nous avons des preuves photographiques ! » s'écriait le monde. « C'est ce qu'on ne voit pas qui est important », estimait le crocodile. Cet argument n'avait convaincu que sa mère.

Le père de P. W. Botha avait été chef d'état-major durant la guerre des Boers et Botha lui-même avait la stratégie militaire dans le sang. Il avait donc des connaissances partielles dans tous les domaines techniques, y compris le programme nucléaire sud-africain dont Van der Westhuizen était le représentant le plus éminent. Botha néanmoins n'avait aucune raison de soupçonner que l'ingénieur était l'imposteur qu'il était. Il avait posé cette question par simple curiosité.

Van der Westhuizen était mutique depuis dix secondes et la situation était sur le point de devenir embarrassante pour lui, et carrément dangereuse pour Nombeko, qui se disait que si ce crétin ne répondait pas fissa à la question la plus simple au monde, il allait sauter. Et elle dans la foulée. Elle était lasse de devoir une fois encore voler à son secours, mais elle sortit quand même de sa poche la bouteille de réserve de Klipdrift dans son contenant anodin, avança vers Van der Westhuizen et déclara que l'ingénieur était à nouveau ennuyé par son problème d'asthme.

— Tenez, buvez une bonne gorgée et vous retrouverez bientôt la capacité de parler pour répondre à M. le Premier ministre que la demi-vie radioactive du tritium n'est pas un problème dans la mesure où il n'est pas lié à la capacité explosive de la bombe.

L'ingénieur engloutit la totalité de la panacée et se sentit immédiatement mieux. Durant ce temps, le Premier ministre Botha considéra la domestique, les yeux écarquillés.

— *Vous* connaissez la problématique du tritium ? s'enquit-il.

— Non, grands dieux, répondit Nombeko en riant. Vous comprenez, je fais le ménage dans cette pièce tous les jours et l'ingénieur ne fait presque rien d'autre que de marmonner des formules et des termes obscurs tout seul, alors mon petit cerveau en a retenu quelques-unes, c'est tout. Monsieur le Premier ministre veut-il que je le resserve ?

Le Premier ministre Botha accepta le mousseux et observa longuement Nombeko tandis qu'elle regagnait son coin. L'ingénieur en profita pour se racler la gorge, s'excuser de sa crise d'asthme et de l'effronterie de la domestique.

— Il se trouve donc que la demi-vie du tritium n'est pas pertinente à l'égard de la capacité explosive de la bombe, déclara-t-il.

— Oui, la serveuse vient de le dire, rétorqua le Premier ministre.

Botha ne posa pas d'autres questions pièges et retrouva bientôt sa bonne humeur grâce au vin mousseux que Nombeko lui servait en abondance. L'ingénieur Van der Westhuizen survécut donc à cette crise-là aussi. Et sa femme de ménage par la même occasion.

Quand la première bombe fut prête, la suite de la production fut partagée entre deux équipes de grande qualité qui fabriquaient chacune une bombe en parallèle, ayant chacune pour objectif de finir la première. On leur avait donné pour instruction de rédiger des rapports très précis sur le protocole suivi, afin que le mode de production puisse être comparé en détail pour les deux bombes en concurrence, et ensuite comparé à celui de la bombe numéro un. C'était l'ingénieur lui-même (hormis celle qui ne comptait pas) qui établissait la comparaison.

Si les bombes se révélaient identiques, cela signifierait qu'elles étaient au point. Deux équipes de travail indépendantes ne peuvent raisonnablement pas commettre la même erreur à un niveau aussi élevé. Selon Comment-elle-s'appelle-déjà, le risque que cela se produise était de 0,0054 pour cent.

Nombeko continuait à chercher une perspective qui puisse lui donner de l'espoir. Les trois Chinoises savaient pas mal de choses, notamment que les pyramides d'Égypte se trouvent en Égypte, comment empoisonner les chiens et ce à quoi il faut prendre garde quand on vole un portefeuille dans une veste, mais leurs connaissances n'allaient guère au-delà.

L'ingénieur marmonnait souvent au sujet de l'évolution de la situation générale en Afrique du Sud et dans le monde, mais les informations émanant de cette source devaient être filtrées et interprétées, car, en gros, tous les politiciens de la Terre étaient des crétins ou des communistes, et toutes leurs décisions étaient soit crétines soit communistes. Dans le cas où elles étaient communistes, elles étaient de surcroît crétines.

Quand le peuple américain élut un ancien acteur de Hollywood comme nouveau président des États-Unis, l'ingénieur ne jugea pas seulement le futur président, mais également tout son peuple. Ronald Reagan échappa seulement à l'étiquette « communiste ». L'ingénieur concentra plutôt ses critiques vers son orientation sexuelle, selon la thèse qui voulait que toute personne ayant une opinion divergente de la sienne dans un quelconque domaine soit homosexuelle.

Malgré toutes les qualités des Chinoises et de l'ingénieur, ils ne faisaient pas le poids à côté de la télévision de la salle d'attente devant le bureau de l'ingénieur. Nombeko l'allumait souvent en douce pour suivre les actualités et les émissions de débats pendant qu'elle feignait de nettoyer le sol. Ce couloir était d'ailleurs l'endroit le plus propre de tout le centre de recherche.

— Tu es encore en train de faire le ménage ici ? s'irrita un jour l'ingénieur alors qu'il arrivait au travail en titubant vers onze heures, au moins un quart d'heure plus tôt que ne l'escomptait Nombeko. Et qui a allumé la télé ?

Cela aurait pu mal se finir pour ce qui était de collecter des informations, mais Nombeko connaissait bien son ingénieur. Au lieu de répondre à sa question, elle changea de sujet :

— J'ai vu une bouteille de Klipdrift à moitié pleine sur le bureau de l'ingénieur, quand j'ai fait le ménage.

Je me disais qu'elle avait l'air périmée et qu'il faudrait la vider, mais je n'étais pas sûre et je me suis dit qu'il valait mieux vérifier avec l'ingénieur d'abord.

— La vider ? Tu es malade ou quoi ? répondit l'intéressé avant de se précipiter dans son bureau pour s'assurer que les gouttes bienfaisantes étaient toujours là.

Afin que Comment-elle-s'appelle-déjà n'ait pas le temps de perpétrer un crime, il les transféra immédiatement de la bouteille à son système sanguin. Il eut bientôt oublié la télé, le sol et la domestique.

Un jour, elle surgit enfin.

L'occasion.

Si Nombeko ne commettait pas d'erreur et pouvait en plus emprunter un peu de la chance de l'ingénieur, elle serait bientôt une femme libre. Libre et pourchassée, mais quand même. La source de cette occasion se trouvait de l'autre côté du globe, mais Nombeko n'en avait aucune idée.

Le leader réel de la Chine, Deng Xiaoping, fit tôt preuve d'un talent pour éliminer ses concurrents, avant même la mort de Mao Zedong, devenu sénile. La rumeur la plus spectaculaire voulait qu'il n'ait pas laissé Zhou Enlai, le bras droit de Mao, avoir accès à un traitement médical quand il avait été atteint d'un cancer. Souffrir d'un cancer sans recevoir de soins appropriés aboutit rarement à une issue favorable. Enfin, tout dépend du point de vue, bien sûr.

Les concurrents de Deng Xiaoping cherchèrent à s'imposer après la mort de Mao. Mais Deng les fit enfermer et oublia à dessein où il avait rangé la clé.

Sur le plan de la politique étrangère, il était profondément irrité par ce crétin de Brejnev à Moscou, par son crétin de successeur, Andropov, et le successeur de celui-ci, Tchernenko, le plus grand de tous les crétins. Mais Tchernenko n'eut, par bonheur, pas le temps d'entrer en scène avant d'en sortir définitivement. À ce qu'on disait, Ronald Reagan des États-Unis l'avait fait mourir de peur avec sa Guerre des Étoiles. À présent, c'était un certain Gorbatchev qui avait pris le relais et… bon, on était passé d'un crétin à un gamin. Le nouveau avait ses preuves à faire, et pas qu'un peu.

Entre autres nombreux sujets de préoccupations, il y avait la place de la Chine en Afrique. Depuis des décennies, les Soviétiques étaient intervenus dans différentes luttes d'indépendance sur le continent africain. Pour l'instant, c'était avant tout l'engagement des Russes en Angola qui ouvrait la voie. Le mouvement populaire de libération de l'Angola, le MPLA, recevait des armes des Soviétiques en échange de résultats dans la bonne voie idéologique. La voie soviétique, bien sûr. Nom d'un chien !

Les Soviétiques influençaient l'Angola et d'autres pays d'Afrique australe dans une direction contraire à ce que souhaitaient les États-Unis et l'Afrique du Sud. Quelle position la Chine devait-elle adopter dans ce chaos généralisé ? S'allier aux dégénérés communistes du Kremlin ? Ou marcher main dans la main avec les impérialistes américains et le régime de l'apartheid de Pretoria ?

Nom d'un chien encore une fois !

Il aurait été possible de ne pas prendre de position du tout et de « laisser faire », comme ces satanés Américains disaient. N'eussent été les contacts supposés de l'Afrique du Sud avec Taïwan.

C'était un secret officiel que les États-Unis avaient

empêché un essai nucléaire dans le désert du Kalahari. Tout le monde se doutait donc de ce que préparait l'Afrique du Sud. Par « tout le monde », on entendait tous les services secrets dignes de ce nom.

Outre les informations relatives au désert du Kalahari, Deng avait également sur son bureau un rapport des services secrets lui indiquant que l'Afrique du Sud communiquait avec Taipei au sujet de l'arme nucléaire. Il était absolument inacceptable que les Taïwanais se procurent des missiles pour les pointer vers la Chine continentale. Si cela devait se produire, on aboutirait à une escalade en mer de Chine méridionale dont il était impossible de prédire l'issue. Surtout avec la flotte américaine de la mer Morte dans les parages.

Il fallait donc que Deng gère cet affreux régime apartheid d'une manière ou d'une autre. Le chef de ses services secrets avait suggéré de ne rien faire et de laisser le régime sud-africain s'éteindre de lui-même. La Chine serait-elle plus en sécurité, si Taïwan faisait librement des affaires avec une nation dotée de l'arme nucléaire ? Le chef des services secrets pourrait réfléchir à cette question en accomplissant son nouveau travail de vigile suppléant dans une station de métro à Pékin.

Gérer était le mot. D'une manière ou d'une autre.

Deng ne pouvait en aucun cas se rendre en personne sur place et se laisser photographier à côté de cet ancien nazi de Botha (même si cette perspective le titillait un peu ; l'Occident décadent n'était pas dénué de charme, à petites doses). Il ne pouvait pas envoyer un de ses proches non plus. Il ne fallait absolument pas donner l'impression que Pékin et Pretoria entretenaient de bonnes relations.

D'un autre côté, cela ne servirait à rien d'envoyer un petit fonctionnaire de second ordre sans capacité d'observation ni flair. Néanmoins, le représentant chinois devait avoir assez de poids pour obtenir une audience auprès de Botha.

En résumé, quelqu'un capable d'obtenir des résultats, sans pour autant être proche des membres permanents du bureau politique, et qui n'apparaisse pas de manière claire comme un représentant de Pékin… Deng Xiaoping trouva la solution en la personne du jeune secrétaire de parti de la province de Guizhou. Cette région comptait presque plus d'ethnies que d'habitants, mais le gamin venait de démontrer qu'il était possible de faire vivre ensemble des minorités aussi instables que les Yao, Miao, Yi, Qiang, Dong, Zhuang, Buyi, Bai, Tujia, Gelao et Shui. Une personne capable de jongler avec onze balles devrait également pouvoir gérer Botha, l'ex-nazi, en déduisit Deng, et il fit envoyer le jeunot à Pretoria.

Mission : signaler subtilement à l'Afrique du Sud qu'une collaboration nucléaire avec Taïwan n'était pas acceptable et faire comprendre aux autorités de ce pays à qui elles se frottaient, si elles choisissaient de se frotter à qui que ce soit.

P. W. Botha n'était pas le moins du monde enthousiaste à l'idée de recevoir un chef de province. Cela était indigne de son rang. D'autant plus que sa dignité venait de monter d'un cran : le titre de président avait remplacé celui de Premier ministre. De quoi aurait-il l'air, lui, le président, s'il accueillait le premier Chinetoque venu de cette manière ? S'il devait les recevoir les uns après les autres, à raison de quelques secondes chacun, cela lui prendrait plus de treize mille ans. Botha ne pensait pas qu'il vivrait aussi longtemps. Il se sentait même passablement usé, malgré son nouveau titre.

En même temps, il comprenait parfaitement la raison pour laquelle la Chine lui envoyait un larbin. Pékin ne voulait pas être accusé de fricoter avec le régime de Pretoria. Et vice versa, d'ailleurs.

Restait à savoir ce que les Chinois voulaient. Était-ce lié à Taïwan ? Dans ce cas, ce serait comique, étant donné que la collaboration avec les Taïwanais avait pris fin. Bon, il ferait peut-être bien de rencontrer ce messager malgré tout.

Je suis aussi curieux qu'un enfant, se dit-il, ce qui le fit sourire alors qu'il n'avait en réalité aucune raison de sourire.

Pour que le président puisse recevoir un garçon de courses sans faire une trop grosse entorse au protocole, Botha résolut d'organiser une rencontre et un repas avec un représentant de l'État du même grade que le Chinois. Lui ne ferait que passer par hasard. Ah, vous êtes là ? Cela vous dérange si je me joins à vous ? Quelque chose dans le genre.

Botha appela donc le chef du programme nucléaire top secret et lui ordonna de recevoir un hôte chinois ayant sollicité une rencontre avec le président. L'ingénieur et l'hôte devaient partir en safari, puis partager un bon repas le soir. Lors du dîner, la mission de l'ingénieur consistait à faire comprendre au Chinois qu'il fallait compter sur l'ingénierie militaire sud-africaine, sans pour autant révéler l'état d'avancement des travaux.

Il s'agissait de montrer sa force sans rien dire. Il était également possible que le président Botha se trouve par hasard dans les parages, et comme il faut bien se sustenter, il tiendrait volontiers compagnie à l'ingénieur et au Chinois à table.

Si l'ingénieur n'y voyait pas d'objection, bien sûr.

L'ingénieur avait le tournis. Il devait donc accueillir un hôte que le président ne voulait pas voir. Il devait lui expliquer la situation sans rien en dire et, au milieu de tout ça, le président qui ne voulait pas rencontrer l'hôte débarquerait pour rencontrer l'hôte.

Il comprit qu'il était mouillé dans une affaire où il risquait de se trahir. Il comprenait juste qu'il devait inviter le président au repas que le président lui-même venait de décider d'organiser.

— Monsieur le président est évidemment le bienvenu à ma table ! répondit-il.

Comme s'il pouvait en être autrement !

— Au fait, quand le dîner aura-t-il lieu ? Et où ? s'enquit-il.

Ce qui avait été une simple préoccupation pour Deng Xiaoping à Pékin se transforma en problème sérieux pour l'ingénieur Van der Westhuizen à Pelindaba. En effet, il ignorait tout du projet qu'il dirigeait. Bavarder en ayant l'air au parfum quand on ne l'est pas n'est pas chose aisée. La solution consistait à emmener Comment-elle-s'appelle-déjà pour assurer le service et porter les bagages. Elle pourrait alors discrètement lui fournir des informations pertinentes sur le projet, tout en pesant bien ses mots afin de ne pas trop en dire. Ou trop peu.

Comment-elle-s'appelle-déjà s'acquitterait très bien

de cette mission. Comme de tout ce que cette satanée créature entreprenait.

La femme de ménage de l'ingénieur reçut des instructions précises avant le safari et le repas qui s'ensuivrait, où le président en personne se joindrait à eux. Pour plus de sécurité, Nombeko donna également des instructions à l'ingénieur afin que tout se déroule pour le mieux.

Elle se tiendrait à un bras de l'ingénieur et chaque fois que l'occasion se présenterait, elle lui glisserait des informations pertinentes pour la conversation. Pour le reste, elle se tairait et se comporterait comme l'inexistante qu'elle était fondamentalement.

Neuf ans plus tôt, Nombeko avait été condamnée à sept ans au service de l'ingénieur. Quand sa peine fut purgée, elle se garda de le lui signaler, après avoir décidé qu'il valait mieux être vivante et prisonnière que morte et libre.

Mais bientôt elle se retrouverait à l'extérieur de la clôture et du champ de mines, à des kilomètres des gardes et de leurs nouveaux bergers allemands. Si elle parvenait à échapper à la surveillance de l'ingénieur, elle deviendrait l'une des personnes les plus recherchées d'Afrique du Sud. La police, les services secrets et les militaires la traqueraient partout. Elle n'aurait pas la possibilité de se rendre à la Bibliothèque nationale de Pretoria, alors que c'était ce qu'elle souhaitait par-dessus tout.

Si elle parvenait à se faire la belle, donc.

L'ingénieur avait eu l'amabilité de l'informer que le chauffeur et le guide seraient armés et qu'ils avaient pour instruction d'abattre non seulement d'éventuels lions, mais également les femmes de ménage en fuite, si l'occasion se présentait. Pour plus de sécurité, l'ingénieur avait décidé de lui aussi porter un pistolet à la ceinture. Un Glock 17, calibre 9 × 19, avec dix-sept balles dans le magasin. Pas de quoi abattre un éléphant ou un rhinocéros, mais largement suffisant pour une domestique de cinquante-cinq kilos.

— Cinquante-trois, si je puis me permettre, répondit Nombeko.

Elle envisagea d'ouvrir l'armoire où l'ingénieur gardait son arme et de la vider de ses dix-sept balles au moment le plus opportun, mais s'abstint. Si contre toute attente l'alcoolo s'en apercevait, il l'accuserait aussitôt et sa cavale prendrait fin avant d'avoir commencé.

Au lieu de ça, elle décida d'attendre la bonne occasion pour filer dans le bush. Sans prendre une balle dans le dos de la part du chauffeur ou de l'ingénieur. Et de préférence sans rencontrer aucun des animaux qui constituaient le motif du safari.

Quel serait le meilleur moment ? Pas le matin, alors que le chauffeur serait encore fringant et l'ingénieur assez sobre pour réussir à tirer sur autre chose que sur son pied. Peut-être immédiatement après le safari, avant le repas, quand Van der Westhuizen serait juste angoissé comme il faut avant la rencontre avec son président ? Et le chauffeur et le guide éreintés par de longues heures de service.

Oui, il serait alors temps. Il s'agissait simplement de sentir le moment opportun et de le saisir.

Le safari pouvait commencer. Le Chinois était accompagné de son interprète. Tout débuta de la pire des manières possibles quand l'interprète, sans réfléchir, partit dans les hautes herbes pour uriner. Comble de bêtise, il le fit en sandales.

— Au secours, je meurs ! hurla-t-il lorsqu'il sentit une piqûre dans son gros orteil gauche et vit un scorpion s'éloigner dans la végétation.

— Tu n'aurais pas dû t'aventurer dans de l'herbe haute de trois doigts sans chaussures dignes de ce nom. Surtout quand il y a du vent, commenta Nombeko.

— Au secours, je meurs, répéta l'interprète.

— Pourquoi quand il y a du vent ? demanda l'ingénieur, qui ne se souciait guère de la santé de l'interprète, mais dont la curiosité était piquée elle aussi.

Nombeko lui expliqua que les insectes se réfugient dans l'herbe quand le vent se lève, ce qui pousse le scorpion à sortir de son trou pour les capturer. Or, ce jour-là, un gros orteil s'était trouvé sur son chemin.

— Au secours, je meurs, lança l'interprète pour la troisième fois.

Nombeko comprit que l'interprète geignard croyait sa mort imminente.

— Non, je suis presque sûre que tu ne vas pas mourir. Le scorpion était petit et tu es grand. Mais mieux vaut t'envoyer à l'hôpital afin qu'ils nettoient la plaie correctement. Ton orteil ne va pas tarder à tripler de volume et à bleuir. Cela va te faire un mal de chien, si tu me passes l'expression. Tu ne seras pas en mesure d'interpréter quoi que ce soit.

— Au secours, je meurs, répéta l'interprète une quatrième fois.

— Je ne vais pas tarder à souhaiter que tu aies raison, répliqua Nombeko. Au lieu de geindre que tu meurs alors que ce n'est pas le cas, tu ne peux pas penser positif et te dire que c'est un scorpion et non un cobra ? Et désormais, tu sais qu'on ne pisse pas n'importe où en Afrique en toute impunité. Il y a des installations sanitaires partout. D'où je viens, il y en a même des rangées entières.

L'interprète se tut quelques instants, choqué à la perspective que le scorpion, qui allait bel et bien causer son trépas, aurait pu être un cobra, dont il serait indéniablement mort. Pendant ce temps, le guide avait fait venir une Land Rover et indiqué au chauffeur de l'emmener à l'hôpital.

La victime du scorpion fut placée sur la banquette arrière et se mit à répéter son autodiagnostic. Le chauffeur leva les yeux au ciel et se mit en route.

L'ingénieur et le Chinois se retrouvèrent face à face, à s'observer.

— Comment cela va-t-il se passer ? marmonna l'ingénieur en afrikaans.

— Comment cela va-t-il se passer ? marmonna le Chinois en wu.

— Monsieur le Chinois serait-il originaire du Jiangsu ? s'enquit Nombeko dans le même dialecte. Peut-être même de Jiangyan ?

Le Chinois, qui était né et avait grandi à Jiangyan dans la province du Jiangsu, n'en crut pas ses oreilles.

Et voilà que cette maudite Comment-elle-s'appelle-déjà, qui l'irritait au plus haut point à longueur de temps, parlait à présent dans une langue totalement incompréhensible avec l'hôte chinois ! Et il avait perdu tout contrôle sur la conversation.

— Excuse-moi, mais que se passe-t-il ? intervint-il.

Nombeko lui expliqua qu'il se trouvait qu'elle et l'invité parlaient la même langue et que ce n'était donc pas grave si l'interprète restait à l'hôpital en train de gémir sur son orteil bleu au lieu de faire son travail. Enfin, si l'ingénieur le permettait, bien sûr. À moins qu'il ne préfère qu'ils gardent tous le silence pendant la journée et la soirée ?

Non, l'ingénieur ne le souhaitait pas. En revanche, il voulait que Comment-elle-s'appelle-déjà interprète et rien d'autre. Bavarder avec le Chinois serait déplacé.

Nombeko promit de bavarder aussi peu que possible. Elle espérait simplement que l'ingénieur comprendrait si elle répondait à M. le Chinois, lorsqu'il s'adresserait à elle. C'est ce que l'ingénieur lui-même lui avait toujours préconisé de faire. Par ailleurs, on pouvait estimer que la situation n'aurait pas pu mieux tourner.

— À présent, monsieur l'ingénieur peut en dire aussi peu qu'il le veut au sujet de la technologie avancée des armes nucléaires et des autres sujets qu'il ne maîtrise pas vraiment. Si jamais il se trompait – ce qui n'était pas exclu, si ? –, eh bien, je pourrais rectifier dans la traduction.

Sur le fond, Comment-elle-s'appelle-déjà avait raison et, comme Nombeko lui importait fondamentalement peu, l'ingénieur n'avait pas à se sentir mal à l'aise. Vivre, c'est survivre. Il sentait que cette heureuse coïncidence accroissait ses chances de se sortir de ce guêpier sino-présidentiel.

— Si tu gères bien cette situation, je veillerai en tout cas à te commander une nouvelle brosse, déclara-t-il.

Le safari fut une réussite et ils parvinrent à s'approcher des cinq plus grands animaux d'Afrique. Nombeko profita des pauses pour raconter au Chinois que le président Botha passerait par hasard dans le coin. Le Chinois la remercia de cette information et lui promit d'avoir l'air aussi surpris que possible. Nombeko ne lui dit pas qu'il y aurait sans doute déjà assez de surprise quand l'interprète improvisée se ferait la malle au cours du dîner au lodge. Il ne leur resterait alors plus qu'à se regarder en chiens de faïence.

Nombeko descendit de la Land Rover pour accompagner l'ingénieur dans le restaurant. Elle était pleinement concentrée sur sa fuite imminente. Pouvait-elle sortir par la cuisine ? Entre la poire et le fromage ?

Elle fut interrompue dans ses réflexions quand l'ingénieur s'arrêta.

— Qu'est-ce que c'est que ça ? demanda-t-il en pointant son index dans sa direction.

— Ça ? s'étonna Nombeko. Mais c'est moi. Comment-je-m'appelle-déjà.

— Non, espèce d'idiote, ce que tu portes.

— C'est une veste.

— Et pourquoi la portes-tu ?

— Parce qu'elle m'appartient. Monsieur l'ingénieur aurait-il bu un peu trop de cognac aujourd'hui, si je peux me permettre ?

L'ingénieur n'avait plus la force de rabrouer sa femme de ménage.

— Cette veste est affreuse, voilà ce que je veux dire.

— C'est la seule en ma possession, monsieur l'ingénieur.

— Aucune importance. Tu ne peux pas avoir l'air de sortir tout droit d'un bidonville alors que tu vas rencontrer le président du pays.

— C'est pourtant bien le cas.

— Dépêche-toi de retirer cette veste et de la laisser

dans la voiture ! Et ne perds pas de temps, le président attend !

Nombeko comprit que ses projets de fuite venaient d'être réduits à néant. La doublure de sa seule veste était pleine de diamants, ce qui lui permettrait de subsister jusqu'à la fin de ses jours. Fuir l'injustice sud-africaine sans eux… Autant rester où elle était. Au milieu des présidents, des Chinois, des bombes et des ingénieurs, et attendre de voir ce que le destin lui réservait.

Au début du repas, l'ingénieur Van der Westhuizen expliqua à son président l'épisode du scorpion, mais l'assura que tout problème était écarté, car il s'était montré assez prévoyant pour emmener l'une de ses domestiques, qui parlait justement la langue du Chinois.

Une Sud-Africaine noire qui parlait chinois ? Ne s'agissait-il pas de la même personne qui avait mis son grain de sel sur la problématique du tritium lors de la précédente visite à Pelindaba ? P. W. Botha décida de ne pas approfondir la question. Il avait déjà bien assez mal à la tête comme ça. L'ingénieur lui avait certifié que l'interprète ne constituait pas un danger pour la sécurité du pays, dans la mesure où elle ne quittait jamais la base. Soit. Il se contenterait de cette assurance.

En bon président qu'il était désormais, P. W. Botha mena la conversation. Il commença par relater la brillante histoire de l'Afrique du Sud. Nombeko l'interprète s'était réconciliée avec l'idée que ses neuf années de prison allaient se prolonger. Faute de nouvelles idées dans l'immédiat, elle se contenta donc de traduire mot pour mot.

Le président continua à raconter la noble histoire de l'Afrique du Sud. Nombeko traduisit mot pour mot.

Le président continua à parler un peu plus de la noble histoire de l'Afrique du Sud. Nombeko se lassa. Pourquoi rapporter au Chinois de nouvelles informations dont il se passerait très bien ?

— Si monsieur le Chinois le désire, lui dit-elle, je peux lui servir une autre portion du baratin prétentieux du président. Sinon, je peux vous dire qu'il va en arriver à la conclusion que son peuple est très doué pour construire des armes sophistiquées et que vous, les Chinois, devriez les respecter pour cette raison.

— Je remercie la demoiselle de sa franchise, répondit le Chinois. Vous avez entièrement raison : je n'ai pas besoin d'en entendre davantage sur l'excellence de votre pays. Mais dites-lui que je suis reconnaissant de cette leçon d'histoire vivante.

Le repas se poursuivit. Au moment du plat de résistance, il fut temps pour l'ingénieur Van der Westhuizen de montrer à quel point il était brillant. Ce qu'il sortit était un fatras de mensonges techniques sans queue ni tête. Il s'embrouilla tellement que même le président perdit le fil (un autre exemple de la bonne étoile qui veillait sur l'ingénieur jusqu'au jour où elle en décida autrement). Nombeko aurait eu du mal à traduire le galimatias de l'ingénieur, même si elle avait essayé. Elle préféra interpréter :

— Je vais épargner à monsieur le Chinois les inepties que l'ingénieur vient de débiter. Le fond de l'affaire est le suivant : ils savent désormais fabriquer des armes nucléaires et plusieurs sont déjà prêtes, malgré l'ingénieur. Mais je n'ai pas vu de Taïwanais traîner dans le secteur et je n'ai pas entendu dire que l'une des bombes serait destinée à l'exportation. Puis-je vous recommander de répondre poliment, puis de suggérer que l'on donne également quelque chose à manger à l'interprète, car je suis sur le point de mourir de faim ?

L'émissaire chinois trouvait Nombeko absolument charmante. Il lui adressa un sourire amical, puis lui demanda de traduire les propos suivants : il était impressionné par les capacités de M. Van der Westhuizen et elles forçaient le respect. Cela dit, il ne voulait pas se montrer méprisant à l'égard des traditions sud-africaines, pas du tout, mais selon les coutumes chinoises il était impensable qu'une personne soit attablée sans être servie comme les autres. Le Chinois expliqua que le jeûne de la remarquable interprète le mettait mal à l'aise et demanda si le président l'autoriserait à lui donner une partie de son assiette.

Le président Botha claqua des doigts et commanda une portion supplémentaire pour l'indigène. Si cela pouvait donner satisfaction à leur hôte… Par ailleurs, la conversation semblait se dérouler au mieux et le Chinois faisait de moins en moins le malin.

À la fin du repas :

1) la Chine savait que l'Afrique du Sud possédait l'arme nucléaire ;

2) le secrétaire général de la province chinoise de Guizhou était l'ami indéfectible de Nombeko ;

3) l'ingénieur Van der Westhuizen avait survécu à une nouvelle situation de crise, car…

4) P. W. Botha était extrêmement satisfait de l'évolution de la situation, même s'il n'avait rien compris de ce qui s'était passé.

Enfin, et ce n'était pas le moins important :

5) Nombeko Mayeki, âgée de vingt-cinq ans, était toujours prisonnière, mais pour la première fois de sa vie elle avait mangé un repas digne de ce nom.

6

Où il est question de Holger et Holger
et d'un cœur brisé

Le plan d'Ingmar avait toujours reposé sur l'idée que dès sa naissance Holger serait élevé dans l'esprit républicain. Sur l'un des murs de la chambre de l'enfant, il avait placé côte à côte les portraits de Charles de Gaulle et de Franklin D. Roosevelt, sans penser que les deux hommes ne se supportaient pas. Sur le mur opposé, celui du Finlandais Urho Kekkonen. Ces trois présidents méritaient cet honneur, car ils avaient été élus par le peuple.

Ingmar frissonnait en songeant à l'idée horrible qu'une personne puisse dès sa naissance être appelée à devenir le chef officiel de toute une nation, sans aucune considération pour la tragédie personnelle que cela représentait d'être enfermé dans un code de valeurs prédéterminé, et pour toujours, sans aucune possibilité de s'y soustraire. Une véritable maltraitance à enfant, estimait-il. Et en guise de bonne fée supplémentaire, il avait également accroché le portrait de l'ancien président argentin Juan Perón sur le mur de son Holger pas encore né.

Pour Ingmar, qui était toujours pressé, l'obligation légale d'envoyer Holger à l'école était une source de préoccupation. Bien sûr, le garçon devait apprendre à lire et à écrire, mais imposer aux enfants un enseignement chrétien, de la géographie et autres fadaises de ce genre ne faisait que déborder sur le temps consacré à la véritable éducation – l'importante éducation dispensée à la maison pour apprendre à son fils que le roi devait être destitué et remplacé par un représentant élu, éventuellement de manière démocratique.

— *Éventuellement* de manière démocratique ? s'étonna Henrietta.

— Ne joue pas sur les mots, ma chérie, rétorqua Ingmar.

Au début, la logistique se trouva compliquée du fait que Holger n'était pas venu au monde une fois mais deux, en l'espace de quelques minutes. Comme si souvent auparavant, Ingmar parvint à transformer l'inconvénient en avantage. Il eut une idée renversante. Il y réfléchit quarante secondes avant de présenter sa décision à son épouse.

Holger et Holger se partageraient les jours de scolarité. Comme les naissances avaient eu lieu à la maison, il suffisait de ne déclarer qu'un seul des enfants, et de garder secrète l'existence de l'autre. En l'occurrence, cela avait été un heureux hasard qu'il ait arraché la prise téléphonique du mur et qu'il n'ait donc pas été possible d'appeler la sage-femme, ce qui leur avait évité un témoin gênant.

Holger 1 irait à l'école le lundi tandis que Holger 2 resterait à la maison pour que son père puisse lui enseigner les principes républicains. Le mardi, les garçons échangeraient leur place et ainsi de suite. Résultat :

une dose raisonnable d'enseignement scolaire en même temps qu'une dose suffisante de ce qui était vraiment important.

Henrietta espéra avoir mal entendu. Ingmar voulait-il dire qu'ils allaient cacher l'existence d'un des garçons toute sa vie ? À l'école ? Aux voisins ? Au monde ?

Plus ou moins, confirma Ingmar. Au nom de la république.

D'ailleurs, on aurait pu se passer de l'école, car trop de livres pouvaient rendre stupide. Lui était bien devenu comptable sans avoir étudié.

— Assistant-comptable, corrigea Henrietta, qui se vit répondre qu'elle jouait à nouveau sur les mots.

Ingmar ne comprenait pas l'inquiétude de sa femme. Qu'est-ce qui pouvait bien la tracasser ? Ce que diraient les voisins et le monde ? Mais, ma chère, ils n'avaient de toute façon pas de voisins dignes de ce nom dans ce coin de forêt perdu. Hormis Johan sur la droite, et que faisait-il à part braconner l'élan ? Sans partager la viande, d'ailleurs. Et le monde dans son ensemble n'était pas digne de respect, si ? Rien que des monarques et des dynasties dans tous les coins.

— Et toi, alors ? s'enquit Henrietta. Vas-tu démissionner de la poste pour rester à la maison avec l'un des garçons à plein temps ? Est-ce que tu veux que je gagne à moi seule chaque couronne nécessaire à la survie de la famille ?

Ingmar regretta que son épouse soit aussi étroite d'esprit. Bien sûr qu'il était obligé de quitter la poste, il ne pouvait quand même pas avoir deux emplois à plein temps ! Il avait l'intention d'assumer ses responsabilités à l'égard de sa famille. Il donnerait volontiers un coup de main à la cuisine. Garder ses bourses au frais n'avait plus de raison d'être.

Henrietta répondit que la seule raison pour laquelle Ingmar savait où se trouvait la cuisine était l'exiguïté de leur logement. Elle parviendrait sans doute à concilier son travail de couturière, la préparation des repas et les couches, pour peu qu'Ingmar et ses bourses se tiennent à l'écart de sa cuisinière. Puis elle ne put s'empêcher de sourire. Dire que son mari était plein de vie était un euphémisme !

Ingmar démissionna dès le lendemain. Il put partir sur-le-champ avec trois mois de salaire et déclencha le soir même une fête spontanée chez les hommes et les femmes grisonnants, d'habitude si calmes, de la comptabilité au bureau de poste.

Nous étions en 1961, et la même année, une fillette étonnamment douée naissait dans un taudis de Soweto, à des milliers de kilomètres de là.

Durant les jeunes années de Holger et Holger, Ingmar consacra ses journées à être dans les jambes de son épouse à la maison et à se livrer à des gamineries diverses et variées de nature républicaine.

Il fréquenta le Club républicain sous la direction morale du grand Vilhelm Moberg. L'écrivain de légende était en colère contre tous les socialistes traîtres et les libéraux qui inscrivaient l'instauration d'une république dans le programme de leur parti sans rien faire pour la mettre en place.

Comme Ingmar ne voulait pas se faire remarquer d'entrée de jeu, il attendit la deuxième réunion pour suggérer qu'il devrait lui-même gérer la caisse conséquente du club dans le but de kidnapper le prince héritier et de le cacher, pour tarir l'enchaînement sempiternel de nouveaux prétendants au trône.

Après quelques secondes de silence ébahi autour de la table républicaine, Moberg en personne reconduisit Ingmar à la porte et lui flanqua un coup de pied dans les fesses en guise d'adieu.

Le pied droit de Moberg et la chute dans l'escalier qui s'en était suivie avaient été douloureux. Ingmar en boitant jusqu'à chez lui se disait qu'il n'était pas vraiment blessé. Ces républicains du club qui ne faisaient que se congratuler pouvaient rester entre eux. Il avait d'autres idées.

Pour que cela leur serve de leçon, il prit sa carte au Parti social-démocrate dénué de tripes. Les sociaux-démocrates étaient à la tête du pays depuis que Per Albin Hansson avait dirigé la nation durant les affres de la Seconde Guerre mondiale en s'appuyant sur les astres. Avant guerre, Hansson avait bâti sa carrière sur l'exigence de l'instauration d'une république, mais quand ce vieux tenant de l'abstinence était arrivé au pouvoir, il avait décidé de faire passer le poker et le vin chaud avec ses copains avant ses convictions. C'était d'autant plus dommage que Hansson était doué. Si cela n'avait pas été le cas, il n'aurait jamais réussi à maintenir pendant des décennies la bonne humeur de son épouse comme celle de sa maîtresse, avec deux enfants de chaque côté.

Le plan d'Ingmar consistait à s'élever suffisamment dans la hiérarchie sociale-démocrate pour avoir un jour le pouvoir, par la voie parlementaire, d'expédier ce satané roi aussi loin que possible. Les Soviétiques avaient déjà réussi à envoyer une chienne dans l'espace ; la prochaine fois, ils pouvaient bien y mettre un chef d'État suédois à la place, se disait-il en gagnant le bureau du district à Eskilstuna parce que les locaux des sociaux-démocrates de Södertälje étaient mitoyens des communistes de son beau-père.

La carrière politique d'Ingmar chez les sociaux-démocrates fut cependant encore plus courte que celle au Club républicain. Il prit sa carte un jeudi et on lui remit tout de suite une liasse de prospectus à distribuer devant le Monopole[1] le samedi suivant.

Le district d'Eskilstuna s'intéressait aux questions internationales et exigeait le départ de Ngo Dinh Diem de Saigon. Mais Diem était président ! Qui plus est, après des milliers d'années de dynastie impériale.

Certes, tout ne s'était pas passé dans les règles de l'art. On racontait par exemple que son frère avait commencé par se griller le cerveau dans les vapeurs d'opium et qu'il avait ensuite, en tant qu'assesseur lors de la présidentielle vietnamienne, « halluciné » deux millions de voix en plus pour Diem. Bien sûr, les choses ne devaient pas se dérouler ainsi, mais exiger la démission du président pour une telle broutille, c'était aller trop loin.

Ingmar balança donc dans la rivière les tracts qu'on lui avait remis et en imprima d'autres qui louaient Diem et l'efficacité des militaires américains.

Les dommages pour le Parti social-démocrate furent cependant limités, car trois des quatre leaders de la direction du district devaient justement se rendre au Monopole le samedi matin. Les tracts d'Ingmar atterrirent à la poubelle et non dans les mains d'électeurs potentiels, tandis qu'on priait le nouvel adhérent de

1. En Suède, la vente d'alcool est un monopole d'État. Les magasins dédiés sont surnommés « Monopole ».

remettre sur-le-champ sa carte du parti, qu'on ne lui avait pas encore délivrée.

Les années passèrent. Holger et Holger grandissaient et, conformément au plan de papa Ingmar, devinrent quasiment identiques.

Maman Henrietta consacrait ses journées à coudre des vêtements, à fumer des John Silver déstressantes et à couvrir d'amour ses trois enfants. Le plus âgé d'entre eux, Ingmar, passait la majeure partie de son temps à chanter les louanges de la république devant ses fils et le reste à effectuer des trajets jusqu'à Stockholm pour semer le désordre au sein de la monarchie. Chaque fois que cela se produisait, Henrietta devait repartir de zéro pour remplir d'argent le sucrier qu'elle ne parvenait jamais à assez bien cacher.

Hormis quelques déboires personnels, il faut quand même considérer les années 1960 comme une assez bonne décennie pour Ingmar et sa cause. Par exemple, une junte s'empara du pouvoir en Grèce et chassa le roi Constantin II et toute sa cour jusqu'à Rome. Tout laissait désormais penser que la monarchie grecque était de l'histoire ancienne et que l'avenir économique s'annonçait florissant pour le pays.

Les expériences vietnamienne et grecque prouvaient à Ingmar qu'il fallait employer la violence pour obtenir le changement. Il avait donc eu raison et Vilhelm Moberg tort. Le coup de pied dans les fesses lui cuisait encore, des années après. Saleté d'écrivain !

Le roi suédois pouvait bien déménager à Rome aussi, s'il n'avait pas envie de tenir compagnie à Laïka dans l'espace. Il aurait quelqu'un à fréquenter le soir. Ces maudites majestés étaient de toute façon apparentées.

1968 serait l'année d'Ingmar, affirma-t-il à sa famille à Noël. Et celle de la république.

— Très bien, répondit Henrietta en ouvrant le cadeau de son mari.

Elle n'avait pas d'attentes particulières, mais quand même, se voir offrir un portrait encadré du président islandais Ásgeir Ásgeirsson…

À elle, Henrietta, qui avait vraiment songé à arrêter de fumer.

À l'automne 1968, Holger et Holger firent leur entrée dans le système scolaire suédois selon le principe des journées alternées décidé par Ingmar le jour où ils s'étaient révélés plus d'un.

À l'école, l'enseignant trouvait bizarre que Holger ait oublié dès le mardi ce qu'il avait appris le lundi et que les connaissances du mardi soient perdues le lendemain alors que celles du lundi refaisaient surface. Malgré tout, dans l'ensemble, le garçon réussissait et s'intéressait à la politique en dépit de son jeune âge. Il n'y avait donc sans doute pas de raison de s'inquiéter.

Les années suivantes, la folie généralisée au foyer Qvist connut une accalmie dans la mesure où Ingmar plaça la priorité sur l'enseignement à la maison plutôt que sur les expéditions à l'extérieur. Lorsque cela se produisait quand même, il emmenait toujours les enfants, surtout celui qui nécessitait davantage de surveillance ; celui qui dès le départ avait été appelé Holger 2 avait en effet très tôt montré les signes d'une foi vacillante. Il semblait en aller tout autrement pour Holger 1.

Le hasard avait voulu que ce soit Holger 1 qui soit

déclaré. C'était, par exemple, lui qui disposait d'un passeport, Numéro deux n'avait pas d'existence légale. Il était pour ainsi dire en réserve. La seule différence entre Numéro un et Numéro deux était que ce dernier était doué pour les études. De ce fait, c'était toujours Holger 2 qui allait à l'école les jours d'interrogations, même quand ce n'était pas son tour. Sauf une fois, où il avait eu de la fièvre. Quelques jours plus tard, son professeur de géographie le convoqua pour lui demander comment il avait pu placer les Pyrénées en Norvège.

Henrietta voyait le mauvais sort relatif de Numéro deux et était d'autant plus malheureuse. Son cinglé adoré de mari n'avait-il vraiment aucune limite ?

— Bien sûr que j'ai des limites, ma chère femme, répondit Ingmar. C'est justement à ce sujet que j'ai un peu réfléchi, ces derniers temps. Je ne suis plus certain qu'il soit possible de convaincre la nation entière d'un seul coup.

— Convaincre la nation entière ?

— D'un seul coup, oui, compléta Ingmar.

La Suède était un pays à la superficie étendue, après tout. Ingmar envisageait de convertir le pays secteur par secteur, en commençant par la pointe méridionale pour remonter vers le nord. Il était bien sûr possible de procéder dans l'autre sens, mais il faisait tellement froid là-haut. Qui aurait la force de changer un régime politique par moins quarante degrés ?

Le pire pour Henrietta était que Numéro un ne semblait pas avoir le moindre doute sur l'idéologie paternelle. Ses yeux brillaient. Plus Ingmar délirait, plus ses yeux brillaient. Elle décida de ne plus tolérer aucune folie, sinon elle allait devenir folle elle aussi.

— Maintenant, tu restes à la maison ou tu prends la porte ! déclara-t-elle à son époux.

Ingmar aimait son Henrietta et respecta son ultimatum. Le principe des jours de scolarité en alternance fut bien sûr maintenu, ainsi que les sempiternelles références aux présidents présents et passés. Mais les excursions pro-républicaines d'Ingmar cessèrent jusqu'à ce que les enfants soient en passe de finir leur scolarité.

Ingmar fit alors une rechute et partit manifester devant les murs du château de Stockholm, où un nouvel héritier venait de naître. C'en fut alors assez pour Henrietta, qui convoqua Holger et Holger à la cuisine et leur ordonna de s'asseoir.

— Je vais à présent tout vous révéler, mes chers enfants, commença-t-elle.

Son récit s'acheva, la vingtième cigarette une fois consumée. Elle leur raconta tout, de sa première rencontre avec Ingmar, au tribunal de Södertälje en 1943, jusqu'au présent. Elle s'abstint de juger les agissements de leur père, se contentant de les décrire, y compris la manière dont il avait interverti les deux enfants, si bien qu'il était impossible de dire lequel était né le premier.

— Il est possible que tu sois le numéro deux, Numéro un, mais je l'ignore, personne ne le sait.

Elle estimait son histoire assez explicite pour que ses fils en tirent les conclusions qui s'imposaient.

En cela, elle eut raison à exactement cinquante pour cent.

Les deux Holger l'écoutèrent. Pour l'un, le récit maternel s'apparentait à la légende d'un héros, la description d'un homme mû par un sentiment du devoir, qui luttait infatigablement contre des vents contraires. L'autre, au contraire, vit cela comme la chronique d'une mort annoncée.

— Voilà tout ce que j'avais à vous dire, conclut Henrietta. Il était important pour moi de le faire. Digérez ce que je vous ai raconté et réfléchissez à ce que vous voulez faire de vos vies, et nous en reparlerons au petit déjeuner demain matin.

Henrietta pria Dieu cette nuit-là, toute fille d'un leader communiste local qu'elle était. Elle pria pour que ses deux fils lui pardonnent et pardonnent à leur père. Elle pria pour que les enfants comprennent, qu'il soit possible de redresser la situation et qu'une vie normale puisse commencer. Elle implora l'aide de Dieu pour entrer en contact avec les autorités afin de demander l'inscription à l'état civil pour un nouveau-né de presque dix-huit ans. Elle pria pour que tout s'arrange.

— Je t'en prie, Dieu, je t'en prie, supplia Henrietta.

Puis elle s'endormit.

Le lendemain matin, Ingmar n'était toujours pas rentré. Henrietta se sentait fatiguée alors qu'elle préparait de la bouillie d'avoine pour les enfants et elle-même. Elle n'avait que cinquante-neuf ans, mais faisait plus que son âge.

La vie était pénible pour elle. De toutes les manières possibles. Elle s'inquiétait de tout. Elle avait à présent livré son histoire aux enfants. Il ne restait plus qu'à attendre leur jugement. Et celui de Dieu.

La mère et les fils s'attablèrent. Holger 2 vit, sentit et comprit la détresse maternelle. Holger 1 ne vit rien et ne comprit rien. En revanche, il sentit. Il sentit qu'il voulait consoler Henrietta.

— Ne t'inquiète pas, maman. Je te promets de ne jamais renoncer ! Aussi longtemps que je vivrai et respirerai, je poursuivrai la lutte au nom de papa. Aussi longtemps que je vivrai et respirerai ! répéta-t-il. Tu m'entends, maman ?

Henrietta entendit, et ce qu'elle entendit en fut trop pour elle. Son cœur se brisa. De chagrin. De culpabilité. De rêves, visions et fantasmes refoulés. Du fait que presque rien dans son existence ne s'était déroulé comme elle l'avait souhaité. D'avoir vécu trente-deux ans dans l'inquiétude. Du fait de la promesse que l'un de ses fils venait de faire que cette folie se poursuivrait *ad vitam aeternam*. Mais surtout du fait des quatre cent soixante-dix-sept mille deux cents John Silver sans filtre qu'elle avait fumées depuis l'automne 1947.

Henrietta était une combattante. Elle aimait ses enfants. Mais quand un cœur se brise, il se brise. L'infarctus, massif, lui ôta la vie en quelques secondes.

Holger 1 ne comprit jamais que la cigarette – et sa promesse – avait tué sa mère. Numéro deux envisagea de le lui dire, mais comprit que cela n'apporterait rien de bon et s'en abstint. Le faire-part de décès publié dans le journal local de Södertälje lui fit comprendre pour la première fois à quel point il n'existait pas.

Notre bien-aimée épouse
et mère
Henrietta Qvist
nous a quittés.
Elle nous manque et nous la regretterons à jamais.
Södertälje, le 15 mai 1979
INGMAR
Holger
—

Vive la République[1] *!*

---

1. En français dans le texte original.

7

Où il est question d'une bombe inexistante et d'un ingénieur qui aurait préféré être ailleurs

Nombeko était de retour derrière la double clôture de douze mille volts et le temps continuait à s'écouler.

Les bombes deux et trois furent achevées sans problème. Puis ce fut le tour des quatre et cinq.

Chaque équipe de fabrication ignorait jusqu'à l'existence de l'autre. L'ingénieur contrôlait, seul, chaque exemplaire terminé. Comme les pièces étaient stockées dans l'un des entrepôts protégés à l'extérieur de son bureau, il pouvait avoir recours à l'assistance de sa femme de ménage sans que quiconque s'en étonne.

En réalité, le grand patron du projet, l'ingénieur Engelbrecht Van der Westhuizen, n'avait plus le contrôle de ce qui se passait, si toutefois il l'avait jamais eu, étant donné qu'il était régulièrement ivre à la limite du raisonnable dès dix heures du matin. Quant à sa domestique, elle était trop occupée à faire le ménage et à lire les ouvrages de la bibliothèque pour tout vérifier. Et n'ayant jamais obtenu de nouvelle brosse, il lui fallait plus de temps pour récurer les sols.

C'est ainsi que le processus de fabrication en parallèle se poursuivit. La bombe six fut achevée en temps et en heure. Et une… septième aussi, qui n'était pas prévue au programme.

Une bombe sans existence légale.

Quand la femme de ménage s'aperçut de cette bourde, elle en informa son chef, qui en fut contrarié. Impossible de lancer un processus de démantèlement dans le dos du président et du gouvernement. D'ailleurs, il ne savait même pas comment on procédait. Et il n'avait aucune intention de révéler l'erreur à l'équipe de fabrication. Il valait mieux que la bombe qui n'existait pas reste inexistante.

Nombeko le consola en lui affirmant qu'on lui demanderait peut-être d'autres bombes dans le futur et que cette septième création pouvait continuer sa non-existence tant que personne ne s'apercevait de sa présence. Il serait toujours temps de la faire naître au moment d'une nouvelle commande.

— C'est justement ce que je me disais, lui répondit l'ingénieur, alors que ce qui venait de lui traverser l'esprit, c'était que la femme de ménage était devenue adulte et vraiment appétissante.

La bombe inexistante fut donc enfermée dans l'entrepôt avec ses six jumelles à l'existence dûment validée. L'ingénieur était le seul à avoir accès à ce secteur. Hormis Comment-elle-s'appelle-déjà, bien sûr.

Après plus d'une décennie derrière la double clôture de la base, Nombeko avait lu tout ce qui méritait de l'être dans la bibliothèque restreinte de Pelindaba. Et la plupart de ce qui ne le méritait pas.

Même si cela commençait à la titiller à presque vingt-six ans, elle comprenait que les Blancs et les

Noirs ne devaient pas se mêler, car Dieu en avait décidé ainsi, selon le premier livre de Moïse, d'après l'Église réformée. Non qu'elle ait trouvé quelqu'un d'intéressant avec lequel se mêler au centre. Elle rêvait néanmoins d'un homme et de ce qu'ils pourraient faire ensemble. Dans un domaine précis. Elle avait vu des images de la chose, dans une littérature d'une qualité indéniablement supérieure à l'ouvrage *La Paix sur Terre*, publié en 1924.

Bon, mieux valait ne rien connaître de l'amour derrière la clôture du centre de recherche que d'être sans vie à l'extérieur de cette clôture. Sinon, le seul contact dont elle ferait l'expérience serait celui des vers de terre, là où on l'aurait inhumée.

Nombeko contrôlait donc ses pulsions et s'abstenait de rappeler à l'ingénieur que les sept ans s'étaient transformés en onze. Elle restait là.

Pour encore un petit moment.

Le ministre de la Défense sud-africaine engloutissait des subventions en augmentation constante dans une économie qui n'en avait pas les moyens. Un cinquième du budget désespérément déficitaire du pays allait aux militaires pendant que la planète mettait en place de nouveaux embargos. L'une des mesures les plus douloureuses pour l'âme populaire sud-africaine était que le pays devait jouer au football et au rugby tout seul, puisque aucune autre nation n'acceptait de les rencontrer.

Mais le pays s'en sortait quand même, car l'embargo économique était loin d'être généralisé. Et de nombreuses voix s'élevaient contre un accroissement des sanctions. Le Premier ministre britannique Margaret Thatcher et le président américain Ronald Reagan exprimaient plus ou moins le même point de vue, à savoir que chaque nouvel embargo pénaliserait avant tout la frange la plus pauvre de la population. Ou comme Ulf Adelsohn, le leader du Parti modéré suédois, l'exprimait avec tant d'élégance :

— Si nous boycottons les marchandises en provenance d'Afrique du Sud, les nègres là-bas se retrouveront au chômage.

En réalité, ce n'était pas là que le bât blessait. Le plus embarrassant pour Thatcher, Reagan (et Adelsohn aussi) n'était pas de penser du mal de l'apartheid – de toute façon, le racisme n'était plus politiquement correct depuis des décennies. Non, le problème était de savoir par quoi remplacer ce régime. Choisir entre l'apartheid et le communisme, par exemple, n'était pas simple. Ou plutôt, ça l'était, surtout pour Reagan qui, lorsqu'il était président du syndicat des acteurs américains, s'était battu pour qu'aucun communiste n'accède à Hollywood. De quoi aurait-il l'air, alors qu'il dépensait milliard après milliard pour détruire le communisme soviétique, s'il laissait une variante de ce même communisme prendre le pouvoir en Afrique du Sud ? Sans compter que les Sud-Africains possédaient désormais la bombe atomique, ces salopards, même s'ils le niaient.

Parmi ceux qui n'étaient pas d'accord avec Thatcher et Reagan dans leurs atermoiements face à la politique de l'apartheid, on comptait le Premier ministre suédois Olof Palme et le guide du socialisme libyen, Muammar al-Kadhafi. Palme s'époumonait : « L'apartheid ne peut pas être réformé, l'apartheid doit être éliminé ! » Juste après, il fut lui-même éliminé par un homme perturbé qui ne savait pas vraiment où il était ni pourquoi il avait agi ainsi. Jusqu'à preuve du contraire ; cela n'a jamais vraiment été déterminé.

Kadhafi, lui, allait garder sa tête sur ses épaules pendant encore pas mal d'années. Il fit parvenir des tonnes d'armes à l'ANC, le mouvement de résistance sud-africain, accompagnées de discours sur la noble lutte contre le régime d'oppression blanc, tout en cachant le responsable d'un génocide, l'Ougandais Idi Amin, dans son propre palais.

Voilà plus ou moins quelle était la situation quand le monde montra une fois encore sa capacité à agir d'étranges façons, selon son bon vouloir. Aux États-Unis, les démocrates et les républicains se mirent d'accord pour faire cause commune avec Palme et Kadhafi en même temps qu'ils conduisaient une révolte parlementaire contre leur président. Les membres du Congrès votèrent une loi interdisant toute forme de commerce et tout type d'investissement avec l'Afrique du Sud. Impossible même de prendre un vol direct entre les États-Unis et Johannesburg. Celui qui s'y essayait avait le choix entre faire demi-tour ou être abattu.

Thatcher et d'autres leaders européens ne voulaient pas jouer dans l'équipe perdante, si bien qu'un nombre croissant de pays se rangea derrière les États-Unis, la Suède et la Libye.

L'Afrique du Sud commença à craquer de partout.

Les possibilités de Nombeko, depuis qu'elle était assignée à résidence au centre de Pelindaba, de se tenir au courant de l'évolution dans le monde étaient restreintes. Ses trois amies chinoises ne savaient toujours pas grand-chose, en dehors du fait que les pyramides se trouvaient en Égypte et qu'elles s'y trouvaient depuis un certain temps. L'ingénieur ne lui était pas d'une grande aide non plus. Son analyse du monde se résumait de plus en plus à quelques grognements du genre : « Maintenant, les pédés du Congrès américain ont décidé un embargo aussi. »

Et puis il y avait des limites au nombre de fois où Nombeko pouvait nettoyer le couloir attenant à la salle d'attente avec télé et au temps qu'elle pouvait consacrer à cette tâche. Heureusement dotée d'un bon sens de l'observation, elle se rendait compte qu'il n'y avait aucun projet en cours. Personne ne courait plus dans les couloirs. Le Premier ministre ou le président ne venaient plus en visite. Et l'alcoolisme de l'ingénieur, passé de sérieux à catastrophique, était également un signal que le monde ne tournait plus rond.

Nombeko rêvait de l'époque où Van der Westhuizen pouvait encore donner l'impression à son entourage qu'il comprenait quelque chose. Elle se disait que l'ingénieur pourrait bientôt se consacrer à son cognac à plein temps. Et que le président pourrait s'installer dans le fauteuil voisin pour marmonner que c'était la faute des bamboulas si le pays avait chaviré et sombré. Arrivée à ce point de son récit imaginaire, Nombeko choisissait de refouler ce qui lui arriverait dans une telle situation.

— Je me demande si la réalité n'est pas en train de rattraper l'Oie et ses pairs, déclara-t-elle un soir à ses trois amies chinoises.

Elle prononça ces paroles dans un wu irréprochable.

— Il serait temps, répondirent les Chinoises, dans un isiXhosa pas tout à fait exempt de fautes.

L'époque devenait de plus en plus difficile pour P. W. Botha, mais en Grand Crocodile qu'il était, il supportait les eaux profondes et gardait les narines et les yeux à la surface.

Bien sûr, il pouvait envisager des réformes ; il s'agissait de vivre avec son temps. Les gens étaient depuis des siècles répartis en Noirs, Blancs, de couleur et Indiens. Il veilla à donner le droit de vote aux deux dernières catégories. Aux Noirs aussi d'ailleurs, mais seulement dans leurs territoires.

Botha allégea également les restrictions régissant les relations entre races. Noirs et Blancs pouvaient désormais, de manière purement théorique, s'asseoir sur le même banc dans un parc. Ils pouvaient, de manière purement théorique, aller au cinéma et voir le même film ensemble. Et ils pouvaient, de manière purement théorique (en pratique aussi, d'accord, mais dans ce cas, c'était une question d'argent ou de violence), mêler leurs fluides corporels.

Pour le reste, le président veilla à concentrer le pouvoir entre ses mains, à limiter les droits de l'homme et à mettre en place une censure de la presse. Après tout, estimait-il, les journaux ne pouvaient que s'en prendre à eux-mêmes pour ne pas avoir su écrire des choses sensées. Quand un pays vacille, il a besoin d'un leader fort, pas de mamours avec les journalistes à tout bout de champ.

Mais quoi que fasse Botha, cela était insuffisant. L'économie du pays avait progressé à grande vitesse avant de brutalement s'arrêter et de repartir en sens inverse. Laisser les militaires réprimer chaque désordre dans presque chaque ghetto était tout sauf gratuit. Les bamboulas n'étaient jamais satisfaits. Botha avait offert à Mandela de le libérer à la seule condition qu'il promette de se montrer un peu plus accommodant avec le régime. « Arrêtez de faire des histoires. – Dans ce cas, je préfère rester où je suis », avait répondu l'activiste après vingt ans sur son île-prison. Et c'est ce qu'il avait fait.

Au fil du temps, il devint clair que le plus grand changement que P. W. Botha ait accompli était d'avoir transformé Mandela en icône plus charismatique que jamais.

Pour le reste, tout était pareil. Erreur. Pour le reste, tout était pire.

Botha commençait à être las. Il comprenait que l'ANC finirait par prendre le pouvoir. Et dans ce cas… oui, qui mettrait volontairement six bombes atomiques entre les mains d'une organisation communiste nègre ? Mieux valait les démanteler et en faire un exercice de relations publiques, « Nous prenons nos responsabilités » et tout le baratin, sous la surveillance de l'agence internationale de l'énergie atomique, l'AIEA.

Le président n'était pas encore prêt à prendre la décision en question, mais il appela en personne l'ingénieur responsable de Pelindaba pour le mettre en position de stand-by. La voix de son interlocuteur lui parut pâteuse. À 9 heures du matin ? Non, c'était impossible.

La petite bourde de l'ingénieur Van der Westhuizen, celle qui se trouvait à côté de ses six sœurs, devint soudain un secret extrêmement pesant.

Il ne restait plus à l'ingénieur qu'à admettre son erreur, reconnaître qu'il l'avait tenue secrète depuis plus d'un an et se faire renvoyer avec une retraite minimale. Ou à retourner toute la situation à son avantage et assurer son indépendance financière.

L'angoisse de l'ingénieur face à ce choix difficile dura le temps qu'il fallut au dernier demi-litre de

Klipdrift pour passer dans son sang. Ensuite, la décision s'imposa d'elle-même.

Le moment était venu d'avoir une discussion sérieuse avec les agents du Mossad, A et B.

— Dis, Co… Comment-tu-t'appelles-déjà, bredouilla-t-il. Va me chercher les deux Juifs, nous devons parler business !

Engelbrecht Van der Westhuizen avait compris que sa mission était sur le point de prendre fin, que l'ANC n'allait pas tarder à prendre le pouvoir et que sa carrière était derrière lui. Il importait donc d'assurer ses arrières tant qu'il en avait encore.

Comment-elle-s'appelle-déjà alla chercher les agents qui avaient surveillé le processus pour le compte du partenaire israélien. Tandis qu'elle marchait dans le couloir, elle se disait que l'ingénieur était sur le point de faire une bévue supplémentaire. Sans doute deux.

Nombeko introduisit les agents du Mossad A et B dans le bureau de l'ingénieur, puis elle se plaça dans le coin stratégique où l'ingénieur voulait qu'elle se trouve quand la situation se dégradait.

— Ah, Juif numéro un et Juif numéro deux, *shalom* à vous ! Asseyez-vous. Puis-je vous offrir un petit cognac matinal ? Comment-tu-t'appelles-déjà, sers nos amis !

Nombeko chuchota aux agents qu'il y avait de l'eau s'ils préféraient. Ils préféraient.

L'ingénieur Van der Westhuizen énonça les faits sans fioritures. Il affirma avoir toujours eu de la chance dans la vie et que la chance en question lui avait mis une arme nucléaire entre les mains, une bombe atomique dont personne ne connaissait l'existence et qui ne manquerait donc à personne. En fait, déclara-t-il, il devrait la garder et l'envoyer directement sur le palais présidentiel dès que ce terroriste de Mandela y serait installé, mais il se sentait un peu trop vieux pour mener une guerre tout seul.

— Alors, je me demande si Juif A et Juif B ne voudraient pas vérifier auprès du chef des Juifs à Jérusalem s'il serait prêt à acheter une bombe très puissante ? Je vous ferai un prix d'ami. En fait, j'en veux trente millions de dollars. Dix millions par mégatonne. Santé ! conclut-il, avant de vider son cognac et de décocher un regard mécontent à la bouteille désormais vide.

Les agents du Mossad A et B le remercièrent poliment de sa proposition et promirent de se renseigner auprès du gouvernement de Jérusalem.

— Je n'oblige personne, ajouta l'ingénieur. Si cela ne lui convient pas, je la vendrai à quelqu'un d'autre. Je n'ai pas le temps de marchander.

Il quitta son bureau et la base, en quête de cognac. Les deux agents restèrent en compagnie de Comment-elle-s'appelle-déjà.

— Excusez-moi de dire ça, glissa-t-elle, mais je me demande si la chance de l'ingénieur ne vient pas de lui tourner le dos, non ?

Elle n'ajouta pas « et la mienne avec », mais elle le pensa très fort.

— J'ai toujours admiré votre bon sens, mademoiselle Nombeko, répondit l'agent A, et je vous remercie de votre compréhension.

Il n'ajouta pas : « Vous êtes vous-même dans de sales draps », mais il le pensa très fort.

Ce n'était pas qu'Israël ne voulait pas saisir l'offre de l'ingénieur, bien au contraire. C'était juste que le vendeur était plus qu'imbibé et donc totalement imprévisible. Le laisser déambuler à sa guise dans les rues, à jacasser sur la source de son argent, serait… explosif. D'un autre côté, il n'était pas possible de refuser poliment, car qu'adviendrait-il alors de la bombe ? L'ingénieur était sans doute capable de la vendre au premier quidam venu.

Il fallait donc prendre les mesures qui s'imposaient. L'agent du Mossad A confia à un va-nu-pieds du ghetto de Pretoria la mission de lui procurer une voiture la nuit suivante, une Datsun Laurel, modèle 1983. En guise de remerciement, le pauvre diable reçut cinquante rands (selon ce qui était convenu) ainsi qu'une balle dans le front (en guise de pourboire).

Avec cette voiture, l'agent veilla à mettre fin à l'indéboulonnable chance de l'ingénieur en l'écrasant quelques jours plus tard, alors qu'il rentrait du bar qu'il fréquentait quand ses réserves personnelles de Klipdrift étaient épuisées. Comme Nombeko en son temps, l'ingénieur marchait sur le trottoir au moment de l'accident.

La malchance tout juste acquise de l'ingénieur s'amplifia : il fut écrasé une deuxième fois quand l'agent A passa la marche arrière, puis une troisième, quand le conducteur quitta les lieux.

C'est comme ça que tout finit ? pensa-t-il entre le deuxième et le troisième passage sur son corps, exactement comme Nombeko l'avait fait onze ans plus tôt.

Ce fut le cas.

L'agent du Mossad B contacta Nombeko, juste après que l'annonce du décès de l'ingénieur fut parvenue au centre de recherche. L'événement était encore considéré comme un accident, mais cela changerait quand les témoins et les divers techniciens sur place auraient accompli leur travail.

— Nous avons à discuter de certains points, vous et moi, mademoiselle Nombeko, déclara-t-il. Et je crains que cela ne soit urgent.

Nombeko réfléchit à toute allure. Son assurance-vie, l'alcoolique Van der Westhuizen, devenait une assurance-décès. Elle se dit qu'elle ne tarderait pas à être dans un état similaire.

— Oui, en effet. Puis-je demander à monsieur l'agent de convier son collègue pour une réunion dans le bureau de l'ingénieur dans exactement trente minutes ?

Il y avait longtemps que l'agent B avait compris que Mlle Nombeko avait la tête sur les épaules et qu'elle était consciente de la précarité de sa situation. Cela les plaçait, lui et son collègue, en position de force.

Mais la femme de ménage était la personne qui disposait des clés et de l'accès aux couloirs les plus sécurisés. C'était elle qui leur permettrait de mettre la main sur la bombe. En échange, ils lui offriraient un pur mensonge.

La promesse qu'elle resterait en vie.

Pour l'instant, la demoiselle s'était assuré une demi-heure de répit. Pourquoi ? L'agent n'en voyait pas l'intérêt. Bon, trente minutes, ce n'est jamais que trente minutes, même s'il y a urgence. La police pouvait se rendre compte que l'ingénieur avait été assassiné à tout instant. Et il serait alors beaucoup plus difficile de sortir une bombe de trois mégatonnes de la base, même pour un agent appartenant à un service secret allié.

Bon, trente minutes, ce n'était toujours que trente minutes. L'agent B acquiesça d'un signe de tête.

— Dans ce cas, rendez-vous à 12 h 05.

— 12 h 06, le corrigea Nombeko.

Durant les trente minutes suivantes, elle ne fit rien d'autre qu'attendre.

Les agents furent de retour pile à l'heure. Installée dans le fauteuil de l'ingénieur, Nombeko les pria aimablement de s'asseoir de l'autre côté du bureau. La scène était inédite. Une jeune femme noire dans un fauteuil de direction en plein apartheid.

Nombeko ouvrit la réunion. Elle déclara qu'elle comprenait que les agents du Mossad voulaient se procurer la septième bombe atomique.

Les agents gardèrent le silence, peu enclins à exprimer cette vérité.

— Soyons francs, messieurs, les exhorta Nombeko, sinon cette réunion prendra fin avant même d'avoir commencé.

L'agent A acquiesça et confirma que Mlle Nombeko avait bien évalué la situation. Si grâce à son aide Israël obtenait cette bombe, en échange ils l'aideraient à quitter Pelindaba.

— En veillant à ce que je sois ensuite écrasée comme l'ingénieur ? Ou abattue et enterrée dans la savane la plus proche ?

— Mais non, enfin, chère mademoiselle, mentit l'agent A. Nous n'avons pas l'intention de toucher à un cheveu de votre tête. Pour qui nous prenez-vous ?

Nombeko fit mine de se contenter de ce mensonge. Elle ajouta qu'elle avait déjà été renversée une fois dans sa vie et qu'elle préférait ne pas renouveler l'expérience.

— Comment avez-vous l'intention de sortir la bombe de la base… si toutefois je vous y donne accès ?

L'agent B répondit que cela devrait être relativement facile pour peu qu'ils ne traînent pas. La caisse contenant la bombe pouvait être adressée au ministère israélien des Affaires étrangères à Jérusalem et on établirait les documents nécessaires pour que le colis soit considéré comme du courrier diplomatique. Celui-ci était expédié *via* l'ambassade à Pretoria au moins une fois par semaine, pour autant que les services secrets sud-africains ne durcissent pas les règles de sécurité et n'ouvrent pas la caisse ; ce que Nombeko et les agents pouvaient être sûrs qu'ils feraient dès qu'ils comprendraient la véritable cause de la mort de l'ingénieur.

— Je profite de l'occasion pour vous adresser mes remerciements personnels pour la mesure prise, messieurs, déclara Nombeko sur un ton à la fois franc et insidieux. Lequel d'entre vous a eu cet honneur ?

— Cela n'a pas grande importance, répondit l'agent A, qui était le coupable. Ce qui est fait est fait, et nous savons que mademoiselle comprend que c'était nécessaire.

Ce que comprenait surtout Nombeko, c'était que les agents venaient de tomber dans son piège.

— Et comment comptez-vous assurer la sécurité de ma petite personne ?

Les agents avaient pensé dissimuler Nombeko dans le coffre de leur véhicule, qui ne serait pas fouillé si les mesures de sécurité restaient à leur niveau actuel. Les agents secrets israéliens de Pelindaba avaient toujours été au-dessus de tout soupçon.

Une fois dehors, il n'y aurait plus qu'à s'enfoncer dans le bush, sortir la femme du coffre et lui mettre une balle dans le front, la tempe ou la nuque, en fonction de la manière dont elle se débattrait.

C'était un peu dommage, car Mlle Nombeko était à bien des égards une femme exceptionnelle et, à l'instar des agents, elle avait été la cible du mépris mal dissimulé de l'ingénieur Van der Westhuizen, mépris qui n'avait pour fondement que la conviction erronée qu'il appartenait à une race supérieure. Dommage pour elle, mais des intérêts plus importants étaient en jeu dans cette affaire.

— Notre idée est de vous faire sortir en douce dans notre coffre, lui résuma l'agent A.

— Bien, répondit Nombeko. Mais insuffisant.

Elle leur expliqua alors qu'elle n'avait pas l'intention de lever le petit doigt pour les aider tant qu'ils ne lui auraient pas procuré un aller Johannesburg-Tripoli.

— Tripoli ? s'étonnèrent les agents A et B en chœur. Qu'allez-vous faire là-bas ?

Nombeko n'avait pas de réponse satisfaisante à leur offrir. Durant toutes ces années, son objectif avait été la Bibliothèque nationale à Pretoria, mais elle ne pouvait pas s'y rendre maintenant. Elle devait quitter le pays. Et puis Kadhafi était du côté de l'ANC, non ?

Nombeko répondit donc qu'elle voulait se rendre dans un pays bien intentionné pour changer, et que la Libye lui semblait un bon choix. Mais si les agents avaient une meilleure suggestion, elle était prête à les écouter.

— Évitez simplement de me proposer Tel-Aviv ou Jérusalem, car je projette de vivre au moins jusqu'à la fin de la semaine.

L'estime de l'agent du Mossad A pour la femme assise dans le fauteuil de direction grimpa encore d'un cran. Le problème était qu'il n'y aurait jamais d'étape deux, encore moins trois, pour elle. Dès que le coffre se refermerait, elle serait en route pour son lieu de sépulture et ce qui était écrit sur le billet d'avion n'aurait alors plus aucune importance. Tripoli, pourquoi pas ? Aussi bien la Lune.

— Oui, la Libye pourrait être une solution. Avec la Suède, c'est le pays le plus critique vis-à-vis de l'apartheid. Mademoiselle y obtiendrait l'asile en dix secondes, si elle le demandait.

— Tiens donc ! s'exclama Nombeko.

— Mais Kadhafi a ses inconvénients, poursuivit l'agent.

— Lesquels ?

L'agent A ne se fit pas prier pour l'éclairer sur le fou de Tripoli, lui qui avait un jour envoyé des grenades sur l'Égypte au seul motif que le président de ce pays avait choisi de dialoguer avec Israël.

Se montrer soucieux du devenir de la demoiselle ne pouvait pas faire de mal, histoire de construire une relation de confiance jusqu'à la balle nécessaire.

— Oui, Kadhafi cherche à se procurer des armes nucléaires autant que l'Afrique du Sud. Seulement, jusqu'à présent, il n'a pas été aussi efficace dans ses tentatives.

— Ah, je vois.

— Mais bon, il a au moins vingt tonnes de gaz moutarde en réserve pour se consoler et la plus grande usine au monde d'armes chimiques.

— Aïe.

— Et puis, il a fait interdire toute opposition, toute grève et toute manifestation.

— Ouille.

— En plus, il fait exécuter tous ceux qui le contredisent.

— Il n'a vraiment aucune humanité ?

— Oh si, il a bien pris soin d'Idi Amin, le dictateur ougandais, quand celui-ci a été contraint à la fuite.

— Oui, j'ai lu quelque chose à ce sujet.

— Il y aurait encore bien des choses à raconter.

— Ou pas, rétorqua Nombeko.

— Comprenez-moi bien, mademoiselle. Nous nous soucions de votre bien-être et nous souhaitons qu'il ne vous arrive rien, même si vous venez de sous-entendre que nous ne sommes pas dignes de confiance. Je vous avoue que cette insinuation nous blesse tous les deux. Mais si vous souhaitez vous rendre à Tripoli, nous ferons en sorte que votre vœu se réalise.

Voilà qui était bien exprimé, pensa l'agent A.

Voilà qui était bien exprimé, pensa l'agent B.

Je n'ai jamais rien entendu d'aussi stupide de toute ma vie, pensa Nombeko. Pourtant, j'ai fréquenté des agents sanitaires de Johannesburg et un ingénieur alcoolique à la distorsion cognitive carabinée.

Elle était peut-être née à Soweto, mais elle n'était pas idiote.

La Libye ne lui paraissait plus si attirante.

— La Suède alors ?

Oui, ce serait préférable, estimaient les agents. Certes, son Premier ministre venait d'être assassiné, mais des gens normaux se promenaient sans doute dans les rues. Et puis, comme ils l'avaient mentionné, les Suédois s'empressaient d'accueillir les Sud-Africains, aussi longtemps qu'il s'agissait d'opposants à l'apartheid, et les agents avaient de bonnes raisons de penser que la femme de ménage l'était.

Nombeko acquiesça. Elle savait localiser la Suède. Presque au niveau du pôle Nord. Très loin de Soweto, ce qui était une bonne chose. Loin de tout ce qui avait été sa vie jusqu'à présent. Que lui manquerait-il de son pays natal ?

— S'il y a quelque chose que mademoiselle Nombeko aimerait emporter en Suède, nous nous efforcerons bien sûr de lui donner satisfaction, déclara l'agent B pour renforcer la relation de confiance dénuée de substance.

Continuez encore un peu comme ça et je vais presque finir par vous croire, pensa Nombeko. Ce serait une faute professionnelle impardonnable de votre part de ne pas chercher à me tuer dès que vous aurez obtenu ce que vous voulez.

— Une caisse de viande d'antilope séchée ne serait pas pour me déplaire, répondit-elle. J'imagine qu'ils n'ont pas d'antilopes en Suède.

Les agents A et B ne le pensaient pas non plus. Ils allaient immédiatement s'occuper de faire établir les étiquettes postales pour un gros et un petit colis. La bombe dans la caisse pour le ministère des Affaires étrangères à Jérusalem via l'ambassade à Pretoria, et la viande d'antilope à l'ambassade d'Israël à Stockholm, où Mlle Nombeko pourrait la récupérer, quelques jours plus tard.

— Sommes-nous d'accord alors ? demanda l'agent A en se disant que tout s'arrangeait pour le mieux.

— Oui, confirma Nombeko. Nous sommes d'accord. Mais il y a encore une chose.

Quoi encore ? L'agent A avait développé un sens de l'intuition dans le domaine qui était le sien. À cet instant, il sentit que lui et son collègue avaient crié victoire un peu trop tôt.

— Je comprends qu'il y a urgence, reprit Nombeko, mais j'ai un point à régler avant notre départ. Retrouvons-nous dans une heure, à 13 h 20. Vous feriez bien de ne pas lambiner, si vous voulez avoir le temps de vous procurer le billet d'avion et la viande d'antilope avant ça.

Sur cette dernière recommandation, Nombeko quitta la pièce par la porte arrière du bureau de l'ingénieur et disparut dans le secteur auquel les agents n'avaient pas accès.

— L'avons-nous sous-estimée ? demanda A à B.

B paraissait préoccupé.

— Si tu t'occupes du billet, je me charge de la viande, répondit-il.

— Vous reconnaissez cette pierre ? s'enquit Nombeko quand la réunion reprit, en posant un diamant brut sur le bureau de l'ingénieur Van der Westhuizen.

L'agent A était un homme aux talents multiples. Il pouvait sans problème attribuer une oie dite de la dynastie Han à la dynastie sud-africaine des années 1970. De même, il évalua immédiatement la valeur de ce qu'il avait sous les yeux à environ un million de shekels.

— Je vois, répondit-il. Où mademoiselle Nombeko veut-elle en venir ?

— Je veux aller en Suède, pas dans une fosse derrière un buisson dans la savane.

— Et pour cela, vous nous donneriez un diamant ? demanda l'agent B, qui à la différence de l'agent A continuait à sous-estimer Nombeko.

— Non, avec ce diamant, je veux juste vous prouver que j'ai réussi à faire sortir un petit paquet de la base depuis notre dernière rencontre. La question que je vous pose est de savoir si vous croyez que j'y suis parvenue grâce à un diamant comme celui-ci. Et que j'ai eu la confirmation que le paquet en question était arrivé à bon port en échange d'un second. Si vous croyez que l'un des deux cent cinquante collaborateurs fondamentalement sous-payés de Pelindaba pourrait avoir accepté un tel marché. Ou si vous ne le croyez pas.

— Je ne comprends pas, déclara l'agent B.

— Je redoute le pire, marmonna l'agent A.

— Vous avez tout à fait raison, répondit Nombeko en

souriant. J'ai enregistré notre précédente conversation, dans laquelle vous avouez le meurtre d'un citoyen sud-africain ainsi que votre tentative pour dérober l'une des armes diaboliques de ce pays. Je suis certaine que vous comprenez les conséquences pour vous et votre nation, si cet enregistrement était diffusé… Je ne compte pas vous dire où je l'ai fait expédier. Mais le destinataire m'a confirmé par le biais de mon messager corrompu qu'il était arrivé sain et sauf, c'est-à-dire loin de la base. Si je le récupère avant vingt-quatre, non, pardon, vingt-trois heures et trente-huit minutes, c'est fou comme le temps passe vite quand on est en bonne compagnie, vous avez ma parole qu'il disparaîtra pour toujours.

— Et si vous ne le récupérez pas en personne, il sera rendu public ? demanda l'agent A.

Nombeko ne gaspilla pas son temps à lui répondre.

— Bon, je pense que cette réunion touche à sa fin. J'ai l'impression que mes chances de survivre à ma balade dans le coffre se sont accrues. Faut reconnaître qu'elles étaient nulles au départ.

Là-dessus, Nombeko se leva, déclara que le paquet de viande d'antilope séchée devait être livré au service des expéditions d'ici trente minutes et qu'elle allait veiller à ce qu'il en soit de même pour la grosse caisse, qui était de toute façon dans la pièce d'à côté. Par ailleurs, elle attendait les documents, tampons et autres formulaires nécessaires pour que le paquet soit inaccessible à toute personne ne souhaitant pas se retrouver avec une crise diplomatique sur les bras.

A et B hochèrent la tête, doublement maussades.

Les agents israéliens analysèrent la nouvelle donne. Vraisemblablement, cette maudite femme de ménage possédait un enregistrement de leur précédente conversation, mais ils étaient moins sûrs qu'elle ait réussi à le faire sortir de Pelindaba. Certes, elle avait un diamant brut en sa possession, et si elle en avait un, elle pouvait en avoir plusieurs. Et si elle en avait plusieurs, il était possible qu'un des collaborateurs ait succombé à la tentation d'assurer sa sécurité financière et celle de sa famille jusqu'à la fin de ses jours. La femme de ménage (ils ne l'appelaient plus par son nom, parce qu'ils étaient bien trop irrités contre elle) habitait la base depuis onze ans, mais A et B ne l'avaient jamais vue fréquenter une seule personne blanche en dehors d'eux-mêmes. L'un des deux cent cinquante employés avait-il vraiment vendu son âme à la femme qu'ils appelaient « bamboula » dans son dos ?

Les agents ajoutèrent la dimension sexuelle à l'équation, c'est-à-dire la possibilité – ou plutôt le risque – que la femme de ménage ait également offert son corps… Alors, les probabilités tournèrent à leur désavantage. Celui qui est assez immoral pour rendre ce service contre un diamant ne devrait pas l'être davantage pour la dénoncer. Mais le même, qui pouvait s'attendre à de futures aventures sexuelles, tiendrait dans ce cas sa langue. Ou une autre partie de son anatomie.

Les agents A et B aboutirent à la conclusion qu'il y avait soixante pour cent de risques que Nombeko dispose effectivement de l'atout dont elle se vantait et quarante pour cent que ce ne soit pas le cas. Ces probabilités étaient trop mauvaises. Et le tort qu'elle pouvait leur causer à eux – mais surtout – à la nation israélienne n'était pas quantifiable.

Ils n'avaient pas le choix : la femme de ménage monterait dans leur coffre comme prévu, elle recevrait son billet d'avion pour la Suède comme prévu, et ses dix kilos de viande d'antilope seraient expédiés à Stockholm comme prévu. Elle ne recevrait pas une balle dans la nuque comme prévu. Ni dans le front. Ni nulle part ailleurs. Vivante, elle constituait toujours un risque, morte, un risque plus grand encore.

Vingt-neuf minutes plus tard, l'agent A remettait le billet d'avion et la viande d'antilope à Nombeko, de même que les documents dûment remplis en double exemplaire pour le courrier diplomatique. Elle le remercia et lui annonça qu'elle serait prête à partir dans quinze minutes. Elle allait juste s'assurer du bon traitement des deux paquets.

— Un gros paquet et un petit ? demanda la cadette, qui était la plus créative. Mademoiselle Nombeko aurait-elle quelque chose contre le fait que nous les envoyions à…

— Oui, justement, répondit Nombeko. Ces colis ne doivent pas être expédiés à votre mère à Johannesburg. Ce petit paquet part à Stockholm. Il est pour moi. J'espère que cela constitue une raison suffisante de ne pas y toucher. Le gros est en partance pour Jérusalem.

— Jérusalem ? s'étonna la benjamine.

— En Égypte, expliqua l'aînée.

— Tu t'en vas ? demanda la cadette.

— Oui, mais ne le dites à personne. Je vais filer en douce dans un petit moment. Je pars pour la Suède. Il faut que nous nous fassions nos adieux à présent. Vous avez été de bonnes amies.

Elles s'étreignirent.

— Prends soin de toi, Nombeko, dirent les Chinoises en isiXhosa.

— 再见, répondit Nombeko. Adieu !

Puis elle se rendit dans le bureau de l'ingénieur, ouvrit le tiroir et récupéra son passeport.

— Market Theatre, place du marché, au centre-ville de Johannesburg, s'il vous plaît, déclara Nombeko à l'agent A en se glissant dans le coffre de la voiture diplomatique.

On aurait dit la cliente quelconque d'un chauffeur de taxi quelconque. On aurait également dit qu'elle connaissait Johannesburg comme sa poche et qu'elle savait où elle allait. La vérité était que, quelques minutes plus tôt, elle avait trouvé le temps de feuilleter l'un des ouvrages les plus récents de la bibliothèque de Pelindaba et qu'elle avait trouvé l'endroit sans doute le plus densément peuplé de tout le pays.

— Entendu, répondit l'agent A. Ce sera fait.

Il referma le coffre.

Ce qu'il comprenait, c'est que Nombeko n'avait pas l'intention de les laisser la conduire jusqu'à la personne en possession de l'enregistrement pour qu'ils puissent les tuer tous les deux. Il comprenait également qu'arrivée sur place Nombeko parviendrait à leur échapper dans la foule en moins de deux minutes. Il comprit que la femme de ménage avait gagné – le premier round.

Mais dès que la bombe aurait quitté le territoire, elle n'aurait plus d'assurance-vie. Il suffirait de nier, si l'enregistrement venait à être diffusé. De toute façon, la planète entière était contre Israël, alors il était clair que des enregistrements de ce type circulaient. Leur attribuer du crédit serait ridicule.

Il serait alors temps pour le second round.

On ne marchait pas impunément sur les pieds du Mossad.

Le jeudi 12 novembre 1987 à 14 h 10, le véhicule des agents quitta Pelindaba. À 15 h 01, le même jour, le courrier du jour quitta la base par le même portail. Avec onze minutes de retard, parce qu'on avait été obligé de changer de camion en raison d'un colis particulièrement volumineux.

À 15 h 15, le responsable de l'enquête sur la mort de l'ingénieur Van der Westhuizen constata que celui-ci avait été assassiné. Trois témoins indépendants, dont deux de race blanche, avaient livré la même version des faits.

Ces témoignages confortaient les observations du chef sur place. Il y avait des traces de caoutchouc à trois endroits du visage, ou du moins de ce qu'il en restait, de la victime. Au moins trois pneus lui étaient passés dessus alors qu'une voiture normale n'en possède que deux de chaque côté. L'ingénieur avait donc soit été écrasé par plus d'une voiture, ou – comme les différents témoins s'accordaient à l'affirmer – par la même voiture plusieurs fois.

À 15 h 30, on releva le niveau de sécurité à Pelindaba. La femme de ménage du poste de garde, ainsi que celle du bâtiment G et les trois Asiatiques devaient être renvoyées sur-le-champ. Toutes les cinq devaient être soumises à une analyse des risques par les services de sécurité avant d'être libérées. Éventuellement. Tous les véhicules entrants et sortants seraient fouillés, même si le chef de l'armée en personne était au volant.

Nombeko demanda son chemin pour gagner l'aéroport, suivit le flot des voyageurs et franchit les contrôles de sécurité avant même d'avoir compris qu'elle y était assujettie. Elle s'aperçut ainsi que des diamants dans une doublure ne déclenchent aucune alarme.

Comme les agents du Mossad avaient dû acheter le billet au dernier moment, il ne restait plus que des places en classe Affaires. Il fallut un bon moment au personnel de bord pour faire comprendre à Nombeko que la flûte de champagne Pompadour Extra Brut qu'on lui proposait était comprise dans le prix du billet. Tout comme le repas qui suivit. On dut la raccompagner, avec courtoisie mais fermeté, à sa place, lorsqu'elle voulut aider les hôtesses à débarrasser les autres passagers.

Arrivée au dessert, un gratin de framboises décoré d'amandes qu'elle fit passer avec une tasse de café, elle avait compris le système.

— Puis-je vous offrir un cognac en digestif ? s'enquit l'hôtesse avec amabilité.

— Oui, volontiers. Avez-vous du Klipdrift ?

Elle ne tarda pas à s'assoupir. Son sommeil fut doux, sans cauchemars et ininterrompu.

Arrivée à l'aéroport d'Arlanda à Stockholm, elle suivit les instructions des agents du Mossad qu'elle avait bernés avec une telle finesse. Elle se dirigea vers le premier agent de police des frontières venu et demanda l'asile politique. Au motif qu'elle appartenait à l'ANC, organisation interdite en Afrique du Sud. Ce qui faisait plus sérieux que d'admettre qu'elle avait offert l'arme nucléaire aux services secrets d'une autre nation.

L'interrogatoire qui s'ensuivit se déroula dans une pièce lumineuse donnant sur les pistes. Par la fenêtre, elle vit tomber des flocons pour la première fois de sa vie. La première neige de l'hiver, en plein début d'été sud-africain.

8

Où il est question d'un match qui s'achève sans vainqueur, et d'un entrepreneur qui ne peut vivre sa vie

Ingmar et Holger 1 s'accordaient à penser que le meilleur moyen de rendre hommage à Henrietta était de poursuivre la lutte. Numéro deux était certain que son père et son frère se trompaient, mais se contenta de demander qui, dans ce cas, gagnerait l'argent du ménage.

Ingmar fronça les sourcils et admit qu'il avait eu tellement de choses en tête ces derniers temps que cette préoccupation était passée au second plan. Il restait encore quelques billets de cent couronnes dans le sucrier de Henrietta, mais ils auraient bientôt disparu, tout comme sa regrettée femme.

Faute d'autres idées, l'ex-fonctionnaire des postes décida de postuler à son ancien emploi d'assistant comptable. Son supérieur, qui n'était plus qu'à deux ans de la retraite, lui répondit qu'en aucun cas il n'avait l'intention de laisser M. Qvist les lui gâcher.

La situation financière prit une tournure délicate. Pendant quelques jours. Puis le beau-père d'Ingmar décéda.

Le communiste enragé, qui n'avait jamais rencontré ses petits-fils (et n'avait finalement pas étripé Ingmar), partit à l'âge de quatre-vingt-un ans, profondément aigri, en laissant derrière lui un capitalisme qui se portait mieux que jamais. Ce fut Holger 1, celui qui existait, qui hérita.

Parallèlement à son activité politique, le leader communiste de Södertälje avait travaillé dans l'import de produits soviétiques. Jusqu'au bout, il avait écumé les marchés suédois pour écouler sa marchandise et vanter la grandeur de l'Union soviétique. Ni l'une ni l'autre de ces entreprises n'étaient florissantes, mais leurs retombées financières suffisaient en tout cas à couvrir les nécessités du quotidien, y compris une télévision couleur, deux visites par semaine au Monopole et trois mille couronnes de don mensuel au parti.

L'héritage de Numéro un comportait donc un camion en bon état ainsi qu'un garage-entrepôt débordant de marchandises. Le vieux avait, au fil des ans, toujours acheté un peu plus de stock qu'il n'arrivait à en vendre.

Parmi les produits, il y avait du caviar noir et rouge, des bocaux de cornichons, du krill fumé, du thé géorgien, du lin biélorusse, des bottes fourrées russes et des peaux de phoque inuites. Il y avait également des récipients émaillés de différentes sortes, y compris l'incontournable poubelle à pédale verte. Il y avait des *furasjki*, les bonnets militaires russes, et des *usjanki*, les toques en fourrure qui protègent de toute chute brutale de température. Il y avait des bouillottes en caoutchouc et des verres à liqueur ornés de grappes de sureau peintes à la main. Il y avait des chaussures en paille tressée de pointure 47. Il y avait cinq cents exemplaires du *Manifeste du Parti communiste* et deux cents châles en poils de chèvre de l'Oural. Ainsi que quatre peaux de tigres sibériens. Ingmar et les garçons firent cet inventaire dans le garage. Et dernière pièce, mais non des moindres : une statue de Lénine en granit carélien de deux mètres cinquante de haut.

Si le beau-père d'Ingmar avait été encore en vie et avait par ailleurs eu envie de discuter avec son gendre plutôt que de l'étriper, il aurait pu lui raconter qu'il avait acheté la statue pour une bouchée de pain à un artiste de Petrozavodsk, qui avait commis l'erreur de prêter des traits humains au grand leader. Le regard gris acier de Lénine avait une expression plutôt embarrassée et sa main, qui aurait dû pointer droit vers l'avenir, paraissait plutôt faire coucou au peuple qu'il était censé conduire. Perturbé au vu du résultat, le bourgmestre de la ville, commanditaire de la statue, avait indiqué à l'artiste que son œuvre devait disparaître sur-le-champ, si celui-ci ne voulait pas disparaître à son tour. L'édile s'y emploierait personnellement si nécessaire.

Le beau-père d'Ingmar avait débarqué pile à ce moment lors de l'une de ses virées shopping. Deux semaines plus tard, la statue faisait coucou dans un garage de Södertälje.

Ingmar et Numéro un farfouillaient au milieu de ces trésors en gloussant de joie. Voilà qui assurerait la subsistance de la famille pendant des années !

Ces nouvelles perspectives ne réjouissaient pas autant Numéro deux. Il avait espéré que sa mère n'était pas morte en vain et qu'un véritable changement se produirait.

— La cote de Lénine n'est peut-être pas à son plus haut, osa-t-il déclarer.

Il se fit immédiatement rabrouer.

— Dieu, ce que tu peux être négatif ! lui rétorqua papa Ingmar.

— Oui, Dieu, ce que tu peux être négatif ! confirma Holger 1.

— Celle du manifeste communiste en russe non plus, insista Numéro deux.

Les marchandises entreposées dans le garage couvrirent les besoins des Qvist pendant huit années. Papa Ingmar et les jumeaux marchèrent dans les traces du beau-père et grand-père, de marché en marché, et s'assurèrent un niveau de vie acceptable, surtout parce que les communistes de Södertälje n'avaient plus droit à leur subvention. Et le trésor public pas davantage, d'ailleurs.

Numéro deux avait sans cesse envie de tout quitter, mais il se consolait en se disant que pendant ce temps-là la lubie du projet républicain restait en sommeil.

Au bout de huit ans, il ne resta plus dans l'entrepôt que la statue de Lénine de deux mètres cinquante en granit carélien et quatre cent quatre-vingt-dix-huit des cinq cents exemplaires du *Manifeste du Parti communiste* en russe. Ingmar avait réussi à en vendre un exemplaire à un aveugle sur le marché de Mariestad. L'autre avait servi de papier hygiénique un jour où Ingmar aux prises avec une gastro avait dû baisser culotte dans un fossé.

Holger 2 avait donc eu raison sur le peu de valeur marchande de ces deux objets.

— Qu'allons-nous faire maintenant ? demanda Holger 1, qui n'avait jamais eu une idée de sa vie.

— N'importe quoi, du moment que ça n'a rien à voir avec la maison royale, répondit Holger 2.

— Si, c'est précisément ce qu'il nous faut, répliqua

Ingmar. Nous y avons consacré trop peu de temps ces dernières années.

Ingmar avait pour projet de modifier la statue de Lénine. Il lui était en effet venu à l'esprit que ce Lénine et le roi suédois se ressemblaient beaucoup. Il suffisait de retirer la moustache et la barbe, de raccourcir un peu le nez et de sculpter des ondulations sur les cheveux qui dépassaient de la casquette. Et hop ! Vladimir Ilitch céderait la place à Sa Majesté.

— Tu as l'intention de vendre une statue de deux mètres cinquante du roi ? demanda Holger 2 à son père. Tu n'as aucun principe ?

— Ne sois pas insolent, mon fils. Nécessité fait force de loi. Je l'ai appris alors que j'étais jeune et que j'ai été contraint de m'emparer du vélo neuf d'un soldat de l'Armée du Salut. Lui aussi s'appelait Holger, d'ailleurs.

Puis il poursuivit en affirmant aux jumeaux qu'ils n'imaginaient pas le nombre d'admirateurs obsédés du roi que ce pays comptait. Une statue du souverain pourrait leur rapporter vingt mille couronnes, voire trente mille. Peut-être même quarante. Ensuite, on pourrait vendre le camion.

Ingmar se mit à l'œuvre. Il tailla, lima et polit pendant une semaine complète. Le résultat dépassa toutes ses espérances. Quand Holger 2 contempla le résultat, il pensa qu'on pouvait dire ce qu'on voulait de son père, mais qu'il n'était pas sans ressource. Ni sans talent artistique.

Il ne restait qu'à mettre la statue sur le marché. Ingmar pensait hisser le monument dans le camion et faire le tour de tous les ducs et barons des alentours de Stockholm jusqu'à ce que l'un d'entre eux s'aperçoive qu'il ne pouvait pas vivre sans un roi suédois en granit carélien dans son jardin.

La manœuvre était délicate. Holger 1 ne demandait qu'à aider. Son père n'avait qu'à lui indiquer ce qu'il devait faire. Numéro deux se tenait les mains dans les poches sans rien dire.

Ingmar considéra ses deux garçons et décida qu'aucun de ses fils ne s'en mêlerait.

— Reculez d'un pas et ne me dérangez pas, déclarat-il.

Puis il attacha les sangles en croix autour de l'œuvre d'art selon un système alambiqué.

Il parvint effectivement à amener l'ouvrage seul jusqu'au seuil de la remorque.

— On y est presque, affirma le joyeux contempteur du roi, une seconde avant que les courroies ne cèdent.

La longue lutte d'Ingmar Qvist prit fin là cet instant.

Le roi s'inclina respectueusement vers lui, croisa pour la première fois son regard, puis tomba avec lenteur, mais inexorablement, sur son créateur. Ingmar mourut sur le coup, écrasé par une statue de deux mètres cinquante en marbre carélien, qui se brisa aussi sec.

Holger 1 était effondré. Son frère se tenait juste à côté de lui et éprouvait de la honte de ne rien ressentir du tout. Il considérait son père mort et le roi en morceaux à côté de lui.

Aucun des deux adversaires ne semblait avoir gagné le match.

Quelques jours plus tard, on put lire dans le journal local :

*Mon bien-aimé père
Ingmar Qvist
m'a quitté.
Il me manque et je le regretterai à jamais.
Södertälje, le 4 juin 1987
HOLGER*

—

Vive la République[1] !

Physiquement, les Holger 1 et 2 étaient des copies conformes. Mais leurs personnalités étaient à l'opposé l'une de l'autre.

Numéro un n'avait pas une seconde remis en question la croisade de son père. Les doutes de Numéro deux étaient apparus dès l'âge de sept ans et n'avaient fait que se renforcer avec le temps. À douze ans, Numéro deux savait qu'Ingmar n'était pas sain d'esprit. Après le décès de sa mère, il ne s'était plus gêné pour critiquer les idées paternelles.

Pour autant, il n'avait jamais déserté le foyer familial. Au fil des ans, il avait ressenti une responsabilité croissante à l'égard de son père et de son frère – le lien avec un jumeau n'est pas facile à couper.

Il était difficile de déterminer pourquoi les frères étaient si différents. Peut-être était-ce dû au fait que Holger 2, celui qui n'avait pas d'existence légale, possédait des aptitudes intellectuelles inexistantes chez Numéro un.

Durant leur scolarité, c'était donc tout naturellement que Holger 2 s'était chargé des interrogations, des récitations, des examens. C'était également lui qui avait

—

1. En français dans le texte original.

passé le permis B au nom de son frère et lui avait enseigné la conduite. Toujours en son nom, il avait réussi le permis poids lourd pour pouvoir conduire le Volvo F406 qui appartenait à Holger 1, car pour posséder quelque chose il faut exister.

Après le décès de leur père, Numéro deux envisagea de contacter les autorités pour leur signaler son existence, ce qui lui permettrait d'avoir accès à des études supérieures. Et de trouver une fille à aimer. Avec laquelle faire l'amour. Il se demandait ce qu'il ressentirait.

En poussant ses réflexions un peu plus loin, Numéro deux s'aperçut que ce n'était pas si simple. Comment faire valoir ses bonnes notes au lycée, alors qu'il n'était même pas supposé avoir fréquenté l'école primaire... ?

Par ailleurs, il y avait des questions plus urgentes à régler. Par exemple, comment allaient-ils pouvoir subvenir à leurs besoins ? Holger 1 avait une pièce d'identité et un permis, et devait donc pouvoir chercher un emploi.

— Un emploi ? s'étonna Numéro un, quand le sujet fut évoqué.

— Oui, un travail. Il n'est pas inhabituel que les gens de vingt-six ans se consacrent à une telle activité.

Holger 1 suggéra que son frère gère ça à sa place, en son nom. Comme ils avaient procédé durant toutes leurs années de scolarité. Holger 2 répondit que, maintenant que le roi avait tué le père, il était temps de laisser leur éducation derrière eux. Il n'avait pas l'intention de servir la cause de son jumeau et en aucun cas celle de leur paternel.

— Ce n'était pas le roi, mais Lénine, déclara Holger 1 sur un ton renfrogné.

Numéro deux rétorqua que celui qui était tombé

sur Ingmar aurait pu être n'importe qui, y compris le Mahatma Gandhi, aucune importance. C'était de l'histoire ancienne. L'heure était venue de se construire un avenir. De préférence ensemble, mais seulement si Numéro un lui promettait de mettre toutes ses idées relatives à un changement de régime politique à la poubelle. Numéro un marmonna qu'il n'avait de toute façon pas d'idées.

Holger 2 se contenta de cette réponse et consacra les jours suivants à réfléchir à la prochaine étape de leur vie.

Le problème le plus pressant : trouver de l'argent pour mettre de la nourriture sur la table.

La solution fut de vendre ladite table. La maison entière, en fait.

La fermette en banlieue de Södertälje changea de propriétaires et les frères emménagèrent dans le Volvo F406.

C'était une fermette qu'ils avaient vendue, pas un château. Qui n'avait pour ainsi dire pas été entretenue depuis qu'Ingmar avait commencé à dérailler, environ quarante ans plus tôt. Holger 1, le propriétaire officiel, ne tira donc que cent cinquante mille couronnes de la maison familiale. Cet argent ne les mènerait pas très loin.

Holger 1 demanda à Holger 2 quelle valeur pouvait avoir les quatre parties de la statue. Afin que le sujet soit clos une bonne fois pour toutes, Holger 2 alla chercher une barre à mine et un marteau et les réduisit en miettes. Lorsqu'il eut fini, il informa son jumeau de son intention de brûler les quatre cent quatre-vingt-dix-huit exemplaires restants du manifeste communiste en russe. D'abord, il partait faire une promenade, car il avait besoin d'un moment de solitude.

— S'il te plaît, mon frère, ne réfléchis pas trop en mon absence.

Pendant sa balade, Holger 2 récapitula ce qui leur restait. Un camion. Ils pouvaient envisager une activité de transport. Qu'ils baptiseraient Holger & Holger.

Holger 2 mit une annonce dans le journal local. « Petit transporteur cherche mission ». Il reçut tout de suite une réponse d'un négociant en oreillers de Gnesta qui avait besoin d'aide, car son ancien transporteur avait non seulement oublié une livraison sur cinq, mais également un paiement sur deux aux impôts, et avait par conséquent dû emménager à la prison d'Arnö pour payer sa dette à la société. L'État estimait qu'il faudrait dix-huit mois à l'indélicat pour être à nouveau disponible sur le marché. Le négociant en oreillers, qui connaissait la véritable nature du transporteur, estimait que cela pourrait prendre plus de temps. Quoi qu'il en soit, l'entrepreneur avait besoin d'un remplaçant sur-le-champ.

La société anonyme Gnesta Duvets & Edredons avait fabriqué des oreillers pour l'hôtellerie et divers établissements publics pendant un sacré paquet d'années. Dans un premier temps, les affaires avaient bien marché, puis elles avaient périclité jusqu'au moment où le patron avait dû licencier ses quatre employés et se mettre à importer des oreillers de Chine. Cela simplifiait l'existence de l'entrepreneur, mais il commençait à se sentir vieux. Surmené, l'homme était las et continuait uniquement à travailler parce qu'il avait oublié que la vie pouvait être consacrée à autre chose.

Les Holger 1 et 2 le rencontrèrent dans ses locaux à la périphérie de Gnesta. Le secteur n'était guère reluisant. Il y avait un entrepôt et un chantier de démolition reliés par une cour, et une poterie fermée depuis de nombreuses années de l'autre côté de la rue. Le plus proche voisin était un ferrailleur, mais le reste de la zone était désert.

Comme Holger 2 avait une éloquence certaine, et que Holger 1 respecta ses ordres de la boucler, l'entrepreneur fut séduit par le potentiel du nouveau transporteur.

Tout semblait aller au mieux dans le meilleur des mondes jusqu'à ce que la caisse de retraite informe l'entrepreneur par lettre qu'il allait avoir soixante-cinq ans et avait donc le droit de prendre sa retraite. Il n'y avait pas songé. Ne rien faire à plein temps, voilà ce dont il rêvait finalement. Peut-être même danser un peu ? Il ne s'était plus essayé à l'exercice depuis la fin de l'été 1967, quand il s'était rendu à Stockholm pour aller au Nalen, tout ce trajet pour découvrir que le célèbre dancing avait été transformé en une église évangélique.

L'annonce de cette retraite fut une nouvelle agréable pour l'entrepreneur. Pour Holger et Holger, beaucoup moins.

Comme les frères n'avaient rien à perdre, Numéro deux décida de passer à l'offensive. Il suggéra que Holger & Holger reprenne l'affaire de l'entrepreneur, y compris le chantier de démolition et la poterie. En échange, trente-cinq mille couronnes lui seraient versées chaque mois aussi longtemps qu'il vivrait.

— Une sorte de retraite complémentaire, précisa Holger 2, car, franchement, nous n'avons pas les liquidités pour racheter votre entreprise.

Le nouveau retraité prit le temps de réfléchir avant de déclarer :

— Marché conclu ! Ce ne sera pas trente-cinq toutefois, mais trente. Et à une condition !

— Une condition ? s'étonna Holger 2.

— Oui, il se trouve que… commença le négociant.

La baisse de prix exigée par le chef d'entreprise venait en contrepartie d'une promesse de Holger et Holger d'assumer la responsabilité d'un ingénieur américain qu'il avait découvert caché dans la poterie quatorze ans plus tôt. L'Américain avait construit des tunnels militaires durant la guerre du Vietnam, avait été attaqué par les Viêt-cong, grièvement blessé, soigné dans un hôpital japonais, s'était enfui de sa chambre en creusant un souterrain, s'était réfugié à Hokkaido, où il avait embarqué sur un chalutier pour gagner les eaux soviétiques. Il avait ensuite été transféré sur un navire de gardes-côtes russes, avait atterri à Moscou, puis à Helsinki, avant de continuer son périple jusqu'en Suède, où on lui avait accordé l'asile politique.

Mais arrivé à Stockholm, ce déserteur crut voir des émissaires de la CIA littéralement à chaque coin de rue. Il était convaincu qu'ils allaient le retrouver et le renvoyer directement sur le champ de bataille. Il avait donc filé à la campagne, s'était retrouvé à Gnesta, avait aperçu la poterie, y avait pénétré par effraction et s'était couché sous une bâche. Le fait qu'il ait choisi cet endroit comme refuge n'était pas un simple hasard, car l'Américain, potier dans l'âme, était devenu ingénieur et soldat pour obéir à son père.

Le négociant en oreillers archivait dans la poterie une partie de sa comptabilité qui supportait mal la lumière du jour. Pour cette raison, il s'y rendait plusieurs fois par semaine. Un jour, parmi les dossiers, un visage apeuré était apparu. C'était l'Américain, pour lequel l'entrepreneur s'était pris d'affection. Il lui avait proposé de s'installer dans un des appartements du chantier de démolition, au 5 Fredsgatan. Si l'Américain voulait redonner vie à la poterie, aucun problème, mais la porte de ce local sans fenêtre devait rester verrouillée.

L'Américain avait accepté cette proposition et avait sur-le-champ commencé à creuser un tunnel entre la poterie et l'appartement du rez-de-chaussée du 5 Fredsgatan, de l'autre côté de la rue. Quand l'entrepreneur avait évoqué ce chantier sans autorisation préalable, l'Américain lui avait rétorqué qu'il lui fallait une issue de secours pour le jour où la CIA frapperait à sa porte. Il lui fallut plusieurs années pour achever l'ouvrage d'art. Au moment de son inauguration, la guerre du Vietnam était finie depuis belle lurette.

— Il ne tourne pas tout à fait rond. Dire le contraire serait faux, mais il fait partie du prix, déclara l'entrepreneur aux jumeaux. Pour le reste, il ne nuit à personne et, à ce que j'ai compris, il vit en façonnant des objets au tour qu'il vend sur les marchés des alentours. Timbré, mais dangereux seulement pour lui-même.

Holger 2 hésitait. Il sentait qu'il n'avait pas besoin d'autres excentricités dans son quotidien. Son frère et l'héritage de son père lui suffisaient déjà amplement. D'un autre côté, cet arrangement leur permettrait de s'installer sur le chantier de démolition, exactement comme l'Américain l'avait fait. Un vrai logement, à la place du matelas dans le camion.

Il finit par décider de prendre la responsabilité du potier américain aux nerfs fragiles. Tout ce que le nouveau retraité possédait fut donc transféré à la société anonyme Holger & Holger.

L'homme usé par le travail pouvait enfin se détendre ! Le lendemain, il se rendit à Stockholm pour profiter de la vie et prendre un abonnement au Sturebadet, l'incontournable spa de la capitale suédoise. Ensuite, ce serait harengs et cuite au Sturehof !

Il oublia seulement que depuis sa dernière venue dans la métropole fourmillante la circulation automobile était passée à droite. À Gnesta, cela n'avait guère d'importance, vu le peu de véhicules sur la route. Dans Birger Jarlsgatan, Il s'engagea sur un passage clouté en regardant dans la mauvaise direction.

— La vie, j'arrive ! s'écria-t-il.

Ce fut la mort qui lui répondit. Il fut immédiatement renversé par un bus qui le tua sur le coup.

— C'est triste, commenta Holger 1, quand les frères apprirent son décès.

— Oui. Et une bonne affaire, répondit Holger 2.

Holger et Holger partirent de l'autre côté de la rue pour saluer le potier américain, l'informer du tragique accident dont avait été victime le négociant en oreillers et lui annoncer qu'il pouvait rester, puisque cela faisait partie de l'accord avec le désormais défunt, et que les accords sont faits pour être respectés.

Holger 2 frappa à la porte.

Le silence seul lui répondit.

Holger 1 frappa à son tour.

— Vous êtes de la CIA ? entendirent-ils une voix demander.

— Non, de Södertälje, répondit Holger 2.

Il s'ensuivit quelques secondes de silence supplémentaires, puis la porte fut ouverte avec précaution.

La rencontre se déroula plutôt bien. Au début, les échanges furent distants, mais l'atmosphère se détendit nettement quand Holger et Holger firent allusion au fait que l'un d'eux avait une relation un peu compliquée avec l'état civil. Ce qui rassura l'Américain, qui avait certes obtenu l'asile, mais ne s'était ensuite plus rapproché des autorités suédoises... Il n'osait envisager quel était son véritable statut à l'heure actuelle.

Le potier se dit que peu d'éléments semblaient indiquer que Holger et Holger étaient à la solde des services secrets américains. Presque aucun, en fait, car les fonctionnaires de la CIA avaient beau être complètement tordus, il ne leur serait pas venu à l'esprit d'envoyer deux agents portant le même nom.

L'Américain considéra même la proposition de Holger 2 de les remplacer de temps à autre pour assurer les livraisons d'oreillers. Dans ce cas, il exigeait que le véhicule soit équipé de fausses plaques afin que la CIA ne puisse pas le localiser, si par malheur il se retrouvait sur des clichés pris par les milliers de caméras cachées de l'organisation partout dans le pays.

Holger 2 leva les yeux au ciel, mais ordonna à son frère d'effectuer une mission nocturne de vol de quelques plaques. Lorsque le potier exigea ensuite que le camion soit repeint en noir afin qu'il puisse plus facilement semer les services secrets américains le long d'un sentier forestier peu éclairé le jour où ils le repéreraient, Holger 2 estima que cela suffisait.

— À bien y réfléchir, je crois que nous allons livrer nos oreillers nous-mêmes, mais merci quand même.

Le potier l'observa avec suspicion. Pourquoi son interlocuteur avait-il changé d'avis si subitement ?

Holger 2 avait le sentiment que dans l'ensemble sa vie évoluait cahin-caha. Il fut par ailleurs obligé de constater avec jalousie que son frère s'était trouvé une petite amie. Selon son opinion, il lui manquait une case également, mais qui se ressemble s'assemble. Il s'agissait d'une jeune fille d'environ dix-sept ans qui semblait en colère contre tout, sauf peut-être contre Holger 1. Celui-ci l'avait rencontrée au centre-ville de Gnesta, où la jeune colérique avait organisé une manifestation à elle toute seule contre le système bancaire corrompu. En tant que représentante autoproclamée du président du Nicaragua Daniel Ortega, la jeune fille avait sollicité un prêt d'un demi-million de couronnes, mais le directeur de la banque – qui était du reste son père – lui avait répondu qu'on n'accordait aucun prêt à des intermédiaires, que de ce fait le président Ortega devait venir en personne à Gnesta, prouver son identité et produire des preuves de sa solvabilité.

D'où la manifestation. Aux répercussions limitées, puisque son seul public fut constitué de son père planté sur le seuil de la banque, de deux hommes échoués sur un banc du parc qui attendaient l'ouverture du Monopole, et de Holger 1, venu en ville acheter des pansements et du Synthol parce qu'il s'était blessé d'un coup de marteau au pouce en clouant une planche pour réparer le sol de l'appartement qu'il partageait avec son frère.

Il n'était pas difficile de deviner ce que le père de la jeune fille pensait. Les deux épaves fantasmaient sur ce qu'elles pourraient acheter avec un demi-million de couronnes au Monopole (le plus hardi d'entre eux aurait parié sur cent bouteilles de vodka Explorer) tandis que Holger 1 était simplement chamboulé par la manifestante. Elle se battait pour un *président*, qui à son tour luttait contre des vents contraires, c'était le moins qu'on puisse dire, parce qu'il était en mauvais termes avec les États-Unis et la majeure partie de la planète.

Lorsque la jeune fille eut fini sa manifestation, Holger se présenta et lui parla de son rêve de déposer le roi suédois. En moins de cinq minutes, ils avaient compris qu'ils étaient faits l'un pour l'autre. La jeune fille se dirigea vers son malheureux père, qui se tenait toujours sur le seuil de sa banque, et lui expliqua qu'il pouvait aller au diable, parce que maintenant, elle avait l'intention de s'installer chez... euh, comment s'appelait-il déjà ?

Holger 2 se fit éconduire de l'appartement qu'il partageait avec son jumeau et dut s'installer seul dans l'appartement d'en face, en encore plus mauvais état. La vie poursuivit son cours misérable.

Un jour, l'existence le mena à Upplands Väsby, au nord de Stockholm, au centre d'accueil des réfugiés. Il se gara devant l'entrepôt et vit une jeune femme noire seule, assise sur un banc un peu à l'écart. Il porta à l'intérieur sa livraison d'oreillers. Lorsqu'il ressortit, la jeune Africaine s'adressa à lui. Il lui répondit avec courtoisie, elle s'extasia de ce comportement urbain, heureuse, dit-elle, de constater que des hommes comme lui existaient.

Ce commentaire alla tellement droit au cœur de Holger 2 qu'il ne put s'empêcher de lui répondre que le problème, c'était qu'il n'existait pas.

Au lieu d'ouvrir la bouche, il se serait peut-être plutôt sauvé en courant, s'il avait su la suite des événements.

TROISIÈME PARTIE

« Le présent – cette portion de l'éternité
qui sépare la déception de l'espoir. »

Ambrose BIERCE

9

Où il est question d'une rencontre, d'une permutation et d'une apparition inattendue

Nombeko s'était décrite comme une combattante pour la liberté sud-africaine dont la tête était mise à prix. La Suède aimait ce genre de personnalités et on lui accorda sans broncher le droit de rester dans le pays. Première étape : le centre d'accueil de réfugiés Carlslund à Upplands Väsby.

Cela faisait quatre jours qu'elle venait s'asseoir sur un banc dans le froid devant le bâtiment n° 7, enveloppée dans une couverture marron tamponnée des mots « services de l'immigration », et elle réfléchissait à ce qu'elle allait faire de cette abondance de liberté soudain acquise.

Elle avait vingt-six ans, et faire la connaissance de quelques personnes sympathiques semblait un bon point de départ. Des gens normaux. Au moins une personne normale. Qui puisse lui « apprendre » la Suède.

Et on pouvait supposer que ce pays possédait une Bibliothèque nationale. Même si la majeure partie de ses collections serait dans une langue incompréhensible pour elle. La personne normale qui lui enseignerait la Suède devrait sans doute lui enseigner le suédois aussi.

Nombeko réfléchissait de manière optimale quand elle pouvait mâchonner en même temps un peu de viande d'antilope séchée. À Pelindaba, l'antilope séchée n'était pas au menu. Cette pénurie expliquait peut-être pourquoi cela lui avait pris onze ans pour en sortir.

Et si la viande d'antilope était déjà arrivée à l'ambassade d'Israël ? Oserait-elle s'y rendre ? L'enregistrement qu'elle avait agité comme une menace auprès des agents du Mossad remplissait toujours sa fonction, même si son existence était pure fiction.

À cet instant, un camion équipé d'une remorque rouge entra dans la cour. Le véhicule recula jusqu'à un entrepôt et un homme jeune en descendit et entreprit de décharger des oreillers sous plastique. Il lui fallut de nombreux allers-retours pour vider la remorque. Nombeko le vit ensuite faire viser un document par une femme, manifestement responsable de l'entrepôt. Une femme *chef* ! Blanche certes, mais quand même.

Nombeko s'avança vers le livreur et s'exprima en anglais, s'excusant de ne pas parler le suédois. À moins que son interlocuteur ne maîtrise l'isiXhosa ou le wu ?

L'homme dévisagea Nombeko et lui répondit qu'il comprenait l'anglais. Les autres langues étaient inconnues au bataillon.

— Bonjour, dit-il en lui tendant la main. Je m'appelle Holger. En quoi puis-je vous être utile ?

Nombeko lui serra la main, bouche bée. Un homme blanc, qui avait du savoir-vivre.

— Moi, c'est Nombeko, répondit-elle. Je viens d'Afrique du Sud. Je suis réfugiée politique.

Holger déplora son sort et lui souhaita la bienvenue

en Suède. N'avait-elle pas trop froid ? Il pouvait lui obtenir une couverture supplémentaire à l'entrepôt si elle le souhaitait.

Nombeko n'en croyait pas ses oreilles. Aurait-elle déjà rencontré la personne normale qu'elle appelait de ses vœux à peine quelques secondes plus tôt ? Elle ne put s'empêcher d'exprimer sa surprise admirative :

— Dire que des gens comme vous existent bel et bien !

Holger la regarda avec tristesse.

— Le problème, c'est que ce n'est pas mon cas, répondit-il.

— Qu'est-ce qui n'est pas votre cas ? s'enquit Nombeko, pensant avoir mal compris.

— Exister, répondit Holger. Je n'existe pas.

Nombeko le scruta de la tête aux pieds et des pieds à la tête. Quel manque de chance ! Quand une personne qui semblait digne de son respect apparaissait enfin dans sa vie, elle n'existait pas ! Mince alors.

Au lieu de lui réclamer des éclaircissements, Nombeko préféra lui demander si par hasard il connaissait l'adresse de l'ambassade d'Israël.

Holger ne voyait pas le lien direct entre une réfugiée sud-africaine et l'ambassade israélienne, mais estima que cela ne le regardait pas.

— En plein centre-ville, si je me souviens bien. Je vais justement dans cette direction. Mademoiselle Nombeko veut-elle que je l'emmène ? Enfin, si elle ne me trouve pas importun.

Il s'excusait presque d'exister, ce qui était une contradiction en soi, s'il n'existait pas !

Nombeko restait néanmoins sur ses gardes.

— Oui, merci, finit-elle par répondre. Si vous

pouvez attendre un instant. Je vais juste chercher mes ciseaux dans ma chambre.

Pendant le trajet, le livreur se révéla plutôt disert. Il lui parla de la Suède, d'inventions suédoises, du prix Nobel, de Björn Borg...

Nombeko le bombarda de questions. Björn Borg avait-il vraiment gagné cinq Wimbledon d'affilée ? Fantastique ! Et c'était quoi, Wimbledon ?

Le camion rouge se gara devant l'ambassade israélienne, au 31 Storgatan. Nombeko descendit de la cabine, se dirigea vers le garde posté à la grille, se présenta et lui demanda si un paquet en provenance d'Afrique du Sud était arrivé à son nom.

C'était le cas. Le garde se tourna vers Holger et le pria de reculer jusqu'à l'aire de chargement au coin de la rue, tandis que la demoiselle était priée de rester, car il lui fallait une signature. Où diable avait-il mis les documents ?

Nombeko essaya de protester. Le colis n'avait pas à être chargé dans le camion. (Son intention était de l'emporter sous le bras et de regagner le camp de réfugiés d'une manière ou d'une autre.) Mais le garde se contenta de sourire en faisant signe à Holger. Puis il baissa à nouveau les yeux vers ses papiers.

— Voyons voir...

Cela prit un certain temps. Une fois les formalités réglées, le colis fut chargé dans le camion et Holger prêt à repartir. Nombeko remonta dans la cabine.

— Il suffit que vous me déposiez à l'arrêt de bus, déclara-t-elle.

— Il y a quelque chose que je ne comprends pas, rétorqua son chauffeur.

— Comment cela ?

— Je croyais que le colis contenait dix kilos de viande d'antilope.

— Oui. Et alors ? dit Nombeko en agrippant ses ciseaux dans sa poche.

— Je parierais plutôt sur une tonne.

— Une tonne ?

— Encore une chance que j'aie un camion.

Nombeko resta silencieuse quelques secondes, le temps de digérer cette information, puis elle déclara :

— Ça sent mauvais.

— Qu'est-ce qui sent mauvais ?

— Tout, en fait, répondit Nombeko.

Dans sa chambre d'hôtel à Johannesburg, l'agent du Mossad A était de bonne humeur. L'agent B était déjà en route pour une nouvelle mission à Buenos Aires. Après le petit déjeuner, l'agent A avait l'intention de gagner l'aéroport Jan Smuts International pour rentrer à la maison et s'octroyer plusieurs semaines de vacances bien méritées. Ensuite, il se rendrait en Suède et finirait avec un grand plaisir ce qu'il aurait dû achever en Afrique du Sud et qu'un chantage odieux ne lui avait pas permis de mener à bien.

Le téléphone sonna. C'était... Shimon Peres, le ministre des Affaires étrangères, connu pour ne pas tourner autour du pot.

— Pourquoi diable m'avez-vous expédié dix kilos de viande de cheval ?

L'agent du Mossad A réfléchissait vite et comprit en un éclair ce qui s'était passé.

— Je vous présente mes plus plates excuses, monsieur le ministre, mais une permutation effroyable s'est produite. Je vais immédiatement y remédier !

— Comment est-il possible de permuter ce que je devais recevoir avec dix kilos de viande de cheval ? s'enquit le ministre des Affaires étrangères, qui ne voulait pas prononcer les mots « bombe atomique » au téléphone.

— De l'antilope, pour être précis, spécifia l'agent A tout en regrettant déjà son exactitude.

Il parvint à écourter sa conversation avec son ministre en colère et appela l'ambassade d'Israël à Stockholm. On le mit en relation avec le garde à l'entrée, auquel il déclara :

— Ne laissez pour rien au monde la livraison de huit cents kilos en provenance d'Afrique du Sud quitter l'ambassade. N'y touchez même pas, j'arrive !

— C'est vraiment ennuyeux, lui répondit le garde. Une charmante jeune femme noire vient juste de venir la récupérer avec un camion. Malheureusement, je ne peux pas vous donner son nom, car je n'arrive pas à remettre la main sur les documents.

L'agent du Mossad A ne jurait jamais. Profondément religieux, il avait reçu une éducation stricte. Mais là, il posa le combiné, s'assit sur le bord du lit et lâcha :

— Putain de bordel de merde !

L'agent A catalogua les différentes manières dont il pouvait tuer Nombeko Mayeki. Les variantes les plus longues lui parurent les meilleures.

— Une bombe atomique ? s'étonna Holger.

— Une bombe atomique, confirma Nombeko.

— Une arme nucléaire ?

— Aussi.

Nombeko estimait que Holger avait le droit de connaître toute l'histoire, maintenant qu'il transportait un colis de près d'une tonne. Elle lui parla donc de Pelindaba ; du projet nucléaire secret ; des six bombes ; de la septième ; de l'ingénieur Van der Westhuizen ; de sa chance ; de son Klipdrift ; de sa fin tragique ; des agents du Mossad ; du carton de viande d'antilope qui aurait dû être expédié à Stockholm ; et de la caisse sensiblement plus grande qu'ils transportaient à présent et qui était destinée à Jérusalem. Même si elle n'entra pas dans les moindres détails, Holger eut bientôt une vision assez claire de la situation.

Il comprenait tout, sauf la manière dont les événements avaient pu si mal tourner. Nombeko et les agents avaient eu deux paquets à gérer, un petit et un gros. C'était quand même pas la mer à boire !

Nombeko lui fit part de ses soupçons. Le courrier du centre était géré par trois Chinoises charmantes, mais à l'esprit un peu brouillon. Nombeko pensait que leur imposer deux étiquetages en simultané avait représenté un défi trop important. Voilà comment les événements avaient mal tourné.

— Oui, c'est le moins qu'on puisse dire, confirma Holger, qui en avait froid dans le dos.

Nombeko garda le silence un certain temps. Holger reprit :

— Donc, vous et les représentants des services secrets israéliens, peut-être les meilleurs au monde, avez confié l'adressage des colis à trois jeunes filles à l'esprit un peu brouillon ?

— On peut le formuler ainsi, répondit Nombeko.

— Qui confie les expéditions à des personnes indignes de confiance ?

— Eh bien, sans doute l'ingénieur. Une des personnes les plus stupides que j'aie rencontrées, en fait. Il savait lire, mais pas grand-chose d'autre. Il me rappelait un agent sanitaire de Johannesburg vraiment bouché auquel j'ai eu affaire à l'adolescence.

Holger ne répondit rien, tout en laissant ses neurones travailler tous azimuts. Tous ceux qui ont déjà transporté un engin atomique connaissent cette activité neuronale.

— Et si nous faisions demi-tour et rapportions la bombe aux Israéliens ? suggéra Nombeko.

Holger sortit alors de sa paralysie mentale.

— Jamais de la vie !

Même s'il n'avait, lui rappela-t-il, aucune existence légale, pour autant il aimait son pays et il ne pouvait être question qu'il remette de son plein gré une arme nucléaire aux services secrets israéliens ou à n'importe quels autres sur le sol suédois.

— Jamais de la vie ! répéta-t-il. Et vous ne pouvez pas rester au camp de réfugiés, car je suis certain que les Israéliens vont essayer de vous retrouver, la bombe et vous.

Ce qui retint surtout l'attention de Nombeko fut cette nouvelle mention de la non-existence de son chauffeur. Elle lui en fit la remarque.

— C'est une longue histoire, marmonna Holger. J'habite sur un chantier de démolition, à Gnesta.

— Sympa.

— Cela vous dirait de vous y installer aussi ?

Nombeko avait l'intuition qu'elle n'aurait pas à utiliser ses ciseaux à l'encontre de Holger. Un chantier de démolition à… Gnesta, c'est ça ?

Pourquoi pas ? Elle avait vécu presque la moitié de sa vie dans un taudis et l'autre moitié enfermée derrière une clôture. Un chantier de démolition constituerait un changement.

M. Holger était-il certain de vouloir se retrouver avec une réfugiée et une arme nucléaire sur les bras ? Sans compter les services secrets d'une autre nation aux trousses ?

Holger n'était sûr de rien, mais il appréciait cette jeune femme. Il ne se voyait pas l'abandonner aux griffes du Mossad sans autre forme de procès.

— Non, répondit-il. Je n'en suis pas certain, mais je maintiens ma proposition.

Nombeko appréciait Holger, elle aussi. Enfin, s'il existait assez pour qu'on puisse l'apprécier.

— Vous n'êtes pas en colère contre moi à cause de cette bombe atomique alors ?

— Bah, ce genre de choses arrive.

En quittant l'ambassade israélienne, ils traversèrent Östermalm, puis ils poursuivirent en direction de l'E4 vers le sud par Norrmalm et Kungsholmen. Holger et Nombeko apercevaient à présent le plus haut immeuble de Suède par le pare-brise, le gratte-ciel du journal *Dagens Nyheter*. Holger ne put s'empêcher d'imaginer ce qui se produirait si la bombe explosait... Il n'y tint plus et posa la question à sa passagère :

— Euh, si je percute un réverbère et que la bombe explose... Que se passera-t-il exactement ? Je suppose que vous et moi nous nous retrouverions dans une situation délicate, mais l'immeuble là-bas serait-il rasé ?

Nombeko lui confirma qu'ils ne s'en sortiraient pas. L'immeuble non plus. La bombe détruirait presque tout dans un rayon de... disons... cinquante-huit kilomètres.

— Presque tout dans un rayon de cinquante-huit kilomètres ?

— Oui. Tout, en fait.

— Dans un rayon de cinquante-huit kilomètres ? Tout le grand Stockholm ?

— Je ne connais pas la taille du grand Stockholm, mais d'après le nom, ça paraît grand. Et puis, il y a d'autres aspects à prendre en considération...

— D'autres aspects ?

— En dehors de la boule de feu en elle-même. L'onde de choc, la radioactivité immédiate, la direction des vents. Et des facteurs comme... Disons que si vous percutez un réverbère ici et que la bombe explose...

— Disons plutôt que je ne vais pas le faire, quand j'y réfléchis, déclara Holger en agrippant son volant à deux mains.

— ... je devine que tous les hôpitaux du secteur de Stockholm brûleraient immédiatement, et qui prendrait alors soin des centaines de milliers de personnes grièvement blessées par les radiations ?

— Oui, qui le ferait ?

— Ni vous ni moi, en tout cas.

Holger sentit au plus profond de lui-même qu'il voulait quitter ce rayon de cinquante-huit kilomètres aussi vite que possible. Il s'engagea sur l'E4 et accéléra. Nombeko dut lui rappeler qu'il aurait beau conduire loin et vite, ils se trouveraient toujours à cinquante-huit kilomètres de la zone de sécurité, et ce aussi longtemps que la bombe serait dans le camion.

Il ralentit, réfléchit et demanda à sa passagère si elle serait capable des fois de désarmer la bombe, puisqu'elle avait participé à sa fabrication. Nombeko lui répondit qu'il existait deux types de bombes atomiques : les opérationnelles et les autres. La bombe avec laquelle ils se baladaient était malheureusement du premier type et nécessitait entre quatre et cinq heures de travail pour la désarmer. Elle n'avait pas eu le temps de s'en occuper avant son départ. À présent, le seul exemplaire du schéma de désarmement se trouvait entre les mains des Israéliens. Or, comme Holger le comprenait sans doute, la situation ne se prêtait pas à un coup de fil pour leur demander une copie par fax.

Holger acquiesça, l'air malheureux. Nombeko le consola en lui disant qu'elle pensait que la bombe était robuste. Si le camion quittait accidentellement la route, il y aurait de très bonnes chances que lui, elle et Stockholm s'en sortent.

— Vous en êtes sûre ? demanda Holger.

— Le mieux est de ne pas essayer. Nous sommes bientôt arrivés ?

— Oui. Une fois sur place, notre principale tâche sera de faire comprendre à mon frère qu'il ne peut pas utiliser ce qu'il y a dans la remorque pour changer le régime du pays.

Holger vivait bel et bien sur un chantier de démolition. Plutôt sympa. Il s'agissait d'un bloc de quatre étages, juste à côté d'un entrepôt tout aussi massif. Le tout délimitait une cour intérieure avec un étroit portail donnant sur la rue.

Démolir les lieux apparaissait comme un gaspillage à Nombeko. Certes, il y avait des trous çà et là dans la cage d'escalier menant à son futur appartement. Elle avait également été prévenue que certaines fenêtres du logement qui lui était destiné étaient fermées par des planches et qu'il y avait des courants d'air à cause des interstices dans la façade en bois. Ce serait de toute façon une énorme amélioration par rapport à son taudis de Soweto : le sol était recouvert d'un plancher et non de terre battue.

Non sans peine, Holger et Nombeko parvinrent à sortir la caisse de la remorque et à la placer dans un coin de l'entrepôt, rempli d'une énorme quantité d'oreillers.

La bombe reposait à présent sur des palettes et ne constituait plus une menace immédiate. Si les milliers d'oreillers facilement inflammables ne prenaient pas feu, il y avait des raisons de croire que Nyköping, Södertälje, Flen, Eskilstuna, Strängnäs et Stockholm resteraient en place. Et Gnesta aussi.

Dès que l'engin fut en sécurité, Nombeko voulut creuser quelques sujets. Pour commencer, cette histoire concernant la non-existence de Holger. Et puis celle de son frère. Qu'est-ce qui le poussait à croire que son frère aurait des visées sur la bombe et voudrait s'en servir pour changer de régime ? Qui était-il d'ailleurs ? Où était-il ? Et comment s'appelait-il ?

— Il s'appelle Holger, répondit Holger. Il doit être quelque part dans les étages, j'imagine. Une pure chance qu'il ne soit pas sorti pendant le transport de la caisse.

— Holger ? s'étonna Nombeko. Holger et Holger ?

— Oui. Il est moi, pourrait-on dire.

Là, Holger devait tout lui expliquer, sinon Nombeko ne resterait pas à Gnesta. La bombe, il pouvait la garder, elle l'avait assez vue.

Elle lança plusieurs oreillers sur la caisse, grimpa dessus et s'installa dans un coin, puis elle ordonna à Holger :

— Raconte !

S'attendant au pire, elle se sentit soulagée au terme des quarante minutes de récit de Holger.

— Tu n'existes pas, uniquement parce que tu n'as pas de papiers ? C'est rien, ça ! Sais-tu combien de Sud-Africains sont dans la même situation ? Moi, j'existe uniquement parce que ce crétin d'ingénieur dont j'étais l'esclave l'avait jugé plus opportun pour lui.

Holger 2 reçut les paroles de consolation de Nombeko avec gratitude et grimpa à son tour sur la caisse. Il s'allongea dans l'autre coin et se contenta de respirer. La journée avait été riche en émotions : d'abord la bombe, puis le récit de sa vie. Pour la première fois, une personne étrangère connaissait toute la vérité.

— Tu restes ou tu t'en vas ? s'enquit Holger 2.

— Je reste, répondit Nombeko. Si je peux ?

— Tu le peux, mais là, je crois que j'ai besoin d'un moment de tranquillité.

— Moi aussi, renchérit Nombeko.

Elle s'installa en face de son nouvel ami, juste pour respirer, elle aussi.

À cet instant, un craquement se fit entendre, quand l'une des planches de la caisse contenant la bombe se souleva.

— C'est quoi, ce bruit ? s'enquit Holger 2, à l'instant où une deuxième planche tombait et qu'un bras de femme émergeait.

— Je crois savoir, répondit Nombeko.

Ses soupçons furent immédiatement confirmés quand trois Chinoises émergèrent de la caisse en clignant des yeux.

— Bonjour, dit la cadette en apercevant Nombeko.

— Est-ce que tu as quelque chose à manger ? s'enquit la benjamine.

— Et à boire, ajouta l'aînée.

10

Où il est question
d'un Premier ministre incorruptible
et d'une envie de kidnapper son roi

Cette journée insensée ne finirait-elle donc jamais ? Numéro deux se redressa sur son lit d'oreillers et considéra les trois filles alignées qui venaient d'émerger du centre de la caisse.

Nombeko s'était inquiétée du sort des Chinoises après son départ. Elle se doutait que les mesures de sécurité seraient renforcées à Pelindaba et elle avait craint qu'elles ne subissent le châtiment qui lui avait été réservé.

— Que se passe-t-il ? s'enquit Holger.

— J'ignore ce qui va se passer à partir d'aujourd'hui, répondit-elle, car ainsi va la vie, mais ce qui vient de se passer, c'est que nous connaissons à présent la raison de la permutation du petit et du gros paquet. Belle évasion, les filles !

Les Chinoises étaient affamées après quatre jours dans la caisse en compagnie de la bombe, de deux kilos de riz froid et de cinq litres d'eau. Holger les emmena jusqu'à son appartement, où elles goûtèrent au boudin et aux airelles pour la première fois.

— Cela me rappelle l'argile avec laquelle nous fabriquions des oies à une époque, commenta la benjamine entre deux bouchées. Il y a moyen d'en avoir encore un peu ?

Lorsqu'elles furent rassasiées, les trois sœurs se couchèrent dans le grand lit de Holger. Elles apprirent qu'on leur attribuerait le dernier appartement encore plus ou moins fonctionnel du bâtiment, au dernier étage, mais qu'il ne serait habitable qu'après le colmatage d'un grand trou dans le mur du séjour.

— Je suis désolé que vous soyez si à l'étroit pour dormir ce soir, s'excusa Holger auprès des filles, qui dormaient déjà à poings fermés.

Un chantier de démolition s'appelle ainsi parce que le bâtiment en question est voué à être démoli. Personne n'y habite. Sauf celui de Gnesta, dans le Sörmland, où résidaient un potier américain, deux frères à la fois remarquablement semblables et différents, une jeune femme en colère, une réfugiée sud-africaine qui s'était fait la malle et trois jeunes filles chinoises à l'esprit brouillon. Toutes ces personnes vivaient à proximité immédiate d'une bombe atomique de trois mégatonnes, dans une Suède dépourvue d'arme nucléaire.

Jusque-là, la liste des nations dotées de l'arme nucléaire comportait les États-Unis, l'Union soviétique, la Grande-Bretagne, la France, la Chine et l'Inde. Les experts étaient d'accord pour estimer le nombre total de têtes nucléaires à soixante-cinq mille. Les mêmes experts étaient moins d'accord pour déterminer combien de fois on pouvait théoriquement faire sauter la Terre avec ces armes. Toutes n'avaient pas la même puissance. Les pessimistes penchaient pour quatorze à seize fois. Les plus optimistes avançaient le chiffre de deux.

À présent, il fallait ajouter l'Afrique du Sud à la liste. Et Israël. Même si aucun de ces deux pays n'avait voulu l'admettre. Peut-être aussi le Pakistan, qui avait juré de développer sa propre arme nucléaire depuis que l'Inde en avait fait exploser un exemplaire.

Et maintenant la Suède. Même si c'était à son insu.

Holger et Nombeko laissèrent les Chinoises dormir et se rendirent à l'entrepôt pour discuter en paix. La bombe dans sa caisse s'y trouvait sous son tas d'oreillers, un vrai coin douillet, même si la situation n'avait rien d'un cocooning.

Ils remontèrent tous les deux sur la caisse et s'installèrent chacun dans leur coin.

— La bombe, commença Holger 2.

— Ne pourrions-nous pas la laisser ici jusqu'à ce qu'elle ne représente plus de danger ? demanda Nombeko.

Holger sentit un espoir naître en lui. Combien de temps cela prendrait-il ?

— Vingt-six mille deux cents années, répondit Nombeko. Avec une marge d'erreur de plus ou moins trois mois.

Ils s'accordèrent à dire que vingt-six mille deux cents années représentaient une longue attente, marge d'erreur ou pas. Holger expliqua ensuite à Nombeko les retombées politiques explosives de cette bombe. La Suède était un pays neutre et, pour autant qu'il pouvait en juger, le plus éminent représentant d'une moralité exemplaire. Le pays était absolument convaincu de ne posséder aucune arme nucléaire et s'était abstenu de guerroyer depuis 1809.

Selon Holger, il fallait remettre la bombe aux dirigeants du pays et le faire en secret. Et procéder à cette manœuvre assez vite pour que son jumeau et sa copine enragée n'aient pas le temps de commettre quelque stupidité.

— Bon, c'est d'accord, convint Nombeko. Qui est votre chef d'État ?

— Le roi, répondit Holger. Même si ce n'est pas lui qui prend les décisions.

Un chef qui ne décide pas. Plus ou moins comme à Pelindaba, où l'ingénieur, pour l'essentiel, faisait ce que Nombeko lui disait, sans s'en rendre compte.

— Qui décide alors ?

— Euh, c'est sans doute le Premier ministre.

Le Premier ministre suédois, Ingvar Carlsson, avait pris ses fonctions du jour au lendemain, quand Olof Palme, qui était en poste, avait été assassiné, en plein centre de Stockholm.

— Appelle Carlsson, suggéra Nombeko.

Holger obtempéra. Il composa le numéro de la chancellerie et demanda à parler au Premier ministre. Il fut mis en relation avec son assistant.

— Bonjour, je m'appelle Holger. Je souhaiterais parler à Ingvar Carlsson d'une affaire urgente.

— Je vois. C'est à quel sujet ?

— Je ne peux malheureusement pas vous le dire. C'est secret.

Lorsque Olof Palme vivait encore, son nom figurait dans l'annuaire. Tout citoyen souhaitant contacter son Premier ministre pouvait le joindre chez lui. S'il n'était pas occupé à coucher les enfants ou en plein repas, il décrochait sans façon. Cette belle époque avait pris fin le 28 février 1986, quand Palme, qui se déplaçait sans garde du corps, avait été abattu dans le dos après une séance de cinéma. Son successeur était désormais protégé des citoyens lambda. L'assistant lui répondit que M. Holger devait comprendre qu'en aucun cas il ne pouvait transmettre l'appel d'un inconnu au chef du gouvernement.

— Mais c'est important.

— Je n'en doute pas.

— Très important.

— Je suis désolé. Si vous le souhaitez, vous pouvez écrire à...

— C'est à propos d'une bombe atomique.

— Comment cela ? C'est une menace terroriste ?

— Non, bon Dieu ! Au contraire. Enfin si, la bombe représente une menace. C'est pour ça que je veux m'en débarrasser.

— Vous voulez vous débarrasser de votre bombe atomique ? Et vous appelez le Premier ministre pour la lui refiler ?

— Oui...

— Je dois dire qu'il arrive souvent que des gens cherchent à refiler des objets au Premier ministre. Pas plus tard que la semaine dernière, c'était un monsieur qui insistait pour lui envoyer une nouvelle machine à laver. Mais le Premier ministre n'accepte aucun cadeau. Cela vaut aussi pour... les engins atomiques ? Vous êtes vraiment sûr qu'il ne s'agit pas d'une menace terroriste ?

Holger l'assura à nouveau qu'il n'avait pas de mauvaises intentions. Il comprit que la conversation était dans une impasse et remercia donc poliment l'assistant avant de prendre congé.

Sur le conseil de Nombeko, il appela ensuite le roi, fut mis en relation avec le secrétaire de la cour, qui lui tint à peu près le même langage, mais sur un ton plus hautain.

Dans le meilleur des mondes, le Premier ministre (ou au moins le roi) aurait répondu, digéré l'information, puis se serait immédiatement rendu à Gnesta pour y récupérer la bombe et son emballage, le tout avant que le frère de Holger 2, un danger potentiel pour l'équilibre de la société, n'ait eu le temps ne serait-ce que de découvrir la caisse, de poser des questions et – Dieu nous en garde – de se mettre à cogiter.

Dans le meilleur des mondes, donc.

Dans le monde tel qu'il était, Holger 1 et la jeune colérique franchirent la porte de l'entrepôt. Ils étaient venus enquêter sur la disparition du boudin qu'ils avaient escompté chaparder dans le réfrigérateur du jumeau, et aussi sur la présence dans son lit de Chinoises endormies. Quelques questions supplémentaires s'ajoutèrent aux précédentes : qui était la femme noire et que contenait la caisse nouvellement entreposée ?

Nombeko comprit à la gestuelle des nouveaux arrivés que la caisse et elle étaient au centre de la discussion et déclara qu'elle y participerait volontiers, pour peu qu'elle se déroule en anglais.

— Tu es américaine ? s'enquit la jeune colérique, en ajoutant qu'elle détestait les Américains.

Nombeko répondit qu'elle était sud-africaine et qu'elle trouvait ça dommage de détester chaque Américain, étant donné leur grand nombre.

— Qu'est-ce qu'il y a dans la caisse ? demanda Holger 1.

Holger 2 biaisa. Il expliqua à son jumeau que les

trois Chinoises dans son lit et la femme à côté de lui étaient des réfugiées politiques et qu'elles allaient séjourner sur le chantier de démolition un moment. Il s'excusa également que le boudin ait disparu avant que son frère n'ait eu le temps de le voler.

Oui, Holger 1 trouvait cela regrettable. Et qu'en était-il de la caisse ? Que contenait-elle ?

— Mes effets personnels, intervint Nombeko.

— Tes effets personnels ? répéta la jeune colérique, sur un ton indiquant qu'elle attendait une explication plus précise.

Nombeko nota que la curiosité luisait bel et bien dans le regard de Holger 1 et de sa petite amie. Mieux valait camper sur ses positions.

— Mes effets personnels, répéta-t-elle, venus tout droit d'Afrique, tout comme moi. Je suis à la fois gentille et imprévisible. Un jour, j'ai planté mes ciseaux dans la cuisse d'un vieux type mal élevé. La scène s'est rejouée. Avec le même type, en fait, mais avec une nouvelle paire de ciseaux et une cuisse différente.

Le décryptage des sous-entendus était trop compliqué pour l'entendement de Holger 1. Il prit donc la jeune colérique par le bras, marmonna un au revoir et s'éloigna.

— Je crois qu'il me reste de la saucisse dans le bac à légumes ! lui lança son frère. Si vous n'envisagez pas d'apprendre à faire vos propres courses.

Holger 2, Nombeko et la bombe se retrouvèrent seuls dans l'entrepôt. Holger prit la parole. Comme Nombeko l'avait sans doute compris, elle venait de rencontrer son frère républicain et sa copine enragée.

Nombeko acquiesça. Elle se sentait mal à l'aise à l'idée de faire côtoyer ces deux-là et une bombe atomique sur le même continent. Dans le même pays.

Dans la même propriété. Il fallait régler ce problème au plus vite, mais pour l'instant, l'heure était au repos. La journée avait été longue et mouvementée.

Holger 2 était d'accord. Longue et mouvementée.

Il remit une couverture et un oreiller à Nombeko avant de l'accompagner à son appartement, un matelas sous le bras. Il ouvrit la porte, posa son chargement et s'excusa de ne pas exactement avoir un château à lui offrir, mais il espérait qu'elle s'y plairait quand même.

Nombeko le remercia, prit congé et resta seule sur le seuil. À cogiter.

Au seuil d'une nouvelle vie. Une vie avec un boulet au pied, dans la mesure où elle avait une bombe atomique sur les bras, plus, à coup sûr, deux agents déterminés du Mossad aux trousses.

Mais bon. Elle vivait dans un appartement maintenant, au lieu d'un taudis à Soweto. Elle n'aurait plus jamais à gérer de la merde et elle n'était plus enfermée derrière une double clôture en compagnie d'un ingénieur, véritable distillerie ambulante.

La Bibliothèque nationale à Pretoria était perdue. En lieu et place, elle disposait de son équivalent à Gnesta. Au fonds assez riche, d'après Holger 2.

Elle aurait avant tout aimé prendre cette maudite bombe atomique et la rapporter à l'ambassade d'Israël. Et si elle la laissait dans la rue, prévenait le garde et quittait les lieux en courant ? Dans ce cas, elle pourrait réintégrer la procédure d'immigration suédoise, obtenir un permis de séjour, étudier à l'université et devenir citoyenne suédoise.

Et ensuite ? Eh bien, se retrouver ambassadeur de Suède à Pretoria ne serait pas une mauvaise idée. Sa première invitation serait pour le président Botha, qu'elle convierait à un repas sans nourriture.

En attendant, Holger refusait de remettre la bombe à quelqu'un d'autre que le Premier ministre suédois. Éventuellement au roi. Or ni l'un ni l'autre ne répondait au téléphone.

Holger 2 était la personne la plus normale qui ait croisé son chemin jusqu'à présent. Il était même assez plaisant. Lui excepté, elle semblait condamnée à être entourée de fous. Fallait-il contrer toute cette folie ? Et comment traite-t-on un fou ?

Par exemple, le potier américain. Devait-elle le laisser se débrouiller seul avec sa paranoïa ? Ou lui expliquer que sa connaissance de l'anglais n'impliquait pas une appartenance quasi automatique à la CIA ?

Et les filles chinoises, qui avaient un comportement d'adolescentes, même si elles en avaient passé l'âge. Après un bon boudin et une bonne nuit, elles se remettraient rapidement de leur voyage mouvementé et commenceraient à explorer leur nouvel environnement. Dans quelle mesure leur avenir était-il placé sous sa responsabilité ?

Le cas du frère de Holger, qui portait le même prénom, était plus simple : il fallait le tenir éloigné de la bombe. Ainsi que sa petite amie. Une mission impossible à déléguer.

La femme de ménage de Pelindaba comprit alors qu'un peu de ménage et de rangement était nécessaire aussi en Suède avant de se lancer dans la vie pour de bon. Nombeko ne supportait pas l'idée de vivre à deux kilomètres d'une bibliothèque sans en avoir l'utilité. Protéger la bombe était au moins aussi important. Et elle ne pensait pas trouver la paix de l'esprit si elle ne s'occupait pas du potier fou et des trois filles aussi insouciantes que dénuées de jugement. Pour le reste, elle espérait qu'il lui resterait un peu de temps pour

la seule relation qui lui paraissait digne d'être approfondie : celle avec Holger 2.

Avant tout : dormir. Nombeko entra dans son appartement et referma la porte derrière elle.

Lorsqu'elle fit un état des lieux le lendemain matin,
il apparut que Holger 1 était parti de bonne heure pour
livrer des oreillers à Göteborg et qu'il avait emmené la
jeune colérique. Les trois Chinoises s'étaient réveillées,
avaient mangé la saucisse et s'étaient rendormies.
Holger 2 s'occupait de la paperasserie dans le nouveau coin cocooning de l'entrepôt (tout en surveillant
la bombe) et comme la plupart des documents qu'il
avait à traiter étaient en suédois, Nombeko ne lui serait
d'aucune utilité.

— Je pourrais peut-être faire connaissance avec le
potier en attendant ? suggéra-t-elle.

— Bon courage, répondit Holger 2.

— Qui est-ce ? demanda le potier à travers la porte.

— Je m'appelle Nombeko, répondit l'intéressée. Je
ne suis pas de la CIA. En revanche, j'ai le Mossad
aux trousses, alors laissez-moi entrer, s'il vous plaît.

Comme la psychose du potier ne concernait que les
services secrets américains, il s'exécuta. Le fait que
sa visiteuse soit à la fois une femme et noire constituait des circonstances atténuantes. Certes, les agents
américains disséminés sur la planète revêtaient tous les
sexes, les tailles et les couleurs, mais l'archétype était
un homme blanc d'une trentaine d'années. La femme
lui prouva également qu'elle maîtrisait une langue africaine. Par ailleurs, elle lui fournit tant de détails au
sujet de sa prétendue enfance à Soweto qu'il n'était
pas exclu qu'elle y soit vraiment née.

Nombeko, de son côté, était fascinée par l'étendue des dégâts psychologiques chez son interlocuteur. Il lui faudrait employer une stratégie reposant sur des visites courtes mais régulières pour établir un lien de confiance.

— À demain, dit-elle en s'en allant.

Un étage plus haut, les Chinoises s'étaient à nouveau réveillées. Elles avaient déniché des tranches de *knäckebröd*, le fameux pain sec suédois, qu'elles grignotaient quand Nombeko arriva. Celle-ci leur demanda quels étaient leurs projets et se vit répondre que les sœurs n'avaient pas beaucoup eu le temps d'y penser. Peut-être pourraient-elles rejoindre Cheng Tāo, leur oncle maternel. Il habitait dans le coin. À Bâle. À moins que ce ne soit Berne. Ou Bonn. Peut-être Berlin. Leur oncle était expert en production d'antiquités neuves et ne refuserait sans doute pas un peu d'aide.

Grâce à la bibliothèque de Pelindaba, Nombeko possédait une certaine connaissance de la géographie du continent européen et de ses métropoles. Elle aurait donc été prête à parier que ni Bâle, ni Berne, ni Bonn, ni Berlin n'étaient vraiment dans le coin. Par ailleurs, il serait peut-être difficile aux trois sœurs de trouver leur oncle, même si elles parvenaient à déterminer sa ville de résidence. Ou du moins le pays, pour commencer.

Les filles répondirent que tout ce dont elles avaient besoin était une voiture et un peu d'argent. Le reste coulerait de source. Bonn ou Berlin était sans importance, on pouvait toujours demander. En tout cas, c'était la Suisse.

Nombeko pouvait financièrement les aider. La doublure de ce qui restait sa seule veste depuis son adolescence renfermait toujours une fortune en diamants. Elle en repêcha un et se rendit chez le joaillier local pour le faire évaluer. Celui-ci, qui avait un jour été dupé par son assistant d'origine étrangère, considérait depuis lors qu'aucun étranger n'était digne de confiance.

Lorsqu'une jeune femme noire parlant anglais entra dans sa boutique et posa un diamant brut sur son comptoir, il la pria donc de quitter les lieux, sous peine d'appeler la police. Nombeko n'avait aucune envie d'entrer en contact avec les représentants de l'ordre suédois. Elle ramassa donc son bien, s'excusa pour le dérangement et ressortit.

Bon, les filles devraient gagner leur argent elles-mêmes et se débrouiller pour trouver une voiture. Nombeko pourrait leur rendre de menus services, aucun problème, mais pas financer leur voyage.

Le même après-midi, Holger 1 et la jeune colérique étaient de retour. Numéro un trouva le garde-manger de son frère pillé et n'eut d'autre choix que d'aller faire des courses. Cela offrit à Nombeko l'occasion d'avoir une première discussion entre quatre yeux avec la jeune colérique.

Son plan comportait deux phases. D'abord, apprendre à connaître l'ennemi – c'est-à-dire la jeune colérique et Holger 1 –, ensuite les éloigner de la bombe, au sens propre comme au figuré.

— Ah, l'Américaine, commenta la jeune colérique lorsqu'elle la vit.

— Je suis sud-africaine, je t'ai dit, répliqua Nombeko. Et toi, de quelle origine es-tu ?

— Suédoise, bien sûr.

— Alors, tu as sans doute une tasse de café à m'offrir. Ou encore mieux, du thé.

La jeune colérique pouvait préparer du thé, même si le café était préférable, car les conditions de travail étaient meilleures dans les plantations de caféiers d'Amérique du Sud que dans les champs de thé indiens. À moins qu'il ne s'agisse de mensonges. Les gens mentaient tellement dans ce pays.

Nombeko s'installa dans la cuisine de la jeune colérique et répondit que le mensonge était monnaie courante dans tous les pays. Puis elle ouvrit la discussion par une question simple et d'ordre général :

— Comment vas-tu ?

La réponse à cette question simple dura dix minutes. En résumé, rien n'allait.

La jeune colérique se révéla être en colère contre tout. En colère contre la dépendance de la nation à l'égard de l'énergie nucléaire. Contre le pétrole. Contre les barrages. Contre les éoliennes bruyantes et affreuses. Contre le fait qu'ils étaient en train de construire un pont pour relier la Suède au Danemark. Contre tous les Danois, parce qu'ils étaient danois. Contre les éleveurs de visons, parce qu'ils étaient éleveurs de visons. Contre les éleveurs d'animaux en général. Contre tous ceux qui mangeaient de la viande. Contre tous ceux qui ne le faisaient pas (là, Nombeko perdit le fil un instant). Contre tous les capitalistes. Contre presque tous les communistes. Contre son père, parce qu'il travaillait dans une banque. Contre sa mère, parce qu'elle ne travaillait pas du tout. Contre sa grand-mère, parce qu'elle avait du sang noble. Contre elle-même, parce qu'elle était obligée de jouer aux esclaves pour gagner sa vie au lieu de changer le monde. Et contre le monde, qui n'avait pas d'esclavage sensé à lui offrir.

Elle était également en colère contre le fait qu'elle et Holger étaient logés gratuitement sur un chantier de démolition et qu'il n'y avait donc pas de loyer qu'elle puisse refuser de payer. Bon Dieu, ce qu'elle était impatiente de monter sur les barricades ! Ce qui la mettait le plus en colère, c'est qu'elle ne trouvait pas une seule barricade qui tienne la route.

Nombeko se disait que la jeune colérique devrait prendre un boulot de Noir en Afrique du Sud et peut-être vider un tonneau de latrines ou deux, histoire de prendre un peu de hauteur.

— Et comment t'appelles-tu ?

Nombeko n'aurait pas imaginé que la jeune colérique puisse devenir encore plus colérique ! Son prénom était si affreux qu'il n'était pas prononçable.

Nombeko insista tant et tant que la jeune colérique céda :

— Célestine.

— Waouh, ce que c'est beau !

— Une idée de mon père. Un directeur de banque. Putain !

— Comment faut-il t'appeler sans mettre sa santé en péril ? s'enquit Nombeko.

— Tout sauf Célestine, répondit Célestine. Et toi, tu t'appelles comment ?

— Nombeko.

— C'est un prénom affreux aussi.

— Merci. Il est possible d'avoir encore un peu de thé ?

Comme Nombeko portait un prénom aussi peu attrayant que le sien, la jeune colérique lui octroya une deuxième tasse et l'autorisation de l'appeler Célestine. À la fin de l'entretien, Nombeko lui serra la main pour la remercier du thé et de la causette. Dans l'escalier, elle décida d'attendre le lendemain pour entrer en contact avec Holger 1. Apprendre à connaître l'ennemi était épuisant.

Le résultat le plus positif de cette rencontre avec celle qui ne voulait pas porter son prénom était que la jeune colérique n'avait rien contre le fait que Nombeko se serve de sa carte de bibliothèque. La jeune colérique s'était rendu compte que tous les ouvrages proposés dans cet édifice étaient de la propagande bourgeoise d'une espèce ou d'une autre. Sauf *Das Kapital* de Marx, qui n'était qu'à moitié bourgeois, mais qui n'était disponible qu'en allemand.

Lors de sa première visite à la bibliothèque, Nombeko emprunta une méthode d'apprentissage du suédois avec des cassettes. Holger 2 fit les trois premières leçons avec elle au milieu des oreillers sur la caisse, dans l'entrepôt.

« Bonjour. Comment ça va ? Comment te portes-tu ? Je vais bien, disait la voix enregistrée.

— Moi aussi », répondait Nombeko, qui apprenait vite.

Plus tard dans l'après-midi, Nombeko sentit que le moment était venu de s'attaquer à Holger 1. Elle alla le trouver et ne tourna pas autour du pot :

— Il paraît que tu es un républicain convaincu ?

En effet, lui confirma Holger 1. Tout le monde devrait l'être. La monarchie est une perversion. Hélas, il était désespérément à court d'idées.

Nombeko lui répondit qu'une république aussi pouvait avoir ses inconvénients, la sud-africaine par exemple, mais bon. Elle était là pour essayer de l'aider. Le tenir éloigné de la bombe, voilà l'aide qu'elle avait en tête, mais elle laissa toute latitude à son interlocuteur pour interpréter ses propos.

— Ce serait vraiment super-gentil de la part de mademoiselle Nombeko.

Conformément au plan dont elle avait tracé les grandes lignes, elle pria Holger de lui raconter dans quelle direction avait évolué sa pensée républicaine depuis que le roi avait écrasé son père, quelques mois plus tôt.

— Pas le roi ! Lénine, la corrigea Holger 1, qui reconnut qu'il n'était pas aussi futé que son frère, mais qu'il avait quand même une idée à lui soumettre.

Il s'agissait d'enlever le roi à l'aide d'un hélicoptère en se débarrassant de ses gardes du corps, puis de l'emmener à un endroit quelconque et de le pousser à abdiquer.

Nombeko considéra Numéro un avec attention. Était-ce le fruit de ses réflexions ?

— Oui. Qu'en pense mademoiselle Nombeko ?

L'opinion de Nombeko n'était pas exprimable. Elle se contenta de déclarer :

— Ce plan n'est peut-être pas tout à fait abouti, si ?

— Comment ça ?

— Eh bien, par exemple, où pensais-tu te procurer un hélicoptère ? Qui le piloterait ? Où interviendrait l'enlèvement du roi ? Où l'emmènerais-tu ensuite ? Quels arguments utiliserais-tu pour le convaincre d'abdiquer ? Entre autres.

Holger 1 demeura silencieux et baissa les yeux.

Il devint clair comme de l'eau de roche que Numéro un n'avait pas été favorisé au moment de la répartition des gènes intellectuels entre les deux frères, mais Nombeko n'exprima pas ce constat.

— Laisse-moi y réfléchir une semaine ou deux. Bon, maintenant, je vais aller voir ton frère, histoire de changer.

— Merci beaucoup, répondit Holger 1, merci beaucoup.

Nombeko retourna auprès de Holger 2 et lui annonça qu'elle avait établi le dialogue avec son jumeau et qu'elle allait à présent réfléchir à la meilleure manière d'éloigner les pensées de Holger 1 d'une caisse au contenu secret. Son plan consistait à l'amener à croire qu'il se rapprochait d'un changement de régime, alors qu'en réalité il s'éloignait de la bombe.

Holger 2 acquiesça et lui répondit qu'il pressentait que tout s'arrangerait pour le mieux.

11

Où l'on apprend comment tout s'arrange pour le mieux – temporairement

Les Chinoises, qui avaient été responsables de la préparation des repas à Pelindaba, se lassèrent vite du boudin, de la saucisse et du *knäckebröd*. Elles ouvrirent donc un restaurant pour elles-mêmes et tous les résidents de Fredsgatan. Comme elles maîtrisaient vraiment l'art culinaire, Holger 2 finança avec joie cette activité avec les bénéfices dégagés par la vente des oreillers.

À l'initiative de Nombeko, il parvint également à amener la jeune colérique à accepter la responsabilité de la livraison des oreillers. Ce ne fut que lorsque la susnommée comprit qu'elle serait obligée de conduire illégalement un véhicule aux fausses plaques d'immatriculation qu'elle fut assez intéressée pour l'écouter.

Il y avait en effet une raison de trois mégatonnes pour que la jeune colérique – même si elle n'en était pas consciente – n'attire pas la police à Fredsgatan. Les plaques d'immatriculation du camion étaient de toute façon déjà volées et il n'était donc pas possible de relier le véhicule à Gnesta. Mais bon, le chauffeur aurait dix-sept ans et ne posséderait pas le permis de conduire. Elle reçut comme instruction de ne rien dire du tout, et surtout pas son nom, dans l'éventualité où elle serait soumise à un contrôle.

La jeune colérique ne pensait pas être capable de se taire devant les forces de l'ordre, car elle en pensait bien trop de mal. Holger 2 suggéra donc qu'elle chante à la place. De cette manière, elle les irriterait au plus haut point sans rien révéler de compromettant. Au bout du compte, Holger 2 et la jeune colérique se mirent d'accord pour que, en cas d'arrestation, elle déclare s'appeler Edith Piaf, ait l'air un peu timbrée (Holger estimait que c'était à sa portée) et entonne *Non, je ne regrette rien*. Rien d'autre jusqu'à ce qu'elle ait droit à un coup de fil. Elle lui téléphonerait, la conversation se limiterait à la même mélodie. Holger comprendrait.

Holger 2 laissa la jeune Célestine croire qu'il viendrait immédiatement à sa rescousse, alors qu'il avait en réalité l'intention d'en profiter pour faire disparaître la bombe de l'entrepôt pendant qu'elle ne risquerait pas de le surprendre.

— Bon Dieu, ce que ça va être cool de se payer la tête des flics ! Je hais les fascistes, déclara-t-elle, avant de jurer d'apprendre par cœur les paroles de ce classique de la chanson française.

Elle paraissait si enthousiaste que Holger 2 fut obligé de souligner qu'une arrestation n'était pas un but en soi. Au contraire, la première mission de la livreuse d'oreillers était de ne pas finir au trou.

La jeune colérique acquiesça, bien moins réjouie.

Avait-elle compris ?

— Oui, bordel. J'ai compris.

En parallèle, Nombeko réussit, au-delà de toutes ses ambitions, à détourner l'esprit de Holger 1 de la caisse dans l'entrepôt. Son idée : faire diversion en l'envoyant sur les bancs de l'école passer son certificat de pilote d'hélicoptère. Elle ne voyait aucun risque à l'encourager ensuite à mettre son projet à exécution, puisque ses chances d'y parvenir n'étaient même pas quantifiables.

L'obtention du certificat prenait au moins un an à un élève normal, soit environ quatre pour Holger 1. Ce répit devrait en théorie largement suffire à Nombeko et à Holger 2 pour s'occuper de la bombe.

En étudiant le programme des cours d'un peu plus près, Nombeko s'aperçut que l'apprenti pilote aurait à étudier les systèmes aériens, les mesures de sécurité de vol, les spécificités techniques, les préparations de vol, la météorologie, la navigation, les procédures opérationnelles de vol et l'aérodynamique. Huit matières que Holger 1 serait incapable d'assimiler. Pire, il se lasserait sans doute en quelques mois, s'il ne se faisait pas éjecter de l'école avant.

Nombeko réfléchit et sollicita l'aide de son jumeau. Ils passèrent plusieurs jours à éplucher les petites annonces avant de trouver un job qui puisse faire l'affaire.

Il ne restait ensuite qu'à procéder à un petit maquillage, ou « falsification de CV ». Il s'agissait de présenter le frère fondamentalement dénué de qualifications comme quelqu'un d'autre.

Numéro deux présenta, découpa et colla selon les instructions de Nombeko. Lorsqu'elle fut satisfaite, elle le remercia de son aide, prit le résultat sous son bras et alla voir Holger 1.

— Et si tu trouvais du travail ? lui lança-t-elle.

— Oh là là, répondit Holger 1.

Nombeko n'avait pas n'importe quel travail en tête. Elle lui expliqua que Helicotaxi SA à Bromma cherchait un homme à tout faire pour gérer, entre autres, l'accueil des clients. S'il obtenait ce poste, il pourrait établir des contacts et acquérir une connaissance du fonctionnement des appareils.

— Le jour venu, tu seras prêt, dit-elle, sans en croire un mot.

— Génial ! jugea Holger 1.

Et comment Mlle Nombeko pensait-elle qu'il parviendrait à décrocher cet emploi ?

Eh bien, la bibliothèque de Gnesta venait de faire l'acquisition d'une nouvelle photocopieuse qui réalisait des documents couleur de toute beauté.

Elle lui montra ensuite la candidature et les excellentes recommandations. Cela avait nécessité quelques bidouillages et détournements de pages des publications de la haute école technique royale de Stockholm, la KTH, mais le résultat final était impressionnant.

— La haute école technique *royale* ? s'offusqua Holger 1.

Nombeko fit mine de n'avoir rien entendu.

— Tu as achevé ton cursus à la KTH, section machinerie. Tu es ingénieur et tu en sais un sacré rayon sur les appareils aéronautiques en général.

— Vraiment ?

— Tu as été assistant de vol pendant quatre ans à l'aéroport de Sturup, dans la banlieue de Malmö, et tu as travaillé quatre ans en tant que réceptionniste chez Taxi Scanie.

— Mais je n'ai pas… commença Numéro un.

Nombeko l'interrompit.

— Postule maintenant, lui intima-t-elle. Ne réfléchis pas, postule.

Ce qu'il fit. Il obtint bel et bien le poste.

Holger était satisfait. Il n'avait pas kidnappé le roi avec un hélicoptère, il n'avait toujours ni certificat de pilotage, ni appareil, ni idée, mais il travaillait à proximité d'un hélicoptère (ou plutôt trois), il apprenait, les pilotes lui donnaient parfois des leçons gratuites et il s'accrochait (conformément au plan de Nombeko) à l'utopie de sa vie.

Parallèlement à son entrée dans la vie active, il emménagea dans un studio spacieux à Blackeberg, à quelques encablures de Bromma. Le frère limité était efficacement éloigné de la bombe pour un temps. L'idéal aurait été que sa petite amie encore plus simplette le suive, mais elle avait abandonné la question énergétique (toutes les formes d'énergie connues étaient mauvaises) pour se consacrer à la problématique de la libération de la femme. Cela impliquait qu'une jeune femme de dix-sept ans pouvait conduire un camion et porter plusieurs oreillers en même temps, comme n'importe quel homme. Elle était donc restée au chantier de démolition pour se livrer à sa forme d'esclavage. Le couple de tourtereaux naviguait entre leurs deux logements.

L'état du potier américain semblait également évoluer dans le bon sens. Nombeko avait remarqué qu'il paraissait de moins en moins tendu à chaque rencontre. Avoir quelqu'un à qui parler de la menace représentée par la CIA lui faisait du bien. Nombeko lui rendait volontiers ce service, car elle trouvait ses délires aussi intéressants que les récits des exploits de Thabo en Afrique. Selon le potier, les services secrets américains étaient présents à peu près partout. Nombeko fut ainsi informée que les nouvelles boîtes de vitesses équipant les taxis du pays étaient produites à San Francisco. Le potier estimait qu'il n'était pas nécessaire d'en dire davantage. Cependant, quelques appels passés depuis une cabine lui avaient appris qu'au moins une compagnie avait refusé de se mettre à la solde des services secrets américains. Borlänge Taxi conservait des véhicules à boîte manuelle.

— Cela pourrait se révéler une information utile, si mademoiselle Nombeko doit un jour se rendre quelque part.

Comme Nombeko ignorait, une fois n'est pas coutume, où se situe Borlänge par rapport à Gnesta, la stupidité du propos du potier lui échappa.

L'ancien déserteur du Vietnam était profondément instable psychologiquement parlant et sujet aux délires, mais il était également très doué lorsqu'il s'agissait de créer de la beauté à partir de blocs de pierre ou de porcelaine émaillée dans différentes nuances de jaune napalm. Des objets qu'il vendait en direct. Chaque fois qu'il avait besoin d'argent, il prenait le bus ou un taxi de la compagnie de Borlänge jusqu'à un marché des environs. Jamais le train, car il était de notoriété publique que la CIA et les chemins de fer publics étaient de mèche. Il emportait deux valises lourdes comme du plomb, remplies de ses créations, qu'il écoulait en à peine quelques heures tant ses prix étaient ridiculement bas. Lorsque la compagnie Borlänge Taxi était impliquée, la vente s'effectuait à perte, car le trajet de deux cent vingt kilomètres n'était pas gratuit. Le potier ne parvenait pas à comprendre la différence entre chiffre d'affaires et bénéfice net, pas plus qu'il n'avait conscience de son propre talent.

Au bout d'un certain temps, Nombeko parla un suédois plus qu'acceptable avec les Holger et Célestine, le wu avec les filles et l'anglais avec le potier américain. Elle empruntait tant de livres à la bibliothèque de Gnesta qu'elle dut décliner, au nom de Célestine, un poste à la direction de la société littéraire de Gnesta (SLG).

Pour le reste, elle s'efforçait de fréquenter autant que possible Holger 2, personne normale dans les circonstances. Elle l'assistait pour la comptabilité de la société et suggérait des améliorations stratégiques pour l'achat, la vente et la livraison. Holger 2 était content de ce coup de main.

Ce ne fut pourtant qu'au début de l'été 1988 qu'il comprit que Nombeko savait compter. Vraiment compter.

Cela se produisit un beau matin de juin. Lorsqu'il arriva dans l'entrepôt, Nombeko l'accueillit en lui disant :

— Quatre-vingt-quatre mille quatre cent quatre-vingts.

— Bonjour à toi aussi, répondit Holger. De quoi parles-tu ?

Nombeko lui remit quatre feuilles. Pendant qu'il dormait, elle avait mesuré le local puis le volume d'un oreiller, et en avait déduit le nombre exact d'oreillers en stock.

Le fait est que Holger avait pesté contre le décès prématuré de l'ingénieur surmené, les empêchant de procéder à un véritable inventaire.

$$\frac{\left[20 \cdot 7 \cdot 6 \cdot \frac{1{,}6}{2}\right] + \left[7 \cdot 12 \cdot 6 \cdot \frac{1{,}6}{2}\right] + \left[\left(\frac{\left(9 \cdot \frac{1{,}60}{2}\right) + \left(6 \cdot \frac{1{,}60}{2}\right)}{2}\right) \cdot 7 \cdot (20 + 12)\right] - 3 \cdot 3 \cdot 9 \cdot \frac{1{,}6}{2} - 2 \cdot 3 \cdot 2}{0{,}5 \cdot 0{,}6 \cdot 0{,}05} =$$

$$\frac{\left(672 + 403{,}2 + 1{,}2 \cdot 7 \cdot 32 - 3 \cdot 3 \cdot 9 \cdot \frac{1{,}60}{2} - 2 \cdot 3 \cdot 2\right)}{0{,}5 \cdot 0{,}6 \cdot 0{,}05} =$$

$$\frac{(672 + 403{,}2 + 268{,}8 - 64{,}8 - 12)}{0{,}015} =$$

$$\frac{1\,267{,}2}{0{,}015} = 84\,480$$

Holger considéra la première feuille et ne comprit rien. Nombeko répondit qu'il n'y avait rien d'étrange à cela, car il fallait considérer l'équation dans son ensemble.

— Regarde, dit-elle en changeant de page.

$$\text{Volume de l'entrepôt} = \left(A \cdot B + C \cdot D\right) \cdot E + \left(\frac{(F - E) \cdot C}{2}\right) \cdot \left(A + D\right)$$

$$(A \cdot C + B \cdot D) \cdot \text{Ombre } E \cdot \frac{G}{H} + \left(\frac{\left(\left(\text{Ombre } F + \frac{G}{H}\right) - \left(\text{Ombre } E + \frac{G}{H}\right)\right) \cdot C}{2}\right) \cdot (A + D) =$$

$$\left[A \cdot C \, \text{Ombre } E \cdot \frac{G}{H}\right] +$$

$$\left[B \cdot D \, \text{Ombre } E \cdot \frac{G}{H}\right] +$$

$$\left[\left(\frac{\left(\left(\text{Ombre } F \cdot \frac{G}{H}\right) - \left(\text{Ombre } E \cdot \frac{G}{H}\right)\right)}{2}\right) \cdot C \cdot (A + D)\right]$$

— Ombre E ? demanda Holger 2 pour dire quelque chose.

— Oui, j'en ai profité pour mesurer le volume du grenier quand le soleil éclairait la façade.

Puis elle changea à nouveau de feuille.

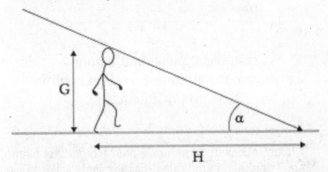

— Qui est le bonhomme ? s'enquit Holger 2, toujours à court de repartie.

— Le visage est un peu trop blanc, mais sinon, c'est assez ressemblant, si je peux me permettre. Depuis que l'ingénieur a eu l'obligeance de me fournir un passeport, je connais ma taille. Il a donc suffi de mesurer mon ombre et de la mettre en relation avec celle du grenier. Le soleil est en effet très bas dans ce pays. À l'équateur, je ne sais vraiment pas comment j'aurais fait. Ou s'il était tombé des cordes.

Holger ne comprenait toujours pas.

— C'est extrêmement simple, reprit Nombeko avec patience en s'apprêtant à nouveau à changer de page.

— Non, ça ne l'est pas, l'interrompit Holger. Les oreillers sur la caisse sont-ils inclus ?

— Oui. Les quinze.

— Et celui de ton lit ?

— Celui-là, j'ai oublié de le compter.

12

Où il est question d'amour sur une bombe atomique, et d'une politique de prix différenciée

L'existence était compliquée pour Holger 2 et Nombeko. Toutefois, ils n'étaient pas les seuls à faire face à une situation complexe à cette époque. Des pays et des chaînes de télévision du monde entier se demandaient quelle attitude adopter à l'égard du concert organisé en l'honneur de Nelson Mandela pour ses soixante-dix ans, en juin 1988. Après tout, Mandela était un terroriste et aurait bien pu le rester, si seulement stars internationales après stars internationales n'avaient pas manifesté leur volonté de participer au concert programmé à Wembley, dans une banlieue de Londres.

Pour beaucoup, la solution consista à couvrir l'événement sans en avoir l'air. On raconta, par exemple, que la chaîne américaine Fox Television, qui retransmit le concert en différé, avait d'abord expurgé les chansons et discours de tout contenu politique susceptible de froisser Coca-Cola, principal acheteur des plages publicitaires à l'heure de la retransmission.

Malgré tout, plus de six cents millions de spectateurs, dans soixante-sept pays, virent le concert. Seul un pays passa complètement l'événement sous silence.

L'Afrique du Sud.

Lors des élections législatives en Suède, quelques mois plus tard, les sociaux-démocrates et Ingvar Carlsson parvinrent à se maintenir au pouvoir.

Hélas.

Ce n'était pas que Holger 2 et Nombeko eussent préféré l'arrivée d'un autre parti pour gouverner le pays, mais la conséquence du maintien de Carlsson à son poste était qu'il ne servait à rien d'appeler à nouveau la chancellerie. La bombe resta donc où elle était.

Le résultat le plus remarquable de ce vote fut néanmoins l'entrée du tout nouveau parti écologiste au Parlement. Ce qui passa inaperçu, ce fut le bulletin nul qu'obtint l'inexistant parti « Bousillez toute cette merde » – celui d'une jeune fille de Gnesta, qui venait de fêter ses dix-huit ans.

Le 17 novembre 1988, Nombeko avait rejoint le chantier de démolition depuis exactement un an. Pour fêter cet anniversaire, elle prépara un gâteau surprise qui fut consommé sur la caisse, dans l'entrepôt. Les trois Chinoises arrivées pourtant le même jour ne furent pas invitées. Il n'y avait que Nombeko et Holger. Il l'avait voulu ainsi. Elle aussi.

Holger était vraiment mignon et elle lui planta un baiser sur la joue.

Toute sa vie, Holger 2 avait rêvé d'exister. Il se languissait d'une vie normale, avec femme, enfants et un travail honnête, n'importe quoi, du moment que cela n'ait rien à voir avec des oreillers. Ou la maison royale.

Parents-enfants... ça, ce serait quelque chose. Lui qui n'avait jamais eu d'enfance. Lorsque ses camarades accrochaient des posters de Batman et du Joker dans leur chambre, Holger, lui, contemplait le portrait d'un président finlandais.

Serait-il possible de trouver une femme qui deviendrait la mère éventuelle d'un éventuel enfant dans une hypothétique famille ? Une femme qui puisse se contenter du fait que son mari existerait pour elle et leurs enfants, mais pas pour le reste de la société ? Et que la famille vivrait sur un chantier de démolition pour cette raison précise ? Et que le jeu le plus accessible serait une bataille d'oreillers autour d'une bombe atomique ?

Non, ça ne marcherait évidemment pas.

Seule la marche du temps ne s'arrêterait pas.

À mesure que les mois s'écoulaient, Holger 2 avait progressivement pris conscience que Nombeko... existait, d'une certaine manière, aussi peu que lui. De plus, elle était tout aussi impliquée dans le problème de la bombe. Et puis, elle était vraiment... merveilleuse.

Ensuite, il y avait eu ce baiser sur la joue.

Holger se décida. Nombeko n'était pas seulement celle qu'il voulait plus que toute autre, mais également la seule accessible. Si dans ces circonstances il ne tentait pas sa chance, il était vraiment minable.

— Dis, Nombeko... commença-t-il.

— Oui, mon cher Holger.

Cher ? Il y avait de l'espoir !

— Si je... Si je pensais à me rapprocher un peu...

— Oui ?

— Sortirais-tu tes ciseaux ?

Nombeko lui répondit que ses ciseaux étaient dans un tiroir à la cuisine et que pour l'heure ils n'en bougeraient pas. En réalité, ajouta-t-elle, il y avait longtemps qu'elle espérait une tentative de rapprochement de sa part. Ils allaient tous les deux avoir vingt-huit ans et Nombeko lui avoua qu'elle n'avait jamais fait l'amour avec un homme. Elle avait été enfermée onze ans, entourée d'hommes presque tous rebutants et appartenant à une communauté raciale qui lui était interdite. Par chance, ce qui était interdit là-bas ne l'était pas ici. Par ailleurs, il y avait un moment que Nombeko savait que Holger était l'exact contraire de son frère. Alors, s'il voulait... Elle voulait aussi.

Holger n'arrivait presque plus à respirer. Qu'il était l'exact contraire de son frère était le plus beau compliment qu'on lui ait jamais fait. Il lui précisa que lui non plus n'avait pas d'expérience de... ça. Il n'y avait pour ainsi dire pas eu... Il y avait eu ce problème avec son père... Nombeko pensait-elle vraiment...

— Tu ne pourrais pas te taire et juste te rapprocher ? lui proposa Nombeko.

Bien sûr, celui qui n'existe pas est tout indiqué pour s'unir avec une personne qui n'existe pas, elle non plus. Nombeko s'était enfuie du camp de réfugiés d'Upplands Väsby quelques jours à peine après son arrivée et avait depuis disparu de la surface de la Terre. Depuis un an, la mention « déclarée disparue » était inscrite en marge devant son nom dans un registre suédois.

De son côté, Holger n'avait encore effectué aucune démarche concernant sa non-existence prolongée. L'affaire était tellement délicate, et son intérêt pour Nombeko n'avait pas arrangé les choses. Si les autorités commençaient à enquêter sur sa personne dans le but de valider son histoire, n'importe quoi pouvait arriver, y compris qu'elles découvrent Nombeko et la bombe. Dans ce cas, il risquait de perdre le bonheur familial qu'il n'avait pas encore trouvé.

Dans ce contexte, on peut juger Holger et Nombeko inconséquents lorsqu'ils décidèrent que si un enfant était conçu, tant mieux. Lorsque cela ne se produisit pas, ils se mirent à le désirer.

Nombeko aurait aimé avoir une fille, qui n'aurait pas à porter des tonneaux de merde dès l'âge de cinq ans, ni à vivre avec une maman que les solvants auraient maintenue en vie avant de la tuer. Pour Holger, le sexe du bébé n'avait pas d'importance. Ce qui comptait était que l'enfant puisse grandir sans lavage de cerveau.

— Une fille qui ait le droit de penser ce qu'elle veut du roi, en somme ? résuma Nombeko en se rapprochant de son Holger au milieu des oreillers sur la caisse.

— Avec un père qui n'existe pas et une mère en cavale. Bon début dans la vie, ajouta Holger.

Nombeko se rapprocha encore davantage.

— Encore ? s'enquit Holger.

Oui, merci.

Sur la caisse ? Cela l'inquiétait, jusqu'à ce que Nombeko lui eût assuré que la bombe n'exploserait pas, quel que soit le nombre de fois où ils se rapprocheraient.

Les talents culinaires des Chinoises sortaient vraiment de l'ordinaire, mais le restaurant dans le séjour de l'appartement du quatrième étage était rarement complet. Holger 1 travaillait à Bromma. Célestine était souvent de sortie pour livrer des oreillers. Le potier américain restait dans sa tanière et mangeait des conserves pour ne pas s'exposer à des risques inutiles (il était le seul à comprendre la nature des risques en question). Lors de certaines occasions, il arrivait également que Holger 2 et Nombeko préfèrent se rendre dans un établissement au centre de Gnesta pour un dîner romantique en tête à tête.

Si l'expression « faire du feu pour les corneilles » n'avait pas été une expression spécifique au wu, elle aurait assez bien résumé ce que les sœurs avaient l'impression de vivre. En outre, leur travail n'était pas rémunéré et elles ne se rapprochaient nullement de leur oncle en Suisse.

Dans leur naïveté, les Chinoises décidèrent donc d'ouvrir un vrai restaurant. Le fait que le seul restaurant chinois de Gnesta soit dirigé par un Suédois, avec deux employés thaïlandais en cuisine, les conforta dans cette idée. Laisser des Thaïlandais préparer des plats chinois aurait dû être puni par la loi, estimaient les filles. Elles annoncèrent donc dans le journal local que l'établissement le Petit Pékin venait d'ouvrir ses portes sur Fredsgatan.

— Regarde ce que nous avons fait, déclarèrent-elles fièrement à Holger en lui montrant l'annonce.

Quand Holger se fut remis du choc, il leur expliqua qu'elles venaient d'ouvrir un établissement non autorisé sur un chantier de démolition où elles n'étaient pas censées vivre, dans un pays où elles n'avaient pas le droit de séjourner. Elles étaient par ailleurs sur le point d'enfreindre au moins huit des dispositions les plus sévères de la répression des fraudes.

Les filles le considérèrent comme une bête curieuse. Pourquoi les autorités auraient-elles eu un point de vue sur la manière dont on préparait ses repas ?

— Bienvenue en Suède, leur répondit Holger, qui connaissait bien ce pays qui ne le connaissait pas.

Par chance, l'annonce avait été imprimée en petits caractères et de surcroît en anglais. La seule personne qui se présenta donc fut la directrice générale des services de la commune, non pas pour manger, mais pour fermer ce qui venait apparemment d'ouvrir.

Holger 2 se porta à sa rencontre à la grille et l'apaisa en lui affirmant que l'annonce était une blague de potache. On ne servait évidemment pas de repas sur le chantier de démolition et personne n'y vivait. On y entreposait des oreillers avant de les distribuer, rien d'autre.

D'ailleurs, la DGS serait-elle intéressée par l'achat de deux cents oreillers ? Cela paraissait peut-être beaucoup pour son service, mais ils étaient conditionnés par lots et on ne pouvait envisager une plus petite quantité.

Non, la municipalité ne voulait pas d'oreillers. Les employés de la commune de Gnesta mettaient un point d'honneur à rester éveillés sur leur lieu de travail et, comme il pouvait le constater également, après aussi. Elle se contenta toutefois de son explication sur la blague de potache et tourna les talons pour rentrer chez elle.

Le danger immédiat était écarté, mais Holger 2 et Nombeko comprirent qu'ils devaient occuper les Chinoises, qui étaient à présent impatientes de se lancer dans l'étape suivante de leur vie.

— Nous avons déjà utilisé la stratégie de la diversion, déclara Holger en songeant à l'emploi de son jumeau et à la joie de sa petite amie de pouvoir conduire un camion en toute illégalité. Pourrions-nous l'utiliser à nouveau ?

— Laisse-moi y réfléchir, répondit Nombeko.

Le lendemain, elle alla voir le potier américain pour bavarder un moment. Ce matin-là, elle dut écouter le laïus d'un homme persuadé que toutes les conversations téléphoniques passées en Suède étaient enregistrées et analysées par un étage complet d'employés de la CIA, depuis leur siège de Virginie.

— L'étage doit être vaste, commenta Nombeko.

Tandis que le potier développait sa pensée au-delà de toute mesure raisonnable, celles de Nombeko restaient occupées par les filles. Que pouvaient-elles faire, à présent que l'option restauration était exclue ? Quel talent possédaient-elles ?

Empoisonner des chiens, pour commencer. Elles étaient d'ailleurs un peu trop douées en la matière. Nombeko ne voyait aucun débouché financier possible pour ce talent à Gnesta. Ensuite, elles étaient capables de produire des oies de la dynastie Han. Ah, cela méritait d'être creusé. Il y avait une poterie de l'autre côté de la rue. Ainsi qu'un potier américain. Serait-il possible de l'associer aux Chinoises ?

Une idée commença à germer.

— Réunion cet après-midi, à 15 heures, déclara-t-elle au moment où l'Américain concluait son raisonnement relatif aux écoutes.

— À quel sujet ? s'étonna-t-il.

— 15 heures, répéta-t-elle.

Pile à l'heure convenue, Nombeko se présenta à nouveau chez le potier au psychisme précaire, accompagnée de trois filles chinoises sud-africaines.

— Qui est-ce ? demanda le potier à travers la porte.

— Le Mossad, répondit Nombeko.

L'Américain n'avait aucun humour, mais il reconnut sa voix et ouvrit. Le potier et les filles ne s'étaient presque jamais croisés, étant donné que le premier préférait manger des conserves matin, midi et soir plutôt que les délices des Chinoises. Afin que leurs relations démarrent du meilleur pied possible, Nombeko expliqua au potier que les filles appartenaient à une minorité de Cao Bằng, au nord du Vietnam, où elles se consacraient pacifiquement à la culture de l'opium, jusqu'à ce que les Américains les en chassent.

— Je suis vraiment désolé, déclara l'Américain, qui parut gober ce mensonge.

Nombeko laissa la parole à l'aînée, qui lui expliqua qu'à une époque elles étaient très douées pour fabriquer des poteries vieilles de deux mille ans, mais que leur designer en chef était restée en Afrique du Sud.

— En Afrique du Sud ? s'étonna le potier.

— Au Vietnam, se corrigea l'aînée en se hâtant de poursuivre.

Si M. le potier pouvait envisager de leur donner accès à l'atelier et se chargeait de réaliser les pièces, les filles le tuyauteraient sur l'apparence requise. Elles connaissaient tout des méthodes de finition du travail de l'argile afin que le produit ait l'air d'une authentique oie de la dynastie Han.

D'accord. Jusque-là, le potier était d'accord. En revanche, la discussion sur le prix fut houleuse. L'Américain estimait que trente-neuf couronnes suédoises étaient le tarif approprié, tandis que les filles penchaient plutôt pour trente-neuf mille. Dollars.

Nombeko aurait préféré ne pas s'en mêler, mais elle finit par suggérer :

— Vous pourriez peut-être couper la poire en deux ?

Contre toute attente, la collaboration fonctionna. L'Américain apprit rapidement l'apparence requise pour les oies et il devint par ailleurs si doué pour réaliser des chevaux de la dynastie Han qu'il fallut casser une oreille à chaque exemplaire pour leur donner un air plus authentique.

Les oies et chevaux achevés étaient enterrés derrière la poterie, puis les filles les arrosaient d'excréments de poules et d'urine pour que les pièces vieillissent de deux mille ans en trois semaines. Pour les prix, le groupe s'était accordé sur deux séries. Une à trente-neuf couronnes, qui serait vendue sur les marchés suédois, et une seconde à trente-neuf mille dollars avec certificat d'authenticité confectionné par l'aînée, comme le lui avait appris sa mère, qui tenait cette astuce de son frère, le maître des maîtres, Cheng Tāo.

Les premières ventes furent inespérées. Le premier mois, les filles et le potier trouvèrent des acheteurs pour dix-neuf pièces. Dix-huit d'entre elles sur le marché de Kivik et une chez Bukowskis, la très réputée salle des ventes.

Cependant, écouler des pièces via la société des antiquaires de Stockholm n'était pas sans poser problème si on ne voulait pas se retrouver derrière les barreaux, comme les filles et Nombeko en avaient déjà fait l'expérience. La petite équipe s'arrangea donc, par le biais de l'association chinoise de Stockholm, pour dénicher un jardinier à la retraite. Après trente années passées en Suède, il était sur le point de rentrer à Shenzhen. Moyennant une commission de dix pour cent, il accepta d'être le vendeur officiel pour les sociétés d'enchères. Même si les certificats d'authenticité de l'aînée étaient convaincants, le risque que la supercherie soit découverte n'était pas exclu. Dans ce cas, le bras long de la justice aurait du mal à arriver jusqu'à Shenzhen, une ville qui comptait onze millions d'habitants – un environnement rêvé pour tout Chinois ayant de bonnes raisons de vouloir échapper à la police suédoise.

Nombeko s'occupait de la comptabilité et appartenait au comité de direction très officieux de cette société officieuse.

— Tout compris, au cours du premier mois comptable, les ventes sur les marchés ont rapporté sept cent deux couronnes et celle aux enchères deux cent soixante-treize mille, moins les commissions. Les charges se sont limitées à six cent cinquante couronnes pour effectuer les allers-retours au marché de Kivik.

La rentabilité du potier pour le premier mois s'élevait donc à cinquante-deux couronnes nettes. Même lui comprit que l'une des filières commerciales était plus fructueuse que l'autre. D'un autre côté, Bukowskis ne pouvait pas être utilisé trop souvent. Si une oie de la dynastie Han faisait surface dès que la précédente avait été adjugée, la société d'enchères ne tarderait pas à nourrir des soupçons, quelle que soit la qualité du certificat d'authenticité. Il fallait se limiter à une offre par an. Et uniquement si un nouveau prête-nom sur le point de rentrer en Chine était disponible.

Les filles et l'Américain investirent une partie des bénéfices du premier mois pour acquérir une fourgonnette d'occasion en bon état, puis ils adaptèrent le prix « marché » à quatre-vingt-dix-neuf couronnes. Le potier refusa d'aller au-delà. En revanche, il ajouta sa collection personnelle « Saigon jaune napalm » au catalogue de l'entreprise. La totalité de leurs activités leur rapportait dix mille couronnes par mois, en attendant que Bukowskis soit prêt à accueillir une nouvelle pièce. Cela suffisait amplement à toute l'équipe. Il faut dire qu'ils étaient logés à peu de frais.

13

Où il est question de retrouvailles chaleureuses et de celui qui donne vie à son surnom

Il restait encore un certain temps avant que ne survienne la dernière heure de l'un des résidents de Fredsgatan.

Holger 1 se plaisait à Helicotaxi SA. Il s'acquittait admirablement de sa mission, à savoir l'accueil téléphonique et la préparation du café. De surcroît, il avait de temps à autre droit à un entraînement dans l'un des trois hélicoptères et s'imaginait chaque fois qu'il se rapprochait de l'enlèvement du roi.

Dans le même temps, sa copine jeune et colérique sillonnait la Suède dans un camion aux plaques volées et alimentait sa bonne humeur à l'espoir de subir un jour un contrôle routier.

Les trois Chinoises et l'Américain se déplaçaient de marché en marché pour y vendre des pièces antiques au prix de quatre-vingt-dix-neuf couronnes. Au début, Nombeko les accompagnait pour surveiller le processus, mais lorsqu'elle fut rassurée sur le comportement de ses ouailles, elle resta de plus en plus souvent à la maison. En complément des ventes sur les marchés,

Bukowskis écopait environ une fois par an d'une nouvelle pièce de la dynastie Han, qui se vendait toujours avec autant de facilité.

Le projet des filles était de remplir la fourgonnette de poteries et de rejoindre leur oncle en Suisse, le jour où elles auraient économisé un peu d'argent. Ou beaucoup. Elles n'étaient plus pressées. Ce pays (quel que soit son nom) était quand même juteux et plaisant.

Le potier s'investissait aux côtés des filles et avait réduit ses délires sporadiques. Par exemple, une fois par mois, il inspectait l'atelier de fabrication en quête de micros cachés. Il n'en trouvait pas. Aucun. Jamais. Bizarre.

Lors des élections de 1991, le parti « Bousillez toute cette merde » obtint à nouveau une voix, invalidée. La Suède changea de Premier ministre et Holger 2 avait enfin une raison d'appeler l'élu pour lui offrir un objet dont il ne voulait sans doute pas, mais qu'il devrait quand même recevoir. Malheureusement, Carl Bildt n'eut jamais la chance d'accepter ou de décliner, car son directeur de cabinet avait la même vision que son prédécesseur quant aux appels à transmettre ou non. Lorsque Holger fit une nouvelle tentative avec le même roi que quatre ans plus tôt, le même secrétaire de cour lui offrit la même réponse. Sur un ton encore plus hautain, lui sembla-t-il.

Nombeko comprenait la volonté de Holger 2 de ne transmettre la bombe qu'au Premier ministre et à personne d'autre. À l'exception du roi, au cas où son chemin croiserait le leur.

Mais au bout de quatre ans et un changement de gouvernement, elle comprit qu'il fallait être quelqu'un pour accéder au Premier ministre sans que l'alerte générale soit donnée. Si possible, le président d'un autre pays ou le patron d'une entreprise de trente ou quarante mille employés.

Ou un artiste. Plus tôt, cette année-là, une Suédoise du nom de Carola avait interprété un texte au sujet d'un ouragan et avait ainsi gagné un concours de chant retransmis à la télé dans le monde entier. Nombeko ignorait si elle avait rencontré le Premier ministre par la suite, mais il lui avait en tout cas envoyé un télégramme.

Ou une star du sport. Ce Björn Borg pouvait sans doute obtenir une audience quand bon lui semblait, à l'époque de sa réussite sportive. Peut-être même encore aujourd'hui.

Il s'agissait d'*être* quelqu'un. C'est-à-dire exactement ce que Holger 2 n'était pas. Et elle, Nombeko, était en situation irrégulière.

Néanmoins, depuis quatre ans, elle n'était plus enfermée derrière une clôture électrique, et elle tenait vraiment à ce que cela continue. Elle parvenait donc à s'accommoder du fait que la bombe reste encore dans l'entrepôt un moment, pendant qu'elle dévorait un rayonnage de la bibliothèque locale par semaine.

Au fil du temps, Holger 2 avait développé son activité de grossiste, elle incluait à présent les serviettes de toilette et les savonnettes destinées aux hôtels.

Les oreillers, les serviettes et les savonnettes n'étaient pas vraiment ce qu'il avait imaginé dans sa jeunesse, quand il rêvait de s'éloigner de son père, mais il fallait s'en contenter.

Au début de l'année 1993, le contentement gagna la Maison-Blanche comme le Kremlin. Les États-Unis et la Russie venaient de franchir une étape supplémentaire dans leur collaboration pour instaurer un contrôle commun de leurs arsenaux nucléaires respectifs. Et dans le cadre des accords Start II, on avait planifié de nouveaux démantèlements.

George Bush et Boris Eltsine considéraient tous les deux que la Terre était désormais un endroit plus sûr.

Ni l'un ni l'autre ne s'étaient jamais rendus à Gnesta.

Le même été, les perspectives de maintien d'une activité lucrative en Suède se dégradèrent pour les Chinoises. Cela commença quand un marchand d'art de Söderköping s'aperçut qu'on vendait d'authentiques oies de la dynastie Han sur tous les marchés du pays. Il en acheta douze exemplaires et les apporta chez Bukowskis à Stockholm. Il en voulait deux cent vingt-cinq mille couronnes pièce. Elles lui valurent les menottes et une cellule. Douze oies de la dynastie Han en plus des cinq autres vendues en cinq ans, ce n'était pas crédible.

Les journaux révélèrent la tentative d'escroquerie. Nombeko lut les articles et expliqua immédiatement aux filles ce qui s'était produit. Dorénavant, elles ne devaient en aucun cas approcher Bukowskis avec ou sans prête-nom.

— Pourquoi ça ? s'étonna la cadette, incapable de percevoir le moindre danger.

Nombeko répondit que celle qui ne comprenait pas à ce stade ne comprendrait pas mieux avec des explications supplémentaires. Les sœurs devaient obtempérer, point barre.

Les filles saisirent alors qu'il leur fallait mettre un terme à leur entreprise actuelle. Elles avaient déjà réuni pas mal d'argent et elles n'en gagneraient pas beaucoup plus avec la politique tarifaire du potier américain.

Elles préférèrent donc remplir la fourgonnette de deux cent soixante pièces de poterie flambant neuves d'avant Jésus-Christ, étreindre Nombeko une dernière fois, puis partir pour la Suisse afin d'y rejoindre leur oncle Cheng Tāo et son activité d'antiquaire. Les pièces qu'elles emportaient seraient vendues quarante-neuf mille dollars pour les oies et soixante-dix-neuf mille pour les chevaux. Par ailleurs, une poignée d'objets tellement ratés qu'ils pouvaient être considérés comme des raretés virent leur valeur fixée entre cent soixante et trois cent mille dollars. Le tout pendant que le potier américain se remettait à voyager de marché en marché pour y vendre ses propres exemplaires de la même marchandise à trente-neuf couronnes pièces, heureux de ne plus avoir à faire de compromis sur les prix.

Lorsqu'elles s'étaient séparées, Nombeko avait dit aux filles que les prix qu'elles avaient établis étaient raisonnables étant donné l'ancienneté et la beauté des pièces, pour un œil non entraîné. Cependant, comme les Suisses n'étaient pas aussi faciles à berner que les Suédois, elle tenait à leur recommander de ne pas bâcler les certificats d'authenticité. Les filles lui avaient répondu qu'elle n'avait pas à s'inquiéter. Comme tout le monde, leur oncle avait ses côtés négatifs, mais nul ne l'égalait dans l'art des vrais faux certificats, même s'il avait passé quatre ans derrière les barreaux en Angleterre à cause de ce commerce. La faute en revenait à un saboteur de Londres, dont les véritables certificats d'authenticité étaient si minables que ceux falsifiés de l'oncle avaient alors paru trop parfaits. Les fins limiers de Scotland Yard avaient même envoyé le sagouin londonien en prison, convaincus que ses certificats originaux étaient des contrefaçons. Il leur avait fallu trois mois pour s'apercevoir de leur méprise :

les faux certificats n'en étaient pas, contrairement aux originaux de Cheng Tāo.

Cheng Tāo avait retenu la leçon. Il veillait désormais à ce que son travail ne soit pas trop parfait. Comme les filles qui cassaient une oreille aux chevaux Han pour en accroître la valeur. Elles promirent à Nombeko que tout se passerait bien.

— L'Angleterre ? demanda Nombeko, essentiellement parce qu'elle n'était pas sûre que les filles fassent la différence entre la Grande-Bretagne et la Suisse.

Ah, ça, c'était de l'histoire ancienne. Durant son séjour en prison, leur tonton avait partagé une cellule avec un escroc suisse, qui s'était tellement bien débrouillé qu'il avait écopé d'une peine deux fois plus importante que leur oncle. Par conséquent, le Suisse n'avait pas besoin de son identité avant un moment et l'avait donc prêté à leur oncle, peut-être sans que celui-ci lui en ait demandé l'autorisation au préalable. Tonton Cheng employait toujours cette stratégie lorsqu'il empruntait quelque chose. Le jour où il avait été libéré, des policiers l'attendaient devant la prison. Ils avaient pensé le renvoyer au Liberia, puisque c'était là qu'il se trouvait avant de gagner l'Angleterre, mais il était apparu que le Chinois n'était pas africain mais suisse. Ils l'avaient donc expédié à Bâle à la place. Ou à Bonn. Peut-être à Berlin. En tout cas, c'était bien en Suisse.

— Au revoir, chère Nombeko, déclarèrent les filles dans le peu d'isiXhosa qu'elles n'avaient pas oublié.

— 祝你好运 ! lança Nombeko vers la fourgonnette. Bonne chance !

En regardant les filles s'éloigner, elle consacra quelques secondes à calculer les probabilités que trois

clandestines chinoises, ne sachant pas faire la différence entre Bâle et Berlin, s'en sortent en Europe à
bord d'une vieille camionnette ; qu'elles trouvent la
Suisse ; parviennent à y entrer et dénichent leur oncle.
Le tout sans se faire pincer.

Comme Nombeko ne revit plus jamais les trois
sœurs, elle ne sut jamais qu'elles avaient décidé de
traverser l'Europe en ligne droite jusqu'à ce qu'elles
trouvent le pays qu'elles cherchaient. Tout droit était
la seule voie sensée, estimaient les filles, puisqu'il y
avait partout des panneaux incompréhensibles. Nombeko n'apprit pas non plus que le véhicule immatri-
culé en Suède franchit sans encombre les frontières
tout au long du trajet, y compris celle entre l'Autriche
et la Suisse. Nombeko n'apprit pas non plus que la
première chose que firent les filles une fois sur le
sol helvète fut de se rendre dans le restaurant chinois
le plus proche pour demander à son propriétaire si,
par hasard, il ne connaîtrait pas M. Cheng Tāo. Ce
n'était pas le cas, mais il connaissait quelqu'un qui
le connaissait peut-être, qui connaissait quelqu'un qui
leur révéla qu'il avait un frère qui avait peut-être un
locataire de ce nom. Les filles localisèrent bel et bien
leur oncle dans un faubourg de Bâle. Les retrouvailles
furent chaleureuses.

Tout cela, Nombeko ne le sut jamais.

À Fredsgatan, Holger 2 et Nombeko étaient devenus
inséparables. Cette dernière notait que la seule présence
de son Holger suffisait à la rendre heureuse, Holger,
de son côté, éprouvait une fierté infinie chaque fois
qu'elle ouvrait la bouche. Elle était la personne la plus
intelligente qu'il connaisse. Et la plus belle.

Ils avaient toujours de grandes ambitions au milieu des oreillers dans l'entrepôt : ils réunissaient leurs efforts pour avoir un enfant. Malgré les complications qu'une grossesse entraînerait, la frustration des parents s'accrut quand leurs efforts restèrent vains. Ils avaient le sentiment qu'un bébé pourrait les sortir de leur enlisement.

L'étape suivante fut de considérer que c'était la faute de la bombe. S'ils pouvaient s'en débarrasser, ils concevraient sans doute un enfant sur-le-champ. Intellectuellement, ils savaient que le lien entre une bombe atomique et la conception d'un enfant est difficile à établir, mais ils réagissaient de plus en plus de manière épidermique, et de moins en moins avec bon sens. Par exemple, une fois par semaine, ils transféraient leurs activités érotiques dans l'atelier de poterie. Nouveaux lieux, nouvelles possibilités. Ou pas.

Nombeko avait toujours vingt-huit diamants bruts dans la doublure de la veste qu'elle n'utilisait plus. Après sa première tentative ratée, elle n'avait pas voulu exposer le groupe aux risques que cela impliquerait de voyager pour les vendre. Cependant, elle recommençait à caresser cette idée. Car si son Holger et elle avaient beaucoup d'argent, il leur serait alors possible de trouver un nouvel angle d'attaque pour approcher l'ennuyeux Premier ministre. Dommage que la Suède soit un pays si désespérément dénué de corruption. Sinon, il aurait été facile de parvenir à leur but à renfort de pots-de-vin.

Holger acquiesça, l'air pensif. Cette dernière idée n'était peut-être pas si bête que ça. Il décida de la tester sur-le-champ. Il chercha le numéro du Parti modéré, appela, donna son prénom et déclara qu'il envisageait de verser deux millions de couronnes au parti, à condition de pouvoir rencontrer leur leader (en l'occurrence le chef du gouvernement) en tête à tête.

La direction du parti se montra intéressée. Il serait sans doute possible d'arranger une rencontre avec Carl Bildt pour peu que M. Holger leur dise d'abord qui il était, ce qu'il voulait, et leur donne ses coordonnées complètes, nom et adresse.

— Je préfère rester anonyme, tenta Holger.

On lui répondit que c'était possible, mais qu'il fallait prendre certaines mesures de sécurité pour protéger le leader du parti, qui était également le chef du gouvernement.

Holger se hâta de réfléchir. Après tout, il pouvait prétendre être son frère, donner l'adresse de Blackeberg et dire qu'il travaillait à Helicotaxi SA à Bromma.

— Je pourrai alors rencontrer le Premier ministre ?

La direction ne pouvait le lui promettre, mais elle ferait de son mieux.

— Alors, je vais donner deux millions pour le rencontrer… peut-être ?

C'était à peu près ça. M. Holger avait bien compris. Non, M. Holger ne comprenait pas. Frustré que ce soit aussi difficile de parler à un simple Premier ministre, il répliqua que les modérés pouvaient chercher quelqu'un d'autre à filouter et qu'il leur souhaitait le plus de malchance possible pour les prochaines élections, puis il raccrocha.

Pendant ce temps, Nombeko avait réfléchi. Le Premier ministre ne restait pas au ministère vingt-quatre heures sur vingt-quatre. Il rencontrait des gens. Des chefs d'État, des membres de son équipe… Par ailleurs, il passait de temps à autre à la télé et s'exprimait devant les médias de droite et de gauche. De préférence devant ceux de droite.

Il était improbable que Holger ou Nombeko parviennent à devenir chefs d'État. Il paraissait plus facile de décrocher un poste au ministère, même si la tâche ne serait pas aisée. Holger devait d'abord décrocher un diplôme. Il pourrait étudier n'importe quelle matière au nom de son frère, du moment qu'elle lui permettrait de se rapprocher du Premier ministre. L'activité oreillers, serviettes de bain et savonnettes ne serait plus nécessaire pour vivre, pour peu qu'ils arrivent à matérialiser la fortune contenue dans la veste de Nombeko.

Holger réfléchit à la suggestion de Nombeko. Sciences politiques ? Économie ? Plusieurs années d'études en perspective, sans forcément le mener quelque part. L'autre option était de rester là où ils étaient jusqu'à la fin des temps, ou du moins jusqu'à ce que son jumeau comprenne qu'il n'apprendrait jamais à piloter un hélicoptère ou que la jeune colérique se lasse de ne jamais être arrêtée par la police. Si toutefois l'Américain déjanté ne provoquait pas de catastrophe avant. Par ailleurs, Holger 2 avait toujours caressé l'idée de faire des études supérieures. Nombeko étreignit son Holger pour fêter le fait qu'à défaut d'enfant ils avaient à présent un plan. Cela leur mettait du baume au cœur.

Restait à trouver un moyen sûr de vendre les diamants.

Tandis que Nombeko réfléchissait encore à comment rencontrer un diamantaire digne de confiance, elle trouva la solution par hasard. Sur un trottoir, devant la bibliothèque de Gnesta.

Il s'appelait Antonio Suarez. C'était un Chilien qui avait trouvé refuge en Suède avec sa famille au moment du coup d'État de 1973. Cependant, presque aucune de ses connaissances ne connaissait son identité. On l'appelait simplement « le joaillier », même s'il était tout sauf ça. Toutefois, il avait à une époque été apprenti chez le seul joaillier de Gnesta et s'était arrangé pour que la boutique soit cambriolée par son propre frère.

Le casse s'était bien passé, mais le lendemain, son frère avait résolu de fêter le succès de leur entreprise. Il avait pris le volant de sa voiture dans un état d'ébriété avancé et avait été intercepté par une patrouille, parce qu'il roulait trop vite et pas très droit.

Le frère, qui était du genre romantique, avait commencé par louer la poitrine de l'inspectrice, ce qui lui avait valu un direct du droit. Cela lui avait causé un coup de foudre. Rien n'est plus irrésistible qu'une femme à poigne. Il avait alors posé l'éthylotest dans lequel l'inspectrice offensée lui avait demandé de souffler, avait sorti une bague en diamants d'une valeur de deux cent mille couronnes de sa poche et l'avait demandée en mariage.

Au lieu du oui escompté, il s'était retrouvé menotté et déposé dans la cellule la plus proche.

Les recoupements effectués, le frère de l'amoureux trop pressé avait eu beau tout nier, il s'était lui aussi retrouvé derrière les barreaux.

« Je n'ai jamais vu cet homme de toute ma vie, avait-il déclaré au procureur du tribunal de Katrineholm.

— Pourtant, c'est bien votre frère, non ?

— Oui, mais je ne l'ai jamais vu. »

Le procureur disposait cependant d'un faisceau d'indices montrant que le prévenu mentait, notamment de photos des deux frères ensemble depuis leur plus tendre enfance. Le fait qu'ils soient domiciliés à la même adresse, à Gnesta, constituait également une circonstance aggravante, de même que la découverte d'une grande partie du butin dans leur penderie commune. Par ailleurs, leurs honnêtes parents avaient témoigné contre eux.

Celui qu'on surnommait depuis « le joaillier » avait écopé de quatre ans à la prison de Hall, tout comme son fraternel complice. Ensuite, son frère était reparti au Chili tandis que le faux joaillier se consolait en vendant de la camelote importée de Bolivie. Son projet était d'économiser jusqu'à ce qu'il dispose d'un million de couronnes, qui lui permettrait de prendre sa retraite en Thaïlande. Il avait croisé Nombeko à plusieurs reprises sur la place du marché. Ils ne se fréquentaient pas, mais se saluaient.

Le public qui fréquentait les marchés suédois ne semblait pas apprécier la valeur d'un cœur d'argent bolivien en plastique. Après deux ans de dur labeur, le Chilien était dépressif et trouvait que tout était de la merde (ce qui était fondamentalement vrai). Il avait économisé cent vingt-cinq mille couronnes sur le million qu'il visait, mais n'avait plus la force de continuer. Dans son état déprimé, il se rendit donc à Solvalla un samedi après-midi et misa tout son argent aux courses dans l'espoir de tout perdre avant de s'allonger sur un banc dans le parc de Humlegården et de s'y laisser mourir.

Ensuite, tous les chevaux sur lesquels il avait parié se comportèrent comme ils étaient censés le faire (mais comme ils ne l'avaient jamais fait avant), et à la fin des courses, une seule personne avait trouvé la bonne combinaison et remporté trente-sept millions sept cent mille couronnes. On lui en remit immédiatement deux cent mille.

Le joaillier oublia dans l'instant ses velléités de mourir sur un banc et décida de se rendre au Café Opera à la place pour se prendre une cuite.

Il y réussit au-delà de toutes ses espérances. Le lendemain après-midi, il se réveilla dans la suite du Hilton de Slussen, vêtu de ses seuls caleçon et chaussettes. Sa première réflexion, eu égard à la présence du caleçon sur ses hanches, fut que la nuit précédente n'avait pas été aussi sympa que la situation le suggérait, mais il ne pouvait l'affirmer, car il n'en gardait aucun souvenir.

Il commanda un petit déjeuner au service d'étage. En avalant ses œufs brouillés et son champagne, il décida de ce qu'il allait faire de sa vie. Il laissa tomber l'idée de la Thaïlande. Il allait rester en Suède et créer une entreprise, une vraie.

Il serait joaillier.

Par pur esprit de revanche, il s'installa dans la boutique mitoyenne de celle où il avait fait son apprentissage et prémédité le cambriolage. Comme Gnesta est Gnesta et qu'un joaillier suffit amplement aux besoins de la clientèle, en moins de six mois il avait causé la faillite de son ancien employeur, le même homme qui avait failli appeler la police quand Nombeko lui avait rendu visite.

Un jour de mai 1994, alors qu'il se rendait à son commerce, le joaillier tomba sur une femme noire devant la bibliothèque.

— Le joaillier ! s'écria Nombeko. Cela fait une paie. Que deviens-tu ?

Il se souvenait de l'avoir déjà vue, mais où ? Ah oui, elle se baladait sur les marchés avec un Américain cinglé et trois Chinoises dont il était impossible de tirer quoi que ce soit.

— Bien, merci. J'ai échangé les cœurs d'argent boliviens en plastique pour de vrais bijoux. Je suis joaillier en ville désormais.

Nombeko trouva cette nouvelle extraordinaire. Voilà

que d'un seul coup et sans aucun effort elle avait un contact dans le milieu de la joaillerie suédoise. En outre, avec une personne à la moralité notoirement défaillante, voire sans morale du tout.

— Fantastique, réagit-elle. Se pourrait-il que vous soyez intéressé par une affaire ou deux ? J'ai quelques diamants bruts en réserve que j'aimerais échanger contre de l'argent.

Le joaillier songea que les voies de Dieu étaient vraiment impénétrables. Il L'avait souvent prié sans être exaucé. Et le cambriolage impie aurait dû le mettre en délicatesse avec le ciel. Pourtant, voilà que le Seigneur lui faisait tomber le perdreau tout cuit dans le bec.

— Je porte un grand intérêt aux diamants bruts, mademoiselle... Nombeko, c'est bien ça ?

Jusqu'à présent, son chiffre d'affaires n'avait pas été celui escompté. Avec cette rencontre descendue du ciel, il pouvait désormais abandonner l'idée de se cambrioler à nouveau.

Trois mois plus tard, les vingt-huit diamants avaient trouvé de nouveaux propriétaires. Nombeko et Holger disposaient à leur place d'un sac à dos plein d'argent. Dix-neuf millions six cent mille couronnes, sans doute cinquante pour cent de moins que si l'affaire n'avait pas dû être réglée de manière aussi discrète, mais comme Holger 2 le répétait, « dix-neuf millions six cent mille couronnes, c'est toujours dix-neuf millions six cent mille couronnes ».

Il venait de s'inscrire à l'examen d'entrée à la fac pour la session d'automne. Le soleil brillait et les oiseaux gazouillaient.

QUATRIÈME PARTIE

« La vie n'a pas besoin d'être simple,
du moment qu'elle n'est pas vide de contenu. »

Lise MEITNER

14

Où il est question d'une visite malvenue et d'un décès subit

Au printemps 1994, l'Afrique du Sud devint le seul pays au monde, et le resta, à avoir développé sa propre arme nucléaire avant de s'en débarrasser. On procéda au démantèlement juste avant que la minorité blanche ne soit contrainte de céder le pouvoir aux Noirs. Le processus prit plusieurs années et se déroula sous la surveillance de l'Agence internationale de l'énergie atomique, l'AIEA, qui put confirmer que les six bombes atomiques sud-africaines n'existaient plus, quand tout fut officiellement terminé.

La septième, en revanche, celle qui n'avait pas d'existence connue, existait toujours. Elle n'allait pas tarder à se remettre à voyager.

Tout commença lorsque la jeune colérique se lassa de ne jamais être arrêtée par les policiers. Mais que fabriquaient-ils ? Elle ne respectait pas les limitations de vitesse, doublait sur la ligne blanche et klaxonnait des petites vieilles quand elles traversaient aux passages cloutés. Pourtant, les années s'enchaînaient sans qu'aucun agent lui prête attention. Il y avait des milliers de policiers dans ce pays qui auraient tous dû aller au diable, mais Célestine n'avait pas eu l'occasion de le dire à un seul d'entre eux.

La perspective de pouvoir chanter *Non, je ne regrette rien* gardait suffisamment d'attrait pour qu'elle n'abandonne pas son travail, mais il fallait qu'il se passe quelque chose avant qu'elle ne se réveille un matin pour s'apercevoir qu'elle faisait désormais partie du système. Et dire que, quelques jours plus tôt, Holger 2 lui-même lui avait suggéré de passer son permis poids lourd !

Elle avait été tellement frustrée qu'elle s'était rendue chez Holger 1 et lui avait déclaré qu'ils devaient frapper maintenant.

« Frapper ? s'était étonné Holger 1.

— Oui. Donner un coup de pied dans la fourmilière.

— Et à quoi penses-tu ? »

La jeune colérique était incapable de le dire avec précision, mais elle gagna le magasin le plus proche et acheta un exemplaire de cette saloperie de journal bourgeois *Dagens Nyheter*, qui ne faisait rien d'autre que de véhiculer la propagande du pouvoir. Putain !

Elle le feuilleta. Et un peu plus. Elle y découvrit beaucoup d'informations, qui renforcèrent sa colère initiale, mais ce fut surtout un petit article en page 17 qui la mit réellement en pétard.

— Là ! s'exclama-t-elle. Nous ne pouvons tout simplement pas accepter ça !

Le papier expliquait que le nouveau parti les Démocrates suédois avait l'intention de manifester sur Sergels Torg le lendemain. Presque trois ans auparavant, le parti avait recueilli 0,09 pour cent des voix lors des élections législatives, ce qui était beaucoup trop, selon la jeune colérique. Elle expliqua à son petit ami que ce parti était constitué de racistes honteux dirigés par un ancien nazi qui, en plus, se prosternaient tous devant la maison royale !

La jeune colérique estimait qu'une contre-manifestation était à l'ordre du jour pour contrer la manifestation.

L'attitude de ce parti vis-à-vis du souverain déclencha l'ire de Holger 1. Comme cela serait jouissif de pouvoir insuffler l'esprit de papa Ingmar dans l'opinion après toutes ces années !

— De toute façon, je ne travaille pas demain, répondit-il. Viens, allons nous préparer à Gnesta !

Nombeko tomba sur Holger 1 et la jeune colérique tandis qu'ils confectionnaient des pancartes. On y lisait : « Les Démocrates suédois hors de Suède ! », « À bas la maison royale ! », « Le roi sur la Lune ! » et « Les Démocrates suédois sont des abrutis ! ».

Nombeko avait lu pas mal de choses sur ce parti et s'était efforcée de chasser de son esprit les résonances sinistres qu'elle reconnaissait. Être un ancien nazi n'est pas un obstacle à une carrière politique. La majorité des Premiers ministres sud-africains après la guerre possédaient un tel pedigree. Les Démocrates suédois n'avaient certes obtenu qu'un dixième de pour cent des voix aux dernières législatives, mais leur rhétorique visait à effrayer la population et Nombeko pensait que la peur avait encore de beaux jours devant elle.

Mais Nombeko n'était pas vraiment d'accord avec l'affirmation « Les Démocrates suédois sont des abrutis ». Cesser de s'appeler nazi quand on l'est est au contraire assez futé. Elle en fit la remarque aux deux contre-manifestants.

La jeune colérique se lança alors dans une démonstration visant à prouver que Nombeko était elle-même nazi.

Nombeko quitta l'atelier de pancartes et alla trouver Holger 2 pour lui annoncer qu'ils avaient peut-être un problème sur les bras, en ce que sa calamité de frère et sa petite amie s'apprêtaient à gagner Stockholm pour faire leurs intéressants.

— Grand bien leur fasse, répondit Holger 2, sans comprendre l'ampleur des ennuis qui se préparaient.

Le principal orateur de la manifestation des Démocrates suédois était le chef du parti en personne. Il se tenait sur un podium artisanal, un micro à la main, et parlait des valeurs suédoises et de ce qui les menaçait. Il exigeait, entre autres, la fin de l'immigration et le retour de la peine de mort, que la Suède n'avait plus pratiquée depuis novembre 1910. Cinquante personnes du même avis l'écoutaient et applaudissaient. Juste derrière eux, il y avait une jeune femme en colère et son petit ami avec leur pancarte encore dissimulée. Leur plan était de déclencher la contre-manifestation juste au moment où le leader aurait fini son discours pour éviter que leurs voix ne soient étouffées.

Cependant, il apparut que Célestine n'était pas seulement jeune et en colère, mais qu'elle devait également faire pipi. Elle chuchota à l'oreille de Holger 1 qu'elle filait à la maison de la Culture juste à côté, mais qu'elle revenait tout de suite.

— Et ces quelques crétins vont avoir ce qu'ils méritent, déclara-t-elle avant de planter un baiser sur la joue de Holger 1.

Malheureusement, l'orateur eut bientôt dit tout ce qu'il avait à dire. Le public commença à se disperser.

Holger 1 se vit contraint d'agir seul. Il arracha le papier sur la pancarte et révéla le message « Les Démocrates suédois sont des abrutis ! ». En fait, il aurait préféré « Le roi sur la Lune », mais il devait se contenter de l'autre, le préféré de Célestine.

La pancarte n'était pas exposée depuis plus de quelques secondes que deux jeunes membres des Démocrates suédois l'aperçurent. Elle ne leur fit pas plaisir.

Alors qu'ils étaient tous les deux en arrêt maladie, ils se précipitèrent sur Holger, lui arrachèrent l'écriteau des mains et essayèrent de le réduire en morceaux. Comme ils n'y arrivaient pas, l'un d'eux entreprit de le mordre, suggérant ainsi que le slogan n'était pas sans fondement.

Comme le résultat escompté se faisait attendre, l'autre s'en empara et s'en servit pour assener des coups sur la tête de Holger jusqu'à ce que la pancarte se fende en son milieu. Ensuite, les deux individus se mirent à sauter sur lui avec leurs rangers jusqu'à ce qu'ils se lassent. Holger gisait sur le sol en piteux état, mais il trouva encore la force de gémir en français « Vive la République ! » à ses deux agresseurs, qui se sentirent à nouveau provoqués. Non qu'ils aient compris un traître mot, mais Holger 1 avait bel et bien dit quelque chose, alors il méritait un peu de rab.

Lorsqu'ils eurent fini de le tabasser, ils décidèrent de s'en débarrasser. Ils traînèrent Holger 1 par les cheveux et un bras à travers la place jusqu'à l'entrée du métro. Là, ils le jetèrent au sol devant l'agent de sécurité et lui infligèrent un troisième round constitué de quelques coups de pied supplémentaires, encouragés par l'idée que celui qui ne pouvait presque plus bouger pourrait ramper dans les tunnels du métro et ne plus jamais montrer sa sale tronche à la surface de la terre.

« Vive la République ! » lâcha un Holger amoché mais courageux, une deuxième fois à l'adresse des hommes qui s'éloignaient en marmonnant « Saleté de métèque ».

Holger ne tarda pas à être secouru par un reporter de Sveriges Television venu sur place avec un cameraman pour réaliser un documentaire sur les partis d'extrême droite qui avaient le vent en poupe.

Le journaliste demanda à Holger qui il était et quelle organisation il représentait. La victime, très esquintée et confuse, répondit qu'il s'appelait Holger Qvist, de Blackeberg, et qu'il représentait tous les citoyens de ce pays qui souffraient sous le joug de la monarchie.

— Vous êtes donc républicain ?

— Vive la République ! déclara Holger pour la troisième fois en quatre minutes.

La jeune colérique sortit de la maison de la Culture et ne trouva pas son Holger avant d'avoir rejoint l'attroupement devant la bouche de métro. Elle se fraya un chemin, repoussa le reporter et entraîna son petit ami dans les profondeurs souterraines pour prendre le train de banlieue jusqu'à Gnesta.

L'histoire aurait pu s'arrêter là, si le cameraman n'avait pas filmé toute la scène. Par ailleurs, il avait réussi à zoomer sur le visage de Holger au moment précis où il était à terre et chuchotait « Vive… la… République ! » à l'adresse de deux membres des Démocrates suédois en pleine forme et pourtant en arrêt maladie.

En version montée, le passage à tabac fit trente-deux secondes et fut diffusé en même temps que la brève interview dans le magazine d'actualités *Rapport* le soir même. Comme la dramaturgie de ces trente-deux secondes était exceptionnelle, en l'espace de vingt-six heures la chaîne avait réussi à vendre les droits de diffusion à trente-trois pays. Bientôt, plus d'un milliard de spectateurs dans le monde entier avaient vu Holger 1 se faire tabasser.

Le lendemain matin au réveil, Holger avait mal partout. Des contusions mais pas de fractures. Il décida donc de se rendre à son travail. Deux hélicoptères partaient en mission dans la matinée, ce qui entraînait toujours une quantité de paperasserie.

Il arriva avec dix minutes de retard et son chef, qui était également l'un des pilotes, lui ordonna de faire demi-tour et de retourner se coucher.

— Je t'ai vu à la télé hier soir. Comment peux-tu même tenir debout après une telle raclée ? Rentre chez toi et repose-toi. Prends ton week-end, bordel, conclut son chef.

Puis il décolla avec l'un des Robinson 66, direction Karlstad.

— Tu vas juste effrayer les clients avec la tête que tu as, espèce de cinglé, lui dit le second pilote avant de s'envoler à son tour avec le deuxième Robinson 66, direction Göteborg.

Holger resta seul avec le Silorsky 76 sans pilote.

Il ne pouvait se résoudre à rentrer chez lui. Il gagna la cuisine en boitant, se servit son café du matin, puis retourna à son bureau. Il ne savait pas vraiment ce qu'il était censé éprouver. D'un côté, on lui avait démoli le portrait, mais d'un autre les images de *Rapport* avaient eu un énorme retentissement ! Et si cela provoquait un mouvement républicain dans toute l'Europe ?

Holger avait compris que presque toutes les chaînes dignes de ce nom avaient diffusé le reportage de son passage à tabac. Un vrai de vrai. Cela avait donné de bonnes images. Holger ne pouvait s'empêcher de ressentir de la fierté.

Il en était là de ses réflexions lorsqu'un homme entra dans le bureau. Sans s'être annoncé.

Le client dévisagea Holger, qui sentit immédiatement qu'il aurait voulu éviter cet individu et cette situation. Mais il n'avait aucun moyen de s'échapper et le regard de l'homme était si déterminé que Holger resta cloué sur sa chaise.

— En quoi puis-je vous être utile ? demanda-t-il sur un ton inquiet.

— Laissez-moi me présenter, répondit l'homme en anglais. Mon identité ne vous regarde pas et je représente un service secret dont le nom est sans importance pour vous. Quand les gens me dérobent ce qui m'appartient, cela me met en colère. Si l'objet volé est une bombe atomique, je suis encore plus en colère. Si la situation perdure, la moutarde me monte carrément au nez. Bref, je suis très en colère.

Holger Qvist ne comprenait rien. Ce sentiment d'incompréhension ne lui était pas inconnu, mais il le mettait tout de même mal à l'aise. L'homme au regard déterminé (et dont la voix l'était tout autant) sortit deux agrandissements de son portefeuille et les posa sur le bureau. Sur le premier, on voyait distinctement son jumeau sur une aire de chargement ; sur le second, Holger 2 et un autre homme équipé d'un transpalette chargeaient une grande caisse dans la remorque du camion. La fameuse caisse. Les images dataient du 17 novembre 1987.

— C'est vous, déclara l'agent en désignant le frère

de Holger 1. Et ceci m'appartient, ajouta-t-il en désignant la caisse.

Cela faisait sept ans que l'agent du Mossad A avait à pâtir de la disparition de l'arme nucléaire. Cela faisait aussi longtemps qu'il travaillait à la localiser. Il s'était immédiatement mis à suivre deux pistes en parallèle. La première consistait à rechercher la voleuse en espérant qu'elle se situerait au même endroit que l'engin. La seconde à poser l'oreille sur les rails et à écouter attentivement au cas où une bombe atomique serait soudain mise sur le marché, en Europe occidentale ou ailleurs. S'il n'était pas possible de mettre la main sur la bombe via la voleuse, on pouvait le faire via le receleur.

L'agent A avait commencé par se rendre à Stockholm pour analyser les films des caméras de surveillance de l'ambassade israélienne. Celle située à la grille montrait sans l'ombre d'un doute que c'était bien Nombeko Mayeki qui avait signé le reçu pour le paquet.

Pourrait-il s'agir d'une permutation ? Dans ce cas, pourquoi la femme de ménage serait-elle venue à l'ambassade en camion ? Dix kilos de viande d'antilope tiennent quasiment dans un panier à vélo. Et s'il s'agissait d'une erreur, elle serait revenue après s'en être aperçue, non ? Pour sa défense, les enregistrements vidéo de la zone de chargement montraient qu'elle n'était pas présente quand la caisse avait été placée dans le camion. À ce moment-là, elle se trouvait toujours à côté du garde et signait les documents.

Aucun doute n'était permis : il avait été berné pour la seconde fois de sa carrière, lui, l'agent secret du Mossad plusieurs fois décoré. Par la même femme de ménage.

Il était du genre patient. Un jour, tôt ou tard, leurs chemins se croiseraient à nouveau. Ce jour-là, ma chère Nombeko Mayeki, tu regretteras de ne pas être quelqu'un d'autre.

La caméra à la grille de l'ambassade avait également enregistré le numéro d'immatriculation du camion rouge utilisé pour voler l'arme. La caméra, située à l'aire d'embarquement, avait saisi plusieurs images nettes du complice blanc de Nombeko. L'agent A avait fait imprimer et copier un certain nombre de variantes d'angles de vue. L'enquête qui s'ensuivit montra que Nombeko Mayeki avait disparu du centre de réfugiés le jour où elle était venue chercher la bombe à l'ambassade.

Le numéro d'immatriculation menait à une Agnes Salomonsson, originaire d'Alingsås. Là, le véhicule se révéla être une Fiat Ritmo, et non plus un camion, même si elle était aussi rutilante. Les plaques étaient donc volées. La femme de ménage ne manquait pas de professionnalisme.

Il ne restait plus à l'agent A qu'à transmettre les clichés récents du chauffeur du camion à Interpol. Cela ne donna aucun résultat. L'individu en question n'était pas un membre connu d'un groupe de trafiquants d'armes même s'il se baladait avec une bombe atomique.

L'agent A en tira la conclusion logique, quoique erronée, qu'il s'était fait duper par une personne qui avait monté cette escroquerie de main de maître, que la bombe avait déjà quitté le territoire suédois et qu'il devait donc se concentrer sur des pistes internationales troubles.

Au fil des ans, d'autres bombes nucléaires que la sud-africaine se retrouvèrent dans la nature, ce qui compliqua singulièrement sa tâche. Quand l'Union soviétique se morcela, des armes atomiques apparurent çà et là, imaginaires ou bien réelles. Dès 1991, plusieurs rapports de services secrets évoquaient une arme nucléaire disparue en Azerbaïdjan. Les voleurs avaient eu le choix entre deux missiles et avaient opté pour le moins lourd. En réalité, ils n'avaient emporté qu'une coque, prouvant ainsi que les voleurs de bombe atomique ne sont pas forcément plus futés que le commun des mortels.

En 1992, l'agent A avait suivi la trace de l'Ouzbek Shavkat Abdoujaparov, un ancien colonel de l'armée soviétique, qui avait abandonné sa femme et ses enfants à Tachkent avant de disparaître, puis de refaire surface à Shanghai trois mois plus tard, où selon les informations recueillies il avait une bombe à vendre pour quinze millions de dollars. Le prix indiquait qu'il s'agissait d'une arme susceptible de provoquer des dégâts significatifs... Hélas, avant que l'agent A ait eu le temps d'arriver sur place, le colonel Abdoujaparov fut retrouvé dans un bassin du port, un tournevis dans la nuque. Sa bombe était introuvable et le demeura.

À partir de 1994, l'agent A avait été stationné à Tel-Aviv, à un poste relativement important, mais nettement moins important que ne le méritaient ses états de service jusqu'à la malencontreuse affaire sud-africaine. L'agent A ne renonça jamais. Il continua à suivre différentes pistes depuis Israël, et il avait toujours les images de Nombeko et du chauffeur inconnu du camion en tête.

Et soudain, à la fin d'une mission ponctuelle et particulièrement peu captivante à Amsterdam, il avait regardé le journal télévisé : des images d'un règlement de comptes politique sur une place de Stockholm. Avec un gros plan d'une victime rouée de coups de rangers.

Le voilà !

L'homme au camion rouge !

Holger Qvist, Blackeberg, Suède.

— Excusez-moi, mais c'est quoi, cette histoire de bombe atomique ?

— Tu n'as pas encaissé assez de coups hier ? lui rétorqua l'agent A. Finis ton café, si tu veux, mais fais vite, car dans cinq secondes toi et moi serons en route pour rejoindre Nombeko Mayeki, où qu'elle se trouve.

Holger 1 réfléchit avec tant d'intensité que son mal de crâne empira. L'homme de l'autre côté du bureau travaillait pour les services secrets d'une nation étrangère. Il le prenait pour Holger 2, et cherchait Nombeko qui avait volé une… bombe atomique.

— La caisse ! déclara soudain Holger 1.

— Oui. Où est-elle ? Dis-moi où est la caisse contenant la bombe !

Holger digéra la vérité qui lui était offerte. Ils avaient disposé du graal de tous les révolutionnaires dans un entrepôt de Fredsgatan depuis sept ans ! Cela faisait sept ans qu'il avait accès, sans le savoir, à la seule chose qui pousserait peut-être le roi à abdiquer.

— Puisses-tu brûler en enfer ! marmonna Holger 1 en anglais, dans sa précipitation.

— Pardon ? s'étonna l'agent A.

— Pas vous, monsieur, s'excusa Holger, mais Mlle Nombeko.

— Je suis d'accord avec toi sur ce point, mais je n'ai pas l'intention de me contenter d'attendre que cela arrive. Voilà pourquoi tu vas me conduire à elle maintenant. Où est-elle ? Réponds !

La voix déterminée de l'agent A était convaincante. Son pistolet aussi.

Holger songea à son enfance. À la lutte de son père. À la manière dont il était devenu un rouage de cette lutte. Et à son incapacité à la poursuivre.

Ce qui le tourmentait le plus n'était pas la présence d'un agent d'un service secret inconnu prêt à l'abattre s'il refusait de le mener à Nombeko et à sa caisse. C'était plutôt le fait de s'être fait duper par la petite amie sud-africaine de son frère et de savoir que maintenant c'était trop tard. Pendant sept ans, il avait eu chaque jour la possibilité de parachever l'œuvre de son père. Et il ne l'avait pas compris.

— Tu n'as peut-être pas entendu ma question ? déclara l'agent. Une balle dans le genou t'aiderait-elle à être plus attentif ?

Une balle dans le genou, pas entre les deux yeux. Pour l'instant, il remplissait encore une fonction. Mais que se passerait-il ensuite ? S'il conduisait l'agent jusqu'à Fredsgatan, l'homme au pistolet emporterait-il la caisse, qui devait peser environ une tonne, sous son bras avant d'agiter la main en signe d'adieu ?

Non. Il les tuerait tous, mais seulement après qu'ils l'auraient aidé à mettre la bombe dans la remorque du camion rouge.

Il les tuerait tous, si Holger ne se hâtait pas d'accomplir ce qu'il comprenait soudain comme son ultime mission. Car tout ce qui lui restait était la lutte pour la vie de son frère et de Célestine.

— Je vais conduire monsieur l'agent à Nombeko, finit-il par dire, mais il faudra que ce soit en hélicoptère, si vous ne voulez pas la manquer, car elle est sur le point de partir avec la bombe.

Ce mensonge sur l'urgence de la situation lui était

venu sans y penser. Il aurait même éventuellement pu être qualifié d'idée. Dans ce cas, c'était une première, se dit Holger. Et la dernière, car il allait enfin faire quelque chose de sensé de sa vie.

Il allait mourir.

L'agent A n'avait pas l'intention de se laisser berner une troisième fois par la femme de ménage et son sbire. Où était l'embrouille, cette fois-ci ?

Nombeko avait-elle compris que l'apparition télévisée de Holger Qvist l'avait exposée à être retrouvée ? Était-ce pour cette raison qu'elle était sur le point de plier bagage ? L'agent était capable de faire la distinction entre une oie de la dynastie Han et de la camelote, entre un diamant brut et un morceau de verroterie. Et bien d'autres choses encore. En revanche, il était incapable de piloter un hélicoptère. Il serait obligé de s'en remettre à l'homme en face de lui. Il y aurait deux personnes dans le cockpit : une au manche à balai, l'autre avec une arme à la main.

L'agent A décida de monter à bord de l'engin, mais d'avertir d'abord l'agent B, au cas où quelque chose tournerait mal.

— Donnez-moi les coordonnées exactes de l'endroit où se trouve la femme de ménage.

— Quelle femme de ménage ?

— Mlle Nombeko.

Holger s'exécuta. Le logiciel cartographique leur donna toutes les informations nécessaires en quelques secondes.

— Bien. Maintenant, reste assis le temps que je prévienne mes collègues. Ensuite, nous décollerons.

L'agent envoya de son mobile un message crypté

à son collègue B en lui spécifiant où il se trouvait et avec qui, où il se rendait et pour quelle raison.

— Paré pour le décollage, déclara-t-il ensuite.

Au fil des ans, Holger 1 avait effectué au moins quatre-vingt-dix heures de vol d'entraînement avec les pilotes Helicotaxi SA de Bromma. Mais c'était la première fois qu'il serait seul aux commandes. Sa vie était finie, il le savait. Il aurait volontiers emmené cette maudite Nombeko dans la mort (une femme de ménage, était-ce comme ça que l'agent l'avait qualifiée ?), mais pas son frère. Ni la merveilleuse Célestine.

Dès qu'il fut sorti de l'espace aérien contrôlé, il s'éleva à deux mille pieds à une vitesse de cent vingt nœuds. Le trajet dura à peine vingt minutes.

Arrivé à Gnesta, Holger n'effectua pas la manœuvre d'atterrissage. Il enclencha le pilotage automatique, cap droit à l'est, gardant une altitude de deux mille pieds et une vitesse constante de cent vingt nœuds. Puis, avec des gestes sûrs, il détacha sa ceinture de sécurité, retira ses écouteurs et se glissa à l'arrière de la cabine.

— Qu'est-ce que tu fabriques ? demanda l'agent à Holger, qui ne se donna pas la peine de répondre.

Tandis que Holger 1 ouvrait la porte arrière de l'appareil et la faisait glisser sur le côté, l'agent voulut se retourner pour prendre la mesure de la situation. La situation était délicate et il y avait urgence. Il essaya par tous les moyens de détacher sa ceinture quatre points. Sans succès. Il tourna le buste avec difficulté, la ceinture le plaqua contre le siège. il menaça :

— Si tu sautes, je tire !

Holger 1, qui avait habituellement tout sauf le sens de la repartie, se surprit lui-même :

— Pour être certain que je serai mort avant de toucher terre ?

L'agent A était un tantinet contrarié. Il était sur le point d'être abandonné seul dans un hélicoptère S-76 qu'il était incapable de piloter. Il s'était fait pigeonner par le pilote sur le point de se suicider. Il fut proche de jurer pour la deuxième fois de toute son existence. Il tortilla encore son corps ceinturé, essaya de passer son arme de la main droite à la gauche. Elle lui échappa !

Le pistolet atterrit derrière le siège avant et glissa jusqu'aux pieds de Holger, qui s'apprêtait à sauter.

Surpris, celui-ci le ramassa et le fourra dans sa poche intérieure, puis il souhaita bonne chance à l'agent.

— Quelle poisse que nous ayons oublié le manuel d'instructions au bureau ! conclut-il.

N'ayant rien à ajouter, Holger sauta et sentit une certaine paix intérieure pendant une seconde. Juste une seconde.

Typique, songea-t-il. Encore une fois à côté de la plaque, toujours un peu trop lent.

Son corps accéléra jusqu'à deux cent quarante-cinq kilomètres-heure au cours de son voyage de six cents mètres vers la terre mère, dure comme le roc.

— Adieu, monde cruel. J'arrive, papa, ajouta Holger, sans même s'entendre à cause du vent.

L'agent se retrouva seul dans l'hélicoptère en pilotage automatique se dirigeant plein est, vers la Baltique, à cent vingt nœuds, sans la moindre idée de la manière dont on désactivait le pilotage automatique et de ce qu'on était censé faire après. Il disposait de carburant pour environ quatre-vingts minutes de vol alors que la frontière estonienne se situait à cent soixante minutes. Avant, c'était la mer.

L'agent A considéra le fouillis de boutons, de diodes

et d'instruments devant lui, puis il se retourna. La porte était toujours ouverte. La terre ferme sous l'hélicoptère disparut, cédant la place à l'eau. Beaucoup d'eau.

Ce n'était pas la première fois dans sa longue carrière que l'agent se retrouvait dans une situation délicate. Il était entraîné à garder son sang-froid. Il analysa donc sa situation avec un calme méthodique.

— Maman ! conclut-il.

Le 5 Fredsgatan à Gnesta était un chantier de démolition depuis bientôt vingt ans, quand on lui appliqua enfin la réglementation en vigueur pour ce type de lieu. Tout commença alors que la directrice générale des services sortait son chien. Elle était de mauvaise humeur, car elle avait enfin fichu dehors son concubin la veille au soir. Cela ne s'arrangea pas quand une chienne errante surgit et que le toutou s'enfuit pour la suivre. Les mecs étaient visiblement tous les mêmes, à deux ou quatre pattes.

En conséquence, la promenade du matin fit bien des détours avant que le canidé concupiscent ne soit rattrapé, ce qui permit à la directrice de repérer des signes de vie manifestes sur le chantier de démolition du 5 Fredsgatan, le même taudis où, plusieurs années auparavant, l'ouverture d'un restaurant avait été annoncée.

La directrice avait-elle été roulée dans la farine ? S'il y avait bien deux choses qu'elle détestait, c'était son ex-concubin et être roulée dans la farine. Évidemment, être roulée dans la farine par son ex-concubin avait été le pompon, mais cette tromperie-ci était quand même dure à avaler.

À en croire le plan d'urbanisme, ce secteur était

dépourvu de toute activité industrielle depuis 1992, date à laquelle Gnesta s'était détachée de Nyköping pour devenir une commune indépendante. La municipalité avait eu l'intention de se pencher sur le sort de cette zone, mais il y avait toujours eu plus urgent à régler. Pour autant, personne n'était censé y vivre. Sans compter qu'une activité économique non autorisée semblait être exercée dans l'ancien atelier de poterie de l'autre côté de la rue. Sinon, pourquoi la poubelle devant la porte aurait-elle été pleine d'emballages d'argile vides ?

La directrice faisait partie de ceux qui estiment que l'activité économique illicite est l'étape précédant l'anarchie.

Elle passa d'abord sa frustration sur son chien, puis rentra chez elle, mit des boulettes de viande dans une gamelle à la cuisine et prit congé d'Achille. En bon mâle qui se respecte, le chien, après avoir satisfait ses besoins sexuels, dormait quand sa maîtresse partit retrouver ses collègues pour mettre un terme à l'activité digne du Far West qui régnait à Fredsgatan.

Quelques mois plus tard, quand les services administratifs et politiques rendirent leur verdict, les propriétaires des lieux, Holger & Holger SA, furent prévenus que conformément au deuxième chapitre, paragraphe quinze de la Constitution, le 5 Fredsgatan allait être exproprié, vidé et démoli. En publiant l'information dans les journaux officiels, la commune avait rempli ses devoirs, mais dans un geste d'humanité la directrice au chien concupiscent veilla à ce que des courriers soient envoyés à tous les occupants potentiels des lieux. Les lettres atteignirent les boîtes aux lettres le matin du 11 août 1994. Hormis les références aux paragraphes pertinents, il y était indiqué que tous les locataires éventuels devaient avoir quitté la propriété avant le 1er décembre.

Celle qui lut la missive en premier fut Célestine, qui, comme la plupart du temps, était très en colère. Le même matin, elle avait dit au revoir à son petit ami couvert de bleus, qui avait insisté pour se rendre à son travail à Bromma malgré le tabassage de la veille.

Elle piqua une nouvelle crise et se précipita chez Nombeko en agitant la redoutable lettre. Des autorités sans cœur qui jetaient des gens normaux et honnêtes à la rue !

— Oui, enfin, nous ne sommes pas particulièrement normaux ni honnêtes, répondit Nombeko. Viens avec moi et Holger dans le coin cocooning de l'entrepôt au lieu de t'emballer. Nous allions justement siroter notre thé du matin. Tu peux prendre du café pour des raisons politiques, si tu veux. Cela ne pourra pas faire de mal de discuter de la situation calmement.

Calmement ? Quand une barricade sur laquelle il était digne de monter se présentait enfin ? Nombeko et Holger 2 pouvaient boire leur thé à la con dans leur coin cocooning à la con tout seuls ; *elle* allait manifester ! Mort à l'oppression !

La jeune colérique chiffonna la lettre de la commune avant de descendre en furie (quoi d'autre ?) dans la cour dévisser les plaques d'immatriculation volées du camion rouge Holger & Holger, s'installer dans la cabine, démarrer, reculer et positionner le véhicule entre les deux vantaux de l'étroit portail qui reliait le bâtiment du 5 Fredsgatan à l'entrepôt. Elle tira ensuite sur le frein à main de toutes ses forces, s'extirpa par la vitre puisque les portes étaient coincées, jeta les clés dans un puits et veilla à crever les quatre pneus afin que le camion ne puisse pas être déplacé et constitue un barrage efficace à toute tentative d'entrée ou de sortie.

Après ces mesures inaugurales contre la société, elle fonça chercher Holger et Nombeko, les plaques sous le bras, déclara que c'en était fini du thé (ou du café d'ailleurs) dans le coin cocooning, car maintenant il s'agissait d'occuper le bâtiment ! Chemin faisant, elle entraîna le potier, car elle voulait réunir un maximum de monde. C'était juste dommage que son Holger chéri soit au travail. Bon, elle ne pouvait rien y faire. La lutte ne pouvait pas attendre.

Holger 2 et Nombeko étaient assis l'un contre l'autre au milieu des oreillers quand Célestine débarqua avec le potier déboussolé dans son sillage.

— Là, c'est la guerre ! lança-t-elle.

— Vraiment ? demanda Nombeko.

— La CIA ? s'inquiéta le potier.

— Pourquoi tu te promènes avec les plaques de mon véhicule sous le bras ? s'enquit Holger 2.

— Ce sont des objets recelés, répondit la jeune colérique. Je me disais que...

À cet instant, un grand craquement retentit au-dessus de leurs têtes. Holger 1, après avoir parcouru à la verticale environ six cents mètres à plus de deux cents kilomètres-heure, traversa le toit décrépit de l'entrepôt et atterrit sur les cinquante mille six cent quarante oreillers qui y étaient stockés.

— Oh, mon chéri ! s'écria la jeune colérique en s'illuminant, je te croyais à Bromma !

— Je suis en vie ? s'étonna Holger 1 en se frottant l'épaule, qui après son passage à tabac avait été le seul endroit de son corps où il n'avait pas mal, mais qui venait d'être la première partie de son anatomie à toucher la toiture avant que celle-ci ne cède sous son poids et sa vitesse.

— Cela en a tout l'air, lui confirma Nombeko, mais pourquoi es-tu passé par le toit ?

Holger 1 embrassa Célestine sur la joue, puis pria son frère de lui servir un double whisky. Non, un triple. Il avait besoin de le boire, de s'assurer qu'aucun de ses organes internes n'avait été permuté avec son voisin, de rassembler ses pensées et d'être en paix un moment. Ensuite il raconterait, c'était promis.

Holger 2 obtempéra, et Nombeko et lui laissèrent Holger 1 seul avec son whisky, les oreillers et la caisse.

La jeune colérique en profita pour vérifier si l'occupation des lieux avait fait bouger quelque chose dans la rue. Rien n'avait bougé. Fallait-il s'en étonner ? Ils vivaient dans une rue peu fréquentée à la périphérie d'une zone industrielle et n'avaient pour seul voisin qu'un ferrailleur. Et il n'était peut-être pas clair pour tout le monde qu'une occupation était en cours à la vue d'un camion aux pneus crevés bloquant un portail.

Une occupation dont personne ne se souciait ne méritait pas son nom. La jeune colérique décida donc d'aider la situation à évoluer dans le bon sens.

Elle passa plusieurs appels téléphoniques.

D'abord au *Dagens Nyheter*, puis à Radio Sörmland et pour finir au *Södermanlands Nyheter*. Au *DN*, on l'accueillit avec un bâillement : de Stockholm, Gnesta se situe presque au bout du monde. À Radio Sörmland, à Eskilstuna, on transféra l'appel à Nyköping, où on pria Célestine de rappeler après le déjeuner. Le *Södermanlands Nyheter* se montra davantage intéressé. Enfin jusqu'à ce qu'on apprenne que l'action n'avait pas fait réagir la police.

— Votre occupation peut-elle même être définie

comme une occupation si aucune personne extérieure ne considère que quelque chose est occupé ? lui demanda le rédacteur en chef du journal porté sur la philosophie (et peut-être un brin paresseux).

La jeune colérique les envoya tous les trois au diable, puis elle appela la police. Une standardiste au central de Sundsvall répondit :

— Police, en quoi puis-je vous être utile ?

— Bonjour, espèce de sale flic, répondit la jeune colérique. Maintenant, nous allons détruire cette société de voleurs capitalistes. Le pouvoir va retourner au peuple !

— Quel est l'objet de votre appel ? s'enquit la malheureuse standardiste effrayée, qui n'était pas le moins du monde une représentante des forces de l'ordre.

— Je ne vais pas tarder à te le dire, espèce de vieille peau. Nous occupons la moitié de Gnesta et si nos exigences ne sont pas satisfaites...

À ce stade, la jeune colérique se ressaisit. D'où sortait-elle ce « la moitié de Gnesta » ? Et quelles étaient leurs exigences ? Et que feraient-ils, si elles n'étaient pas satisfaites ?

— La moitié de Gnesta ? s'étonna la standardiste. Laissez-moi vous passer...

— Le 5 Fredsgatan, intervint la jeune colérique. Vous êtes sourde ou quoi ?

— Pourquoi occupez-vous... Qui êtes-vous, d'ailleurs ?

— Laisse tomber. Si nos exigences ne sont pas satisfaites, nous sauterons du toit les uns après les autres jusqu'à ce que le sang coule sur toute la société.

La question reste de savoir qui, de la standardiste ou de Célestine, fut la plus étonnée par ces derniers propos.

— Je vous en prie, dit la standardiste, restez en ligne, je vais vous passer...

La jeune colérique raccrocha sans lui laisser le temps d'aller plus loin. Son message était sans doute passé. Par ailleurs, elle ne s'était pas exprimée exactement comme elle l'avait pensé, si toutefois elle avait pensé.

Bon, en tout cas, maintenant, c'était une véritable occupation et cela faisait du bien.

À cet instant, Nombeko frappa à la porte de Célestine. Holger 1 avait vidé son double ou triple whisky et voulait à présent que tout le monde se rassemble. Il avait quelque chose à leur raconter. Célestine était la bienvenue au magasin et cela aurait été une bonne chose qu'elle rameute le potier au passage.

— Je sais ce qu'il y a dans la caisse, commença Holger 1.

Nombeko, qui comprenait pourtant la plupart des choses, ne comprit pas.

— Comment peux-tu le savoir ? l'interrogea-t-elle. Tu passes à travers le toit et d'un seul coup tu déclares savoir quelque chose que tu ignores depuis sept ans. Tu es monté au ciel avant de revenir ? Dans ce cas, avec qui as-tu discuté ?

— Ta gueule, espèce de maudite femme de ménage ! répliqua Holger 1, ce qui fit immédiatement comprendre à Nombeko que Numéro un avait été en contact direct avec le Mossad ou qu'il était tombé sur l'ingénieur lors de son passage au ciel.

Un élément plaidait néanmoins contre cette dernière hypothèse : l'ingénieur ne se trouvait certainement pas au paradis.

Holger 1 poursuivit son récit et leur expliqua qu'il était seul dans les locaux d'Helicotaxi SA, bien qu'on lui ait ordonné de rentrer chez lui, quand un homme appartenant à un service secret étranger était entré et avait exigé d'être mené à Nombeko.

— La femme de ménage ? demanda Nombeko.

Avec un pistolet, l'homme avait obligé Holger à monter dans le seul hélicoptère libre et lui avait ordonné de le conduire à Gnesta.

— Cela signifie-t-il qu'un agent d'un service secret étranger en colère va tomber d'un instant à l'autre à travers le toit ? demanda Holger 2.

Non. L'agent en question survolait à présent la Baltique et ne tarderait pas à s'y écraser, dès que les réservoirs de l'appareil seraient vides. Lui avait sauté de l'hélicoptère dans le but de sauver les vies de son frère et de Célestine.

— Et la mienne, compléta Nombeko. Un dommage collatéral.

Holger 1 la fusilla du regard et lui rétorqua qu'il aurait préféré s'écraser directement sur sa tête plutôt que sur les oreillers, mais qu'il n'avait jamais eu de chance dans la vie.

— On peut quand même estimer que tu viens d'en avoir un peu, objecta Holger 2, dérouté par les récents événements.

Célestine sauta dans les bras de son héros, l'étreignit, l'embrassa, puis lui dit qu'elle ne voulait plus attendre.

— Raconte ce qu'il y a dans la caisse. Raconte, raconte, raconte !

— Une bombe atomique, répondit Holger 1.

Célestine lâcha son sauveur et chéri. Puis elle réfléchit une seconde et résuma la situation succinctement :

— Aïe.

Nombeko se tourna vers Célestine, le potier et Holger 1, et leur déclara que, au vu de ce qu'ils venaient d'apprendre, il était important qu'ils veillent tous à ne pas attirer l'attention sur Fredsgatan. Si des gens commençaient à circuler dans l'entrepôt, un accident pourrait se produire. Et pas n'importe quel accident.

— Une bombe atomique ? s'étonna le potier, qui avait entendu mais pas vraiment compris.

— Vu ce que je viens d'apprendre, il est possible que j'aie pris des mesures dont nous aurions pu nous passer, déclara Célestine.

— Comment ça ? demanda Nombeko.

Un mégaphone se fit alors entendre de la rue :

— Ici, la police ! S'il y a quelqu'un à l'intérieur, veuillez vous identifier !

— Comme je vous le disais… reprit la jeune colérique.

— La CIA ! lança le potier.

— Pourquoi la présence de la police entraînerait-elle forcément la venue de la CIA ? intervint Holger 1.

— La CIA ! répéta le potier. La CIA !

— Je crois qu'il tourne en boucle, dit Nombeko. J'ai un jour rencontré un interprète qui a réagi de la même manière après avoir été piqué par un scorpion à l'orteil.

Le potier répéta encore plusieurs fois l'acronyme, puis se tut. Il resta juste assis sur sa chaise, le regard dans le vide et la bouche entrouverte.

— Je crois qu'il reboote, glissa Holger 2.

Le mégaphone se fit à nouveau entendre :

— Ici, la police ! S'il y a quelqu'un à l'intérieur, déclinez votre identité ! Le portail est bloqué et nous envisageons d'entrer par la force. Nous avons reçu un appel que nous prenons très au sérieux !

La jeune colérique expliqua au groupe l'occupation qu'elle venait de lancer, une guerre contre la société au nom de la démocratie, avec, entre autres, le camion comme arme. À titre d'information, elle avait également appelé la police. Et passablement mis le feu aux poudres, si elle pouvait se permettre de le dire.

— Qu'as-tu fait de mon véhicule ? la questionna Holger 2.

— *Ton ?* intervint Holger 1.

La jeune colérique répliqua que Numéro deux ne devait pas chipoter sur tout, qu'il y allait de la défense de principes démocratiques importants et que dans ce contexte une malheureuse crevaison n'était pas grand-chose. De plus, elle ne pouvait pas savoir que ses voisins stockaient des bombes atomiques dans l'entrepôt, si ?

— *Une* bombe atomique. Au singulier, objecta Holger 2.

— De trois mégatonnes, intervint Nombeko, pour contrecarrer la tentative de Holger de minimiser le problème.

Le potier siffla quelque chose d'inintelligible, sans doute le nom du service secret avec lequel il était en délicatesse.

— Rebooté n'est sans doute pas le terme approprié, commenta Nombeko.

Holger 2 ne tenait pas à approfondir la discussion au sujet du camion, car ce qui était fait était fait, mais il se demandait de quel principe démocratique Célestine parlait. Pour le reste, il s'agissait de *quatre* crevaisons, mais il n'en dit rien non plus. Quoi qu'il en soit, la situation était problématique.

— Les choses pourraient difficilement empirer, lâcha-t-il.

— Ne parle pas trop vite, répondit Nombeko. Regarde le potier, je crois qu'il est mort.

15

Où il est question du meurtre
d'un homme déjà mort
et de deux personnes économes

Tous considérèrent d'abord le potier, puis dévisagèrent Nombeko, sauf le potier, qui regardait droit devant lui.

Nombeko comprit qu'une vie normale avec Holger 2 était dans le meilleur des cas remise à plus tard, et plus probablement de manière définitive. Pour le moment, l'heure était venue de prendre des mesures immédiates. Le deuil de ce qui n'était pas encore advenu devait être remis à un hypothétique avenir.

Elle expliqua au groupe qu'ils avaient à présent au moins deux raisons de retarder la police. La première était le risque manifeste que les forces de l'ordre choisissent de pénétrer en force dans l'entrepôt par le mur sud, auquel cas ils risqueraient de planter une masse dans une bombe de trois mégatonnes.

— Ils seraient sacrément surpris, commenta Holger 2.

— Non, juste morts, répliqua Nombeko. Notre second problème est que nous avons un cadavre assis sur une chaise.

— Il n'avait pas creusé un tunnel pour s'enfuir quand la CIA arriverait ? interrogea Holger 2.

— Dans ce cas, pourquoi ne l'a-t-il pas fait au lieu de s'asseoir pour mourir ? demanda Holger 1.

Nombeko félicita Holger 2 pour sa suggestion et répondit à Holger 1 qu'il trouverait sans doute la réponse à sa question un jour ou l'autre. Puis elle entreprit de trouver le tunnel, si toutefois il existait, de voir où il menait, s'il menait quelque part, et – surtout – s'il était assez grand pour accueillir la bombe. Il y avait urgence, car nul ne savait quand ceux à l'extérieur passeraient à l'action.

— Dans cinq minutes, nous lançons l'assaut ! annonça un policier au mégaphone.

Cinq minutes étaient évidemment un délai bien trop court pour :

1) trouver un tunnel artisanal ;

2) vérifier où il menait ;

3) collecter les lampes, cordes et autres éléments nécessaires pour que la bombe les suive dans leur fuite. Si toutefois elle rentrait dans le tunnel.

La jeune colérique éprouvait probablement quelque chose qui s'apparentait à de la culpabilité, si ce sentiment ne lui était pas totalement étranger. Les mots lui avaient un peu échappé au téléphone, mais elle s'aperçut qu'ils pouvaient à présent être retournés à leur avantage.

— Je pense savoir comment nous pouvons gagner du temps, déclara-t-elle.

Nombeko suggéra que Célestine le leur dise au plus vite, puisque la police allait peut-être commencer à attaquer le mur à la masse et donc la bombe dans quatre minutes et demie.

Célestine expliqua qu'elle s'était montrée un peu excessive lors de cette conversation avec les flics, même si c'était eux qui avaient commencé en répondant « police » d'une manière très provocatrice, quand elle avait appelé.

Nombeko pria Célestine d'en venir au fait.

Eh bien, si le groupe mettait à exécution la menace qui lui avait échappé, ces porcs seraient calmés. C'était tout à fait sûr. Un acte très fort, par ailleurs. Ce serait bien sûr... Comment disait-on ? non éthique, mais le potier n'aurait sans doute pas d'objection.

La jeune colérique présenta son idée. Qu'en pensaient les autres ?

— Il reste quatre minutes, répondit Nombeko. Holger, tu prends les jambes, et toi, Holger, la tête. Je vous aide en soutenant le bassin.

À l'instant où Holger et Holger avaient attrapé chacun une extrémité des quatre-vingt-quinze kilos de l'ancien potier, le portable de fonction de Holger 1 sonna. C'était son chef qui l'appelait pour lui annoncer une mauvaise nouvelle : l'un des hélicoptères avait été volé. Était-il disponible pour s'occuper de déposer la plainte et contacter les assurances ? Non ? Il aidait une connaissance à déménager ? Bon, qu'il fasse attention de ne pas porter de charges trop lourdes, après l'agression dont il avait été victime.

Le responsable des opérations sur place avait décidé qu'ils allaient percer un accès à la propriété par la cloison de tôles sud de l'entrepôt. La menace reçue était spectaculaire, donc à prendre au sérieux, et il était impossible de savoir qui, au singulier ou au pluriel, se terrait à l'intérieur. La manière la plus facile d'entrer aurait évidemment été de déplacer le camion à l'aide d'un tracteur, mais le véhicule était peut-être piégé, de même que les fenêtres de la propriété, d'ailleurs. D'où la décision de percer la cloison.

— Allume le chalumeau, Björkman, ordonna le commandant.

À cet instant, une personne apparut à l'une des fenêtres sales de l'appartement sous les combles. Elle hurla dans leur direction :

— Vous ne nous aurez jamais ! Si vous entrez par la force, nous sauterons les uns après les autres ! Vous m'entendez ? lança Holger 2 d'une voix aussi démente que possible.

Le commandant fit signe à Björkman de ne pas actionner le chalumeau. Quel était cet individu qui braillait ?

— Qui êtes-vous ? Que voulez-vous ? demanda-t-il dans son mégaphone.

— Vous ne nous aurez jamais ! répéta la voix derrière le rideau.

Puis un homme s'avança. Il se hissa avec difficulté au-dessus de l'appui. Avait-il l'intention de sauter ? Se suicider juste parce que...

Putain !

L'individu regarda le bitume, comme s'il était dénué de toute appréhension. Il n'émit pas un son durant sa chute et se laissa tomber comme une pierre.

Il atterrit sur la tête – le craquement fut audible par tous les policiers. Il y avait du sang partout. Pas la moindre chance qu'il ait survécu.

— Nom de Dieu, lâcha le policier au chalumeau, auquel le spectacle donnait la nausée.

— Qu'est-ce qu'on fait maintenant, chef ? s'enquit son collègue, qui ne se sentait pas mieux.

— On stoppe tout, répondit le commandant, qui était soudain le plus nauséeux des trois, et on appelle la Force nationale d'intervention à Stockholm.

Le potier américain n'avait que cinquante-deux ans, mais il avait été poursuivi toute sa vie par ses souvenirs de la guerre du Vietnam ainsi que par des persécuteurs imaginaires. Cependant, depuis que Nombeko et les Chinoises étaient entrées dans son existence, il s'était presque libéré de ses angoisses paranoïaques, son niveau d'adrénaline avait baissé et son corps s'était habitué à gérer ses angoisses. Quand la supposée CIA avait soudain frappé à la porte, tout était remonté à la surface à une telle vitesse que son adrénaline n'avait pas eu le temps de jouer son ancien rôle protecteur. Au lieu de ça, le potier avait fibrillé. Ses pupilles s'étaient dilatées et son cœur arrêté. Si par ailleurs, on est jeté de la fenêtre du quatrième étage et qu'on s'écrase la tête la première sur le bitume, on meurt à coup sûr, si ce n'était déjà fait.

Holger 2 ordonna à tout le monde de regagner l'entrepôt, où il fit respecter trente secondes de silence pour celui qui n'était plus parmi eux. Il remercia les autres de leur aide dans ces circonstances pénibles.

Puis il céda à nouveau le commandement à Nombeko. Elle le remercia de sa confiance et expliqua qu'elle avait trouvé le tunnel du potier et avait eu le temps d'en faire une inspection rapide. En conclusion, l'Américain allait aider le groupe après sa mort non pas une fois mais deux.

— Il ne s'est pas contenté de construire un tunnel

de cent quarante mètres jusqu'à l'atelier de poterie de l'autre côté de la rue, mais il y a installé l'électricité et placé des lampes à pétrole de secours, des conserves et de l'eau pour tenir plusieurs mois... Bref, il était vraiment, vraiment dérangé.

— Qu'il repose en paix, déclara Holger 1.

— Quelle taille fait le tunnel ? s'enquit Holger 2.

— La caisse passera, répondit Nombeko. Tout juste.

Nombeko délégua ensuite les tâches. Célestine eut pour mission de faire le tour des appartements, de ramasser les indices qui pouvaient conduire aux différents habitants et de laisser le reste.

— Sauf une chose. Dans ma chambre, il y a un sac à dos que je veux emporter. Il contient des choses importantes pour l'avenir.

Dix-neuf millions six cent mille choses importantes, pensa-t-elle.

Holger 1 fut chargé de traverser le tunnel pour aller chercher le chariot à quatre roues dans l'atelier de poterie, tandis que Holger 2 recevait la consigne de remettre de l'ordre dans le coin cocooning pour que la caisse redevienne une caisse de bombe normale.

— Normale ? ironisa Holger 2.

— Exécution, mon chéri.

La répartition des tâches achevée, chacun se mit à l'œuvre.

Le tunnel était un exemple brillant d'ingénierie paranoïaque. Haut de plafond, avec des cloisons droites et un système de poutres d'étayage robustes pour empêcher les éboulements. Il menait jusqu'à la cave de l'atelier de poterie, avec issue à l'arrière de la propriété, hors de vue de l'attroupement de plus en plus important devant le 5 Fredsgatan.

Il est aussi difficile de manipuler une bombe atomique de huit cents kilos sur un chariot que cela en a l'air. Cependant, moins d'une heure plus tard, elle se trouvait dans une rue adjacente à Fredsgatan, à seulement deux cents mètres de l'activité frénétique sur le chantier de démolition, où les forces nationales d'intervention venaient de débarquer.

— Bon, je pense qu'il vaut mieux nous éloigner, déclara Nombeko.

Les Holger et Nombeko poussaient le chariot tandis que la jeune colérique assurait la direction à l'avant. Ils progressaient lentement le long d'une petite route bitumée dans la campagne du Sörmland. Ils s'éloignèrent d'abord d'un kilomètre du chantier assiégé, puis d'un deuxième…

La tâche était harassante, sauf pour Célestine. Après trois kilomètres, dès que le chariot eut franchi une butte presque invisible, cela fut plus facile. Ensuite, la route descendait en légère pente. Holger 1, Holger 2 et Nombeko en profitèrent pour souffler un peu.

L'espace de quelques secondes.

Nombeko fut la première à comprendre ce qui allait se produire. Elle ordonna aux Holger de contourner le chariot pour le retenir par l'avant. Holger 2 comprit la consigne et obéit sur-le-champ. Holger 1 saisit peut-être aussi, mais il avait pris quelques pas de retard en s'arrêtant pour se gratter les fesses. L'indisponibilité momentanée de Numéro un ne joua cependant pas un grand rôle dans l'affaire. Tout était déjà inutile à la seconde où les huit cents kilos commencèrent à rouler sans demander son avis à quiconque.

Celle qui abandonna en dernier fut Célestine. Elle

courut devant la bombe, s'efforçant de la diriger avant que le chargement ne s'emballe. Elle bloqua alors le timon du transpalette en position haute et sauta sur le côté. Il ne resta alors plus rien d'autre à faire que regarder une arme de destruction de trois mégatonnes s'éloigner sur une étroite route de campagne et dévaler une pente de plus en plus raide. Avec un sac à dos contenant dix-neuf millions six cent mille couronnes attaché sur un côté de la caisse.

— Quelqu'un a une idée pour nous éloigner de cinquante-huit kilomètres en dix secondes ? demanda Nombeko en observant la bombe.

— Les idées ne sont pas mon fort, répondit Holger 1.

— Non, par contre, tu es doué pour te gratter la raie, intervint son frère, qui se dit que c'était une étrange réplique pour clore une vie.

Deux cents mètres plus loin, la route décrivait un léger virage sur la gauche. La bombe sur quatre roues, elle, continua tout droit.

M. et Mme Blomgren s'étaient un jour trouvés parce qu'ils estimaient tous les deux que le sens de l'économie est la plus grande des vertus. Margareta s'accrochait fermement à son Harry, qui s'attachait encore davantage à l'argent du couple. Ils se considéraient comme des êtres responsables. N'importe quel observateur indépendant les aurait plutôt considérés comme des pingres.

Harry avait été ferrailleur toute sa vie. Il avait hérité de l'entreprise de son père alors qu'il n'avait que vingt-cinq ans. La dernière chose que son père avait faite avant qu'une Chrysler New Yorker ne l'écrase avait été d'engager une jeune femme pour s'occuper de la comptabilité de l'entreprise. L'héritier Harry avait estimé que c'était une pure gabegie jusqu'à ce que l'employée en question, Margareta, découvre la possibilité d'obtenir des intérêts moratoires. Il était alors tombé fou amoureux d'elle, l'avait demandée en mariage et avait obtenu une réponse favorable. Les noces avaient été célébrées dans la casse et les trois autres employés avaient été invités, *via* un mot sur le tableau d'affichage des vestiaires, à une fête où chacun avait apporté son repas.

Il n'y eut jamais d'enfants. Ils représentaient un coût que Harry et Margareta calculaient sans cesse jusqu'à ce qu'ils n'aient plus l'âge de s'en soucier.

La question du logement, elle, finit par se résoudre toute seule. Durant les vingt premières années de leur union, ils vécurent dans la maison de la mère de Margareta, à Ekbacka, jusqu'à ce que la vieille ait la bonne idée de mourir. Elle était frigorifiée et s'était toujours plainte que sa fille et son gendre refusent de chauffer davantage l'hiver, au point que les vitres givraient à l'intérieur. Son sort s'était à présent amélioré, puisqu'elle reposait hors gel dans le cimetière de Herrljunga. Ni Harry ni Margareta ne voyaient l'intérêt de dépenser de l'argent pour fleurir sa tombe.

Le hobby de la mère de Margareta avait été de s'occuper de trois brebis dans une petite bergerie au bord du chemin. Avant même que la vieille ait eu le temps de refroidir, même si elle avait déjà très froid au départ, Harry et Margareta les avaient abattues pour les manger. Ils avaient laissé tomber la bergerie en ruine.

Puis les époux avaient revendu leur entreprise et pris leur retraite. Ils avaient dépassé les soixante-dix ans et même les soixante-quinze, lorsqu'ils avaient finalement décidé de faire quelque chose de la bergerie. Harry démolissait et Margareta empilait les planches. Ensuite, ils avaient mis le feu au tout et cela brûlait bien. Harry Blomgren surveillait le processus, un tuyau d'arrosage à la main, au cas où le feu se propagerait. Margareta, son épouse, se tenait à côté de lui, comme d'habitude.

À cet instant, un grand craquement se fit entendre quand la bombe atomique de huit cents kilos sur le chariot à roues traversa la clôture et l'ancienne bergerie des époux Blomgren pour ne s'arrêter qu'une fois au milieu du brasier.

— Mais qu'est-ce que c'est, ça, Dieu tout-puissant ? s'exclama Mme Blomgren.

— La clôture ! s'écria M. Blomgren.

Puis ils se turent et regardèrent arriver un groupe de quatre personnes.

— Bonjour, déclara Nombeko. Monsieur voudrait-il avoir l'obligeance de verser de l'eau sur ce feu pour l'éteindre ? Sans traîner, merci.

Harry ne répondit pas et ne réagit pas davantage.

— Sans traîner, comme je l'ai dit, reprit Nombeko. C'est-à-dire : *maintenant !*

Mais le vieil homme ne bougea pas d'un pouce, le tuyau éteint à la main. Les parties en bois du chariot commençaient à réagir à la chaleur. Le sac à dos était déjà en flammes.

Harry Blomgren ouvrit la bouche.

— L'eau n'est pas gratuite.

C'est alors qu'une explosion retentit.

Nombeko, Célestine, Holger et Holger furent alors victimes d'un phénomène se rapprochant de l'arrêt cardiaque qui avait mis un terme à la vie du potier quelques heures plus tôt. Contrairement à lui, ils se ressaisirent quand ils comprirent que c'était un pneu qui avait explosé, pas une région entière.

Les deuxième, troisième et quatrième roues imitèrent bientôt la première. Harry Blomgren refusait toujours d'asperger la caisse et le sac à dos. Il voulait d'abord savoir qui comptait l'indemniser pour sa clôture. Et pour les frais d'eau.

— Je pense que vous ne saisissez pas bien la gravité de la situation, répondit Nombeko. La caisse contient du matériel… inflammable. Hautement inflammable. Si elle chauffe trop, cela va mal se finir. Très mal. Croyez-moi !

Elle avait déjà fait son deuil du sac à dos. Les dix-neuf millions six cent mille couronnes étaient passées de vie à trépas.

— Pourquoi croirais-je une parfaite inconnue ? Répondez-moi plutôt : qui va payer pour la clôture ?

Nombeko comprit qu'elle n'arriverait à rien. Elle pria donc Célestine de prendre le relais, ce que la jeune colérique fit volontiers. Pour ne pas prolonger la conversation davantage que nécessaire, elle lança :

— Éteins le feu, sinon je te tue !

Harry Blomgren crut voir dans les yeux de la jeune fille qu'elle était prête à tout, même à ça, et ne se le fit pas dire deux fois.

— Bien joué, Célestine, commenta Nombeko.

— Ma petite amie, intervint Holger 1, avec fierté.

Holger 2 choisit de garder le silence, tout en notant que, lorsque la jeune colérique faisait enfin quelque chose d'utile pour le groupe, cela prenait la forme d'une menace de mort. Évidemment.

Le chariot était à moitié brûlé et les coins de la caisse fumaient. Le sac à dos n'était plus qu'un tas de cendres. Mais le feu était éteint. Le monde tel que le monde le connaissait demeurait. Harry Blomgren reprit des couleurs.

— Pouvons-nous enfin discuter de la question des dédommagements ?

Nombeko et Holger 2 étaient les seuls à être conscients que l'homme qui voulait discuter de dédommagements venait de brûler dix-neuf millions six cent mille couronnes, pour économiser de l'eau. De son propre puits.

— La question est de savoir qui devrait dédommager qui, marmonna Nombeko.

Au début de la journée, elle et son Holger avaient une vision concrète de leur avenir. Quelques heures plus tard, leur existence même avait été menacée – deux fois. À présent, leur position était à mi-chemin. Dire que la vie était un long fleuve tranquille aurait été exagéré.

Harry et Margareta Blomgren ne voulaient pas laisser repartir ces hôtes importuns avant d'avoir obtenu réparation. Toutefois, il commençait à se faire tard et Harry écouta les membres du groupe lui expliquer qu'ils ne disposaient pas de liquide, qu'il y en avait eu un peu dans le sac à dos qui venait de brûler, mais qu'ils ne pouvaient désormais plus rien faire avant l'ouverture de la banque le lendemain. Ils répareraient alors leur chariot et poursuivraient leur chemin avec leur caisse.

— Ah oui, la caisse. Que contient-elle ? s'enquit Harry Blomgren.

— Mêle-toi de tes oignons, vieux con, rétorqua la jeune colérique.

— Mes effets personnels, précisa Nombeko.

En unissant leurs forces, les membres du groupe transférèrent la caisse fumante de la carcasse du chariot vers la remorque de Harry et Margareta Blomgren. Puis, après force palabres et un peu d'aide colérique de la part de Célestine, Nombeko parvint à convaincre Harry Blomgren de la laisser prendre la place de sa voiture dans le seul garage de la ferme. Sinon, la caisse serait visible de la route, ce qui empêcherait Nombeko de dormir sereinement.

À Ekbacka, il y avait un chalet que M. et Mme Blomgren avaient par le passé loué à des touristes allemands, jusqu'à ce qu'ils échouent sur la liste noire de la société de location parce qu'ils faisaient payer des suppléments pour à peu près tout et avaient même installé un monnayeur pour accéder aux toilettes.

Depuis, le chalet était resté vide avec son monnayeur (dix couronnes par passage). À présent, les intrus allaient pouvoir y être incarcérés.

Holger 1 et Célestine s'installèrent dans la pièce commune tandis que Holger 2 et Nombeko prenaient possession de la chambre. Margareta Blomgren leur montra avec un certain ravissement le fonctionnement du monnayeur et ajouta qu'il était hors de question de faire pipi dans le jardin.

Holger 1 lui tendit un billet de cent couronnes.

— Est-ce que vous pouvez me changer ça en pièces de dix couronnes ?

— Prononce les mots « frais de change », si tu oses, déclara la jeune colérique.

Comme Margareta Blomgren n'osa pas prononcer les mots « frais de change », il n'y eut pas de monnaie non plus. Holger 1 se soulagea donc dans le buisson de lilas dès qu'il fit assez noir pour que cela ne se remarque pas. Cela fut néanmoins remarqué, car M. et

Mme Blomgren étaient tapis dans leur cuisine éteinte, armés chacun d'une paire de jumelles.

Que les intrus aient envoyé un chariot droit sur la clôture des époux était bien sûr négligent, mais ils ne l'avaient guère fait exprès. Qu'ils menacent ensuite les époux pour les forcer à gaspiller de l'eau afin que leurs biens ne brûlent pas était un acte criminel, mais qui pouvait dans le pire des cas être excusé par le désespoir éprouvé sans doute face à cette situation. En revanche, se planter devant un buisson de lilas et uriner dans leur jardin de manière préméditée et en faisant fi d'instructions claires était si traumatisant que Harry et Margareta Blomgren en furent tout retournés. C'était du vol, c'était un comportement scandaleux, c'était peut-être ce qu'ils avaient vécu de pire de toute leur vie.

— Ces hooligans vont causer notre ruine, déclara Margareta Blomgren à son mari.

— Oui, si nous ne faisons pas quelque chose avant qu'il ne soit trop tard, renchérit Harry Blomgren.

Nombeko, Célestine et les deux Holger se couchèrent, pendant que les forces nationales d'intervention se préparaient à pénétrer au 5 Fredsgatan, à quelques kilomètres de là. Le cadavre allait évidemment être autopsié. Pour l'instant, on l'avait placé dans une ambulance. Un premier examen avait montré qu'il était blanc et âgé d'une cinquantaine d'années.

Les occupants avaient donc été au moins au nombre de deux. C'était une femme suédoise qui avait appelé la police et un homme de langue suédoise qui était apparu derrière un rideau au quatrième étage et avait sauté. Les policiers témoins de la scène supputaient qu'il y avait eu d'autres personnes derrière les rideaux.

L'opération fut lancée à 22 h 32, ce jeudi 11 août 1994. La force d'intervention lança l'assaut de trois directions différentes en utilisant des gaz, un bulldozer et un hélicoptère. Les hommes étaient très tendus. Aucun n'avait expérimenté une opération aussi délicate. Pas étonnant donc que quelques coups de feu aient été tirés dans la pagaille. Au moins l'un d'eux déclencha un incendie dans la réserve d'oreillers, ce qui entraîna un nuage de fumée toxique.

Le lendemain matin, dans la cuisine des époux Blomgren, les anciens habitants de Fredsgatan entendirent aux actualités l'épilogue du drame.

Selon l'envoyé de la rédaction, il y avait eu pas mal d'affrontements. Au moins, l'un des membres des forces d'intervention avait été touché par balle à la jambe et trois autres avaient été intoxiqués par les gaz. Désorienté par l'épaisse fumée, le pilote de l'hélicoptère à douze millions de l'équipe s'était crashé derrière un atelier de poterie désaffecté. Le bulldozer avait brûlé en même temps que la propriété, l'entrepôt, quatre voitures de police et l'ambulance à l'intérieur de laquelle le corps du suicidé attendait son autopsie.

Tout bien considéré, l'opération était un succès, car tous les terroristes étaient neutralisés. Leur nombre restait à déterminer, car leurs cadavres étaient restés dans les flammes.

— Doux Jésus ! s'exclama Holger 2. La Force nationale d'intervention en guerre contre elle-même.

— En tout cas, ils ont gagné, ce qui indique une certaine compétence, répondit Nombeko.

Durant le petit déjeuner, les époux Blomgren ne mentionnèrent pas une seule fois que celui-ci aurait un coût. Ils restèrent silencieux. Renfrognés. Ils paraissaient presque honteux. Leur attitude mit Nombeko sur ses gardes, car elle n'avait jamais rencontré de gens plus éhontés, et elle avait rencontré pas mal de gens.

Les millions avaient disparu, mais Holger 2 avait quatre-vingt mille couronnes à la banque (au nom de son frère). Par ailleurs, il y avait presque quatre cent mille couronnes sur le compte de l'entreprise. L'étape suivante consisterait à acheter leur liberté à ces horribles gens, à louer une voiture avec remorque et à transférer la bombe d'une remorque à l'autre. Ensuite, ils quitteraient les lieux. La destination restait à déterminer. N'importe où, du moment que ce soit assez loin de Gnesta et des époux Blomgren.

— Nous avons bien vu que vous aviez uriné dans le jardin hier soir, déclara soudain Mme Blomgren.

Maudit Holger 1, pensa Nombeko.

— Je l'ignorais, répondit-elle. Dans ce cas, je vous présente mes excuses et suggère que nous ajoutions dix couronnes à la somme dont nous nous apprêtions à discuter.

— Ce ne sera pas nécessaire, intervint Harry Blomgren. Comme vous n'êtes pas dignes de confiance, nous avons déjà pris soin de nous dédommager nous-mêmes.

— Comment cela ? s'étonna Nombeko.

— « Du matériel inflammable ». Mon œil, oui ! J'ai travaillé toute ma vie dans la ferraille. La ferraille ne brille pas, bordel, poursuivit Harry Blomgren.

— Vous avez ouvert la caisse ? demanda Nombeko, redoutant le pire.

— Là, je vais les mordre à la gorge tous les deux, lança la jeune colérique.

Holger 2 dut la retenir.

La situation était bien trop complexe pour Holger 1, qui quitta la pièce. Par ailleurs, il avait le même besoin à satisfaire dans le buisson de lilas que la veille.

Harry Blomgren recula d'un pas devant la jeune colérique. Quelle jeune femme profondément désagréable ! Puis il continua sa harangue. Les mots coulaient, car il avait préparé chaque phrase pendant la nuit.

— Vous avez choisi d'abuser de notre hospitalité. Vous nous avez causé des frais, vous avez pissé dans notre jardin et vous n'êtes donc pas dignes de confiance. Nous n'avions pas d'autre choix que d'immobiliser la dette à laquelle vous aviez sans doute l'intention de vous dérober. De ce fait, votre vieille bombe est perdue.

— Perdue ? s'étonna Holger 2, tandis que des images de champignon atomique se présentaient à son esprit.

— Perdue, répéta Harry Blomgren. Nous l'avons apportée chez un ferrailleur cette nuit. Nous en avons tiré une couronne du kilo. C'était peu cher payé, mais bon. Cela couvrira tout juste les dégâts que vous avez causés. J'ai laissé de côté la location du chalet et n'imaginez pas que je vais vous dire où se trouve la casse. Vous nous en avez déjà assez fait voir comme ça.

Tandis que Holger 2 empêchait physiquement la jeune colérique de perpétrer un double meurtre, il était clair pour lui et Nombeko que les vieux n'avaient pas compris que ce qu'ils qualifiaient de vieille bombe était en réalité un modèle relativement récent, en parfait état de fonctionnement de surcroît.

Harry Blomgren ajouta que cette affaire avait dégagé un bénéfice, même s'il était faible, et que l'eau, la clôture endommagée et le pipi dans le jardin pouvaient donc être oubliés. À condition que leurs invités, à partir de maintenant et jusqu'à leur départ imminent, urinent aux toilettes et nulle part ailleurs, bien sûr. Et ne provoquent pas d'autres dégâts.

À ce stade du discours de Harry, Holger 2 fut obligé de porter la jeune colérique dehors. Dans le jardin, il l'amena à revenir à de meilleurs sentiments. Elle lui expliqua qu'il devait y avoir quelque chose dans l'apparence du vieux et de la vieille qu'elle ne supportait pas. Sans compter ce qu'ils avaient fait et dit.

Cette fureur n'était pas un élément que Harry et Margareta Blomgren avaient anticipé lors de leur trajet aller-retour à leur ancienne casse, à présent dirigée par Rune Runesson, ex-collaborateur devenu le nouveau propriétaire. Cette fille hystérique défiait le sens commun. En d'autres termes, ils étaient tous les deux terrorisés. Dans le même temps, Nombeko, qui ne s'était encore jamais vraiment mise en colère, l'était à présent vraiment. À peine quelques jours plus tôt, elle et Holger 2 avaient trouvé un moyen de faire évoluer la situation. Pour la première fois, ils avaient la possibilité d'y croire, d'espérer. Ils disposaient de dix-neuf millions six cent mille couronnes. De tout cela, il ne restait rien d'autre que… M. et Mme Blomgren.

— Cher monsieur Blomgren, commença-t-elle. Me permettez-vous de vous proposer un arrangement ?

— Un arrangement ?

— Oui. Je tiens beaucoup à cette ferraille, monsieur Blomgren. Mon idée est que monsieur Blomgren me révèle dans les dix secondes où il l'a apportée. En échange, je vous promets d'empêcher la jeune femme dans le jardin de vous mordre à la gorge.

Harry Blomgren, livide, ne répondit rien. Nombeko poursuivit :

— Si vous nous prêtez ensuite votre voiture pour une durée indéterminée, vous avez ma parole que nous vous la ramènerons éventuellement un jour et que nous ne démolirons pas illico votre monnayeur, et ne mettrons pas le feu à votre maison dans la seconde qui suit.

Margareta fit mine de répondre, mais son mari l'en empêcha :

— Tais-toi, Margareta, je m'en occupe.

— Jusqu'à présent, mes propositions ont été généreuses. Monsieur Blomgren veut-il que je durcisse le ton ?

Harry Blomgren continua à gérer la situation en ne répondant pas. Sa Margareta fit une nouvelle tentative, mais Nombeko lui coupa l'herbe sous le pied :

— Au fait, est-ce madame Blomgren qui a cousu cette nappe ?

Margareta fut surprise par le changement de sujet.

— Oui, pourquoi ? s'enquit-elle.

— Elle est très belle, répondit Nombeko. Madame Blomgren voudrait-elle que je la lui enfonce dans la gorge ?

Holger 2 et la jeune colérique entendaient le dialogue depuis le jardin.

— Ma petite amie, commenta Holger 2.

Quand les choses vont mal, elles vont mal. La bombe avait évidemment été emportée dans la seule casse où elle n'aurait jamais dû arriver : celle sise au 9 Fredsgatan, à Gnesta. Harry Blomgren était à présent convaincu que survivre était désormais le plus important. Il expliqua donc que lui et son épouse s'y étaient rendus avec la bombe sur la remorque au milieu de la nuit. Il pensait que Rune Runesson la leur prendrait, mais arrivés sur place ils n'avaient trouvé qu'un champ de bataille. Deux bâtiments, à quinze mètres à peine de la casse, étaient en feu. Cette portion de la rue était fermée et il n'y avait pas moyen d'accéder à la cour de Runesson. Celui-ci s'était levé et déplacé en personne pour venir réceptionner cette livraison nocturne, mais vu les circonstances ils avaient dû laisser la remorque et la ferraille juste devant le périmètre de sécurité. Runesson leur avait promis de les appeler pour leur dire quand il les aurait rapatriées chez lui. Ce n'est qu'alors que l'affaire pourrait être conclue.

— Bien, déclara Nombeko quand Harry Blomgren lui eut raconté les dernières péripéties. Maintenant, je vous prie d'aller tous les deux au diable.

Puis elle quitta la cuisine des époux Blomgren, rassembla le groupe, mit la jeune colérique au volant de la voiture de Harry Blomgren, Holger 1 sur le siège passager, tandis qu'elle prenait place avec Holger 2 sur la banquette arrière pour établir une stratégie.

— C'est parti ! lança Nombeko.

La jeune colérique démarra.

Elle passa par la portion de la clôture qui était déjà en morceaux.

16

Où il est question d'un agent surpris
et d'une comtesse cultivatrice
de pommes de terre

L'agent B servait le Mossad et Israël depuis bientôt trois décennies. Il était né à New York pendant la guerre et avait emménagé dans sa tendre enfance avec ses parents à Jérusalem, en 1949, juste après la création de l'État.

Alors qu'il n'avait guère plus de vingt ans, il avait été envoyé à l'étranger pour sa première mission : infiltrer les étudiants gauchistes de l'université de Harvard, aux États-Unis, dans le but de repérer et d'analyser les manifestations d'opinions anti-israéliennes.

Comme ses parents avaient grandi en Allemagne, d'où ils avaient fui pour sauver leur vie en 1936, l'agent parlait aussi l'allemand couramment, ce qui lui avait permis d'opérer dans la RDA des années 1970. Il avait vécu et travaillé dans la peau d'un Allemand de l'Est pendant sept ans. Il était, entre autres, censé se faire passer pour un supporter du FC Karl-Marx-Stadt. En réalité, l'agent B n'avait eu à feindre que quelques mois, car il n'avait pas tardé à devenir un supporter aussi enragé que les milliers sujets d'observation autour de lui. Le changement de nom de la ville et de l'équipe lorsque le capitalisme eut enfin la peau du communisme ne changea rien à l'amour sportif de l'agent B. Pour rendre un hommage discret et un peu puéril à l'un des jeunes joueurs inconnus mais prometteurs de l'équipe, l'agent opérait désormais sous le pseudonyme de Michael Ballack. L'original était bon des deux pieds, créatif et doté d'une bonne lecture du jeu. Il avait un avenir brillant devant lui. L'agent B se sentait à tout point de vue proche de son alias.

B se trouvait en poste à Copenhague quand il reçut le rapport de son collègue A concernant sa percée à Stockholm et ses conséquences. Comme A ne donnait plus de nouvelles, B obtint le feu vert de Tel-Aviv pour partir à sa recherche.

Il prit un vol du matin le vendredi 12 août et loua une voiture à Arlanda. Première étape : l'adresse à laquelle son collègue lui avait indiqué se rendre la veille. B veilla soigneusement à respecter les limitations de vitesse, car il ne voulait pas traîner le nom de son cher Ballack dans la boue.

Arrivé à Gnesta, il s'engagea avec précaution dans Fredsgatan et tomba sur… un périmètre de sécurité. Ainsi qu'un pâté de maisons entièrement ravagé par le feu, des tas de policiers, des camions de télévision et des hordes de badauds.

Et qu'est-ce qui se trouvait sur la remorque ? Était-ce… ? Non, ce ne pouvait pas être ça. Ce n'était tout simplement pas possible.

— Bonjour à vous, monsieur l'agent, tout va bien ? déclara Nombeko, qui venait de se matérialiser à côté de l'agent B.

Elle n'avait même pas été surprise en l'apercevant, le regard rivé sur la bombe qu'elle était venue chercher. Pourquoi en effet l'agent B n'aurait-il pas été planté là à cet instant précis, alors que tout ce qui n'aurait pas dû arriver était pourtant arrivé ?

L'agent B lâcha la bombe des yeux, tourna la tête et vit à la place… la femme de ménage ! D'abord, la caisse volée sur une remorque et maintenant la voleuse. Avait-il la berlue ?

Nombeko se sentait étonnamment calme. Elle était consciente que l'agent tombait des nues et n'avait pas l'ombre d'une chance d'intervenir. Il y avait au moins cinquante policiers dans leur environnement immédiat et sans doute deux cents autres personnes, y compris la moitié des médias suédois.

— Belle vue, n'est-ce pas ? lança-t-elle en faisant un signe de tête vers la caisse noircie.

L'agent B resta muet.

Holger 2 apparut à côté de Nombeko.

— Holger, se présenta-t-il, en tendant la main sous le coup d'une inspiration subite.

L'agent B considéra la main tendue, mais ne la serra pas. Au lieu de ça, il se tourna vers Nombeko.

— Où est mon collègue ? Dans les restes carbonisés ?

— Non, aux dernières nouvelles, il était en route pour Tallinn.

— Tallinn ?

— Oui. Je ne sais pas s'il est arrivé à bon port, répondit Nombeko en faisant signe à la jeune colérique de reculer avec la voiture.

Tandis que Holger 2 attachait la remorque au véhicule des Blomgren, Nombeko prit congé de l'agent B, s'excusant de ne pas pouvoir bavarder plus longtemps.

Elle avait quelques affaires à régler. Ils se parleraient plus amplement lors de leur prochaine rencontre. Si toutefois ils avaient la malchance de tomber à nouveau l'un sur l'autre.

— Au revoir donc, lui déclara Nombeko avant de prendre place sur la banquette arrière, à côté de son numéro deux.

L'agent B garda le silence, mais s'interrogea – Tallinn ? – pendant que la voiture et la remorque s'éloignaient.

L'agent B était toujours sur Fredsgatan et réfléchissait à ce qui s'était produit, tandis que Célestine s'éloignait de Gnesta vers le nord avec Holger 1 à côté d'elle. Holger 2 et Nombeko étaient en pleine discussion sur la banquette arrière. La jeune colérique s'irritait que ce salopard de vieux pingre auquel ils avaient volé la voiture n'ait pas rempli le réservoir. Elle s'arrêta à la première station.

Après avoir fait le plein, Holger 1 prit la place de Célestine au volant, car elle aurait pu défoncer d'autres clôtures dans sa furie. Nombeko encouragea ce changement, estimant que cela suffisait déjà qu'ils transportent une bombe atomique sur une remorque en surpoids tractée par une voiture volée. Si le conducteur avait au moins le permis, cela ne pouvait pas faire de mal.

Holger 1 poursuivit vers le nord.

— Où vas-tu, mon chéri ? s'enquit la jeune colérique.

— Je n'en sais rien, répondit l'intéressé. Je ne l'ai jamais su.

— Norrtälje ? suggéra-t-elle.

Nombeko interrompit son colloque avec Holger 2. Elle avait perçu quelque chose dans la voix de Célestine qui lui indiquait que Norrtälje était un peu plus qu'un endroit parmi tant d'autres.

— Pourquoi Norrtälje ?

Célestine expliqua que sa grand-mère y résidait. Une traîtresse à sa classe, difficile à supporter. Mais bon, vu les circonstances, elle endurerait une nuit en compagnie de sa grand-mère, si les autres s'en sentaient capables. Par ailleurs, son aïeule cultivait des pommes de terre, alors, le moins qu'elle pouvait faire était de déterrer quelques tubercules pour les inviter à manger.

Nombeko pria Célestine de lui en dire davantage sur la vieille dame et fut surprise par sa réponse longue et relativement claire.

Célestine n'avait pas vu sa grand-mère depuis plus de sept ans. Et elles ne s'étaient pas parlé une seule fois durant tout ce temps. Pourtant, Célestine avait passé les étés de son enfance à Sjölida, chez elle, et elles s'étaient... bien entendues (il en coûta à Célestine de prononcer ce mot, « bien », car il allait à l'encontre de sa vision fondamentale du monde).

Elle expliqua ensuite qu'elle avait commencé à s'intéresser à la politique à l'adolescence. Elle s'était aperçue qu'elle vivait dans une société de voleurs, où les riches ne faisaient que devenir plus riches tandis qu'elle s'appauvrissait, car son père avait suspendu son argent de poche aussi longtemps qu'elle n'obéirait pas aux demandes de ses parents (comme, par exemple, de cesser de les traiter de porcs capitalistes tous les matins au petit déjeuner).

À l'âge de quinze ans, elle avait intégré les marxistes-léninistes (les révolutionnaires) du Parti communiste, en partie à cause des deux mots entre parenthèses

– cela l'attirait, même si elle ignorait quel type de révolution elle souhaitait, pour abolir quoi et aboutir à quoi – mais également parce que être marxiste-communiste commençait alors vraiment à apparaître comme désespéré. Les gauchistes des années 1970 avaient cédé la place aux conservateurs des années 1980, qui avaient même inventé leur 1er mai, même si ces trouillards avaient choisi le 4 octobre à la place.

Être marginale et rebelle convenait à Célestine à la perfection. C'était par ailleurs une combinaison qui représentait le contraire des valeurs prônées par son père, directeur de banque et donc fasciste. Célestine rêvait de s'introduire dans l'agence de son père avec ses camarades et leurs fanions rouges pour exiger non seulement son argent de poche de la semaine en cours, mais également tout ce qu'elle n'avait pas perçu – avec intérêts.

Mais lorsque, pendant une réunion, elle avait par hasard mentionné que la section locale du parti devrait se rendre à la Banque du commerce de Gnesta plus ou moins pour les motifs mentionnés plus haut, elle fut d'abord huée, puis moquée et enfin exclue. Le parti était bien assez occupé à soutenir le camarade Robert Mugabe au Zimbabwe. L'indépendance y avait été conquise. Restait à lutter pour instaurer un État à un seul parti. Dans cette situation, se concentrer sur le casse d'une banque suédoise pour récupérer l'argent de poche d'un adhérent n'était pas d'actualité. Célestine fut qualifiée de gouine par le président de la section locale et flanquée à la porte (à l'époque, l'homosexualité était quasiment la tare ultime pour les marxistes-léninistes).

La jeune Célestine, exclue et très en colère, s'était alors consacrée à quitter le collège avec les notes les plus abominables possibles dans toutes les matières, ce à quoi elle travaillait activement en guise de protestation contre ses parents. Par exemple, elle rédigeait ses essais d'anglais en allemand et affirma dans un devoir d'histoire que l'âge de bronze avait commencé le 14 février 1972. Tout de suite après le dernier jour d'école, elle avait déposé son relevé de notes final sur le bureau de son père, lui avait dit adieu et avait emménagé chez sa grand-mère Gertrud, dans le Roslagen. Sa mère et son père l'avaient laissée faire, persuadés qu'elle allait revenir. Ses notes au ras des pâquerettes ne suffisaient de toute façon pas pour qu'elle puisse intégrer l'un des bons cursus du lycée local. Ni aucun autre d'ailleurs.

Sa grand-mère venait juste de fêter ses soixante ans et travaillait dur pour maintenir l'exploitation de pommes de terre familiale dont elle avait hérité. La jeune fille l'aidait du mieux qu'elle pouvait et l'aimait toujours autant que pendant ses vacances d'été. Jusqu'à ce que la bombe explose (si Nombeko voulait bien lui passer cette expression). Sa grand-mère lui avait un soir raconté devant la cheminée qu'elle faisait partie de la noblesse. Célestine en était restée bouche bée. Quelle trahison !

— De quelle manière ? s'enquit Nombeko, sans ironie aucune.

— Tu ne crois quand même pas que je vais fraterniser avec des oppresseurs de classe ? rétorqua Célestine.

Elle était à nouveau de cette humeur que Nombeko ne connaissait que trop bien.

— Mais c'était quand même ta grand-mère ? Et elle l'est toujours, pour autant que je comprenne.

Célestine répondit qu'il s'agissait là d'un sentiment que Nombeko ne comprenait pas. Et qu'elle n'avait pas l'intention d'approfondir le sujet. Quoi qu'il en soit, elle avait fait ses valises le lendemain et était partie. N'ayant nulle part où aller, elle avait dormi plusieurs nuits dans une chaufferie, puis elle avait décidé de manifester devant la banque de son père. Là, elle avait rencontré Holger 1, républicain, et fils d'un employé des postes de second ordre animé par une mission et mort au combat. Cela n'aurait pas pu être plus parfait. Le coup de foudre avait été instantané.

— Et tu es quand même prête à retourner auprès de ta grand-mère ? s'étonna Nombeko.

— Mais, putain, tu as une meilleure idée ? Nous tractons ta saloperie de bombe. En ce qui me concerne, je préférerais aller à Drottningholm et faire péter cette merde devant le château. Au moins, je mourrais avec un peu de dignité.

Nombeko faillit dire qu'ils n'avaient pas besoin de se rendre au château du roi, à quarante kilomètres de là, pour éradiquer la monarchie, et que cela pouvait s'arranger à distance. Mais ce n'était pas une idée recommandable. En revanche, elle félicita Célestine pour son idée d'aller chez sa grand-mère.

— Direction Norrtälje donc, déclara-t-elle avant de reprendre sa discussion avec son chéri.

Holger 2 et Nombeko réfléchissaient à la meilleure manière de nettoyer les traces du groupe afin d'éviter que l'agent B ne les retrouve, enfin si c'était bien lui qui les avait trouvés et non l'inverse.

Il fallait que Holger 1 quitte tout de suite son travail à Bromma et qu'il ne remette jamais les pieds à son adresse de Blackeberg. En bref, il devait suivre l'exemple de son frère et exister aussi peu que possible.

Cette question de cesser d'exister aurait dû concerner Célestine aussi, mais elle s'y refusait. Il y avait de nouvelles élections législatives à l'automne, puis un référendum concernant l'entrée dans l'UE ensuite. Sans adresse personnelle, pas de droit de vote. Et sans droit de vote, elle ne pouvait pas accomplir son devoir citoyen, à savoir voter pour l'inexistant parti « Bousillez toute cette merde ». En ce qui concernait l'entrée dans l'UE, elle avait l'intention de voter oui. Elle escomptait en effet que toute cette union finirait mal et, dans cette hypothèse, il fallait que la Suède en fasse partie.

Nombeko se disait qu'elle avait quitté un pays où la majorité de la population n'avait pas le droit de vote, pour un autre où certains n'auraient pas dû l'avoir. Quoi qu'il en soit, ils décidèrent que la jeune colérique prendrait une boîte postale quelque part dans la circonscription de Stockholm et veillerait à ce qu'elle ne soit pas surveillée chaque fois qu'elle la relèverait. Cette mesure était peut-être exagérée, mais jusqu'à présent, tout ce qui pouvait tourner de travers avait eu lieu.

Il n'y avait en revanche pas grand-chose à faire pour effacer les traces plus anciennes. Il ne restait plus qu'à contacter la police dans les plus brefs délais pour discuter du fait qu'un groupe de terroristes avait incendié la société d'importation et de distribution d'oreillers Holger & Holger. En la matière, mieux valait prévenir que guérir. Ensuite, il faudrait mettre la clé sous la porte.

Nombeko ferma les yeux et prit un moment de repos.

À Norrtälje, le groupe s'arrêta pour acheter de la nourriture en guise de pot-de-vin. Nombeko estimait inutile d'envoyer l'hôtesse présumée dans un champ de pommes de terre.

Le trajet se poursuivit en direction de Vätö, puis sur un chemin de terre, au nord de Nysättra. La grand-mère habitait à quelques centaines de mètres au bout du chemin, habituée depuis de nombreuses années à ne jamais avoir de visite. Lorsqu'elle entendit du bruit et vit une voiture inconnue tractant une remorque arriver sur son terrain, par sécurité elle attrapa le fusil à élan de son défunt père avant de sortir sur le perron.

En descendant de voiture, Nombeko, Célestine et les Holger furent accueillis par une vieille dame qui pointait une arme sur eux et qui leur annonça qu'il n'y avait rien ici pour les voleurs et les bandits. Nombeko, qui était déjà assez fatiguée, le devint encore plus. Elle fit un pas en avant.

— Si madame ressent absolument le besoin de tirer, qu'elle le fasse sur les personnes, mais pas sur la remorque.

— Bonjour, grand-mère ! lança la jeune colérique (sur un ton assez joyeux, en fait).

Quand la vieille dame aperçut Célestine, elle posa son arme et l'étreignit avec vigueur. Puis elle lui demanda qui étaient ses amis.

— Amis, si on veut, commenta sa petite-fille.

Nombeko reprit la parole.

— Je m'appelle Nombeko, se présenta-t-elle. Nous nous sommes retrouvés dans une situation un peu compliquée et nous serions reconnaissants à madame si elle nous laissait lui offrir le repas en échange d'un endroit où dormir cette nuit.

La vieille dame sur les marches réfléchit un instant.

— Je ne sais pas trop, répondit-elle. Si vous m'expliquez quel genre d'hurluberlus vous êtes et ce que vous offrez pour le dîner, il y a peut-être moyen de discuter. Et qui sont ces deux-là, qui se ressemblent comme deux gouttes d'eau ?

— Je m'appelle Holger, répondit Holger 1.

— Moi aussi, déclara Holger 2.

— Une fricassée de volaille, intervint Nombeko, cela vous irait ?

La fricassée de volaille fut le sésame pour entrer à Sjölida. De temps à autre, Gertrud tordait le cou à quelques-unes de ses poules pour la même raison, mais se faire servir un tel menu sans avoir à le préparer était bien sûr préférable.

Pendant que Nombeko s'affairait aux fourneaux, les autres s'installèrent autour de la table de la cuisine. Gertrud servit de la bière maison à tout le monde, y compris à la cuisinière. Ce breuvage ragaillardit un peu Nombeko.

Célestine commença par expliquer la différence entre Holger et Holger. L'un d'eux était son merveilleux petit ami, tandis que l'autre ne valait rien. Nombeko, le dos tourné à la jeune colérique, déclara qu'elle était heureuse que Célestine voie les choses ainsi, car un échange ne serait jamais d'actualité.

Quand ils en arrivèrent à expliquer pourquoi ils avaient atterri à Sjölida, combien de temps ils comptaient rester et pourquoi ils se promenaient avec une caisse sur une remorque, l'atmosphère changea. Gertrud durcit le ton et déclara que s'ils trafiquaient un truc louche, il leur faudrait trouver un autre endroit. Célestine serait toujours la bienvenue, mais pas les autres.

— Si nous en discutions en mangeant, suggéra Nombeko.

Deux verres de bière plus tard, la fricassée était

prête et servie. La vieille dame s'était un peu radoucie et elle le fut encore plus après la première bouchée.

— Que la nourriture ne scelle pas vos bouches, lâcha-t-elle néanmoins.

Nombeko réfléchit à une stratégie appropriée. La plus évidente était de mentir, puis d'essayer de faire tenir le mensonge aussi longtemps que possible.

Mais bon, avec Holger 1 et la jeune colérique dans les parages... Combien de temps s'écoulerait avant que l'un d'eux ne vende la mèche ? Une semaine ? Un jour ? Un quart d'heure ? Et la vieille dame de qui la petite-fille tenait peut-être son caractère colérique, comment réagirait-elle alors ? Avec ou sans son fusil à élan ?

Holger 2 lança un regard inquiet à Nombeko. Elle n'avait quand même pas l'intention de tout raconter ?

Nombeko lui répondit par un sourire. D'un point de vue purement statistique, les chances étaient bonnes que tout s'arrange puisque jusqu'à présent tout était parti en eau de boudin.

— Bon ? s'impatienta Gertrud.

Nombeko demanda à leur hôtesse si elle était disposée à passer un petit arrangement.

— Je vous raconte notre histoire du début à la fin, sans rien vous cacher. En conséquence, vous nous jetterez dehors. Cela ne fait pas l'ombre d'un doute, même si nous aimerions beaucoup rester un moment. Mais pour me remercier de mon honnêteté, vous nous laissez rester cette nuit. Qu'en dites-vous ? Encore un peu de fricassée ? Je vous remplis votre verre ?

Gertrud acquiesça et répondit que cet arrangement lui convenait, à condition qu'ils lui promettent de s'en tenir à la vérité. Elle ne voulait pas entendre un seul mensonge.

— Aucun, promit Nombeko. Alors, c'est parti.

Et elle se lança.

La vieille dame eut droit à la version courte de toute l'histoire à partir de Pelindaba. Plus celle de la manière dont Holger et Holger étaient devenus Holger & Holger. Plus celle concernant la bombe atomique, qui était d'abord supposée protéger l'Afrique du Sud des communistes malveillants du monde entier, puis devait ensuite partir à Jérusalem pour protéger Israël de tous les Arabes aussi malveillants, et qui avait à la place atterri en Suède pour la protéger de rien du tout (les Norvégiens, Danois et Finlandais n'étant en général pas considérés comme assez malveillants), puis dans un entrepôt de Gnesta, qui avait malencontreusement brûlé.

À présent, il se trouvait que la bombe était malheureusement sur la remorque garée devant chez elle et que le groupe avait besoin d'un endroit où vivre en attendant que le Premier ministre ait le bon sens de répondre au téléphone. La police n'était pas à leurs trousses, même s'il y avait de bonnes raisons qu'elle le soit. En revanche, ils avaient eu la maladresse de s'attirer l'inimitié des services secrets d'une nation étrangère durant leur périple.

Quand Nombeko eut fini, tous attendirent le verdict de Gertrud.

— Bon, déclara celle-ci lorsqu'elle eut achevé sa réflexion. Vous ne pouvez pas laisser la bombe dehors. Veillez à la transférer dans le camion de pommes de terre derrière la maison, puis remplissez la caisse de tubercules afin qu'aucun d'entre nous ne soit blessé au cas où elle exploserait.

— Mais cela ne servira pas à grand-chose... commença Holger 1.

Nombeko l'interrompit.

— Tu as gardé un silence exemplaire depuis notre arrivée. Continue ainsi, s'il te plaît.

Gertrud ignorait ce qu'était un service secret, mais le nom ne lui paraissait pas menaçant. Et puis, comme la police n'était pas à leurs trousses, elle estimait qu'ils pouvaient rester un moment, voire plus, moyennant une fricassée de temps à autre. Ou un lapin au four.

Nombeko promit à Gertrud de la fricassée et du lapin au four, une fois par semaine au moins, s'ils n'avaient pas à partir. Holger 2, qui contrairement à son frère n'était pas demeuré, se dit qu'il devrait éloigner la conversation de la bombe et des Israéliens avant que la vieille dame ne change d'avis.

— Et quelle est l'histoire de madame, si je peux me permettre ? s'enquit-il.

— Moi ? répondit Gertrud. Oh, doux Jésus !

La grand-mère de Célestine commença par leur raconter qu'en fait elle était noble, petite-fille du seigneur finlandais, maréchal et héros national Carl Gustaf Emil Mannerheim.

— Aïe, commenta Holger 1.

— Ta principale mission de ce soir est, comme indiqué, de te taire, intervint son frère. Je vous en prie, continuez, Gertrud.

Eh bien, ledit Gustaf Mannerheim partit tôt en Russie, où il promit fidélité éternelle au tsar. Il tint cette promesse de manière irréprochable jusqu'à ce qu'elle perde sa pertinence quand les bolcheviques tuèrent le tsar et toute sa famille en juillet 1918.

— Bien, glissa Holger 1.

— Silence, je t'ai dit ! gronda son frère. Je vous en prie, continuez, Gertrud.

Et nos amis découvrirent l'existence hors du

commun de l'aïeul. Gustaf fit une carrière militaire exceptionnelle. Et encore plus. Il alla jusqu'en Chine en tant qu'espion du tsar ; il tua des tigres à la gueule si grande qu'ils auraient pu engloutir un homme entier ; il rencontra le dalaï-lama et devint commandant d'un régiment complet.

Il eut moins de chance en amour. Il se maria avec une belle femme russo-serbe de rang élevé et eut une fille, puis une autre. Juste avant le tournant du siècle, un fils naquit, mais il fut officiellement déclaré mort à la naissance. À la suite de cet événement, l'épouse de Gustaf se convertit au catholicisme et partit en Angleterre pour devenir nonne. Ses possibilités d'avoir d'autres enfants diminuèrent alors de manière drastique.

Gustaf tomba en dépression et, pour se changer les idées, courut participer à la guerre russo-japonaise, où il devint évidemment un héros et fut décoré de la croix de Saint-George pour acte de bravoure exceptionnel sur le champ de bataille.

La seule chose, précisa alors Gertrud, c'est que son fils mort-né ne l'était pas. C'était un mensonge de la future nonne à son mari perpétuellement absent. Au lieu de ça, le petit avait été envoyé à Helsinki, dans une famille d'accueil, avec une étiquette portant son prénom autour du poignet.

« Čedomir ? s'était irrité le père adoptif du bébé. Au diable ! Il s'appellera Tapio. »

Tapio Mannerheim, *alias* Virtanen, n'hérita pas grand-chose de l'héroïsme de son père biologique. Au lieu de ça, ce fut son père d'adoption qui lui enseigna tout ce qu'il savait, c'est-à-dire l'art de falsifier des billets de banque.

Dès l'âge de dix-sept ans, Tapio était un véritable

faussaire, mais lorsque le père et le fils adoptif eurent dupé la moitié de Helsinki en quelques années à peine, ils s'aperçurent que le patronyme Virtanen avait si mauvaise réputation qu'il ne fonctionnait plus dans la branche d'activité qu'ils avaient choisie.

À ce stade, Tapio savait tout de ses origines nobles et c'était lui qui, pour des raisons de marketing, avait décidé de redevenir un Mannerheim. Les affaires commencèrent à prospérer comme jamais avant, jusqu'à ce que Gustaf Mannerheim rentre d'une partie de chasse en Asie, où il avait chassé des animaux sauvages avec le roi du Népal. L'une des premières choses que Gustaf apprit était qu'un faux Mannerheim avait escroqué la banque dont il était lui-même président.

De fil en aiguille, le père adoptif de Tapio fut arrêté et mis en prison, tandis que Tapio parvenait à s'enfuir et à trouver refuge dans une ville suédoise, dans le Roslagen, via l'archipel d'Åland. En Suède, il reprit le nom de Virtanen, sauf lorsqu'il travaillait avec des banques, car dans ce cas Mannerheim sonnait mieux.

Tapio épousa quatre femmes en peu de temps. Les trois premières se marièrent à un noble et divorcèrent d'un butor, tandis que la quatrième connaissait la véritable nature de Tapio Virtanen avant qu'il lui passe la bague au doigt. Ce fut également elle qui parvint à lui faire cesser ses escroqueries bancaires avant que les événements ne tournent comme en Finlande.

M. et Mme Virtanen achetèrent une petite ferme, Sjölida, au nord de Norrtälje, et investirent les fonds d'origine criminelle de la famille dans trois hectares de champ de pommes de terre, deux vaches et quarante poules. Mme Virtanen tomba ensuite enceinte et donna naissance à une fille, Gertrud, en 1927.

Les années passèrent, une nouvelle guerre mondiale

éclata, Gustaf Mannerheim avait, comme d'habitude, du succès dans tout ce qu'il entreprenait (sauf en amour), il devint à nouveau un héros de guerre et national, puis petit à petit maréchal de Finlande et président du pays. Ainsi qu'un timbre aux États-Unis. Tout cela pendant que son fils inconnu bêchait avec une certaine dignité un champ de pommes de terre suédois.

Gertrud grandit, eut à peu près autant de chance en amour que son grand-père : à l'âge de dix-huit ans, elle se rendit à une fête à Norrtälje, fut séduite par un assistant pompiste à renfort d'eau-de-vie et de limonade Loranga, et se fit ensuite engrosser derrière un buisson de rhododendrons. La romance dura moins de deux minutes.

L'assistant pompiste brossa ensuite la terre de ses genoux, lui dit qu'il devait se dépêcher de prendre le dernier bus pour rentrer chez lui et conclut d'un « On se recroisera peut-être ».

Ce ne fut pas le cas. Mais, neuf mois plus tard, Gertrud donna naissance à une fille illégitime, tandis que sa propre mère succombait à un cancer. Il ne resta plus à Sjölida que papa Tapio, Gertrud et le nourrisson Kristina. Les deux premiers continuèrent à trimer dans le champ de pommes de terre pendant que la fillette grandissait. Alors qu'elle allait entrer au collège à Norrtälje, sa mère la mit en garde contre les hommes dégoûtants, puis Kristina rencontra Gunnar, qui se révéla être tout sauf ça. Ils formèrent un couple, se marièrent et eurent la petite Célestine. Et Gunnar devint directeur de banque.

— Oui, bordel, commenta la jeune colérique.

— Cela ne ferait pas de mal que tu te taises aussi, intervint Holger 2, mais sur un ton plus doux afin de ne pas fâcher Gertrud.

— Ma vie n'a pas toujours été très amusante, résuma Gertrud avant de finir sa bière. Mais bon, j'ai Célestine. C'est tellement bon que tu sois de retour, ma chère petite-fille.

Nombeko, qui avait ingurgité une bibliothèque complète au cours des sept dernières années, en savait assez sur l'histoire de la Finlande et du maréchal Mannerheim pour constater que le récit de Gertrud comportait des faiblesses. Elle se disait qu'il n'était pas flagrant que la fille d'un homme ayant inventé qu'il était le fils d'un seigneur soit elle-même noble. Ce qui n'empêcha pas Nombeko de déclarer :

— Incroyable ! Nous sommes en train de dîner avec une dame de la noblesse !

La noble Virtanen rougit et alla chercher davantage de vin dans le garde-manger. Holger 2 vit que Holger 1 s'apprêtait à monter au créneau contre les racines familiales de Gertrud. Il lui indiqua alors qu'il devait plus que jamais la boucler, car le moment n'était pas à la généalogie, mais à trouver un refuge.

Les champs de pommes de terre de Gertrud étaient en jachère depuis qu'elle avait pris sa retraite, quelques années plus tôt. Elle possédait un petit camion qu'elle utilisait une fois par mois pour se rendre à Norrtälje, où elle faisait ses courses, et qui sinon restait derrière la maison. Il se transforma en entrepôt nucléaire et fut placé dans la grange, à cent cinquante mètres de là. Nombeko garda les clés pour plus de sécurité. Ils pourraient faire les courses avec la Toyota que les époux

Blomgren leur avaient si gentiment prêtée pour une durée indéterminée. Gertrud n'avait plus du tout besoin de quitter son Sjölida, ce qui lui convenait très bien.

La place ne manquait pas dans la maison. Holger 1 et Célestine eurent droit à leur propre chambre à côté de celle de Gertrud, à l'étage, tandis que Holger 2 et Nombeko prirent leurs quartiers à côté de la cuisine, au rez-de-chaussée.

Ces derniers eurent rapidement une discussion sérieuse avec le jumeau et Célestine. Plus de manifestations, plus d'initiatives pour déplacer la caisse. En d'autres termes, plus de conneries. Sinon, ils mettraient la vie de tous en péril, y compris celle de Gertrud.

Pour finir, Holger 2 fit promettre à son frère qu'il ne se consacrerait pas à des activités révolutionnaires et qu'il ne chercherait pas à utiliser la bombe. Holger 1 rétorqua que son jumeau devrait réfléchir à ce qu'il dirait à leur père le jour où il se retrouverait au ciel face à lui.

« Que dirais-tu de "Merci d'avoir ruiné ma vie" ? » avait répliqué Holger 2.

Le mardi suivant, vint le moment de rencontrer la police à Stockholm. Numéro deux avait lui-même sollicité le rendez-vous. Il devinait qu'on lui poserait des questions sur d'éventuels locataires sur le chantier de démolition afin de pouvoir identifier les terroristes, qui n'avaient jamais existé et avaient encore moins brûlé dans l'entrepôt.

La solution consistait à concocter une histoire crédible et à laisser la jeune colérique l'accompagner. Ils prenaient un risque, mais Nombeko lui avait répété à maintes reprises quels ennuis la jeune fille attirerait sur le groupe si elle ne s'en tenait pas à ce qui avait été décidé. Célestine avait promis de ne pas qualifier ces flics de salopards, ce qu'ils étaient pourtant, pendant la conversation.

Holger 2 se présenta comme son frère et Célestine comme la seule employée de Holger & Holger.

— Bonjour, Célestine, dit le commandant en lui tendant la main.

Célestine la prit et répondit à peu près :

— Grmpf.

Il n'est en effet pas possible de parler en se mordant les lèvres.

Le commandant commença par déplorer que toute l'entreprise soit partie en fumée. C'était à présent une question d'assurance, comme M. Qvist le comprenait. Il était également désolé que Mlle Célestine se retrouve de ce fait sans emploi.

L'enquête n'en était qu'à ses prémices. Il n'était, par exemple, pas possible d'établir l'identité des terroristes. On avait d'abord pensé les retrouver dans les ruines carbonisées de la propriété, mais la seule chose qu'on avait découverte pour l'instant était un tunnel secret par lequel ils s'étaient peut-être échappés. Les choses n'étaient pas claires, car l'hélicoptère de la force d'intervention s'était malheureusement crashé à l'endroit précis où aboutissait le tunnel.

Entre-temps, une fonctionnaire de la commune avait rapporté avoir perçu des signes d'occupation sur le chantier de démolition. M. Qvist avait-il quelque chose à déclarer à ce sujet ?

Holger 2 parut consterné (c'était ce qui avait été convenu). Holger & Holger SA n'avait qu'une seule employée, Célestine, comme précisé plus haut. C'était elle qui gérait les stocks, l'administratif et ce genre de choses, tandis que Holger se chargeait des livraisons pendant ses loisirs. Le reste du temps, comme M. le commandant le savait peut-être déjà, il travaillait chez Helicotaxi SA à Bromma, même s'il avait été contraint de quitter cet emploi après un incident fâcheux. Holger ne pouvait imaginer que des gens aient habité dans une propriété aussi délabrée.

À cet instant, conformément au plan, la jeune colérique se mit à pleurer.

— Que se passe-t-il, Célestine ? déclara Holger. Tu as quelque chose à raconter ?

En reniflant, elle raconta qu'elle s'était disputée avec sa mère et son père (ce qui était vrai) et que pour cette raison elle avait occupé un temps l'un des appartements vétustes sans demander la permission de son employeur (ce qui était également vrai d'une certaine manière).

— Maintenant, je vais aller en prison, pleurnicha-t-elle.

Holger 2 consola sa soi-disant employée et lui dit que c'était stupide d'avoir agi ainsi, car il avait été conduit à mentir, involontairement, au commandant de police. Pour autant, il ne serait sans doute pas question de prison, juste d'une forte amende. Qu'en pensait le commandant de police ?

Le commandant se racla la gorge et répondit que l'occupation temporaire d'un secteur industriel désaffecté était évidemment interdite, mais que cela avait très peu, pour ne pas dire rien du tout, à voir avec l'enquête pour actes de terrorisme en cours. En bref, Mlle Célestine pouvait sécher ses larmes, car cela resterait entre eux. Il y avait des mouchoirs en papier là-bas, si Mlle Célestine en avait besoin.

La jeune colérique se moucha en se disant que le flic devant elle était corrompu, en plus de tout le reste.

Les délits, quels qu'ils soient, sont censés être punis, non ? Mais elle se tint coite.

Holger 2 ajouta que la société d'importation et de distribution d'oreillers était à présent fermée une bonne fois pour toutes et que d'autres locataires officieux n'étaient pas d'actualité. Pouvaient-ils se retirer ?

Oui. Le commandant de police n'avait pas d'autres questions. Il remercia M. Qvist et la jeune demoiselle Célestine de s'être donné la peine de se déplacer.

Holger le remercia à son tour tandis que Célestine émettait un nouveau « Grmpf ».

Après un passage à tabac sur Sergels Torg, un saut sans parachute de six cents mètres de haut, le meurtre d'un homme tout juste décédé, la fuite pour se soustraire aux autorités et leurs efforts pour empêcher la bombe atomique de brûler, les nouveaux hôtes de Sjölida avaient besoin de calme. L'agent B œuvrait de son côté pour les en priver.

Quelques jours plus tôt, il avait laissé Nombeko et ses complices quitter Fredsgatan à Gnesta avec la bombe. Pas parce qu'il l'avait voulu, mais parce qu'il n'avait pas eu le choix. Un agent secret israélien se battant pour une bombe atomique dans une rue en Suède avec cinquante policiers comme témoins... non, ce n'était pas la meilleure façon de servir sa nation.

Pour autant, la situation était tout sauf désespérée. Il savait à présent que la bombe et Nombeko Mayeki étaient toujours ensemble. En Suède. C'était aussi clair qu'incompréhensible. Qu'avait-elle fait au cours des sept dernières années ? Où se trouvait-elle ? Pourquoi ?

L'agent B s'était enregistré sous le nom de Michael Ballack dans un hôtel de Stockholm pour résumer et analyser la situation.

Le jeudi précédent, il avait reçu un message crypté de son collègue A qui disait qu'un certain Holger Qvist (reconnu à la télé) était localisé et allait le mener à Nombeko Mayeki, cette maudite femme de ménage qui les avait dupés non pas une mais deux fois.

Puis A n'avait plus donné de nouvelles et ne répondait pas aux messages de B. La seule hypothèse plausible était qu'il soit mort. Il avait cependant eu le temps de lui laisser de très nombreuses pistes à suivre. Par exemple, les coordonnées géographiques de l'endroit où trouver la femme de ménage et la bombe. Ainsi que l'adresse supposée de Holger Qvist dans une ville du nom de Blackeberg. Et son lieu de travail à Bromma. Dans le système suédois, rien ne semblait confidentiel – un rêve pour tout agent secret.

L'agent B avait commencé par se rendre au 5 Fredsgatan, qui n'existait plus, car il avait complètement brûlé la nuit précédente.

Quelqu'un avait manifestement sorti la bombe des flammes au dernier moment, car elle se trouvait dans une caisse noircie juste devant le périmètre de sécurité. C'était une vision irréelle. Plus irréel encore était le fait que la femme de ménage avait surgi à côté de lui, l'avait salué joyeusement, puis s'était éloignée avec la bombe sous le bras, ou presque.

L'agent B avait lui aussi rapidement quitté les lieux. Il avait acheté plusieurs journaux suédois et les avait épluchés tant bien que mal. Pour celui qui maîtrise l'allemand et l'anglais, il est possible de comprendre un mot par-ci un mot par-là et de procéder à une ou deux déductions. Quelques articles en anglais étaient également accessibles à la Bibliothèque royale.

L'incendie s'était visiblement déclaré lors de combats avec des terroristes, mais Nombeko, la chef des terroristes, s'était tenue tranquillement devant le périmètre. Pourquoi ne l'avaient-ils pas arrêtée ? La police suédoise ne pouvait quand même pas être incompétente au point de sortir une caisse de huit cents kilos des flammes pour ensuite oublier de regarder ce qu'elle contenait et laisser des gens l'emporter, si ?

Et son collègue A ? Il avait bien sûr péri dans l'incendie du 5 Fredsgatan. Impossible de croire autre chose. À moins qu'il ne soit à Tallinn. Et dans ce cas, que ferait-il là-bas ? Et comment la femme de ménage était-elle au courant ?

L'homme qui l'accompagnait s'était présenté sous le nom de Holger. C'est-à-dire l'homme qui était sous le contrôle de l'agent A pas plus tard que la veille. Holger avait-il réussi à avoir le dessus sur son collègue ? Et à l'envoyer à Tallinn ?

Non. L'agent A était mort. Il ne pouvait en être autrement. La femme de ménage les avait à présent bernés trois fois. Dommage qu'elle ne puisse payer, en mourant, qu'une fois.

L'agent B disposait de nombreux éléments sur lesquels travailler. D'une part, les pistes de l'agent A, d'autre part, les siennes. Comme, par exemple, la plaque d'immatriculation de la remorque sur laquelle se trouvait la bombe. Elle appartenait à un certain Harry Blomgren, résidant non loin de Gnesta. L'agent B décida d'aller lui rendre une petite visite.

Harry et Margareta étaient très mauvais en anglais

et à peine meilleurs en allemand. Mais pour autant que l'agent put le comprendre, ils essayèrent de le forcer à les indemniser pour une clôture défoncée et une voiture, volée en même temps qu'une remorque. Ils étaient persuadés qu'il représentait la femme de ménage d'une manière ou d'une autre.

Pour finir, l'agent fut obligé de sortir son pistolet pour faire progresser l'interrogatoire.

La femme de ménage et ses complices étaient apparemment arrivés en défonçant la clôture et s'étaient imposés pour la nuit. L'agent ne parvint pas à éclaircir ce qui s'était produit ensuite. Les capacités linguistiques des époux étaient si limitées qu'il crut comprendre que quelqu'un avait essayé de les mordre à la gorge.

Bon, la seule implication des époux dans cette histoire était qu'ils avaient eu le malheur de se trouver sur le chemin de la femme de ménage. La principale raison de leur mettre à chacun une balle dans le front était leur personnalité horripilante. Mais l'agent B n'avait jamais eu envie de tuer pour un motif aussi futile. Il tira donc sur les deux cochons en porcelaine que Mme Blomgren avait disposés sur le manteau de la cheminée, puis expliqua au couple qu'ils connaîtraient le même sort s'ils n'oubliaient pas instantanément sa visite. Les cochons avaient coûté quarante couronnes chacun et les voir en morceaux fut une rude épreuve pour les époux. Cependant, la perspective de mourir et d'être séparés pour l'éternité des trois millions de couronnes qu'ils avaient réussi à économiser au fil des ans l'était encore davantage. Ils acquiescèrent donc et promirent la main sur le cœur de garder le silence sur ces événements jusqu'à la fin de leur vie.

L'agent poursuivit son travail. Holger Qvist se révéla être le seul propriétaire de Holger & Holger SA, entreprise sise au 5 Fredsgatan. Une société à présent partie en fumée. Des terroristes ? Mouais. C'était évidemment cette maudite femme de ménage qui avait non seulement dupé le Mossad, mais également la Force nationale d'intervention. Une femme extrêmement irritante et une adversaire de taille.

Qvist était également domicilié à une adresse de Blackeberg. L'agent surveilla l'appartement pendant trois jours et trois nuits. Aucune lumière ne s'alluma ni ne s'éteignit. Un tas de prospectus publicitaires était visible par la fente de la boîte aux lettres. Qvist n'était pas là et n'y avait pas été depuis le matin de l'événement.

Au risque de faire sauter sa couverture, l'agent B se rendit ensuite chez Helicotaxi SA. Il se présenta comme le journaliste allemand du *Stern*, Michael Ballack, et demanda si M. Holger Qvist était disponible pour une interview.

Non, Holger Qvist avait démissionné après avoir été sauvagement tabassé quelques jours plus tôt. M. Ballack était peut-être au courant de cette affaire ?

Où se trouvait-il, à présent ?

Euh, c'était impossible à savoir. Peut-être dans le secteur de Gnesta. Il était propriétaire d'une société d'importation d'oreillers. Il n'y travaillait pas mais, pour autant que le patron Helicotaxi SA le savait, il s'y rendait régulièrement. Sa petite amie habitait d'ailleurs sur place.

— Sa petite amie ? Monsieur le directeur connaît-il son nom ?

Le directeur n'était pas bien sûr. Célestine, peut-être ? Un prénom original, en tout cas.

Il apparut qu'il y avait quarante-quatre Célestine dans les fichiers suédois. Néanmoins, une seule, Célestine Hedlund, était connue pour avoir séjourné au 5 Fredsgatan, à Gnesta.

Je me demande si ce n'est pas toi qui conduisais une Toyota Corolla rouge tractant une remorque l'autre jour, Célestine, se dit l'agent à lui-même. Avec Nombeko Mayeki et Holger Qvist sur la banquette arrière. Plus un homme non identifié à la place du mort.

La piste Célestine se subdivisa bientôt en quatre branches. Elle était à présent domiciliée à une boîte postale à Stockholm. Avant, à Fredsgatan. Avant cela, chez une certaine Gertrud Virtanen, près de Norrtälje. Et encore avant, au domicile de ceux qui devaient être ses parents, à Gnesta. Il était raisonnable de penser que tôt ou tard elle se rendrait à l'une de ces quatre adresses.

La moins intéressante dans une perspective de filature était bien sûr celle qui venait d'être transformée en un tas de cendres. La plus intéressante, la boîte postale. Et dans l'ordre : le domicile des parents et Gertrud Virtanen.

En interrogeant Célestine, Nombeko avait compris que la jeune fille avait été officiellement domiciliée à Sjölida pendant un temps. C'était ennuyeux. D'un autre côté, il n'était pas vraisemblable que l'agent à ses trousses soit au courant de son existence.

La réfugiée sud-africaine officieuse n'avait jusqu'à

présent pas eu énormément de chance dans la vie, du jour où elle avait été renversée par un ingénieur ivre à Johannesburg. Elle ne fut jamais consciente de la chance qu'elle eut à cet instant précis.

De fait, l'agent B surveilla d'abord la boîte postale de Stockholm durant une semaine, puis le domicile des parents de Célestine pendant une durée équivalente. Dans les deux cas, en vain.

Au moment où il allait se concentrer sur la piste la moins probable, celle des environs de Norrtälje, son chef à Tel-Aviv se lassa. Son supérieur déclara qu'il lui semblait que cette affaire s'était transformée en une vendetta personnelle et que les activités du Mossad devaient être guidées par des critères plus rationnels. Une voleuse d'arme nucléaire ne se cachait sans doute pas dans une forêt suédoise avec la bombe. L'agent devait rentrer à la maison. Maintenant. Non, pas très bientôt. Maintenant.

CINQUIÈME PARTIE

« Si tu as l'impression que la personne à qui tu parles
ne t'écoute pas, sois patient.
Il se pourrait tout simplement
qu'elle ait quelques poils dans les oreilles. »

Winnie l'Ourson

17

Où il est question du risque encouru
quand on a une copie conforme
de soi-même

En Afrique du Sud, il se trouva qu'un homme condamné pour terrorisme fut libéré au bout de vingt-sept ans, qu'on lui décerna le prix Nobel de la paix et qu'il fut élu président du pays.

À Sjölida, durant la même période, les événements furent nettement moins spectaculaires. Les jours se transformèrent en semaines et les semaines en mois. L'été défila, suivi par l'automne, l'hiver et le printemps.

Deux agents des services secrets d'une nation étrangère ne débarquèrent pas à Sjölida (l'un deux gisait dans la Baltique, par deux cents mètres de fond ; l'autre se morfondait derrière un bureau, à Tel-Aviv).

Nombeko et Holger 2 évacuèrent la bombe et tous leurs autres soucis de leur conscience pendant un temps. Les promenades en forêt, la cueillette de champignons et les parties de pêche dans la baie avec la barque de Gertrud avaient un effet apaisant.

Quand les beaux jours revinrent, ils obtinrent le feu vert de la vieille dame pour relancer la culture des pommes de terre.

Le tracteur et les machines n'étaient pas de la dernière génération, mais Nombeko, qui avait pris ce facteur en compte, avait quand même estimé que cette activité devrait dégager un bénéfice d'environ deux cent vingt-cinq mille sept cent vingt-trois couronnes par an. Il était, en outre, important que Numéro un et Célestine soient occupés (à autre chose qu'à inventer des âneries). Des petits revenus complémentaires dans le calme de la campagne ne pourraient pas faire de mal, à présent que l'activité liée aux oreillers et les dix-neuf millions six cent mille couronnes étaient parties en fumée.

Ce n'est que lorsque les premières neiges tombèrent, en novembre 1995, que Nombeko évoqua à nouveau la sempiternelle question avec son Holger.

— Nous sommes plutôt bien ici, tu ne trouves pas ? lui demanda-t-elle au cours de leur promenade dominicale à pas lents.

— Nous sommes bien ici, convint-il.

— C'est juste dommage que nous n'existions pas pour de vrai.

— Et que la bombe dans la caisse existe toujours.

Puis ils discutèrent des possibilités d'un réel retournement de ces deux situations jusqu'à ce qu'ils en arrivent à parler du nombre de fois où ils avaient déjà évoqué cette question.

Ils avaient beau examiner le problème sous toutes les coutures, ils en revenaient toujours à la même conclusion : il n'était vraiment pas possible de confier la bombe au premier conseil municipal de Norrtälje venu. Il fallait qu'ils entrent en contact avec des représentants des hautes sphères.

— Tu veux que j'appelle à nouveau le Premier ministre ? s'enquit Holger 2.

— Pour quoi faire ?

Ils avaient déjà essayé à trois reprises avec deux assistants différents, et deux fois du côté de la monarchie avec le même secrétaire de cour, pour recevoir une réponse identique dans les deux cas. Le roi ne parlait pas au commun des mortels. Le Premier ministre le pouvait éventuellement, si le motif de l'appel était d'abord exposé en détail dans une lettre, ce que Nombeko et Holger 2 n'envisageaient pas une seconde de faire.

Nombeko évoqua à nouveau la vieille idée que Holger entreprenne des études sous le nom de son frère pour ensuite trouver un emploi dans l'entourage du Premier ministre.

Cette fois-ci, l'autre option n'était pas de rester sur le chantier de démolition jusqu'à ce qu'il s'effondre, puisqu'il n'existait plus. Au lieu de ça, il s'agissait de cultiver des pommes de terre à Sjölida. Cette possibilité avait beau ne pas être déplaisante, elle ne constituait pas un projet de vie très ambitieux.

— Le problème, c'est qu'on ne peut pas obtenir un diplôme universitaire en cinq minutes, répondit Holger 2. Toi, peut-être. Pas moi, en tout cas. Es-tu prête à attendre plusieurs années ?

Oui. Plusieurs années s'étaient déjà écoulées et Nombeko commençait à avoir l'habitude. Elle aurait ainsi la possibilité, elle aussi, de continuer à évoluer. Elle était, par exemple, loin d'avoir épuisé le fonds de la bibliothèque de Norrtälje. Par ailleurs, surveiller les deux têtes brûlées et la vieille dame était une occupation qui lui prenait plus d'un mi-temps. Sans compter les pommes de terre, qui requéraient aussi un certain travail.

— Économie ou sciences politiques, alors, conclut Holger 2.

— Ou les deux, répondit Nombeko, tant qu'à faire. Je t'aiderai volontiers. Je suis douée pour les chiffres.

Numéro deux passa l'examen d'entrée à l'université le printemps suivant. Son intelligence, ajoutée à sa motivation, lui permit d'obtenir d'excellents résultats et, l'automne suivant, il reçut sa carte d'étudiant en économie et sciences politiques à l'université de Stockholm. Certains horaires se chevauchaient, dans ce cas Nombeko prenait la place de Holger en cours d'économie pour ensuite lui en livrer le contenu le soir même, presque au mot près, en glissant un ou deux commentaires sur ce que le professeur Bergman ou le chargé de cours Järegård avaient compris de travers.

Holger 1 et Célestine participaient aux travaux agricoles et se rendaient régulièrement dans la capitale pour assister à des réunions de la société anarchiste de Stockholm. Holger 2 et Nombeko leur avaient donné le feu vert, aussi longtemps qu'ils promettaient de ne pas participer à des événements publics. De surcroît, la société anarchiste l'était suffisamment pour ne pas posséder de registre de ses membres. Holger 1 et Célestine restaient donc aussi anonymes que les circonstances l'exigeaient. Tous deux appréciaient de fréquenter des personnes partageant leurs convictions : les anarchistes de Stockholm étaient mécontents de tout.

Le capitalisme devait être éradiqué, ainsi que la plupart des « ismes ». Le socialisme. Le marxisme aussi, si toutefois il existait. Le fascisme et le darwinisme, bien sûr (censés être la même chose). Le cubisme pouvait, en revanche, être conservé, à condition qu'il ne soit soumis à aucune règle.

Évidemment, le roi devait partir. Certains membres du groupe suggéraient plutôt que tous ceux qui en avaient le désir puissent devenir rois. Holger 1 n'était pas le dernier à protester contre cette idée. Un roi, n'était-ce pas déjà plus qu'assez ?

Et imaginez ça : quand Holger prenait la parole, l'assemblée l'écoutait. Exactement comme lorsque Célestine racontait qu'elle avait toute sa vie été fidèle au parti imaginaire « Bousillez toute cette merde ».

Holger 1 et Célestine avaient trouvé leur famille.

Nombeko se disait que tant qu'à être cultivatrice de pommes de terre, autant faire les choses comme il faut. Gertrud et elle se mirent d'accord. Même si la vieille dame grommela au sujet du choix de la raison sociale, elle n'avait au fond rien contre le fait que Nombeko enregistre la société Comtesse Virtanen SA à son nom.

Ensemble, elles entreprirent d'acheter des terres autour de leurs propres parcelles pour agrandir leur exploitation. Gertrud savait très bien quel agriculteur à la retraite était le plus âgé et le plus las. Elle enfourcha sa bicyclette pour lui rendre visite avec une tarte aux pommes et un thermos de café. Dès la deuxième tasse, le terrain avait changé de propriétaire. Nombeko sollicita ensuite une évaluation de la valeur du terrain juste acquis, puis y dessina un pavillon fictif et ajouta deux zéros sur le document.

De cette manière, Comtesse Virtanen SA obtint un prêt de presque dix millions de couronnes en hypothéquant un champ évalué à cent trente mille couronnes.

Nombeko et Gertrud se servirent de l'emprunt pour acheter davantage de terres à l'aide d'autres tartes aux pommes et de thermos de café. Au bout de deux ans, Comtesse Virtanen SA était devenue la plus grande exploitation de pommes de terre en superficie, mais ses dettes s'élevaient à au moins cinq fois son chiffre d'affaires.

Restait à gérer la récolte. Grâce au système d'emprunt conçu par Nombeko, la société ne rencontrait pas de problèmes de trésorerie. En revanche, son parc de machines était trop ancien et restreint.

Pour remédier à ce problème, Nombeko envoya Gertrud à Västerås, chez Pontus Widén Machines SA. Elle laissa la vieille dame se charger des négociations avec le vendeur.

— Bonjour, bonjour, je suis Gertrud Virtanen, de Norrtälje, et j'ai un carré de pommes de terre à exploiter. Le rendement est fourni et elles se vendent comme des petits pains.

— Je vois, répondit le vendeur en se demandant ce que Mme Virtanen et son carré de pommes de terre faisaient dans son magasin.

Aucun des engins agricoles proposés à la vente ne coûtait moins de huit cent mille couronnes.

— J'ai cru comprendre que vous vendiez des machines à pommes de terre en tous genres ?

Le vendeur sentit que cette conversation stérile allait s'éterniser. Mieux valait y couper court tout de suite.

— Oui, j'ai des vibro-rechausseuses, des planteuses de quatre, six et huit rangs, des arracheuses quatre rangs et des déterreuses un ou deux rangs. Si madame achète le tout pour son carré de pommes de terre, je lui ferai un prix.

— Un prix ? Très bien. À combien pensiez-vous ?

— À quatre millions neuf cent mille couronnes, répliqua le vendeur sur un ton méchant.

Gertrud compta sur ses doigts, tandis que le vendeur perdait patience.

— Ecoutez, madame Virtanen, je n'ai pas le temps de…

— Dans ce cas, j'en prends deux de chaque, intervint Gertrud. Quels sont vos délais de livraison ?

Au cours des six années suivantes, il se passa à la fois beaucoup et peu de choses. Sur la planète, le Pakistan rejoignit le club fermé des nations dotées de l'arme nucléaire, étant donné qu'il fallait se protéger du pays voisin, l'Inde, qui vingt-quatre ans plus tôt avait fait la même chose pour se protéger du Pakistan. Ce qui donnait le ton des relations entre les deux États.

La situation était plus calme dans la nation nucléaire suédoise.

Holger 1 et Célestine étaient contents d'être mécontents. Ils contribuaient chaque semaine grandement à la Cause. Ils ne manifestaient pas, mais s'activaient d'autant plus dans la clandestinité. Ils taguaient des slogans anarchistes sur autant de portes de toilettes publiques que possible et déposaient en catimini des tracts dans les institutions et musées. Leur principal message politique : la politique était de la merde. Holger veillait également à ce que le roi soit régulièrement éclaboussé.

Parallèlement à leur activité contre-politique, Holger et Célestine s'acquittaient de leurs missions dans les champs de pommes de terre avec une certaine compétence. Cela leur permettait de dégager des revenus, car l'argent était bel et bien nécessaire. Les feutres, bombes de peinture et tracts n'étaient pas gratuits.

Nombeko s'efforçait de garder un œil sur leurs tribulations, tout en veillant à ne pas inquiéter Holger 2. Sans son aide, il était devenu un étudiant assidu, doué et enthousiaste. Le spectacle de sa satisfaction contentait Nombeko par ricochet.

Il était également intéressant de voir Gertrud revivre après une vie essentiellement gâchée, on pouvait le dire. Elle avait eu un enfant à dix-huit ans, issu de sa première et dernière rencontre avec un porc et sa limonade Loranga tiède allongée d'alcool. Mère célibataire, d'autant plus seule après le décès de sa mère, puis celui de Tapio, son père, qui, un soir de l'hiver 1971, s'était coincé les doigts dans le premier distributeur automatique de Norrtälje et n'avait été retrouvé que le lendemain, mort de froid.

Cultivatrice de pommes de terre, mère et grand-mère qui n'avait absolument rien vu du monde. Mais qui s'était autorisée à rêver d'une autre vie possible, si seulement son aïeule, la noble Anastasia Arapova, n'avait pas à ce point manqué de charité chrétienne en envoyant son fils Tapio à Helsinki pour consacrer sa vie à Dieu.

Enfin, si cela s'était bien passé ainsi. Nombeko avait compris que Gertrud s'était bien gardée de vérifier l'histoire de son père. Le risque était en effet qu'elle perde tout. Sauf ses champs de pommes de terre.

Le retour de sa petite fille et la présence de Nombeko avaient en tout cas réveillé quelque chose chez la vieille dame. Lors des repas communs, il lui arrivait de rayonner, même si elle gardait la plupart de ses pensées pour elle. Elle tordait le cou aux poules et préparait des fricassées, ou pêchait le brochet, qu'elle cuisinait au four agrémenté de raifort. Un jour, elle abattit même un faisan dans le jardin avec le fusil à élan de son père, elle-même surprise que l'arme fonctionne et qu'elle ait fait mouche. À tel point qu'il n'était resté du faisan que quelques plumes éparpillées.

La Terre continuait à tourner autour du Soleil au même rythme, avec les sautes d'humeur qui avaient toujours été les siennes. Nombeko lisait tout ce qui lui passait sous les yeux. Elle éprouvait une certaine stimulation intellectuelle à livrer un résumé des informations le soir au dîner. Parmi les événements qui marquèrent ces années, il y eut l'annonce de la démission de Boris Eltsine en Russie. En Suède, il était surtout connu pour sa célèbre visite d'État au cours de laquelle il était si ivre qu'il avait exigé que ce pays qui ne possédait pas une seule mine de charbon cesse d'exploiter la houille.

Les élections présidentielles du pays le plus développé au monde avaient également constitué un feuilleton passionnant. Les résultats furent si serrés qu'il avait fallu attendre plusieurs semaines avant que la Cour Suprême ne détermine par cinq voix contre quatre que le candidat ayant recueilli le plus de voix avait en fait perdu. George W. Bush était ainsi devenu président des États-Unis, tandis qu'Al Gore en était réduit au rôle d'activiste écologiste que même les anarchistes de Stockholm n'écoutaient guère. Bush, lui, envahit ensuite l'Irak pour détruire toutes les armes que Saddam Hussein ne possédait pas.

Parmi les informations plus anecdotiques, on apprit qu'un ancien culturiste autrichien était devenu gouverneur de Californie. Nombeko eut un pincement au cœur lorsqu'elle le vit dans le journal avec son épouse et ses quatre enfants, qui souriaient de toutes leurs dents blanches face à l'objectif. Elle se dit que le monde était injuste et octroyait tout aux uns et rien aux autres. Et encore, elle ignorait que le gouverneur en question avait réussi à concevoir un cinquième enfant avec sa gouvernante.

Tout bien considéré, l'époque de Sjölida fut quand même remplie d'espoirs et assez heureuse, tandis que le reste du monde se comportait comme il l'avait toujours fait.

Et la bombe restait où elle était.

Au printemps 2004, le soleil paraissait plus radieux que jamais. Holger avait presque bouclé son cursus de sciences politiques en même temps qu'il était sur le point d'obtenir son doctorat d'économie. Cette thèse en bonne et due forme avait commencé comme une thérapie personnelle dans la tête de Holger 2. Il supportait difficilement l'idée qu'avec la bombe il risquait chaque jour d'être responsable de la disparition de la carte de la moitié du pays et de la ruine de toute une nation. Pour tenir le coup, il avait commencé à envisager la situation sous un autre angle et en était arrivé à la conclusion que d'un point de vue purement économique la Suède et le monde se relèveraient de leurs cendres. D'où la thèse *La Bombe atomique comme facteur de croissance. Des avantages d'une catastrophe nucléaire.*

Des inconvénients évidents avaient empêché Holger 2 de dormir la nuit. Ils avaient également déjà fait l'objet de plusieurs travaux de recherche. Selon les chercheurs, un conflit nucléaire entre l'Inde et le Pakistan entraînerait à lui seul vingt millions de morts, avant même que la quantité de kilotonnes ait dépassé celle que Nombeko et lui se trouvaient avoir en réserve. Des simulations informatiques montraient qu'en l'espace de quelques semaines une telle quantité de poussière se serait élevée dans la stratosphère qu'il faudrait dix ans avant que les rayons du soleil puissent à nouveau éclairer efficacement la surface du globe. Pas seulement le ciel des pays belligérants, mais celui du monde entier.

Ensuite, selon Holger 2, les marchés économiques connaîtraient un rebond exceptionnel. Grâce à l'augmentation de deux cent mille pour cent du nombre de cancers de la thyroïde, le chômage baisserait. D'énormes vagues de réfugiés économiques en provenance des lieux de vacances paradisiaques (qui n'auraient plus de soleil à offrir) migreraient vers les mégalopoles du monde entier, ce qui aboutirait à une plus grande redistribution des ressources. Nombre de marchés matures deviendraient tout à coup immatures, ce qui créerait une nouvelle dynamique. Un exemple frappant parmi d'autres : le monopole de la Chine sur les panneaux solaires n'aurait plus aucune pertinence.

Par leurs efforts combinés, l'Inde et le Pakistan annuleraient également l'effet de serre galopant. Pour neutraliser la baisse de température de deux ou trois degrés causée par la guerre nucléaire entre ces deux pays, on pourrait avoir de nouveau recours à la déforestation et aux énergies fossiles, le cœur léger cette fois-ci.

Ces considérations maintenaient Holger 2 à la surface. Dans le même temps, Nombeko et Gertrud avaient fait atteindre sa vitesse de croisière à la culture des pommes de terre. Elles avaient eu de la chance, dans la mesure où les récoltes russes avaient été mauvaises plusieurs années d'affilée, et où l'une des célébrités suédoises faisant couler le plus d'encre (tout en étant la moins digne d'intérêt) avait attribué sa nouvelle silhouette svelte au régime RPT/UPT (Rien que des pommes de terre/Uniquement des pommes de terre).

La réaction avait été immédiate : les Suédois s'étaient mis à consommer des pommes de terre comme jamais.

Comtesse Virtanen SA, jusqu'alors endettée jusqu'au cou, avait à présent remboursé presque tous ses emprunts. De son côté, Holger 2 n'était plus qu'à quelques semaines de son double examen et, grâce à ses remarquables résultats, il serait bientôt en mesure d'engager les démarches qui aboutiraient à une rencontre en tête à tête avec le Premier ministre suédois. Les électeurs en avaient d'ailleurs choisi un nouveau, et celui en poste s'appelait Göran Persson. Il se montrait aussi peu disposé que ses prédécesseurs à répondre au téléphone.

En bref : le plan octennal était sur le point d'aboutir à sa conclusion. Jusqu'à présent, tout s'était déroulé comme prévu. Tout indiquait que cela continuerait. Le sentiment que rien ne pouvait aller de travers était du même ordre que celui qu'Ingmar Qvist avait éprouvé en son temps avant de se mettre en route pour Nice.

Pour ensuite recevoir un coup de canne par Gustave V.

Le jeudi 6 mai 2004, les derniers cinq cents tracts étaient prêts à être récupérés à l'imprimerie de Solna. Holger 1 et Célestine estimaient s'être surpassés cette fois-ci. Le tract comportait le portrait d'un roi à côté de la photo d'un loup. Le texte établissait un parallèle entre la population de loups suédois et les différentes familles royales d'Europe, censées souffrir toutes deux d'un même problème de consanguinité.

La première solution envisagée était de croiser les loups suédois avec des loups russes. Dans le second cas, la solution préconisée était l'abattage. Ou la déportation généralisée, précisément vers la Russie. Les auteurs suggéraient même un échange : un loup russe par tête couronnée déportée.

Quand le message de l'imprimerie de Solna arriva, Célestine voulut aller récupérer les tracts avec Holger 1 sur-le-champ, pour en inonder le plus d'institutions possible le jour même. Holger 1 brûlait de la même impatience, mais il répondit que son jumeau avait réservé la voiture pour ce jeudi. Célestine balaya son objection d'un revers de la main.

— La voiture ne lui appartient pas plus qu'à nous, si ? Allez, viens, mon chéri. Nous avons un monde à changer.

Il se trouvait que le jeudi 6 mai 2004 était également censé être le plus grand jour de la vie de Holger 2 jusque-là : sa soutenance de thèse était programmée à 11 heures.

Quand il sortit en costume-cravate pour se mettre au volant de la vieille Toyota des époux Blomgren peu après 9 heures, elle avait disparu.

Holger 2 comprit que sa calamité de frère avait encore frappé, sans doute à l'instigation de Célestine. Comme le portable ne passait pas à Sjölida, il ne put pas les appeler pour leur dire de faire demi-tour. Ni commander un taxi. Le chemin vicinal où il y avait un peu de réseau se trouvait à au moins cinq cents mètres. Courir jusque-là était inenvisageable, car Holger ne pouvait se permettre d'arriver à sa soutenance en sueur. Il prit donc le tracteur.

À 9 h 25, il parvint enfin à les joindre. C'est Célestine qui répondit :

— Oui, allô ?

— Vous avez pris la voiture ?

— Pourquoi ? C'est Holger ?

— Mais réponds, bordel ! J'en ai besoin ! J'ai un rendez-vous important en ville à 11 heures.

— Je vois… Ton rendez-vous est donc plus important que le nôtre ?

— Je n'ai pas dit ça, mais j'ai réservé la voiture. Faites demi-tour, nom de Dieu ! Il y a urgence.

— Putain, ce que tu jures !

Holger 2 essaya de garder son sang-froid et changea de tactique :

— S'il te plaît, chère Célestine. A l'occasion, nous discuterons de la question de la voiture et de qui l'avait réservée aujourd'hui, mais je t'en supplie, faites demi-tour et venez me chercher. Mon rendez-vous est vraiment imp…

À cet instant, Célestine lui raccrocha au nez. Et éteignit le téléphone.

— Qu'est-ce qu'il a dit ? s'enquit Holger 1, qui conduisait.

— Il a dit : « S'il te plaît, chère Célestine. À l'occasion, nous discuterons de la question de la voiture. » En résumé.

Cela rassura Holger 1, qui avait craint la réaction de son frère.

Holger 2 resta au bord du chemin avec son costume et son désespoir pendant plus de dix minutes à essayer de faire du stop. Encore fallait-il que des voitures passent, ce qui ne fut pas le cas. Quand Holger s'aperçut qu'il aurait dû appeler un taxi depuis longtemps, il se rendit compte que son manteau et son portefeuille étaient toujours suspendus au crochet, dans l'entrée. Avec seulement cent vingt couronnes dans la poche de sa chemise, il décida de prendre le tracteur jusqu'à Norrtälje, puis d'emprunter le bus. Il aurait sans doute été plus rapide de faire demi-tour, de récupérer son portefeuille, puis de revenir et d'appeler un taxi. Ou encore mieux : d'appeler un taxi en premier, puis d'effectuer l'aller-retour jusqu'à la maison avec le tracteur en attendant son arrivée.

Mais Holger 2 avait beau être doué, il souffrait à ce moment-là d'un niveau de stress qui n'avait pas grand-chose à envier à celui de l'infortuné potier. Il était sur le point de manquer sa soutenance, après des années de préparation. C'était insensé.

Et ce n'était que le début d'une folle journée.

Le seul et unique atome de chance que Holger 2 eut ce jour-là concerna son transfert tracteur-bus à Norrtälje. Il réussit in extremis avec son tracteur à barrer la route au bus pour pouvoir monter à bord. Le chauffeur descendit pour engueuler copieusement le conducteur de l'engin agricole, mais se ravisa en voyant que le supposé paysan était un homme bien coiffé en costume, cravate et chaussures vernies.

Une fois à bord, Holger contacta le recteur de l'université, le professeur Berner, s'excusa et expliqua que des circonstances défavorables lui avaient fait prendre presque une demi-heure de retard.

Le professeur répondit sur un ton acerbe que les retards aux soutenances n'étaient guère conformes aux traditions de l'université, mais bon. Il promit d'essayer de retenir les deux examinateurs et l'auditoire.

Holger 1 et Célestine étaient arrivés à Stockholm et avaient déjà récupéré leurs tracts. Célestine, stratège du couple comme toujours, décida que leur première cible serait le Musée royal d'histoire naturelle. L'institution possédait en effet un département complet consacré à Charles Darwin et à sa théorie de l'évolution. Darwin avait volé l'expression « la survie du plus apte » à un collègue et voulait dire par là que dans la nature les forts survivaient tandis que les faibles périssaient. Darwin était donc un fasciste et allait à présent être châtié, cent vingt-deux ans après sa mort. Célestine et Holger ne songèrent pas un instant que leurs tracts présentaient également certains traits fascisants. Ils allaient en coller en douce. Dans tout le musée. Au nom de la sainte anarchie.

Et il en fut ainsi, sans encombre. Holger 1 et Célestine purent œuvrer sans être dérangés – l'affluence est loin d'être permanente dans les musées suédois.

Leur étape suivante fut l'université de Stockholm, à deux pas de là. Célestine s'occupa des toilettes pour dames en laissant celles réservées aux messieurs à son petit ami. Ce fut là que les événements prirent une tournure imprévisible. Holger 1 croisa quelqu'un à la porte.

— Ah, finalement tu es déjà là ? s'étonna le professeur Berner.

Puis il entraîna un Holger 1 stupéfait le long d'un couloir, puis dans la salle n° 4, tandis que Célestine parachevait son œuvre dans les toilettes pour dames.

Sans comprendre ce qui lui arrivait, Holger 1 se retrouva bientôt en chaire devant au moins cinquante personnes.

Le professeur fit une introduction en anglais, en utilisant beaucoup de mots, et des compliqués encore, que Holger 1 eut bien du mal à suivre. Il était apparemment supposé s'exprimer sur l'utilité d'une explosion nucléaire. Pourquoi ? On pouvait se le demander.

Cependant, il s'exécuta volontiers, même si sa connaissance de la langue de Shakespeare laissait à désirer. L'essentiel n'est pas ce qu'on dit, mais ce qu'on pense, non ?

En ramassant des pommes de terre, Holger 1 avait eu tout le loisir de rêvasser. Il en était arrivé à la conclusion que le mieux serait de transférer la famille royale suédoise en Laponie et d'y faire sauter la bombe, si les membres de la royauté n'abdiquaient pas de leur plein gré. Presque aucun innocent n'aurait à pâtir d'une telle manœuvre et les dégâts seraient limités. Toute hausse éventuelle de la température consécutive à la déflagration serait en outre la bienvenue, puisqu'il régnait un froid polaire là-haut.

Nourrir ce genre d'idées était assez néfaste en soi. Pour ne rien arranger, Holger 1 les exprimait à présent de sa chaire.

Son premier contradicteur fut le professeur Lindkvist, de l'université Linné à Växjö. Pendant que Holger 1 parlait, il se mit à compulser ses notes. Lindkvist choisit lui aussi de prendre la parole en anglais et demanda si ce qu'il venait d'entendre était une espèce d'introduction à ce qui était censé venir.

Une introduction ? Oui, on pouvait appeler ça comme ça. Une fois la famille royale éliminée, une république naîtrait et se développerait. Était-ce que voulait dire monsieur ?

Le professeur Lindkvist aurait voulu dire qu'il ne comprenait rien à ce qui se passait ; au lieu de cela, il déclara qu'il lui paraissait immoral d'exterminer une famille royale entière. Peu importait la méthode exposée par M. Qvist.

Là, Holger 1 se sentit offensé. Il n'était pas un meurtrier quand même ! L'objectif minimal était que le roi et ses sbires démissionnent. Le recours à l'arme nucléaire ne s'imposerait qu'en cas de refus. Dans ce cas, les conséquences seraient directement imputables au choix de la famille royale elle-même, à personne d'autre.

Face au silence du professeur Lindkvist (qui en avait avalé sa langue), Holger 1 décida d'ouvrir un peu plus le débat en proposant une hypothèse supplémentaire : la possibilité qu'au lieu de ne pas avoir de roi du tout tous ceux qui voudraient le devenir en auraient la possibilité.

— Personnellement, ce n'est pas une solution que je préconise, mais l'idée est néanmoins intéressante, déclara-t-il.

Le professeur Lindkvist n'était peut-être pas d'accord, car il lança un regard implorant à son collègue Berner qui, lui, se demandait s'il s'était jamais senti aussi malheureux qu'à cet instant précis. Cette soutenance était censée être avant tout une représentation pour les deux invités d'honneur dans l'assistance, à savoir Lars Leijonborg, le ministre de l'Enseignement supérieur et de la recherche, et son nouvel homologue français, Valérie Pécresse. Tous deux travaillaient de concert sur un programme de formation commun, avec possibilité de diplômes binationaux. Le projet était bien avancé. Leijonborg avait en personne contacté le professeur Berner pour qu'il lui recommande une soutenance à laquelle assister avec sa collègue ministre. Le professeur avait immédiatement pensé à Holger Qvist, cet étudiant remarquable.

Berner décida de mettre fin au carnage. Il s'était manifestement fourvoyé sur la qualité du candidat et mieux valait que celui-ci quitte l'estrade. Puis la pièce. Et ensuite l'université. Et si possible le pays.

Mais comme il prononça cette sentence en anglais, Holger 1 ne comprit pas vraiment.

— Dois-je reprendre mon raisonnement depuis le début ?

— Surtout pas, rétorqua le professeur Berner. J'ai vieilli de dix ans au cours des vingt dernières minutes alors que je suis déjà assez âgé, donc, ça suffit. Contentez-vous de quitter les lieux, je vous prie.

Holger 1 obtempéra. En sortant, il se rendit compte qu'il venait d'intervenir en public, ce qu'il avait promis à son frère de ne pas faire. Son jumeau serait-il en colère contre lui ? Ce n'était peut-être pas nécessaire de l'en informer, si ?

Dans le couloir, il aperçut Célestine. Il la prit par le bras et lui annonça qu'ils feraient mieux d'aller voir ailleurs s'ils y étaient. Il lui promit d'essayer de lui expliquer ce qui venait d'arriver en chemin.

Cinq minutes plus tard, Holger 2 franchit les portes de la même université en courant. Le professeur Berner venait juste de s'excuser auprès du ministre de l'Enseignement supérieur et de la Recherche suédois. Ce dernier avait fait de même auprès de son homologue française, qui lui avait rétorqué qu'étant donné ce qu'elle venait de voir la Suède ferait mieux de se tourner vers le Burkina Faso pour trouver un partenaire à sa hauteur sur les questions éducatives.

Le professeur aperçut alors ce maudit Holger Qvist dans le couloir. Qvist croyait-il qu'il suffisait de troquer son jean pour un costume pour que tout soit oublié ?

— Je suis vraiment désolé… commença Holger 2, aussi bien habillé qu'essoufflé.

Le professeur Berner l'interrompit et lui déclara que la seule chose à faire était de disparaître sur-le-champ. De manière aussi permanente que possible.

— La soutenance est terminée, Qvist. Rentrez chez vous et employez-vous à réfléchir aux risques que votre propre existence fait courir à la nation et à l'économie.

Holger 2 ne décrocha pas son doctorat cette fois-là. Il lui fallut vingt-quatre heures pour comprendre ce qui s'était produit et une journée supplémentaire pour assimiler l'événement. Il ne pouvait appeler le professeur pour lui expliquer qu'il avait fait ses études durant toutes ces années au nom de son frère et que celui-ci avait par malheur pris sa place le jour de la soutenance. Cette confession n'aboutirait qu'à une catastrophe encore plus considérable.

Holger 2 aurait voulu étrangler son jumeau, mais le fait divers n'eut pas lieu, car le jour où il eut enfin une vision claire des événements tomba un samedi. Par chance pour lui, Holger 1 se trouvait à une réunion de la société anarchiste. Quand il rentra cet après-midi-là avec Célestine, Holger 2 avait déjà sombré dans la dépression.

18

Où il est question du succès éphémère
d'un journal et d'un Premier ministre
qui souhaite soudain une rencontre

La situation globale avait beau être catastrophique, Holger 2 comprit au bout d'une semaine que rester couché n'y changerait rien. Nombeko et Gertrud avaient besoin d'aide pour la récolte. De ce point de vue, Holger 1 et Célestine se rendaient également utiles. Il y avait donc une raison purement économique de ne pas les étrangler.

La vie à Sjölida reprit son cours normal, y compris les repas communs plusieurs fois par semaine. Toutefois, l'atmosphère autour de la table était tendue, même si Nombeko faisait de son mieux pour la détendre. Elle livrait toujours ses comptes rendus sur l'actualité dans le monde. Elle raconta entre autres, un soir, que le prince Harry de Grande-Bretagne s'était rendu à une fête déguisé en nazi (ce qui provoqua un scandale presque aussi retentissant que lorsqu'il assista, quelques années plus tard, à une autre fête nu comme un ver).

— Vous n'aviez pas encore compris l'état d'esprit des aristocrates ? commenta Holger 1 au sujet du déguisement.

— Si, convint Nombeko. Les nazis démocratique-
ment élus en Afrique du Sud ont, eux, au moins eu
le bon goût de laisser leurs uniformes à la maison.

Holger 2 ne dit rien. Il ne pria même pas son frère
d'aller se faire voir chez les Grecs.

Nombeko comprit qu'un changement était nécessaire. Plus que de toute autre chose, ce dont ils avaient
besoin était une nouvelle idée. Ce qui se présenta à
eux dans un premier temps fut un acheteur potentiel
pour l'exploitation agricole.

Comtesse Virtanen SA disposait à présent de deux
cents hectares, avait un parc de machines moderne, un
bon chiffre d'affaires, une rentabilité élevée et presque
aucune dette. Cela n'avait pas échappé au plus grand
exploitant de cette partie de la Suède agricole, qui
fit une offre de soixante millions de couronnes pour
l'ensemble.

Nombeko pressentait que le boom suédois de la
pomme de terre touchait à sa fin. La starlette qui avait
lancé le régime RPT/UPT avait à nouveau grossi et,
selon l'agence de presse ITAR-TASS, la récolte de
patates russes s'annonçait bonne, contrairement aux
années précédentes.

La situation se prêtait donc à conclure l'affaire sans
même prendre en considération que cultiver des tubercules avec Gertrud pouvait raisonnablement ne pas être
considéré comme un objectif dans l'existence.

Nombeko évoqua la question avec la propriétaire
officielle de l'entreprise, qui répondit qu'elle se recon-
vertirait volontiers. Les pommes de terre commençaient
à lui sortir par les trous de nez.

— Il n'y a pas un truc que les jeunes appellent spaghettis ? s'enquit-elle.

Si. Il y avait un moment qu'ils existaient. Plus ou moins depuis le XIIe siècle. Cependant, ils n'étaient pas aussi faciles à cultiver.

Nombeko se disait qu'elles devraient investir leur capital dans un autre projet.

Et elle sut soudain dans quoi.

— Que dirait Gertrud de lancer un journal ?

— Un journal ? Super ! Avec quel contenu ?

La réputation de Holger Qvist était détruite, puisqu'il avait plus ou moins été expulsé de l'université de Stockholm. Pour autant, il possédait des connaissances approfondies en économie et en sciences politiques. Nombeko n'était, elle non plus, pas complètement sotte. Ils pouvaient donc tous les deux travailler en coulisses.

Nombeko présenta son raisonnement à son Holger et jusque-là il tomba d'accord avec elle. Mais à quelles coulisses songeait-elle ? Et quel serait le but de cette démarche ?

— Le but, mon chéri, est de nous débarrasser de la bombe.

Le premier numéro du journal *Politique suédoise* parut en avril 2007. Le magazine mensuel haut de gamme fut distribué gratuitement à quinze mille personnes d'influence à travers tout le pays. Soixante-quatre pages bien remplies, sans le moindre encart publicitaire. Une publication difficile à rentabiliser, mais ce n'était pas le but non plus.

Elle retint l'attention des médias, entre autres celle du *Svenska Dagbladet* et du *Dagens Nyheter*, qui furent alléchés par la personnalité de la propriétaire du magazine, une ancienne cultivatrice de pommes de terre âgée de quatre-vingts ans. Elle refusait les interviews, mais s'exprimait dans une colonne en page 2, où elle défendait les principes du journal et expliquait la raison pour laquelle aucun des articles n'était signé. Chaque texte devait être jugé pour son contenu, rien d'autre.

Hormis le caractère excentrique de Mme Gertrud Virtanen, l'aspect le plus intéressant du magazine était justement qu'il était… intéressant. Le premier numéro fit l'objet d'articles élogieux dans les meilleures pages de la presse écrite suédoise. Parmi les articles phares, on trouvait une analyse approfondie sur le parti d'extrême droite les Démocrates suédois, qui, lors des élections de 2006, était passé de 1,5 pour cent des voix au double. L'analyse, très documentée, replaçait ce mouvement dans un contexte international et établissait des liens avec les nazis comme avec certains courants en Afrique du Sud. La conclusion était peut-être un tantinet sensationnelle : il était difficile de croire qu'un parti dont les militants rendaient hommage à leur leader par le salut hitlérien puisse suffisamment faire bonne figure pour entrer au Parlement.

Un autre article décrivait en détail les conséquences humaines, politiques et financières d'un accident nucléaire en Suède. Les aspects chiffrés en particulier étaient de nature à faire frissonner n'importe quel lecteur. Trente-deux mille emplois seraient créés sur une période de vingt-cinq ans dans l'éventualité où il faudrait rebâtir Oskarshamn, à cinquante-huit kilomètres au nord de son ancien emplacement.

À part les articles qui roulaient tout seuls, Nombeko

et Holger 2 en concoctèrent plusieurs destinés à caresser le nouveau Premier ministre conservateur dans le sens du poil. Comme, par exemple, une rétrospective historique de l'Union européenne, à l'occasion du cinquantième anniversaire de la signature du traité de Rome, événement auquel le Premier ministre avait justement pris part. Ainsi qu'une analyse approfondie de la crise au sein du Parti social-démocrate, qui venait de réaliser son plus mauvais score électoral depuis 1914 et avait un nouveau leader, en la personne de Mona Sahlin. Celle-ci avait à choisir entre une alliance avec les écologistes et une prise de distance avec la gauche radicale, donc perdre les prochaines élections. Ou intégrer les anciens communistes pour créer une alliance tripartite, donc les perdre également (dans les faits, elle essaya ces deux stratégies tour à tour, et perdit en plus son poste).

Le journal disposait de locaux à Kista, en banlieue de Stockholm. À la requête de Holger 2, toute implication de son jumeau et de Célestine dans la rédaction des articles était exclue. Holger 2 avait délimité à la craie un espace de deux mètres autour de son bureau et avait ordonné à son frère de ne jamais franchir cette ligne blanche, sauf pour vider la corbeille à papier.

En fait, il aurait voulu que Holger 1 n'ait pas accès aux locaux du tout, mais Gertrud refusait de s'associer au projet si sa Célestine adorée ne pouvait pas y participer, et d'autre part, il fallait occuper les deux calamités à présent qu'il n'y avait plus de pommes de terre à ramasser.

Gertrud, qui finançait officiellement toute l'entreprise, disposait d'ailleurs de son propre bureau à la rédaction, où elle jubilait en regardant la plaque

« Rédacteur en chef » sur sa porte. Sa contribution se limitait à peu près à cela.

Après le premier numéro, Nombeko et Holger 2 envisageaient d'en publier un deuxième en mai 2007, puis un troisième tout de suite après les vacances. Ensuite, le Premier ministre devrait leur être accessible. Le journal *Politique suédoise* solliciterait une interview, qu'il accepterait. Tôt ou tard, pourvu qu'ils maintiennent le cap.

Pour une fois, les événements évoluèrent mieux que ce que Nombeko et Holger 2 avaient imaginé. En effet, lors d'une conférence de presse, qui concernait la visite imminente du Premier ministre à la Maison-Blanche à Washington, on posa au chef du gouvernement une question au sujet du nouveau magazine *Politique suédoise*. Il répondit qu'il avait lu cette publication avec intérêt, qu'il était d'accord sur le fond avec son analyse de la conjoncture européenne et qu'il attendait le numéro suivant avec impatience.

Les choses auraient difficilement pu mieux se présenter. Nombeko suggéra donc à son Holger de contacter le ministère sur-le-champ. Pourquoi attendre ? Qu'avaient-ils à perdre ?

Holger 2 répondit que son frère et sa petite amie semblaient posséder une capacité surnaturelle à tout gâcher et qu'il se refusait à trop espérer avant qu'ils ne soient tous les deux enfermés. Mais bon. Qu'avaient-ils à perdre ?

Holger 2 appela donc, pour la énième fois, l'assistante du Premier ministre en poste, cette fois-ci avec un nouveau motif, et – bingo ! – l'intéressée répondit qu'elle allait transmettre le message au chef du service de presse. Ce dernier rappela le lendemain pour leur annoncer que le Premier ministre les recevrait le

27 mai à 10 heures pour un entretien de quarante-cinq minutes.

Cela signifiait que la conversation aurait lieu cinq jours après la publication du deuxième numéro du magazine. Ils pourraient ensuite arrêter la publication.

— À moins que tu ne veuilles continuer ? suggéra Nombeko. Je ne t'ai jamais vu si heureux.

Non, le premier numéro avait coûté quatre millions de couronnes et le deuxième ne s'annonçait pas meilleur marché. L'argent des pommes de terre était nécessaire pour l'avenir que, dans une perspective optimiste, ils étaient sur le point de concrétiser. Une vie où ils existeraient tous les deux, avec permis de séjour et le reste.

Holger 2 et Nombeko étaient conscients qu'il leur resterait encore beaucoup de chemin à parcourir, même s'ils parvenaient à attirer l'attention du principal décideur dans ce pays où le sort les avait mis en présence de la bombe atomique. Par exemple, il était peu vraisemblable que cette annonce suscite l'enthousiasme du Premier ministre. Par ailleurs, il n'était pas sûr qu'il fasse preuve d'une grande compréhension face à ce fait accompli. Ni qu'il apprécie les efforts de Holger 2 et de Nombeko pour se montrer discrets pendant vingt ans.

Mais ils avaient une chance. Qui s'envolerait s'ils restaient les bras croisés.

Le deuxième numéro de *Politique suédoise* fut consacré à des questions internationales. Entre autres, une analyse de la situation politique actuelle des États-Unis, à l'occasion de la rencontre entre le Premier ministre suédois et George W. Bush à la Maison-Blanche. Ainsi qu'une rétrospective du génocide au Rwanda, où un million de Tutsis avaient été massacrés au motif qu'ils n'étaient pas des Hutus (d'après ce qu'on disait, la seule différence entre ces deux ethnies était que les Tutsis étaient, en moyenne, peut-être un peu plus grands que les Hutus). Plus un article sur la fin imminente du monopole des pharmacies, autre couche de pommade pour le Premier ministre.

Holger 2 et Nombeko vérifièrent chaque mot de chaque phrase. Rien ne devait clocher. Le journal devait continuer à avoir du contenu et à être intéressant, sans froisser le Premier ministre.

Tout semblait aller comme sur des roulettes. Holger 2 pouvait-il donc suggérer à sa chère Nombeko qu'ils fêtent le bouclage du deuxième numéro en l'invitant au restaurant ?

Par la suite, il se maudit tant qu'il en oublia de tuer son frère.

De fait, Gertrud était restée au journal, endormie dans son fauteuil de direction, ainsi que Holger 1 et Célestine, qui avaient pour mission d'inventorier le stock d'adhésif, de stylos et autres fournitures de bureau. Le tout pendant que le magazine mis en pages les narguait depuis l'écran d'ordinateur.

— Ils sont en train de se goinfrer dans un restaurant de luxe pendant que nous comptons des trombones, s'irrita Célestine.

— Et il n'y a pas un mot au sujet de cette maudite maison royale dans ce numéro-ci non plus, renchérit Holger 1.

— Ni sur l'anarchisme, ajouta Célestine.

Nombeko pensait manifestement que la plus-value dégagée par la vente de la société de Gertrud lui appartenait. Pour qui se prenait-elle ? Elle et Holger 2 étaient en train de dépenser des millions en léchant le cul de ce Premier ministre aussi conservateur que royaliste.

— Viens, ma chérie, déclara Holger 1 en pénétrant dans le périmètre de sécurité du bureau de son jumeau.

Il s'installa sur le siège de son frère et se rendit à la page de la colonne de Gertrud en quelques clics. Il y découvrit un baratin sur l'incompétence de l'opposition. Écrit par Holger 2, bien sûr. Il n'eut même pas la force de lire cette merde jusqu'au bout et l'effaça sans autre forme de procès.

À la place, il exprima ce qu'il avait sur le cœur, en marmonnant que pour l'instant son jumeau pourrait imposer son point de vue dans soixante-trois des soixante-quatre pages, tandis que cette soixante-quatrième page serait annexée.

Quand il eut fini, il envoya la nouvelle version à l'imprimerie en spécifiant au chef de l'atelier de composition qu'une importante correction avait été apportée.

Le lundi suivant, le journal *Politique suédoise* fut imprimé et distribué aux mêmes personnes influentes que le numéro précédent. En page 2, la rédactrice en chef déclarait :

L'heure est venue/Il est à présent temps que le roi – ce porc – abdique. Qu'il emmène la reine – cette truie – avec lui. Idem pour le prince et la princesse – ces gorets. Et Lilian – cette vieille sorcière.

La monarchie est un régime uniquement digne des porcs (plus une ou deux sorcières). La Suède va devenir une république MAINTENANT.

Holger 1 avait été incapable d'en écrire davantage, mais comme il restait l'espace de deux colonnes, soit une quinzaine de centimètres, il avait, à l'aide d'un logiciel de dessin qu'il ne maîtrisait pas vraiment, tracé un bonhomme pendu à une potence avec « le roi » écrit sur la poitrine. Puis il avait fait sortir une bulle du personnage qui, tout pendu qu'il était, n'avait pas perdu sa capacité à s'exprimer. Dans la bulle, il déclarait :

— Grouik !

Comme si cela ne suffisait pas déjà amplement, Célestine avait rajouté une ligne tout en bas :

Pour plus d'information, contacter la société anarchiste de Stockholm.

Quinze minutes après la livraison du deuxième numéro du journal *Politique suédoise* à la chancellerie, l'assistante du Premier ministre avait téléphoné pour leur annoncer que l'interview prévue était annulée.

— Pourquoi ça ? s'étonna Holger 2, qui n'avait pas encore eu le nouveau numéro entre les mains.

— À votre avis, bordel ? répliqua l'assistante.

Fredrik Reinfeldt, Premier ministre, se refusait à rencontrer le représentant du journal *Politique suédoise*. Il allait pourtant bientôt le faire, et se retrouver avec une bombe atomique sur les bras.

Le garçon était l'aîné de trois fils dans une famille régie par l'amour et l'ordre. Chaque chose à sa place ; chacun ramasse ses affaires.

Cela forgea le caractère du jeune Fredrik au point qu'arrivé à l'âge adulte il dut reconnaître que ce qu'il trouvait le plus plaisant n'était pas la politique, mais passer l'aspirateur. Il devint pourtant Premier ministre et pas agent d'entretien. Quoi qu'il en soit, il avait du talent dans ces deux domaines. Et dans d'autres.

Ainsi avait-il, par exemple, été élu président du conseil des élèves dès l'âge de onze ans. Quelques années plus tard, il fut promu au grade de major durant son service militaire comme chasseur dans le régiment de Laponie. Si les Russes débarquaient, ils tomberaient sur quelqu'un qui savait ce que cela impliquait de se battre par moins quarante-huit degrés Celsius.

Mais les Russes ne débarquèrent pas. En revanche, Fredrik entra à l'université de Stockholm, où il se consacra à des études d'économie, à l'atelier de théâtre, et à faire régner un ordre militaire dans sa résidence universitaire. Il fut bientôt diplômé d'une grande école de commerce.

Son intérêt pour la politique lui venait également de sa famille. Son père était engagé localement. Fredrik avait suivi ses traces. Il était entré au Parlement et était devenu le président des jeunes modérés.

Son parti avait remporté les élections législatives de 1991. Le jeune Fredrik ne jouait pas encore un rôle central, d'autant moins qu'il avait critiqué Bildt, le leader de sa formation politique, lui reprochant d'être trop autoritaire. Bildt avait eu l'humilité de donner raison à Reinfeldt en le mettant au placard, où il resta presque dix ans, tandis que Bildt se rendait dans l'ex-Yougoslavie pour y arracher la paix. Il trouvait plus plaisant de sauver le monde que d'échouer à sauver la Suède.

Bo Lundgren, son successeur, était presque aussi doué en calcul que Nombeko, mais comme le peuple suédois refusait d'entendre les chiffres bruts et voulait qu'ils soient agrémentés de notes d'espoir, cela se finit aussi mal pour lui.

Un renouvellement s'imposa alors au sein des modérés et la porte du placard dans lequel Fredrik Reinfeldt moisissait s'ouvrit. Il reprit des couleurs et fut élu à l'unanimité président du mouvement le 25 octobre 2003. À peine trois ans plus tard, lui, son parti et son alliance conservatrice balayaient la social-démocratie. Fredrik Reinfeldt devint Premier ministre et nettoya toute trace de Persson, son prédécesseur. Il utilisa essentiellement du savon noir, qui possède cette caractéristique de laisser une pellicule anti-dépôt sur les surfaces traitées. Lorsqu'il eut fini, il se lava les mains et la politique suédoise entra dans une nouvelle ère.

Reinfeldt était fier de ce qu'il avait accompli. Et satisfait.

Pour un moment encore.

Nombeko, Célestine, les Holger 1 et 2 étaient de retour à Sjölida. Si l'atmosphère dans le groupe avait été tendue avant l'épisode de *Politique suédoise*, elle était à présent délétère. Holger 2 refusait de parler à son frère ou de s'asseoir à la même table. De son côté, Holger 1 se sentait incompris et rejeté, d'autant plus que Célestine et lui s'étaient retrouvés en délicatesse avec les anarchistes à la suite de leur coup d'éclat dans l'éditorial du journal. La plupart des journalistes politiques de la nation avaient en effet afflué au local des anarchistes pour qu'on leur explique la raison de cette comparaison entre la famille royale et une porcherie.

Holger 1 passait donc désormais ses journées dans le grenier à foin à contempler le camion de pommes de terre de Gertrud. Sa remorque contenait toujours une bombe atomique de trois mégatonnes, qui d'une manière ou d'une autre forcerait le roi à abdiquer. Et que Holger 1 avait promis de ne pas toucher.

Dire qu'il avait tenu sa promesse durant toutes ces années et que son frère était quand même dans une colère noire contre lui. Il trouvait cela si injuste.

Célestine, elle, en voulait à Numéro deux d'en vouloir à Numéro un. Elle déclara que ce qui manquait au jumeau de son chéri, c'était de ne pas pouvoir apprendre la conscience citoyenne. C'était un truc qu'on possédait ou pas. Le frère de Numéro deux, lui, l'avait dans les gènes !

Holger 2 souhaita à Célestine de se prendre une gamelle et de se faire aussi mal que possible. Lui allait faire une promenade. Il emprunta le sentier menant à la mer, s'assit sur un banc sur le ponton et contempla l'eau. Il était empli d'un sentiment de… Non, il ne ressentait rien. Il se sentait complètement vide.

Il avait Nombeko et il en était reconnaissant. Mais pour le reste : pas d'enfant, pas de vie, pas d'avenir. Holger 2 se disait qu'il ne rencontrerait jamais le Premier ministre : ni celui-ci, ni le suivant, ni aucun de ceux qui viendraient après. Des vingt-six mille deux cents ans restants avant que la bombe cesse d'être radioactive, il en restait encore vingt-six mille cent quatre-vingts. Avec une marge d'erreur de plus ou moins trois mois. Mieux valait peut-être rester sur ce ponton pour tuer le temps.

En bref, tout n'était que misère infinie, et il ne pourrait pas tomber plus bas.

Trente minutes plus tard, la situation empira.

19

Où il est question d'un dîner de gala
et d'un contact avec l'autre côté

Le président Hu Jintao entama sa visite officielle de trois jours en Suède en accueillant la réplique du *Götheborg*, un navire de la Compagnie suédoise des Indes orientales, qui rentrait tout juste d'un périple aller-retour jusqu'à la Chine.

Le bâtiment original avait effectué le même trajet deux cent cinquante ans plus tôt. L'équipage avait affronté avec succès les tempêtes, les eaux infestées de pirates, les épidémies et la faim, mais alors que le navire se trouvait à neuf cents mètres de son port d'attache et qu'il faisait un temps radieux, il s'échoua et coula lentement.

Rageant, pour le moins. Toutefois, l'heure de la revanche avait sonné. Le samedi 9 juin 2007, la réplique accomplit tout ce que l'original avait effectué en son temps ainsi que le dernier petit kilomètre. Le *Götheborg* fut accueilli par des milliers de spectateurs en liesse, dont le nouveau président chinois qui, profitant d'être dans les parages, visita l'usine automobile Volvo de Torslanda. Il avait personnellement insisté sur ce point, et il avait de très bonnes raisons.

Volvo se plaignait depuis longtemps que le gouvernement et l'appareil d'État suédois s'obstinaient à acheter tous leurs véhicules sécurisés chez BMW. À chaque sortie officielle, la direction de Volvo manquait de s'étrangler en voyant des membres de la famille royale et des ministres du gouvernement descendre de voitures allemandes. Le constructeur automobile suédois avait même construit spécialement un modèle blindé et avait procédé à une démonstration de ses qualités devant la police de sécurité. En vain. C'était un ingénieur de chez Volvo qui avait eu l'idée géniale d'offrir ce même modèle au président de la République populaire de Chine, un exemplaire couleur crème d'une S80 dotée de quatre roues motrices et d'un V8 de 315 chevaux. Digne d'un président en toutes circonstances.

Estimait l'ingénieur.

Et la direction de Volvo.

Et – comme il apparut – le président en question.

L'affaire avait été conclue à l'avance par des voies officieuses. Le véhicule fut fièrement exhibé au président le samedi matin à l'usine avant de lui être remis officiellement à l'aéroport d'Arlanda, le lendemain, juste avant son départ.

Entre-temps, ce dernier était invité à un dîner de gala au palais royal.

Nombeko avait épluché toute la presse à la bibliothèque de Norrtälje. Elle avait commencé par l'*Aftonbladet*, qui consacrait quatre pages au conflit, non pas l'israélo-palestinien, mais celui qui opposait le participant d'un télécrochet à un méchant membre du jury ayant déclaré que le candidat en question ne savait pas chanter.

« Il peut aller se faire voir là où on cultive des poivrons », avait riposté l'artiste, qui effectivement ne savait pas chanter et qui de surcroît n'avait pas la moindre idée des endroits du monde où on cultivait des poivrons.

Le *Dagens Nyheter* s'obstinait à traiter de problèmes complexes et voyait donc son lectorat diminuer de manière inexorable. Typique du *DN* : sa première page était consacrée à une visite d'État et non à une dispute dans un studio de télévision.

On y parlait donc du président Hu Jintao, du retour au port du *Götheborg* et du fait que le président chinois se rendrait plus tard ce samedi à Stockholm pour participer à un dîner de gala au château, en compagnie, entre autres, du roi et du Premier ministre.

Cette information n'aurait pas eu grande importance si Nombeko n'avait pas réagi en voyant la photo du président Hu.

Elle l'étudia de plus près, encore et encore, puis elle dit tout haut :

— Dire que monsieur le Chinois est devenu président !

Le Premier ministre suédois et le président chinois étaient donc attendus au château ce soir-là. Si Nombeko se plaçait au milieu des badauds et interpellait le Premier ministre à son passage, elle serait dans le meilleur des cas repoussée par l'équipe de sécurité, dans le pire arrêtée et expulsée.

En revanche, si elle s'adressait au président chinois en wu… Si la mémoire de Hu Jintao n'était pas trop courte, il devrait se souvenir d'elle. Si, par ailleurs, il possédait un minimum de curiosité, il devrait venir à sa rencontre pour savoir comment diable l'interprète sud-africaine de jadis se trouvait à présent sur le parvis du palais royal suédois.

Nombeko et Holger 2 se trouveraient alors à une personne du Premier ministre, ou du roi, d'ailleurs. Le président Hu était tout indiqué pour servir d'intermédiaire entre les propriétaires malgré eux d'une bombe atomique et les personnes qu'ils cherchaient en vain à contacter depuis vingt ans.

Il était peu vraisemblable que le Premier ministre se contente de les envoyer promener, leur bombe sous le bras. Il était plus crédible qu'il ordonnerait à la police de les mettre sous les verrous. Ou une solution intermédiaire. La seule chose sûre : il fallait saisir cette chance au vol.

Il y avait urgence. Il était déjà 11 heures. Nombeko devait retourner à Sjölida en vélo, informer Holger 2, mais en aucun cas les deux oiseaux de malheur ou Gertrud, démarrer le camion et faire toute la route jusqu'au château pour y arriver bien avant 18 heures, quand le président ferait son entrée dans la cour d'honneur.

Tout partit de travers dès le départ. Holger 2 et Nombeko s'étaient faufilés dans la grange et avaient commencé à dévisser les plaques d'immatriculation bien trop en règle pour les remplacer par celles volées des années auparavant ; mais comme souvent, Holger 1 était sur le grenier à foin juste au-dessus et l'activité autour du véhicule le sortit de sa léthargie. Il réagit en sautant sans bruit par la trappe du grenier pour aller chercher Célestine. Avant que Nombeko et Holger 2 aient fini de changer les plaques, Holger 1 et sa petite amie s'étaient installés dans la cabine du camion.

— Tiens donc ! Vous pensiez vous débiner sans nous avec la bombe ? déclara Célestine.

— Oui, vous aviez ça en tête, ajouta Holger 1.

À cet instant, son frère explosa.

— Maintenant, ça suffit ! rugit-il. Sortez tout de suite de cette cabine, bande de sales parasites ! Il n'y a pas l'ombre d'une chance que je vous laisse bousiller notre dernière possibilité ! Pas l'ombre d'une chance !

Pour toute réponse, Célestine sortit une paire de menottes et s'attacha à la boîte à gants du camion. On est une manifestante aguerrie ou on ne l'est pas.

Holger 1 dut conduire. Célestine à côté de lui, dans une position bizarre, menottée comme elle l'était. Quand le camion passa devant la maison, Gertrud sortit sur le perron.

— Pendant que vous y êtes, faites quelques courses. Nous n'avons plus rien à manger !

Nombeko informa Numéro un et Célestine que le but de ce voyage était de se débarrasser de la bombe, étant donné que le hasard avait créé les conditions favorables à un contact direct avec Reinfeldt, le Premier ministre.

Holger 2 ajouta qu'il avait l'intention de passer son frère et sa petite amie dans l'arracheuse de pommes de terre à huit rangs, s'ils s'avisaient de faire autre chose que de rester assis où ils étaient. En silence.

— L'arracheuse à huit rangs a été vendue, l'informa Holger 1.

— Dans ce cas, j'en achèterai une nouvelle.

Le dîner de gala au palais royal débuta à 18 heures. Les hôtes furent accueillis dans la cour des gardes intérieure, puis l'assemblée se rendit en élégante procession jusqu'à la salle Blanche, où serait servi le banquet.

Nombeko eut du mal à trouver une place qui lui garantisse d'attirer l'attention du président Hu Jintao. Les badauds étaient maintenus sur les côtés, à cinquante mètres au moins de l'endroit où les hôtes feraient leur entrée. Le reconnaîtrait-elle à cette distance, après tant d'années ? Lui, en revanche, sûrement. Combien d'Africains parlaient le wu ?

Être reconnue ne fut absolument pas un problème. Le personnel de la Säpo était évidemment sur le pied de guerre quand Hu, le président de la République populaire de Chine, arriva en compagnie de Liu Yongqing, son épouse. Nombeko prit une profonde inspiration et lança, dans le dialecte du président :

— Bonjour, monsieur le Chinois. Notre safari africain remonte à loin !

En quatre secondes, deux policiers en civil encadraient Nombeko. Quatre secondes plus tard, ils s'étaient quelque peu calmés, car la femme noire ne paraissait pas menaçante. Ses mains étaient parfaitement visibles et elle ne s'apprêtait pas à jeter quoi que ce soit sur le couple présidentiel. Néanmoins, elle devait être évacuée sur-le-champ pour ne prendre aucun risque.

À moins que… ?

Le président s'était arrêté, avait quitté le tapis rouge et son épouse, et se dirigeait vers la femme noire. Et… et… il lui souriait !

La mission du service de sécurité comportait des moments délicats. Le président dit quelque chose à la manifestante, car c'en était bien une, non ? Et la manifestante répondit.

Nombeko remarqua la confusion des agents et déclara en suédois :

— Ne soyez pas si effrayés, messieurs. Le président et moi sommes juste de vieux amis, et nous prenons de nos nouvelles.

Puis elle se tourna à nouveau vers le président Hu et lui dit :

— Je crois qu'il nous faudra évoquer nos souvenirs une autre fois, monsieur le Chinois. Je veux dire, monsieur le président puisque c'est ce que vous êtes devenu.

— En effet, répondit Hu Jintao en souriant. Vous n'y êtes peut-être pas tout à fait pour rien, mademoiselle Afrique du Sud.

— Vous êtes trop aimable, monsieur le président. Si je peux me permettre d'aller droit au but, vous vous souvenez sans doute de cet ingénieur à l'intellect défaillant dans mon ancienne patrie, celui qui vous avait invité à un safari et à un repas. Les choses ont assez mal tourné pour lui et c'était tout aussi bien, mais avec mon aide et celle d'autres personnes, il a quand même réussi à construire quelques bombes atomiques.

— Oui, je sais. Six, si ma mémoire est bonne.

— Sept, le corrigea Nombeko. En plus de tout le reste, il ne savait pas compter. Il a enfermé la septième dans un lieu confidentiel, puis elle s'est égarée, si je puis dire. Dans mes bagages, en fait… et a atterri ici, en Suède.

— La Suède possède l'arme nucléaire ? s'étonna Hu Jintao.

— Non, pas la Suède. Moi. Et il se trouve que je réside en Suède. Enfin, si on peut dire.

Hu Jintao garda le silence quelques secondes, puis il demanda :

— Mademoiselle Afrique du Sud… Comment vous appelez-vous, d'ailleurs ?

— Nombeko, répondit l'intéressée.

— Que voulez que je…

— Eh bien, si vous aviez l'obligeance de transmettre le message au roi, auquel vous allez bientôt serrer la main, afin qu'il puisse à son tour en informer le Premier ministre, qui pourrait peut-être venir me dire ce que nous allons faire de ladite bombe. Ce n'est en effet pas exactement le genre d'objet qu'on peut apporter à la déchetterie.

Le président Hu Jintao ignorait ce qu'était une déchetterie (la politique écologique de son pays n'avait pas encore atteint le degré du tri responsable des encombrants), mais il comprit la situation. Il saisit également que les circonstances exigeaient qu'il interrompe sa conversation avec Mlle Nombeko sans tarder.

— Je promets à mademoiselle de transmettre cette information au roi et au Premier ministre. Je vais si bien m'y employer que je suis relativement sûr que vous pouvez vous attendre à une réaction immédiate.

Sur ces paroles, le président Hu rejoignit sa femme étonnée et le tapis rouge, qui menait vers la salle des gardes, où l'attendait Sa Majesté.

Tous les hôtes étaient arrivés et il n'y avait plus rien à voir. Les touristes et autres badauds se dispersèrent pour vaquer à leurs diverses occupations en cette belle soirée d'été, à Stockholm, en 2007. Nombeko resta seule, attendant quelque chose, sans savoir quoi.

Vingt minutes plus tard, une femme s'approcha d'elle. Elle lui serra la main et se présenta à voix basse : elle était l'assistante du Premier ministre et sa mission consistait à la conduire vers un endroit plus discret du château.

Cela convenait à Nombeko, qui ajouta qu'elle voulait emporter le camion garé devant la cour du château. L'assistante répondit que c'était de toute façon sur leur chemin et que ce n'était donc pas un problème.

Holger 1 était toujours au volant et Célestine à côté de lui (elle avait remisé ses menottes dans son sac à main). L'assistante s'installa avec eux, occupant ainsi la dernière place disponible sur la banquette avant. Nombeko monta dans la remorque avec Holger 2.

Le trajet ne fut pas long : ils empruntèrent Källargrand, puis descendirent Slottsbacken. Ils bifurquèrent ensuite à gauche pour entrer sur un parking où, sur la recommandation de l'assistante, le chauffeur effectua les derniers mètres en marche arrière.

L'assistante descendit, frappa à une porte quelconque, puis se faufila et disparut à l'intérieur. Arriva alors le Premier ministre, suivi du roi, puis de Hu Jintao et de son interprète. Le président chinois semblait vraiment avoir œuvré en faveur de Nombeko, car tous les membres de la sécurité restèrent sur le seuil.

Nombeko reconnut l'interprète, même si leur précédente rencontre remontait à plus de vingt ans.

— Ah, vous n'êtes donc pas mort.

— Il n'est pas encore trop tard pour ça, répliqua-t-il, sur un ton acerbe. Vu ce que vous dites transporter.

Holger 2 et Nombeko invitèrent le Premier ministre, le roi et le président à monter dans la remorque du camion. Le Premier ministre n'hésita pas une seconde. Il s'agissait de vérifier cette terrible affirmation. Le roi suivit. Le président chinois, lui, considéra qu'il s'agissait d'une question de politique intérieure et regagna le château, contrairement à son interprète, qui aurait bien aimé apercevoir cette fameuse arme nucléaire d'abord. Les gardes du corps sur le seuil se tortillèrent. Qu'est-ce que le roi et le Premier ministre faisaient dans un camion de pommes de terre ? Cette situation ne leur disait rien qui vaille.

À cet instant, un groupe de visiteurs chinois égarés s'approcha. Il fallut donc refermer la porte de la remorque à la hâte et l'interprète se retrouva les doigts coincés dedans.

— À l'aide, je meurs ! entendit-on à l'extérieur, tandis que Holger 2 frappait à la vitre pour prier son frère d'allumer la lumière dans la remorque.

Holger 1 s'exécuta, se retourna et aperçut... le roi ! Et le Premier ministre.

Mais surtout le roi. Bon Dieu !

— C'est le roi, murmura-t-il à Ingmar Qvist, au ciel.

Et papa Ingmar répondit :

— Roule, mon fils ! Roule !

Et Holger 1 roula.

SIXIÈME PARTIE

« Je n'ai jamais rencontré un fanatique
ayant le sens de l'humour. »

Amos Oz

20

Où il est question de ce que les rois font ou ne font pas

Le camion de pommes de terre s'était à peine ébranlé que Nombeko cognait sur la vitre de séparation et ordonnait à Holger 1 de s'arrêter sur-le-champ, s'il voulait survivre à cette journée. Mais Numéro un, qui n'était pas sûr de le vouloir, pria Célestine de refermer la vitre pour ne plus entendre les vociférations à l'arrière.

Sa petite amie ne se le fit pas dire deux fois et tira en outre le rideau pour échapper au spectacle de Sa Majesté en veste d'apparat bleu marine, pantalon bleu marine au passepoil doré, gilet blanc et chemise à jabot de la même couleur et nœud papillon noir.

Elle était tellement fière de son rebelle.

— Nous retournons bien chez grand-mère ? s'enquit-elle. À moins que tu n'aies une meilleure idée ?

— Tu sais bien que je n'en ai jamais, ma chérie, répondit Holger 1.

Le roi parut simplement surpris par la tournure que prenaient les événements, tandis que le Premier ministre était sous le choc.

— Mais que se passe-t-il, nom d'un chien ? lâcha-t-il. Etes-vous en train de kidnapper votre roi et votre Premier ministre ? Avec une bombe atomique ! Une bombe atomique dans ma Suède ! Qui vous en a donné l'autorisation ?

— Euh, le royaume de Suède m'appartient plutôt à moi, objecta le roi en s'asseyant sur la caisse de pommes de terre la plus proche. Pour le reste, je partage bien sûr les inquiétudes de mon Premier ministre.

Nombeko répondit qu'il n'était peut-être pas si important que ça de déterminer à qui appartenait le pays s'il partait en miettes. Elle regretta tout de suite cette saillie, car le Premier ministre voulut alors en savoir plus sur cette fichue bombe.

— Quelle est sa puissance ? Dites-le-moi ! s'enquit-il d'une voix crispée.

Nombeko estima que l'atmosphère dans la remorque était déjà assez tendue. Comment avait-elle pu être assez stupide pour évoquer cette question ? Elle s'efforça de changer de sujet :

— Je déplore vraiment ce rebondissement. Monsieur le Premier ministre et Sa Majesté n'ont pas été enlevés. Pas par moi et mon petit ami, en tout cas. Dès que ce véhicule s'arrêtera, je vous promets que je tordrai – au minimum – le nez du chauffeur et que ce mauvais pas ne sera plus qu'un mauvais souvenir.

Puis elle ajouta, pour dédramatiser le tout :

— C'est vraiment rageant d'être enfermé dans une remorque alors qu'il fait si beau dehors.

Ce commentaire amena le roi amoureux de la nature à songer au pygargue qu'il avait aperçu au-dessus du Strömmen l'après-midi même et à en faire part à ses compagnons de remorque.

— En pleine ville ! s'exclama Nombeko en espérant une seconde que sa manœuvre de diversion avait fonctionné.

Mais la seconde écoulée, le Premier ministre intervint pour dire que le groupe devait immédiatement cesser de discuter météo et ornithologie.

— Dites-moi plutôt quels dégâts peuvent causer la bombe ? Quelle est la gravité de la situation ?

Nombeko hésita à répondre. Il s'agissait d'une ou de quelques malheureuses mégatonnes.

— Combien ?

— Deux, trois, guère plus.

— Ce qui signifie ?

Le Premier ministre était du genre têtu.

— Trois mégatonnes correspondent à environ douze mille cinq cent cinquante-deux pétajoules. Votre Majesté est-elle sûre qu'il s'agissait d'un pygargue ?

Fredrik Reinfeldt lança un tel regard à son chef d'État que celui-ci s'abstint de répondre. Le chef du gouvernement se demanda ensuite si son souverain savait ce que représentait un pétajoule et quels dommages douze mille d'entre eux pouvaient entraîner... Il eut aussi le sentiment que la femme devant lui cherchait à se défiler.

— Dites-moi ce qu'il en est maintenant ! De manière compréhensible.

Nombeko s'exécuta. Elle expliqua les choses sans détour : la bombe détruirait tout dans un rayon de cinquante-huit kilomètres. De mauvaises conditions météorologiques, des rafales de vent par exemple, n'arrangeraient rien, et pourraient dans le pire des cas doubler les dégâts.

— Encore une chance que le soleil brille, dans ce cas, glissa le roi.

Nombeko lui adressa un hochement de tête appréciateur pour cette intervention optimiste, tandis que le Premier ministre affirmait que la Suède se trouvait peut-être confrontée à sa plus grave crise depuis la naissance de la nation. Les chefs d'État et du gouvernement se trouvaient à côté d'une arme de destruction impitoyable en baguenaude à travers la Suède, pilotés par un homme dont il ignorait les intentions.

— Dans ce contexte, le roi ne pense-t-il pas qu'il serait plus approprié de songer à la survie de la nation qu'à des pygargues et à la clémence de la météo ? demanda le Premier ministre.

Le roi n'était pas né de la dernière pluie, et avait vu nombre de Premiers ministres arriver et repartir, tandis que lui restait à son poste. Le nouveau ne présentait pas de défaut rédhibitoire, mais cela ne ferait de mal à personne s'il se calmait un peu.

— C'est bon, c'est bon, monsieur le chef du gouvernement, déclara-t-il. Asseyez-vous sur une caisse de pommes de terre comme tout le monde, puis nous demanderons une explication à nos kidnappeurs.

En fait, le souverain aurait voulu être agriculteur ou grutier ou n'importe quoi d'autre, du moment que ce soit en lien avec la mécanique ou la nature. De préférence, avec les deux.

Et puis, il s'était retrouvé roi.

Cela ne le surprit d'ailleurs pas. Dans un entretien remontant au début de son règne, il avait décrit sa vie comme une ligne droite depuis sa naissance, saluée par quarante-deux coups de canon tirés au-dessus de Skeppsholmen, le 30 avril 1946.

On l'avait baptisé Charles Gustave. Charles en hommage à son grand-père, Charles-Édouard de Saxe-

Cobourg et Gotha (un être passionnant, car à la fois nazi et britannique). Gustave en hommage à son père, son grand-père et son arrière-grand-père.

La vie avait affreusement mal commencé pour le petit prince. Alors qu'il n'avait que neuf mois, il perdit son père dans un accident d'avion. Ce décès prématuré avait causé un terrible accroc dans l'ordre de succession. Son grand-père, Gustave VI Adolphe, devait dorénavant se maintenir en vie sous peine de causer une vacance royale qui risquait d'aiguiser l'appétit des républicains au Parlement.

Les conseillers envisageaient sérieusement d'enfermer le prince héritier entre les épais murs du château jusqu'à ce que la succession soit effective, mais Sibylla, sa mère aimante, s'y opposa. Sans ami, son fils deviendrait fou, et dans le meilleur des cas asocial.

Le prince put donc fréquenter une école normale et, pendant ses loisirs, cultiver son intérêt pour les engins motorisés et s'engager dans les scouts, où il apprit à faire des nœuds plats, de tisserand et de cabestan plus vite et mieux que tous ses camarades.

Dans l'établissement d'enseignement général de Sigtuna, en revanche, il échoua en mathématiques et réussit de justesse dans les autres matières. L'explication de ses difficultés scolaires était toute simple : l'héritier du trône était dyslexique. Il avait beau être le meilleur joueur d'harmonica de sa classe, il ne marquait pas de point aux yeux des filles.

Grâce aux efforts de Sibylla, sa mère, il avait quand même un certain nombre d'amis, même si aucun d'entre eux n'appartenait à la gauche radicale à laquelle presque toutes les autres personnes se frottaient dans la Suède des années 1960. Laisser pousser ses cheveux, vivre en communauté et s'adonner à une sexualité débridée, tout cela était exclu pour le futur régent. Qui estimait néanmoins la dernière perspective plutôt intéressante.

La devise de Gustave Adolphe, son grand-père, était « Le devoir avant tout ». Peut-être fut-ce pour cette raison que l'aïeul se maintint en vie jusqu'à l'âge de quatre-vingt-dix ans. Ce n'est qu'en septembre 1973 qu'il s'endormit pour l'éternité, lorsqu'il sut que la maison royale était sauvée et son petit-fils assez âgé pour prendre la relève.

Comme on ne discute pas d'entrée de jeu de nœuds plats et de boîtes de vitesses synchronisées avec la reine d'Angleterre ou tout autre collègue royal, le jeune régent ne se sentait pas toujours très à l'aise dans les beaux salons. Au fil des ans, cela s'arrangea, surtout parce qu'il osait de plus en plus être lui-même. Après trois décennies sur le trône, un dîner de gala au château en l'honneur de Hu Jintao était une tâche soporifique qu'il était capable de gérer et de supporter, mais dont il se serait quand même bien passé.

L'échappatoire du moment, un enlèvement dans un camion de pommes de terre, n'était évidemment pas la panacée, mais le roi se disait que cela aussi s'arrangerait bien, d'une manière ou d'une autre.

Si seulement le Premier ministre pouvait se décrisper un peu.

Et écouter ce que les kidnappeurs avaient à dire.

Le Premier ministre Reinfeldt n'avait pas la moindre intention de s'asseoir sur l'une des caisses de pommes de terre d'une propreté plus que douteuse. Il y avait de la poussière partout. De la boue séchée sur le sol aussi. Mais bon, il pouvait quand même écouter.

Il se tourna vers Holger 2 et lui demanda :

— Auriez-vous l'obligeance, je vous prie, de bien vouloir m'expliquer ce qui se passe ?

Les mots étaient polis, le ton impérieux et son irritation à l'égard du roi intacte.

Holger 2 s'entraînait dans la perspective de sa conversation avec le Premier ministre depuis presque vingt ans. Il avait préparé un nombre quasiment incalculable de scénarios – aucun n'incluait la possibilité que le Premier ministre et lui se retrouvent enfermés dans un camion de pommes de terre. Avec la bombe. Le roi. Son frère, antimonarchique au volant. Se dirigeant vers un lieu inconnu.

Tandis que Holger 2 cherchait ses mots, son frère dans la cabine réfléchissait tout haut à ce qui allait se passer ensuite. Son père lui avait clairement dit « Roule, mon fils. Roule », mais rien de plus. Ils ne pouvaient quand même pas tout simplement laisser le roi choisir : soit quitter sa fonction et veiller à ce que personne ne le remplace, soit monter sur la bombe pour que Célestine et lui puissent faire sauter le roi, une partie du royaume et eux-mêmes. Si ?

— Mon courageux, courageux chéri, déclara Célestine en réponse aux cogitations de Holger 1.

Ça, c'était la barricade des barricades. En outre, une belle journée pour mourir, si nécessaire.

Dans la remorque, Holger 2 parvint enfin à ouvrir la bouche :

— Je pense que nous allons devoir vous raconter l'histoire depuis le début.

Il leur parla donc de son père Ingmar, de lui-même et de son frère, de la manière dont l'un d'eux avait décidé de poursuivre le combat de leur père tandis que l'autre se trouvait malheureusement où il était, en train de leur raconter l'histoire de sa vie.

Lorsqu'il eut achevé son récit et que Nombeko l'eut complété par l'histoire de la sienne, leur expliquant au passage comment la bombe à la réalité inexistante s'était retrouvée en errance, le Premier ministre se dit que tout cela n'était pas réel, mais que pour plus de sécurité mieux valait agir en partant de l'hypothèse fâcheuse que ça l'était malgré tout. Pendant ce temps, le roi se disait qu'il commençait à avoir faim.

Fredrik Reinfeldt essayait d'assimiler les paramètres de la situation présente. De l'apprécier. Il songea à l'alerte, qui allait être donnée d'une minute à l'autre, si ce n'était pas déjà fait. Qu'une panique dangereuse pourrait gagner les parties en présence si la Force nationale d'intervention encerclait le camion de pommes de terre, accompagnée d'hélicoptères à bord desquels de jeunes fébriles munis d'armes automatiques risqueraient à tout moment d'envoyer des tirs de sommation à travers la cloison de la remorque et donc à travers la couche de métal protectrice autour du ramassis de mégatonnes et autres pétajoules. Ou sinon de pousser le cinglé au volant à commettre quelque acte inconsidéré. Comme, par exemple, quitter la route.

L'ensemble de ces composantes sur un même plateau de la balance.

Sur l'autre, les récits que l'homme et la femme venaient de leur livrer, plus l'intervention du président chinois en faveur de cette dernière.

Étant donné les circonstances, le roi et lui-même ne devraient-ils pas tout faire pour éviter que la situation n'échappe à leur contrôle, pour que la menace de catastrophe nucléaire ne se transforme pas en réalité ?

Arrivé au bout de son raisonnement, Fredrik Reinfeldt annonça au roi :

— J'ai réfléchi.

— Quelle bonne nouvelle ! répondit le roi. C'est ainsi que nous apprécions nos Premiers ministres.

Reinfeldt demanda pour la forme à Sa Majesté s'il souhaitait vraiment que la Force nationale d'intervention s'excite au-dessus de leurs têtes. Une arme nucléaire de trois mégatonnes ne requérait-elle pas davantage de tact ?

Le roi félicita le Premier ministre d'avoir choisi de parler de trois mégatonnes plutôt que de douze mille pétajoules. Pour autant, les dégâts seraient tout aussi importants, d'après ce qu'il avait compris. De surcroît, il était assez âgé pour se souvenir des rapports consécutifs au dernier exploit de la Force nationale d'intervention. C'était à Gnesta, si sa mémoire était bonne, et cela avait été la première et jusqu'à présent seule mission de ce commando. Ses hommes avaient incendié un quartier entier, pendant que les terroristes quittaient tranquillement les lieux.

Nombeko déclara qu'elle avait elle aussi lu quelque chose à ce sujet.

Cette dernière remarque acheva de convaincre le Premier ministre. Il attrapa son téléphone et appela le chef de la sécurité pour l'informer qu'une information d'intérêt national venait de tomber, que le roi et lui-même se portaient bien, que le dîner de gala devait se dérouler comme prévu et qu'il fallait excuser la soudaine indisponibilité du chef d'État comme du chef de gouvernement. Pour le reste, le chef de la sécurité ne devait prendre aucune autre mesure que celle d'attendre des ordres ultérieurs.

Le chef de garde de la sécurité ce soir-là suait de nervosité. Pour ne pas arranger les choses, son supérieur hiérarchique, le patron de la Säpo, était invité au dîner, et se planta à cet instant à côté de lui pour prendre le relais. Il était tout aussi nerveux, d'ailleurs.

Peut-être est-ce pour cette raison que le patron de la Säpo commença par une question de sécurité dont il ne connaissait pas la réponse. Il était obsédé par l'idée que le Premier ministre avait peut-être fait cette annonce sous la contrainte.

— Comment s'appelle le chien de monsieur le Premier ministre ? s'enquit-il en guise d'introduction.

L'intéressé lui répondit qu'il n'avait pas de chien, mais qu'il promettait de s'en procurer un au plus vite, un gros, aux dents acérées, pour le lancer à la carotide du chef de la Säpo, si ce dernier n'avait pas le bon sens d'écouter ce qu'il avait à lui dire.

La situation était en tout point conforme à la description qu'il venait d'en faire. S'il en doutait, le chef de la Säpo pouvait interroger le président Hu, car le roi et lui se trouvaient en compagnie de son amie. Sinon, il pouvait se risquer à ignorer les instructions de son Premier ministre, l'interroger sur le nom de son poisson rouge (il en avait bel et bien un), lancer un avis de recherche, retourner terre et ciel et chercher un nouveau travail dès le lendemain matin.

Le patron de la Säpo aimait son job. Son titre sonnait bien, son salaire aussi. Et puis il était très proche de la retraite. Bref, il n'avait pas envie de chercher un nouvel emploi. Il décida donc que le poisson rouge du Premier ministre pouvait garder son anonymat.

Quoi qu'il en soit, Sa Majesté la reine se tenait à présent à côté de lui et voulait dire un mot à son époux.

Fredrik Reinfeldt tendit son téléphone à son souverain.

— Bonsoir, ma douce… Non, chérie, je ne suis pas sorti pour me dérober à mes obligations…

La menace d'un assaut de la Force d'intervention par les airs était écartée. Pendant la suite du trajet, Holger 2 leur donna des précisions sur la problématique. Il se trouvait donc que son jumeau au volant – tout comme son père depuis longtemps défunt – s'était mis en tête que la Suède devait devenir une république, et laisser tomber la monarchie. La femme à sa droite était sa petite amie colérique et un peu dérangée. Elle partageait hélas les convictions de son jumeau quant à la nécessité du changement de régime.

— Par souci de clarté, je tiens à exprimer un avis différent, commenta le roi.

Le camion de pommes de terre poursuivit sa route. Le groupe dans la remorque avait pris la décision commune d'attendre et de voir. Ils attendirent, certes, mais ne virent pas grand-chose, étant donné que Célestine avait non seulement éteint la lumière mais aussi tiré le rideau entre la cabine et la remorque.

Soudain, le véhicule s'immobilisa et le moteur fut coupé.

Nombeko demanda à Holger 2 qui tuerait son jumeau en premier, mais Numéro deux se souciait surtout de savoir où ils s'étaient arrêtés. Le roi, de son côté, espérait qu'on leur servirait un repas. Pendant ce temps, le Premier ministre cherchait à ouvrir la porte de la remorque. Elle devait pouvoir s'actionner de l'intérieur, non ? Pendant que le véhicule roulait, mieux valait s'abstenir de quoi que ce soit, mais Fredrik Reinfeldt ne voyait désormais plus aucune raison de rester planté dans cette remorque crasseuse. Il était le seul à avoir choisi de rester debout pendant tout le trajet.

Entre-temps, Holger 1 avait couru dans la grange de Sjölida pour aller chercher le pistolet de l'agent A, caché sous un seau depuis presque treize ans. Il fut de retour avant que le Premier ministre ait compris comment actionner le mécanisme d'ouverture.

— Pas d'entourloupes, déclara Holger 1. Contentez-vous de descendre en douceur.

Toutes les médailles du roi cliquetèrent lorsqu'il sauta au bas de la remorque. Ce son et la vue de leur scintillement renforcèrent la détermination de Holger 1. Il leva son arme pour montrer qui était le chef.

— Tu as un pistolet ? s'étonna Nombeko, qui prit la décision d'attendre pour altérer la symétrie de son nez et le tuer ensuite.

— Que se passe-t-il, là-dedans ?

C'était Gertrud, qui avait vu par la fenêtre que le groupe comptait de nouveaux membres et s'était portée à leur rencontre, armée du fusil de son père, comme toujours quand la situation était trouble.

— De mieux en mieux, commenta Nombeko.

Gertrud n'était pas contente que Célestine et les autres aient amené un politicien, car elle ne les aimait pas. Le roi, ça allait. À l'extrême rigueur. Depuis les années 1970, Gertrud avait un portrait de lui et de sa reine dans les toilettes extérieures, et ils lui avaient tenu bonne compagnie avec leur sourire chaleureux pendant qu'elle faisait ce qu'elle avait à faire par moins quinze degrés Celsius. Au début, cela l'avait mise un peu mal à l'aise de s'essuyer les fesses devant son roi, mais elle avait fini par s'habituer. Puis Sjölida avait été équipé de W-C intérieurs en 1993 et ses moments avec Sa Majesté lui avaient manqué.

— C'est agréable de vous revoir, déclara-t-elle en serrant la main de son roi. La reine se porte-t-elle bien ?

— Tout le plaisir est pour moi, répondit le roi avant d'ajouter que la reine allait bien, tout en se demandant où il aurait déjà rencontré cette dame.

Holger 1 poussa tout ce beau monde dans la cuisine de Gertrud dans le but de poser un ultimatum à Sa Majesté.

Gertrud leur demanda s'ils avaient eu le temps de faire des courses, d'autant plus qu'ils ramenaient des invités. Le roi et puis l'autre, là.

— Je m'appelle Fredrik Reinfeldt, je suis Premier ministre, déclara l'intéressé en tendant la main. Enchanté.

— Répondez plutôt à la question, répliqua Gertrud. Avez-vous fait des courses ?

— Non, Gertrud, répondit Nombeko. Nous avons eu un empêchement.

— Dans ce cas, nous allons tous crever de faim.

— Et si nous commandions des pizzas ? suggéra le roi en pensant que les hôtes du banquet avaient sans doute déjà savouré les coquilles Saint-Jacques agrémentées de pesto à la mélisse citronnelle et qu'ils devaient en être aux flets pochés accompagnés d'asperges décorées de pignons de pin grillés.

— Le portable ne passe pas ici. C'est la faute des politiciens. Je n'aime pas les politiciens, ajouta Gertrud.

Fredrik Reinfeldt se dit pour la deuxième fois de la journée que cette situation n'était pas réelle. Venait-il d'entendre son roi suggérer de commander des pizzas pour lui-même et ses kidnappeurs ?

— Si vous tordez le cou à quelques poules, je peux préparer une fricassée, proposa finalement Gertrud. Malheureusement, j'ai vendu mes deux cents hectares de pommes de terre, mais Engström ne remarquera sans doute rien, si nous barbotons quinze de ses quinze millions de tubercules.

Holger 1 était planté au milieu d'eux, son pistolet à la main. Commander des pizzas ? Une fricassée de poulet ? Où se croyaient-ils ? Le roi allait soit abdiquer soit être atomisé.

Il chuchota à Célestine qu'il était temps de reprendre le contrôle de la situation. Elle acquiesça et décida de commencer par expliquer le contexte à sa grand-mère. Ce qu'elle fit, de manière très concise. Ils avaient enlevé le roi. Avec le Premier ministre, en prime. Holger 1 et elle allaient à présent le forcer à démissionner.

— Le Premier ministre ?

— Non, le roi.

— Dommage, répondit Gertrud en ajoutant que nul ne devrait avoir à démissionner le ventre vide. Pas de fricassée de poulet non plus, alors ?

Le roi trouvait la perspective d'une fricassée faite maison attrayante. Par ailleurs, s'il voulait réussir à se mettre quelque chose dans l'estomac, mieux valait passer à l'action sans plus tarder.

Il avait participé à un paquet de chasses au faisan

au fil des années, et au début, quand il n'était que prince héritier, il n'y avait eu personne pour préparer le gibier à sa place – le jeune devait s'endurcir. Il se disait à présent que si trente-cinq ans plus tôt il était capable d'abattre un faisan et de le plumer, il n'aurait pas de difficulté aujourd'hui à tordre le cou à une poule et à la plumer.

— Si monsieur le Premier ministre s'occupe des pommes de terre, je me charge des poules, annonça-t-il.

Fredrik Reinfeldt était désormais convaincu que toute cette scène était irréelle. Chaussé de souliers vernis et portant un habit queue-de-pie du tailleur italien Corneliani, il gagna le champ de pommes de terre, une griffe à la main. C'était mieux que de se retrouver la chemise maculée de sang ou de Dieu sait quoi d'autre.

Malgré son âge, le roi était toujours vif. En cinq minutes, il avait attrapé trois jeunes poulets, leur avait tordu le cou et les avait décapités à l'aide d'une hache. Il avait au préalable suspendu sa veste d'apparat à un crochet sur le mur du poulailler, où son impressionnante collection de médailles scintillait dans le soleil couchant. Il avait placé sa chaîne de l'ordre de Vasa sur une fourche rouillée juste à côté.

Exactement comme le Premier ministre l'avait supputé, sa chemise se retrouva constellée de taches rouges.

— J'en ai une autre à la maison, expliqua le roi sur un ton rassurant à Nombeko, qui l'aidait à plumer les volatiles.

— Je m'en serais presque doutée, répondit Nombeko.

Lorsque peu après elle fit son entrée à la cuisine, les bras chargés des trois gallinacés plumés, Gertrud gloussa de joie et déclara qu'on allait la faire, cette fricassée !

Célestine et Holger 1 étaient installés à la table de la cuisine, encore plus perdus que d'habitude. Ils le furent davantage quand le Premier ministre débarqua à son tour, les chaussures boueuses, avec un seau de pommes de terre. Suivi de près par le roi en chemise à jabot couverte de sang de poule. Il avait oublié sa veste d'apparat et son ordre de Vasa dans le poulailler.

Gertrud prit les pommes de terre sans un mot, puis complimenta le roi sur sa dextérité à manipuler la hache.

Holger 1 était mécontent de voir Gertrud fraterniser avec cette maudite majesté. Célestine partageait son sentiment. Si elle avait eu dix-sept, elle aurait vidé les lieux sur-le-champ, mais là, ils avaient une mission à accomplir et elle ne voulait pas avoir à quitter sa grand-mère en mauvais termes une nouvelle fois. Enfin, s'ils n'étaient pas contraints d'atomiser les personnes comme les poules, mais ça, c'était un autre problème.

Numéro un n'avait pas lâché son pistolet et il était blessé que personne ne semble s'en soucier. Nombeko pensait qu'il méritait avant tout qu'on lui esquinte le nez (elle n'était plus assez en colère pour le tuer), mais aussi qu'elle voulait savourer la fricassée de poulet de Gertrud avant que la vie sur Terre ne s'interrompe pour eux tous, dans le pire des cas. La pire menace n'était du reste pas la bombe, mais cette tête brûlée qui agitait une arme.

Elle décida donc d'aider le frère de son petit ami en lui soufflant quelques principes de logique. Elle lui expliqua que si le roi ne s'échappait pas, il n'avait pas besoin de monter la garde armé, et que même si le souverain prenait la poudre d'escampette, Holger disposait de cinquante-huit kilomètres de marge pour faire sauter la bombe. Un roi, tout souverain qu'il soit, était incapable de parcourir une telle distance en moins de trois heures, même après s'être délesté de ses kilos de médailles.

Il suffisait que Holger 1 cache la clé du camion. Ensuite, il serait en position de force à Sjölida et plus personne n'aurait besoin jouer les matons. Ils pourraient ainsi manger tranquillement.

Holger 1 acquiesça, songeur. Les paroles de Nombeko étaient sensées. Il avait d'ailleurs déjà glissé la clé du camion dans l'une de ses chaussettes, sans se rendre compte à quel point c'était bien joué. Après quelques secondes de réflexion supplémentaires, il glissa le pistolet dans la poche intérieure de sa veste.

Sans enclencher le cran de sûreté.

Tandis que Nombeko faisait entendre raison à Holger 1, Gertrud avait ordonné à sa petite-fille de l'aider à débiter les poulets en morceaux. Pendant ce temps, Holger 2, lui, s'était vu confier la tâche de préparer des cocktails en suivant à la lettre ses instructions. Il s'agissait de mélanger une mesure de gin Gordon, deux de Noilly Prat, puis de compléter avec de la vodka et de l'aquavit Skåne à parts égales. Une fois lancé, Holger 2 décida que ça ne ferait pas de mal de doubler les mesures. Il goûta le cocktail en douce et fut si satisfait du résultat qu'il goûta une seconde fois.

Le petit groupe patientait dans la cuisine tandis que Gertrud mettait la dernière main à la fricassée. Le roi observait les deux Holger, frappé par leur extrême ressemblance.

— Comment fait-on pour vous distinguer, si en plus vous portez le même prénom ?

— Je vous suggère d'appeler celui au pistolet l'idiot, répondit Holger 2, assez content d'avoir lâché ce qu'il avait sur le cœur.

— Holger et l'idiot... Oui, pourquoi pas ? commenta le roi.

— Personne ne traite mon Holger d'idiot ! aboya Célestine.

— Et pourquoi pas ? s'étonna Nombeko.

Le Premier ministre estima que nul n'avait intérêt à ce qu'une dispute éclate. Il s'empressa donc de féliciter Holger 1 d'avoir rangé son arme, ce qui amena Nombeko à expliquer l'équilibre de la terreur à tout le monde.

— Si nous capturons Holger, celui que nous n'appelons pas l'idiot quand sa petite amie a les oreilles qui traînent, et que nous l'attachons à un arbre, le risque est que sa petite amie déclenche la bombe à sa place. Et si nous l'attachons à l'arbre d'à côté, allez savoir ce que sa grand-mère fera avec son fusil...

— Ah, Gertrud ! s'exclama le roi sur un ton appréciateur.

— Si vous touchez à ma Célestine, les balles voleront dans tous les sens, je vous préviens ! déclara Gertrud.

— Bien, vous voyez, reprit Nombeko. Le pistolet n'est pas nécessaire, ce que j'ai même réussi à faire comprendre à l'idiot.

— À table ! lança Gertrud.

Au menu, une fricassée de poulet, de la bière maison et le cocktail spécial de l'hôtesse des lieux.

Chacun pouvait se servir en fricassée et en bière. En revanche, c'était Gertrud qui assurait la distribution du cocktail. Tous les invités y eurent droit, Premier ministre y compris. Celui-ci protesta mollement, mais Gertrud emplit les verres à ras bord et le roi se frotta les mains.

— Nous pouvons sans nul doute partir du présupposé que le poulet aura un goût de volaille. Commençons donc plutôt par découvrir quelle saveur a ce breuvage.

— À votre santé, monsieur le roi ! répondit Gertrud.

— Et nous ? s'offusqua Célestine.

— À la vôtre aussi, bien sûr.

Puis elle fit cul sec. Le roi et Holger 2 suivirent son exemple. Les autres le sirotèrent avec plus de précaution, à l'exception de Holger 1, qui ne pouvait se résoudre à boire à la santé du roi et du Premier ministre ; celui-ci vida son verre dans un pot de géraniums sans se faire remarquer.

— Un maréchal Mannerheim, j'en mettrais ma tête à couper ! s'exclama le roi aux anges.

Personne ne comprit ce qu'il voulait dire, Gertrud exceptée.

— Exact, monsieur le roi ! Me ferez-vous l'honneur d'accepter son petit frère ?

Holger 1 et Célestine étaient de plus en plus contrariés de voir Gertrud tant apprécier celui qui allait abdiquer. Qui, en plus, portait une chemise à jabot ensanglantée aux manches retroussées au lieu de son uniforme d'apparat. Numéro un n'aimait pas ne pas comprendre. Pourtant, il en avait l'habitude.

— Que se passe-t-il ? s'enquit-il.

— Ce qui se passe, c'est que ton ami le roi vient

de reconnaître le meilleur cocktail au monde, répondit Gertrud.

— Ce n'est pas mon ami, répliqua Holger 1.

Gustaf Mannerheim était un homme, un vrai. Il faut dire qu'il avait servi dans l'armée du tsar pendant plusieurs décennies et avait parcouru en son nom l'Europe et l'Asie à cheval.

Quand les communistes et Lénine s'emparèrent du pouvoir en Russie, il regagna la Finlande désormais indépendante et devint régent, chef d'état-major, puis président. Il était considéré comme le plus grand combattant finlandais de tous les temps, et reçut des ordres et des distinctions du monde entier. On lui décerna par ailleurs le titre inédit de maréchal de Finlande.

C'était pendant la Seconde Guerre mondiale que la boisson du maréchal avait été inventée : une mesure de vodka, une d'aquavit, une de gin et deux de vermouth. Ce cocktail était devenu un classique.

Le roi suédois l'avait goûté pour la première lors d'une visite officielle en Finlande plus de trente ans auparavant, alors qu'il n'était sur le trône que depuis une petite année.

Agé de vingt-huit ans, si nerveux qu'il chancelait sur ses jambes, il avait été accueilli par l'expérimenté président finlandais Kekkonen, qui, lui, avait largement dépassé les soixante-dix ans. S'appuyant sur sa sagesse de vieil homme, Kekkonen avait immédiatement décidé que le jeunot avait besoin de quelque chose pour réchauffer sa poitrine déjà chargée de médailles. Le reste de la visite s'était très bien passé. Un président finlandais ne sert pas n'importe quel breuvage. Celui du maréchal s'imposait. Le roi en resta amoureux toute sa vie. Par ailleurs, Kekkonen et lui devinrent des camarades de chasse.

Le roi vida son deuxième cocktail, fit claquer sa langue et déclara :

— Je vois que le verre du Premier ministre est vide. Vous n'en voulez pas un deuxième, vous aussi ? Et puis, retirez votre queue-de-pie. De toute façon, vos chaussures sont toutes crottées et vous avez de la boue jusqu'aux genoux.

Le Premier ministre s'excusa pour son apparence. S'il avait su, il se serait évidemment présenté au dîner de gala en cotte de travail et en bottes de caoutchouc. Il ajouta qu'il se passait volontiers de cocktail et qu'il lui semblait en tout état de cause que le roi buvait pour deux.

Fredrik Reinfeldt ne savait pas comment gérer son souverain insouciant. Le chef d'État aurait dû prendre cette situation fondamentalement complexe au sérieux au lieu de s'enfiler des seaux d'alcool (deux à trois centilitres équivalaient à peu près à plusieurs seaux aux yeux du tempérant Premier ministre).

Cela dit, l'attitude du roi semblait troubler les républicains révolutionnaires autour de la table. Le Premier ministre avait remarqué les messes basses de l'homme au pistolet et de sa petite amie. Quelque chose les perturbait. Le roi, bien sûr. Mais pas de la même manière qu'il le perturbait, lui, le Premier ministre. Et, pour autant qu'il pouvait en juger, pas de cette manière grossière « débarrassons-nous de la monarchie », qui avait sans doute été le point de départ de tout ça.

C'était toujours ça de pris. Et si le roi continuait

à boire comme un trou, ils se raviseraient peut-être. Il n'y avait de toute manière pas moyen de l'arrêter.

Après tout, c'était le roi, sacredieu !

Nombeko fut la première à finir son assiette. Elle avait dû attendre d'avoir vingt-cinq ans pour manger à sa faim, la première fois aux frais du président Botha. Depuis, elle n'avait jamais manqué une occasion de le faire.

— Peut-on se resservir ?

On le pouvait. Gertrud était contente de voir que Nombeko appréciait sa cuisine. Gertrud semblait d'ailleurs contente tout court. Le roi avait apparemment gagné son cœur grâce à ses atouts.

Sa propre personne.

Sa connaissance de l'histoire du maréchal Mannerheim.

Sa familiarité avec son cocktail.

Ou tous ces ingrédients combinés.

Quoi qu'il en soit, c'était une bonne chose, car si le roi et Gertrud parvenaient ensemble à déstabiliser les auteurs du putsch, la vision de ces derniers quant à la suite du scénario commencerait peut-être à se troubler.

Un grain de sable dans les rouages, comme on dit.

Nombeko aurait aimé avoir une discussion stratégique avec le roi pour lui indiquer qu'il devait continuer à se comporter ainsi, mais elle ne parvenait pas à attirer son attention, tout absorbé qu'il était par la maîtresse de maison. Et vice versa.

Sa Majesté possédait une faculté qui faisait défaut au Premier ministre : celle de savourer l'instant, sans aucune considération pour la menace qui pesait sur lui. Il appréciait la compagnie de Gertrud, la vieille dame suscitait vraiment son intérêt.

— Quel est le lien entre vous, le maréchal et la Finlande, si je puis me permettre ?

Exactement la question que Nombeko avait voulu poser, sans en avoir eu l'occasion jusqu'à présent.

Bien joué, monsieur le roi ! Es-tu si futé que ça ? Ou avons-nous juste de la chance ?

— Mon lien avec le maréchal et la Finlande ? Cela ne vous intéresserait pas, répondit Gertrud.

Bien sûr que ça t'intéresserait, monsieur le roi !

— Bien sûr que ça m'intéresse, objecta le roi.

— C'est une longue histoire.

Nous avons tout notre temps !

— Nous avons tout notre temps, insista le roi.

— Vraiment ? glissa le Premier ministre, ce qui lui valut un regard noir de la part de Nombeko.

Toi, ne te mêle pas de ça !

— Elle commence en 1867, dit Gertrud.

— L'année de naissance du maréchal, compléta le roi.

Tu es un génie, monsieur le roi !

— Ah, quelle culture ! s'exclama Gertrud. L'année de naissance du maréchal, c'est exact.

Nombeko trouva la description de l'arbre généalogique de Gertrud aussi problématique que la première fois. Cependant, l'histoire n'avait fait que renforcer la bonne humeur du roi. Il faut dire qu'il avait échoué en mathématiques à une époque. Peut-être est-ce pour cette raison qu'il n'additionna pas deux et deux et ne se rendit pas compte que des barons, réels ou pas, ne produisent pas des comtesses.

— Alors, comme ça, vous êtes comtesse ! s'exclama le roi.

— Vraiment ? lança le Premier ministre dont le sens de la logique était plus développé, ce qui lui valut un nouveau regard peu amène de la part de Nombeko.

C'était effectivement l'attitude du roi qui perturbait Holger 1 et Célestine. C'était juste un peu dur à avaler. S'agissait-il de sa chemise maculée de sang ? De ses manches retroussées ? De ses boutons de manchettes en or, que le roi avait pour l'instant reléguées dans un verre à liqueur vide sur la table de la cuisine ? Le fait que cette répugnante veste d'apparat couverte de médailles pendait à présent à un crochet au mur du poulailler ?

Ou juste que le roi avait tordu le cou à trois poulets ?

Les rois ne tordent pas le cou aux poulets !

Et puis, les Premiers ministres ne ramassent pas des pommes de terre (du moins, pas en queue-de-pie), mais surtout, les rois ne tordent pas le cou aux poulets.

Tandis que Holger 1 et Célestine intégraient ces terribles discordances, le roi réussit à empirer son cas. Gertrud et lui en vinrent à discuter de la culture des pommes de terre, et bientôt du vieux tracteur dont la collectivité n'avait plus besoin, ce qui était une bonne chose, puisqu'il ne fonctionnait plus. Gertrud décrivit le problème au souverain, qui lui répondit que le MF35 était un petit bijou, à bichonner pour qu'il fonctionne. Il suggéra alors un nettoyage du filtre diesel et des têtes de bougies. Pour peu qu'il reste une seule étincelle dans la batterie, il ronronnerait sans doute de nouveau après cette simple révision.

Filtre diesel et têtes de bougies ? Les rois ne réparent pas les tracteurs.

Après le café et une promenade en tête à tête pour jeter un coup d'œil au MF35, le roi et Gertrud revinrent pour partager un dernier Mannerheim.

Pendant ce temps, le Premier ministre avait débarrassé la table et fait la vaisselle. Pour ne pas salir sa queue-de-pie plus que nécessaire, il avait enfilé le tablier de la comtesse.

Holger 1 et Célestine chuchotaient dans un coin tandis que son frère et Nombeko faisaient la même chose dans un autre. Ils discutaient de la situation et de la meilleure stratégie à adopter.

C'est alors que la porte s'ouvrit et qu'un homme âgé, armé d'un pistolet, entra. Il aboya en anglais que personne ne devait faire de gestes brusques, ni même bouger.

— Que se passe-t-il ? s'enquit Fredrik Reinfeldt, l'éponge à la main.

Nombeko répondit au Premier ministre en anglais. Elle lui expliqua que le Mossad venait de débarquer, dans l'intention de faire main basse sur la bombe dans le camion de pommes de terre.

21

Où il est question d'une contenance perdue
et d'un jumeau qui tire sur son frère

Treize ans, c'est long, quand on les passe à un bureau sans rien d'intéressant à faire. Toutefois, l'agent B avait enfin fini sa carrière. Il avait soixante-cinq ans et neuf jours. Neuf jours plus tôt, on l'avait remercié avec un gâteau aux amandes et un discours. Comme le discours de son chef était aussi beau qu'hypocrite, les amandes avaient eu un goût amer.

Après une semaine à la retraite, il avait pris sa décision et fait ses valises pour se rendre en Europe. En Suède, plus exactement.

L'affaire de cette femme de ménage, qui avait disparu avec la bombe honnêtement volée à Israël, n'avait jamais cessé de l'obséder. Même retraité, ce tourment ne le lâchait pas.

Où se trouvait la femme de ménage ? En plus du vol, elle était sans doute l'auteur du meurtre de l'agent A, son ami. L'ex-agent B ne savait pas ce qui le motivait le plus. Quand on est obsédé, on est obsédé.

Il aurait dû se montrer plus patient, quand il avait surveillé la boîte postale, à Stockholm. Et il aurait dû vérifier la piste de la grand-mère de Célestine Hedlund. Si seulement on l'y avait autorisé.

Cela remontait à tellement loin ! Cette piste ne valait sans doute plus grand-chose. Mais bon. Le retraité B avait l'intention de commencer par se rendre dans la forêt, au nord de Norrtälje. Si cela ne donnait rien, il surveillerait le bureau de poste pendant au moins trois semaines.

Ensuite, il pourrait éventuellement prendre sa retraite pour de bon. Il continuerait à se poser des questions qui resteraient sans réponse. Mais au moins il saurait qu'il avait fait tout ce qui était possible. Perdre face à plus fort que soi était supportable. Déclarer forfait avant le coup de sifflet final, non. Michael Ballack n'aurait jamais agi ainsi. Le jeune talent du FC Karl-Marx-Stadt avait d'ailleurs gravi tous les échelons jusqu'à son intégration dans l'équipe nationale, dont il était devenu le capitaine.

Le retraité B atterrit à l'aéroport d'Arlanda. Il y loua une voiture et se rendit directement chez la grand-mère de Célestine Hedlund. Il s'attendait à ce que la maison soit vide et condamnée, peut-être même l'avait-il espéré. La raison de ce voyage était avant tout d'apporter la tranquillité d'esprit à l'ancien agent, pas de trouver une bombe, qui ne se laissait de toute façon pas trouver.

Quoi qu'il en soit, un camion de pommes de terre était garé juste devant la maison de la grand-mère et il y avait de la lumière à toutes les fenêtres !

L'ex-agent descendit de voiture, se faufila jusqu'au camion, jeta un coup d'œil dans la remorque, et le temps sembla s'arrêter. Là, à l'intérieur, la caisse contenant la bombe, les coins toujours aussi noircis.

Comme tout semblait possible, il vérifia si les clés n'étaient pas sur le contact, mais la chance ne lui sourit pas à ce point. Il allait quand même être obligé de faire face aux habitants de la maison. Une vieille dame de quatre-vingts ans, très certainement. Sa petite-fille. Le petit ami de cette dernière. Plus cette maudite femme de ménage. Quelqu'un d'autre ? Eh bien, peut-être l'homme inconnu qu'il avait aperçu dans la voiture des époux Blomgren ce jour-là, devant les ruines calcinées de Fredsgatan, à Gnesta.

Le retraité B sortit son arme de service, qu'il avait malencontreusement emportée quand il avait fait ses cartons le jour de son pot de retraite, et tâta la poignée de la porte avec précaution. Elle n'était pas fermée à clé. Il suffisait d'entrer.

Nombeko avait donc informé en anglais Fredrik Reinfeldt de la situation. Le Mossad était là pour récupérer la bombe atomique, et peut-être aussi en profiter pour faire passer de vie à trépas une ou deux personnes dans la pièce. De ce point de vue, elle estimait être une excellente candidate.

— Le Mossad ? s'étonna le Premier ministre, lui aussi, en anglais. Mais de quel droit le Mossad est-il armé dans ma Suède ?

— Ma Suède, corrigea le roi.

— Votre Suède ? demanda le retraité B en considérant tour à tour l'homme au tablier et à l'éponge et celui dans le canapé avec sa chemise maculée de sang et un verre à liqueur vide à la main.

— Je suis Fredrik Reinfeldt, Premier ministre, déclara le Premier ministre.

— Et moi, le roi Charles XVI Gustave, intervint le roi. Le chef du Premier ministre, pourrait-on dire. Et voici la comtesse Virtanen, la maîtresse de maison.

— C'est bien cela, répondit la comtesse, pas peu fière.

Fredrik Reinfeldt était presque aussi perturbé que quelques heures plus tôt dans le camion, quand il avait compris qu'il avait été kidnappé.

— Posez immédiatement votre arme ou j'appelle votre Premier ministre, Ehud Olmert, pour lui demander ce qui se passe. J'imagine que vous agissez de votre propre chef ?

L'ex-agent B restait planté là où il était, frappé par ce qu'on aurait pu qualifier d'un arrêt du cerveau. Il ne savait pas ce qui était le pire : que l'homme au tablier et à l'éponge affirme être le Premier ministre, que l'homme à la chemise ensanglantée et le verre à liqueur affirme être le roi, ou le fait qu'ils semblaient tous les deux familiers au retraité B. Le Premier ministre et le roi. Dans une maison au milieu de la forêt, au fin fond de la Suède.

Un agent du Mossad ne perd jamais contenance, mais c'est ce qui arriva au retraité B à cet instant. Il perdit contenance. Il baissa son arme, la rangea dans son holster sous sa veste et demanda :

— Il est possible d'avoir quelque chose à boire ?

— Quelle chance que nous n'ayons pas fini la bouteille ! s'exclama Gertrud.

L'agent B s'assit à côté du roi et on lui servit sans attendre un verre du breuvage du maréchal. Il le vida, eut un frisson, et en accepta volontiers un deuxième.

Avant que le Premier ministre Reinfeldt n'ait eu le

temps de commencer à poser à l'intrus les multiples questions qui se pressaient dans sa tête, Nombeko se tourna vers l'ex-agent B et suggéra qu'ils racontent ensemble toute l'histoire dans le détail au chef Reinfeldt et à son chef le roi. De Pelindaba jusqu'à aujourd'hui. Le retraité B hocha la tête, soumis.

— Commencez, lui répondit-il, en indiquant à la comtesse Virtanen que son verre était vide.

Nombeko se lança. Le roi et le Premier ministre avaient déjà entendu une version courte pendant qu'ils étaient enfermés dans la remorque avec la bombe, mais elle donna davantage de détails cette fois-ci. Le Premier ministre l'écoutait avec attention tout en essuyant la table et le plan de travail. Le roi l'écoutait également depuis le canapé, qu'il partageait avec d'un côté la comtesse ravie, et l'ex-agent pas autant ravi de l'autre.

Nombeko évoqua d'abord Soweto, puis les diamants de Thabo et l'accident dont elle avait été victime à Johannesburg. Le procès. Le verdict. L'ingénieur et son penchant pour le Klipdrift. Pelindaba et ses deux clôtures électrifiées. Le programme d'armement nucléaire de l'Afrique du Sud. La présence israélienne.

— Je ne peux pas confirmer cette information, intervint l'ex-agent B.

— Ressaisissez-vous, répliqua Nombeko.

Le retraité B réfléchit. Sa vie était de toute façon finie. Soit parce qu'il passerait le restant de ses jours dans une prison suédoise, soit parce que le Premier ministre contacterait Ehud Olmert. Il préférait la perpétuité.

— J'ai changé d'avis. Je confirme cette information.

Au fil du récit, il dut confirmer d'autres éléments. L'intérêt de son pays pour la septième bombe, celle qui n'existait pas. L'accord avec Nombeko. L'astuce du courrier diplomatique. La traque entreprise par l'agent A après la découverte de la permutation.

— Que lui est-il arrivé, d'ailleurs ? demanda l'ex-agent B.

— Il a atterri avec un hélicoptère dans la Baltique, répondit Holger 1. De manière assez brutale, je le crains.

Nombeko poursuivit. Avec Holger & Holger. Fredsgatan. Les sœurs chinoises. Le potier. Le tunnel. L'assaut de la Force nationale d'intervention. La manière dont cette dernière s'était battue plusieurs heures contre elle-même.

— Que tous ceux qui sont surpris lèvent la main, glissa le Premier ministre.

Nombeko enchaîna. Au sujet de M. et Mme Blomgren. De l'argent issu de la vente des diamants parti en fumée. De tous les appels infructueux à l'assistante du Premier ministre au fil des ans.

— Elle n'a fait que son travail, la défendit Fredrik Reinfeldt. Gertrud aurait-elle un balai à franges ? Il ne me reste plus que le sol à nettoyer.

— Comtesse Virtanen, je vous prie, le corrigea le roi.

Nombeko poursuivit et évoqua la culture des pommes de terre. Les études de Holger 2. L'intervention de l'idiot, le jour de la soutenance.

— L'idiot ? s'étonna le retraité B.

— C'est sans doute moi, répondit Holger 1, en se disant que ce surnom n'était peut-être pas tout à fait usurpé.

Nombeko leur relata ensuite l'épisode du magazine *Politique suédoise*.

— C'était un bon journal, commenta le Premier ministre. Au moins le premier numéro. Qui a écrit l'éditorial du second ? Non, ne me répondez pas. Laissez-moi deviner.

Nombeko avait presque fini. Elle conclut en expliquant qu'elle avait reconnu Hu Jintao et qu'elle avait eu l'idée d'attirer son attention devant le château. Puis Holger 1, l'archidiot, les avait tous kidnappés.

L'ex-agent B vida son troisième verre et sentit qu'il était assez groggy pour le moment. Il compléta alors les informations livrées par Nombeko en relatant son parcours, de sa naissance jusqu'à ce jour. Après sa retraite, cette affaire avait continué à l'obséder et il était donc venu ici. Absolument pas à la demande du Premier ministre Olmert. De sa propre initiative, et comme il le regrettait à présent !

— Quel feuilleton ! s'exclama le roi avant d'éclater de rire.

Le Premier ministre dut reconnaître que le roi avait quand même bien résumé les choses.

Vers minuit, le chef de la Säpo n'y tenait plus.

Le roi et le Premier ministre n'avaient pas refait surface. Selon le président de la République populaire de Chine, ils étaient entre de bonnes mains, mais il estimait la même chose vis-à-vis de la population tibétaine, non ?

Le fait que le Premier ministre ait appelé pour le rassurer et lui donner l'ordre de faire profil bas était évidemment plus digne de confiance. Mais l'appel remontait à plusieurs heures. Il ne répondait plus au téléphone et son portable était impossible à localiser. Le roi, lui, n'avait pas d'appareil sur lui.

Le banquet était fini depuis longtemps et des rumeurs commençaient à circuler. Des journalistes appelaient pour demander pourquoi l'hôte avait brillé par son absence. Les attachés de presse de la cour et du Premier ministre avaient répondu que le roi et le Premier ministre avaient malheureusement dû s'absenter, pour des raisons personnelles, mais qu'ils allaient bien.

Les gènes des journalistes ne les portent hélas pas à croire aveuglément les déclarations qu'on leur fait. Le chef de la Säpo sentait qu'ils étaient tous sur le pied de guerre. Contrairement à lui, qui se contentait d'attendre, les bras croisés. Car que diable aurait-il bien pu entreprendre ?

Il avait pris quelques mesures discrètes, comme de parler au chef de la Force nationale d'intervention. Celui-ci ne l'avait pas informé de ce dont il retournait, juste qu'une situation délicate se préparait peut-être et qu'une opération de sauvetage serait éventuellement nécessaire. Similaire à celle de Gnesta, un peu plus de dix ans auparavant. La Suède était un pays pacifique. Une intervention armée tous les dix à quinze ans est plus ou moins ce à quoi on peut s'attendre.

Le chef de la force d'intervention lui avait alors fièrement répondu que Gnesta avait été sa première mission et jusqu'à présent la seule, et que son groupe et lui étaient toujours prêts.

Le chef de la Säpo n'était pas présent au moment de l'affaire de Gnesta et n'avait pas lu les rapports. La présence de la Force nationale d'intervention lui paraissait rassurante. Ce qui le préoccupait beaucoup plus était qu'il ne disposait pas de l'information de base pour assurer une libération réussie du roi et du Premier ministre.

À savoir, l'endroit où ils se trouvaient.

Le retraité B réclama un quatrième verre. Puis un cinquième. L'ex-agent ne savait pas grand-chose des prisons suédoises, mais il avait la relative certitude qu'on n'y servait pas d'alcool à volonté. Mieux valait en profiter tant qu'il en avait la possibilité.

Le roi fit un commentaire élogieux sur la descente du retraité B.

Le Premier ministre releva les yeux du sol qu'il s'affairait à nettoyer. On ne plaisantait pas avec les services secrets d'une nation étrangère de cette manière.

La comtesse Virtanen rayonnait en compagnie du roi. Son statut de souverain était un premier point positif. Par ailleurs, il tordait le cou aux poules comme un vrai gaillard, il savait qui était Mannerheim, appréciait le breuvage du maréchal et avait chassé l'élan avec Urho Kekkonen. Et puis, il lui donnait du « comtesse ». C'était comme si quelqu'un la voyait enfin, comme si elle était redevenue une Mannerheim finlandaise après avoir été une cultivatrice de pommes de terre au nom de Virtanen pendant toute sa vie adulte.

Qu'adviendrait-il quand le breuvage mannerheimien aurait quitté son corps et que le roi serait reparti ? Gertrud prit sa décision sur le canapé qu'elle partageait avec Sa Majesté et l'ex-agent infiniment las :

Désormais, elle serait comtesse. Jusqu'au bout des ongles !

Holger 1 avait perdu pied. Complètement. Il se rendait compte que ce qui avait nourri sa conviction républicaine durant toutes ces années était sa vision de Gustave V en uniforme d'apparat, avec ses médailles, son monocle et sa canne à pommeau d'argent. Autrement dit, le portrait sur lequel son père, son frère et lui lançaient des fléchettes quand il était enfant. Cette vision qu'il avait vendue à Célestine et qu'elle avait faite sienne.

Allaient-ils à présent faire sauter le petit-fils de Gustave V, eux-mêmes, son frère et la grand-mère de Célestine pour ça ?

Si seulement il n'avait pas tordu le cou à un poulet après avoir retiré sa veste d'uniforme. Remonté les manches de sa chemise maculée de sang. Expliqué à Gertrud comment réparer un tracteur. Et éclusé verre après verre sans broncher.

Le fait que le Premier ministre soit à cet instant à quatre pattes pour essayer de retirer une tache sur le sol après avoir débarrassé la table et lavé et fait la vaisselle n'aidait pas Holger 1 et Célestine. Mais ce n'était rien comparé à la vérité qui avait volé en éclats sous leurs yeux.

Celle qui voulait que les rois ne tordent pas le cou aux poules.

Ce dont Holger 1 avait avant tout besoin à cet instant était d'une confirmation que tout l'enseignement qu'il avait reçu conservait sa pertinence. Si c'était le cas, Célestine le soutiendrait.

Le monarque des monarques dans l'histoire de papa Ingmar avait été Gustave V. C'était lui que la gueule de l'enfer avait craché pour tourmenter la Terre entière. Holger comprit qu'il avait besoin de connaître l'opinion du roi à l'égard de ce rejeton de Satan. Il s'avança donc vers celui qui était tout occupé à flirter avec la dame de quatre-vingts ans.

— Écoute-moi, le roi.

Le roi s'interrompit au milieu d'une phrase, releva les yeux et répondit :

— Oui, c'est moi.

— Je veux vérifier un truc avec toi, dit Holger 1.

Le roi ne répondit pas, se contentant d'attendre poliment la suite.

— Bon, il s'agit de Gustave V.

— Mon arrière-grand-père.

— Exact. C'est comme ça que vous vous succédez, dit Holger, sans vraiment comprendre ce qu'il voulait dire. Ce que je veux savoir, c'est ce que le roi – toi, donc – pense de lui.

Nombeko s'était discrètement rapprochée pour suivre la discussion entre le roi et l'idiot. À ce point de la conversation, elle se chuchota à elle-même : Tu as été parfait jusqu'à maintenant, monsieur le roi. Donne la bonne réponse !

— Gustave V… répéta le roi, pour gagner du temps car il pressentait un piège.

Le roi songea un moment aux générations qui l'avaient précédé.

Être chef d'État n'est pas toujours aussi facile que l'imagine le roturier. Il pensa d'abord à Erik XIV, d'abord traité de fou (même si c'était en partie fondé), avant que son frère l'enferme, puis lui fasse servir un potage agrémenté de poison.

Ses pensées se tournèrent ensuite vers Gustave III, qui s'était rendu à un bal masqué pour s'amuser un peu, et s'était fait tirer dessus, ce qui était moyennement amusant. Par ailleurs, le tireur avait si mal visé que le malheureux roi avait encore vécu deux semaines avant de succomber à sa blessure.

Il songea surtout à Gustave V, qui semblait obséder le républicain Holger. Enfant, son arrière-grand-père était de constitution fragile. On estimait qu'il traînait la patte et on l'avait donc traité à coups d'électrochocs, invention toute récente à l'époque. Quelques volts dans le corps étaient censés lui donner du tonus.

Bien malin qui aurait pu dire si c'était dû aux volts ou à autre chose, mais Gustave V guida ensuite la Suède à travers deux guerres mondiales, sans jamais montrer le moindre signe de faiblesse. Avec une reine d'origine allemande d'un côté, et un fils et héritier de l'autre, qui s'obstina à épouser une Britannique, non pas une, mais deux fois.

Juste avant la Première Guerre mondiale, Gustave V poussa peut-être le bouchon un peu trop loin en réclamant l'accroissement des capacités militaires du pays avec tant d'insistance que Staaf, le Premier ministre de l'époque, furieux, démissionna. Staaf estimait plus important d'instaurer le suffrage universel que de construire un cuirassé ou deux. Nul ne prêtait attention au fait que son bisaïeul avait réclamé ce qu'il avait réclamé juste avant l'attentat de Sarajevo, et avait donc eu raison. En tant que roi, il était censé garder le silence. Le roi en avait lui-même fait l'amère expérience lorsqu'il avait eu le malheur de déclarer que le sultan de Brunei était un type ouvert d'esprit.

Mais bon. Son arrière-grand-père avait régné presque quarante-trois ans en s'adaptant avec adresse à toutes les évolutions politiques. Le simple fait que la monarchie n'ait pas disparu alors que le commun des mortels avait obtenu le droit de vote, et l'avait si mal exercé, et que les sociaux-démocrates étaient arrivés au pouvoir méritait d'être salué. En lieu et place de la révolution attendue, il s'était trouvé que Hansson, le Premier ministre, tout républicain qu'il fût, se faufilait parfois au château le soir pour jouer au bridge.

La vérité était donc que son arrière-grand-père était un sauveur de monarchie de premier ordre. Mais pour l'instant, il importait avant tout de bien gérer la situation, dans le pur esprit de son bisaïeul, avec un subtil mélange de détermination et de prise en considération de la réalité.

Le roi avait compris qu'il se jouait quelque chose d'important derrière cette question posée par celui qu'ils n'avaient pas le droit d'appeler l'idiot. Toutefois, comme ledit idiot était à peine né quand son arrière-grand-père était décédé, en 1950, ils n'avaient pas pu se rencontrer. Le problème devait remonter à plus loin que ça. En toute franchise, le roi, trop subjugué par la comtesse, n'avait pas prêté grande attention à l'exposé de Mlle Nombeko. En revanche, il se souvenait que l'autre Holger avait mentionné dans le camion de pommes de terre que c'était le père des jumeaux qui avait un jour implanté l'idée républicaine dans la famille.

Au plus haut point, manifestement.

Le père des jumeaux avait-il eu à souffrir de Gustave V d'une manière ou d'une autre ?

Hmm.

Une idée interdite traversa l'esprit du roi.

En l'occurrence, il savait que les mariages d'amour n'étaient pas d'actualité dans les cercles royaux quand son arrière-grand-père et la mère de son grand-père s'étaient dit oui en septembre 1881. Pour autant, son arrière-grand-père avait éprouvé une certaine tristesse quand sa reine s'était rendue sous le climat chaud d'Égypte pour améliorer sa santé, mais aussi pour se consacrer à une liaison inopportune sous une tente bédouine avec un baron de la cour. Danois, par-dessus le marché.

À partir de ce jour-là, on avait raconté que le roi ne s'intéressait plus aux femmes. Les rapports qu'il entretenait avec les hommes n'étaient pas clairs. Au fil des ans, des rumeurs avaient circulé. En particulier, une histoire de chantage où un charlatan aurait extorqué de l'argent au souverain, à une époque où l'homosexualité était illégale et aurait pu mettre la monarchie en péril. La cour avait tout fait pour donner satisfaction au charlatan, et acheter son silence.

On lui avait donné de l'argent, encore un peu plus, puis encore davantage. On l'avait aidé à ouvrir un restaurant et une pension de famille. Mais quand on est un charlatan, on le reste. L'argent lui filait entre les doigts et il revenait sans cesse en réclamer davantage.

Un jour, on bourra toutes ses poches de billets et on l'expédia de l'autre côté de l'Atlantique, aux États-Unis. Cependant, il était apparemment revenu poser de nouvelles exigences illico presto. Une autre fois – en pleine guerre –, on l'avait envoyé dans l'Allemagne nazie en lui promettant une rente mensuelle de la Suède. Mais là, cette calamité avait importuné des petits garçons et avait enfreint de toutes les manières possibles les idéaux aryens de Hitler. Résultat : on l'avait renvoyé illico presto en Suède. Il avait tant irrité la Gestapo qu'il avait été à deux doigts de se retrouver dans un camp de concentration (ce qui, du point de vue de la cour suédoise, aurait indéniablement eu des avantages). De retour à Stockholm, l'individu avait écrit son autobiographie. À présent, le monde entier allait tout savoir. En aucun cas, s'était alors dit le chef de la police de Stockholm, qui s'était empressé d'acheter tout le tirage et de l'enfermer dans une cellule du commissariat.

Pour finir, il n'avait néanmoins pas été possible

d'étouffer cette histoire délicate (au Brunei, les choses auraient sans doute été différentes). La société avait alors eu le hoquet et avait condamné le charlatan à huit ans de prison pour divers délits. À ce stade, Gustave V était déjà mort et le charlatan veilla à l'imiter quand il finit par être libéré.

Une histoire bien ennuyeuse. Mais bon, le charlatan n'était peut-être pas qu'un charlatan. Du moins en ce qui concernait ses allégations quant à sa relation avec Gustave V. Il n'était pas exclu que le roi se soit comporté avec lui et d'autres garçons et hommes… de cette manière… illégale à cette époque.

Et si…

Et si le père des jumeaux avait été victime de telles pratiques ? Et si c'était la raison pour laquelle il avait lancé sa croisade contre la monarchie en général et contre Gustave V en particulier ?

Et si…

Parce qu'il devait bien y avoir quelque chose.

Sur ce, le roi arriva au terme de sa réflexion. Ses spéculations n'étaient pas toutes fondées, mais judicieuses.

— Ce que je pense de Gustave V, mon arrière-grand-père ? répéta-t-il.

— Mais réponds, Bon Dieu ! lâcha Holger 1.

— De toi à moi, entre quatre yeux ? demanda le roi, alors que la comtesse Virtanen, Célestine, Holger 2, Nombeko, le Premier ministre et un ancien agent israélien désormais endormi étaient présents.

— Si tu veux, l'autorisa Holger 1.

Le roi implora le pardon de son bienheureux arrière-grand-père aux cieux. Puis il déclara :

— C'était un vrai salopard.

Jusque-là, on aurait pu considérer le roi comme un candide et se dire que sa rencontre avec Gertrud était une coïncidence heureuse. Mais lorsqu'il s'attaqua à l'honneur de Gustave V, Nombeko comprit que le souverain, lui aussi, avait appréhendé la situation dans laquelle ils se trouvaient. Le roi avait ouvertement renié son bisaïeul, au simple motif de servir au mieux l'intérêt commun.

Restait à voir comment Holger 1 allait réagir.

— Viens, Célestine, dit l'intéressé. Faisons une promenade jusqu'au ponton. Il faut qu'on parle.

Holger 1 et Célestine s'adossèrent contre un banc sur le ponton au bord de la baie de Vätö. C'était peu après minuit ; il faisait noir en cette courte nuit estivale suédoise, mais pas particulièrement froid. Célestine prit les mains de Holger 1 entre les siennes, le regarda droit dans les yeux et commença par lui demander s'il pouvait lui pardonner d'être presque noble.

Holger marmonna que oui. Pour autant qu'il le comprenait, ce n'était pas sa faute si le père de sa grand-mère était baron en parallèle à son activité plus respectable de faussaire de billets de banque. Même si c'était effectivement dur à avaler. Enfin, si c'était vrai, parce que le récit de Gertrud présentait quand même des failles. Et puis Gustaf Mannerheim, son bisaïeul, s'était ravisé à l'automne de sa vie et était devenu président. Il avait donc des circonstances atténuantes. Un noble inféodé au tsar qui avait œuvré pour une république… Ce que l'Histoire pouvait être embrouillée, des fois !

Célestine était d'accord. Elle avait eu l'impression

d'être une ratée durant toute son enfance et son adolescence. Jusqu'au jour où Holger 1 avait débarqué et s'était révélé être celui qu'elle cherchait. Il avait ensuite sauté d'un hélicoptère de six cents mètres de haut pour lui sauver la vie. Et finalement, ils avaient kidnappé ensemble le roi suédois pour le forcer à abdiquer ou pour l'atomiser avec toutes ses médailles et s'atomiser eux-mêmes.

L'espace d'un instant, Célestine avait eu le sentiment que la vie était devenue à la fois compréhensible et pleine de sens.

Et puis, il y avait ces poulets au cou tordu. Et après le café, le roi avait aidé sa grand-mère à réparer le tracteur. Maintenant, sa chemise n'était plus seulement maculée de sang, mais également d'huile de moteur.

En plus, Célestine avait vu sa grand-mère revivre. Elle se sentait honteuse en repensant au jour où elle était partie sans même lui dire au revoir – au simple motif que son aïeule n'avait pas le bon grand-père.

De la honte ? Un sentiment nouveau pour elle.

Holger répondit qu'il comprenait que cette soirée ait marqué Célestine et qu'il se sentait lui-même perdu. Ce qui devait être éradiqué n'était pas seulement le roi et sa monarchie, mais tout ce que la monarchie représentait. Il ne fallait donc pas que cette institution se mette à représenter autre chose ici et maintenant. Le roi avait même lâché un juron. Allez savoir s'il n'avait pas fumé en douce avec Gertrud par-dessus le marché.

Non, Célestine ne le pensait pas. Ils étaient sortis faire un tour ensemble, c'est vrai, mais sans doute pour cette histoire de tracteur.

Holger 1 soupira. Si seulement le roi n'avait pas tourné le dos à Gustave V comme il venait de le faire !

Célestine lui demanda s'il envisageait de trouver

un compromis en se rendant compte qu'elle n'avait jamais employé ce mot auparavant.

— Tu veux dire faire sauter la bombe juste un peu ? Ou que le roi abdique de manière temporaire ?

En tout cas, emmener le souverain jusqu'au ponton et discuter de la situation de manière pacifique et cartésienne ne pourrait pas faire de mal. Rien que le roi, Holger 1 et Célestine. Sans Holger 2, Gertrud, le Premier ministre et surtout pas cette peste de Nombeko, ni l'ex-agent israélien endormi.

Holger 1 ne savait pas vraiment comment engager la conversation, ni où elle était censée mener. Célestine, encore moins. Mais si les mots étaient bien choisis, il y avait peut-être une solution.

Le roi n'avait d'yeux que pour sa comtesse, mais pouvait évidemment envisager une discussion nocturne avec Mlle Célestine et celui qu'il ne fallait pas appeler l'idiot, s'ils ne voulaient pas gâter la situation.

Holger 1 entama la conversation sur le ponton en disant que le roi devrait avoir honte de ne pas savoir se comporter en roi.

— Nous avons tous nos faiblesses, répondit l'intéressé.

Holger 1 poursuivit en reconnaissant que sa dulcinée s'était autorisée à se réjouir de la… la relation chaleureuse que le souverain avait établie avec Gertrud.

— La comtesse, le corrigea le roi.

Bon, peu importait le nom qu'elle prenait en fonction du contexte, elle constituait une raison suffisante pour que faire sauter le roi et une partie du pays, si le souverain devait s'abstenir d'abdiquer, ne soit plus l'unique voie à suivre.

— Bien dit. Dans ce cas, c'est sans doute ce que je vais choisir de faire.

— Abdiquer ?

— Non, m'abstenir d'abdiquer, étant donné que cela n'aura plus les conséquences dramatiques que vous exposiez jusqu'à présent.

Holger 1 se maudit. Il avait très mal engagé la partie et avait d'emblée perdu le seul atout qu'il avait en main : la menace de la bombe. Dire qu'il fallait toujours que tout aille de travers, quoi qu'il entreprenne. Il allait devoir admettre que son sobriquet lui allait comme un gant.

Le roi vit que Holger 1 était tourmenté par des déchirements internes et ajouta qu'il ne devait pas trop s'attrister de l'évolution de la situation. L'histoire montre en effet qu'il ne suffit pas de chasser un roi du trône. Il ne suffit même pas d'exterminer une famille royale complète.

— Vraiment ? s'étonna Holger 1.

Tandis que le jour se levait sur le Roslagen, le roi décida de lui raconter l'histoire édifiante de Gustave IV Adolphe, pour qui les événements n'avaient pas très bien tourné. Et les conséquences qui en avaient découlé.

Tout avait commencé quand on avait tiré sur son père à l'opéra. Le fils avait eu deux semaines pour s'habituer à son nouveau rôle tandis que son père agonisait. Cela s'était révélé un peu court. En outre, le père avait réussi à persuader le fils que le roi suédois tenait son poste de droit divin et que le roi et Dieu travaillaient en équipe.

Pour celui qui a le sentiment que Dieu veille sur lui, ce n'est évidemment pas grand-chose de partir en guerre pour aplatir conjointement l'empereur Napoléon et le tsar Alexandre. Malheureusement, l'empereur et le tsar bénéficiaient eux aussi de la protection divine et agirent en conséquence. Dans ce cas, comme ils avaient tous les trois droit à la protection divine, il apparut que Dieu en avait promis un peu trop à un peu trop de monde. La seule chose à faire pour le Seigneur dans cette situation était de laisser les rapports de forces réels décider de l'issue de l'affrontement.

Peut-être est-ce pour ça que la Suède se prit une double raclée, que la Poméranie fut occupée et qu'elle perdit toute la Finlande. Gustave, lui, fut chassé du trône par des nobles furieux et des généraux amers. Un coup d'État, en bref.

— Tiens donc, commenta Holger 1.

— Mon histoire n'est pas finie, précisa le roi.

L'ancien roi Gustave IV Adolphe tomba en dépression et se mit à boire. Qu'aurait-il pu faire d'autre ? À présent qu'il ne pouvait plus s'appeler ce qu'il n'était plus, il commença à se faire appeler colonel Gustavsson à la place, tandis qu'il errait en Europe, avant de finir ses jours seuls, alcoolique et ruiné dans une pension suisse.

— Absolument remarquable ! s'enthousiasma Holger 1.

— Si tu ne m'interrompais pas à tout bout de champ, tu aurais déjà compris que ce n'est pas le fond de mon propos, rétorqua le roi. Tu saurais déjà qu'on mit immédiatement un autre roi sur le trône à sa place.

— Je sais, dit Holger 1. C'est pour ça qu'il faut se débarrasser de toute la famille d'un coup.

— Même ça, ça ne sert à rien, répondit le roi avant de poursuivre.

Tel père, tel fils, comme on dit, et les auteurs du

coup d'État ne voulaient pas prendre ce risque. On déclara donc que l'éviction du bon à rien Gustave IV Adolphe ne concernait pas seulement le roi mais toute sa famille, y compris le prince héritier alors âgé de dix ans. On leur expliqua que le trône suédois leur était perdu à jamais.

Celui qu'on intronisa à sa place était le frère de celui qui avait un jour assassiné le père de Gustave IV Adolphe.

— Là, ça commence à faire beaucoup, s'irrita Holger 1.

— J'en aurai bientôt fini, rétorqua le roi.

— Bonne nouvelle !

— Bon, le nouveau roi s'appelait Charles XIII et tout aurait été pour le mieux dans le meilleur des mondes, si son fils unique avait vécu plus d'une semaine. Et pas moyen d'avoir d'autres fils (en tout cas, pas avec la femme adéquate). La lignée dynastique était sur le point de s'éteindre.

— Mais j'imagine qu'il y avait une solution, non ? s'enquit Holger 1.

— Bien sûr. Il commença par adopter un parent princier, qui eut, lui aussi, le mauvais goût de mourir.

— Et comment ont-ils résolu le problème ?

— En adoptant un prince danois, qui périt lui aussi dans la foulée, sur un champ de bataille.

Holger déclara qu'il trouvait l'histoire à son goût jusque-là, mais qu'il se doutait que son dénouement le serait moins.

Au lieu de lui répondre, le roi lui expliqua qu'après le fiasco danois la famille royale se tourna vers la France, où il apparut que Napoléon avait un maréchal de trop. De fil en aiguille, Jean-Baptiste Bernadotte devint prince héritier de la couronne de Suède.

— Et ?

— Il devint le premier souverain d'une nouvelle dynastie. Moi aussi, je suis un Bernadotte. Jean Baptiste est l'arrière-grand-père de mon arrière-grand-père. Tu sais, Gustave V.

— Zut alors.

— Espérer anéantir une dynastie royale est vain, Holger, dit le roi, sur un ton courtois. Si longtemps que les gens voudront une monarchie, tu ne t'en débarrasseras pas. Pour autant, je respecte ton point de vue. Nous sommes en démocratie, fichtre ! Pourquoi n'entres-tu pas dans le parti politique le plus important, celui des sociaux-démocrates, pour essayer de les influencer de l'intérieur ? Tu pourrais également devenir membre de la société républicaine pour travailler l'opinion publique.

— Ou réaliser une statue de toi et la laisser tomber sur moi pour échapper à tout ça, marmonna Holger 1.

— Plaît-il ? s'enquit le roi.

Le soleil se leva avant qu'aucune des personnes présentes à Sjölida ait même eu l'idée d'aller se coucher, mis à part l'ex-agent B, qui dormait d'un sommeil agité dans le canapé.

Nombeko et Holger 2 remplacèrent le roi sur le ponton au bord de la baie de Vätö. C'était la première fois que les deux Holger avaient l'occasion de se parler depuis l'enlèvement.

— Tu m'avais promis de ne pas toucher la bombe, attaqua Holger 2, sur un ton lourd de reproches.

— Je sais, répondit Holger 1. Et j'ai tenu ma promesse pendant toutes ces années, pas vrai ? Jusqu'à ce qu'elle se retrouve dans la remorque en compagnie du roi, alors que j'étais au volant. Là, ce n'était plus possible.

— Mais qu'avais-tu en tête ? Et que comptes-tu faire maintenant ?

— Je n'avais rien en tête. C'est souvent le cas, comme tu le sais. C'est papa qui m'a dit de rouler.

— Papa ? Mais il est mort depuis presque vingt ans !

— Oui. C'est bizarre, non ?

Holger 2 poussa un soupir.

— Le plus bizarre de tout, c'est sans doute que nous sommes frères.

— Ne sois pas méchant avec mon chéri ! aboya Célestine.

— Ta gueule, répondit Holger 2.

Nombeko vit que Holger 1 et Célestine n'étaient plus aussi convaincus que le mieux pour la nation était de s'anéantir en même temps qu'une région entière.

— Que pensez-vous faire, à présent ? s'enquit-elle.

— Pourquoi faut-il toujours penser ? répondit Holger 1.

— Je me dis que nous ne pouvons pas tuer quelqu'un qui a fait rire ma grand-mère, intervint Célestine. Elle n'a jamais ri de sa vie.

— Et toi, l'idiot, qu'en penses-tu, si tu essaies malgré tout ?

— Je vous ai dit de ne pas être méchants avec mon chéri, siffla Célestine.

— Je n'ai même pas encore commencé à l'être, répliqua Nombeko.

— Si toutefois je pense, je me dis que cela aurait été plus facile avec Gustave V. Il avait une canne au pommeau d'argent et un monocle, pas une chemise maculée de sang de poulet.

— Et d'huile de moteur, ajouta Célestine.

— Vous voulez donc vous en sortir sans perdre la face, si j'ai bien compris, reprit Nombeko.

— Oui, convint Holger 1 tout bas, sans oser la regarder dans les yeux.

— Alors, commence par me donner les clés du camion et le pistolet.

Holger 1 lui tendit d'abord les clés, puis il réussit à faire tomber l'arme sur le ponton et un coup partit.

Holger 2 hurla de douleur et s'écroula.

22

Où il est question de finir le ménage
et de se dire adieu

Il était presque 3 heures du matin quand le Premier ministre revint à Sjölida après s'être rendu sur le chemin vicinal en cyclomoteur, celui de la comtesse Virtanen. Là, en quelques brefs appels, Fredrik Reinfeldt avait pu informer son équipe, ainsi que celle du roi et le chef de la police de sécurité (le plus soulagé au monde), que la situation était sous contrôle, qu'il escomptait regagner le ministère à l'aube et souhaitait que son assistante l'y attende avec un costume et des chaussures de rechange.

La phase la plus critique de la crise semblait passée et personne n'avait été blessé, hormis Holger 2, atteint par accident au bras et qui désormais lançait juron sur juron dans la chambre jouxtant la cuisine de la comtesse. L'éraflure était conséquente, mais à l'aide du breuvage du maréchal Mannerheim (à la double propriété désinfectante et anesthésiante) et de bandages, il y avait des raisons de croire que Holger 2 serait rétabli dans quelques semaines. Nombeko sentit un regain d'amour en notant que son Holger ne s'était absolument pas plaint. Allongé sur le lit, il préférait s'entraîner sur un oreiller à l'art d'étrangler une personne d'une seule main.

La victime potentielle se trouvait à une distance sûre. Célestine et lui s'étaient couchés sous une couverture sur le ponton. L'ex-agent B, lui, poursuivait son somme dans la cuisine. Pour plus de sécurité, Nombeko avait récupéré sans encombre son pistolet.

Le roi, la comtesse Virtanen, Nombeko et le Premier ministre s'étaient réunis dans la cuisine, auprès de l'agent endormi. Le roi avait demandé sur un ton joyeux quelle était la prochaine activité au programme. Le Premier ministre était trop fatigué pour s'irriter davantage contre son souverain. Au lieu de ça, il se tourna vers Nombeko et lui suggéra qu'ils aient une discussion en privé.

— Et si nous nous installions dans la cabine du camion de pommes de terre ? proposa-t-elle.

Le Premier ministre acquiesça.

Le chef du gouvernement suédois se révéla aussi intelligent qu'il était doué pour la vaisselle. Il reconnut d'abord qu'il aimerait beaucoup dénoncer toutes les personnes présentes à Sjölida à la police, y compris le roi, pour négligence.

Mais à y regarder de plus près, le Premier ministre considérait l'affaire d'un point de vue plutôt pragmatique. Pour commencer, il était impossible de traduire un roi en justice. Par ailleurs, il ne serait peut-être pas très juste de faire incarcérer Holger 2 et Nombeko, alors qu'ils avaient fait de leur mieux pour restaurer l'ordre au milieu du chaos. Pour l'essentiel, la comtesse ne s'était rendue coupable de rien non plus, raisonnait le Premier ministre. Surtout si on se gardait de vérifier si elle possédait un port d'arme valide pour le fusil à élan qu'elle avait agité plus tôt.

Il restait l'agent des services secrets d'une nation

étrangère. Plus, bien sûr, l'idiot et sa petite amie. Ces deux derniers méritaient sans doute de passer cent ans dans une prison aussi hermétique que possible, mais peut-être valait-il mieux que la nation s'abstienne de cette douce vengeance. Tout procès requiert qu'un procureur pose des questions, et dans ce cas les réponses, quelle que soit leur formulation, risquaient de causer un traumatisme à vie à des dizaines de milliers de citoyens. Une bombe atomique en vadrouille. Au beau milieu de la Suède. Pendant vingt ans.

Le Premier ministre frissonna avant de poursuivre son raisonnement. De fait, il avait trouvé une autre raison de s'abstenir de prendre des mesures judiciaires. Lorsqu'il s'était rendu sur le chemin vicinal en cyclomoteur, il avait d'abord appelé le chef de la Säpo pour le rassurer, puis son assistante pour évoquer une question plus pratique.

Mais il n'avait pas donné l'alerte.

Un procureur zélé, encouragé par l'opposition, pourrait très bien l'accuser d'avoir prolongé la crise et de s'être rendu complice d'actes illicites.

— Hum, répondit Nombeko, songeuse. Comme, par exemple, mise en danger de la vie d'autrui, selon le chapitre III, paragraphe 9 du code pénal.

— Passible de deux ans d'emprisonnement, c'est ça ? demanda le Premier ministre, qui commençait à soupçonner Nombeko d'être omnisciente.

— Oui, confirma Nombeko. Vu les dégâts potentiels, vous ne pouvez espérer écoper d'un jour de moins. Par ailleurs, vous avez conduit un cyclomoteur sans casque. Si je connais bien les lois suédoises, cela pourrait vous valoir quinze ans supplémentaires.

Le Premier ministre poursuivit sa réflexion. Il espérait prendre la présidence de l'Union européenne à l'été 2009. Un séjour en prison jusqu'à cette date n'était pas la meilleure des mises en condition. Sans compter qu'il serait viré de son poste de Premier ministre comme de celui de chef de parti.

Il sollicita donc l'avis de la brillante Nombeko sur la manière dont ils pouvaient se sortir de tout cela, sachant que le but était de reléguer la plus grande partie possible des événements des dernières vingt-quatre heures aux oubliettes.

Nombeko répondit qu'elle ne connaissait personne aussi doué que le Premier ministre pour le ménage. La cuisine était d'une propreté éclatante après la fricassée de poulet, la bière, le schnaps, le café et tout le reste. La seule tache qu'il restait à faire partir… était sans doute l'agent endormi, non ?

Le Premier ministre fronça les sourcils.

Pendant ce temps, Nombeko se disait que le plus urgent était d'éloigner l'idiot et sa petite amie de la bombe, puis d'enfermer cette dernière dans une grotte.

Le chef du gouvernement suédois était fatigué. Il était si tard qu'on pouvait à présent dire qu'il était tôt. Il admit qu'il avait du mal à réfléchir et à formuler ses pensées. Cependant, il avait eu le temps de songer à l'hypothèse de la grotte pendant que son cerveau fonctionnait encore. Dans laquelle on désarmerait la bombe ou au moins l'emmurerait, pour refouler le souvenir de son existence.

Le soleil ne brille pas plus pour les Premiers ministres que pour les autres. Parfois, ce serait plutôt le contraire. L'obligation la plus immédiate sur l'agenda officiel de Fredrik Reinfeldt était une rencontre avec le président Hu à la chancellerie, à 10 heures, suivie d'un déjeuner à la Sagerska Huset. Avant cela, il voulait prendre une douche pour éviter de sentir la pomme de terre et enfiler des vêtements et des chaussures qui ne soient pas couverts de boue.

Si le groupe parvenait à se mettre en branle rapidement, c'était faisable. Le plus difficile : localiser une grotte profonde et reculée pour y oublier la bombe, chemin faisant. Cette affaire – malgré son importance – devrait attendre jusqu'à l'après-midi.

Au quotidien, le Premier ministre était un homme d'écoute, qui parlait rarement trop. À cet instant, il s'étonna lui-même de s'ouvrir autant à Nombeko Mayeki. Même si ce n'était peut-être pas si étonnant que ça. Nous avons tous besoin de partager nos soucis les plus intimes avec quelqu'un... Et qui était accessible en dehors de la femme sud-africaine et éventuellement son petit ami, pour discuter du problème des trois mégatonnes qu'ils traînaient derrière eux ?

Le Premier ministre comprit qu'il lui faudrait élargir le cercle des personnes au courant du plus grand des secrets. Il songea d'abord au chef d'état-major, qui aurait la responsabilité ultime de cette grotte, où qu'elle puisse se trouver. Comme ce dernier ne pourrait vraisemblablement pas désarmer la bombe ou l'emmurer seul, il faudrait mettre dans la confidence quelques autres personnes. Dans le meilleur des cas, les personnes suivantes apprendraient ce qu'elles n'auraient pas dû apprendre : 1) le chef d'état-major, 2) le démineur, 3) le maçon, 4) Nombeko Mayeki, la clandestine, 5) Holger Qvist, l'inexistant, 6) son frère bien trop existant, 7) la petite amie colérique du frère, 8) une ancienne cultivatrice de pommes de terre, désormais comtesse, 9) Sa Majesté le roi insouciant et, enfin, 10) un agent du Mossad à la retraite.

— Cela ne peut que mal finir, conclut-il.

— Au contraire, objecta Nombeko. La plupart des personnes que vous venez d'énumérer ont toutes les raisons au monde de garder bouche cousue. Par ailleurs, certaines sont si dérangées que personne ne les croirait si elles se mettaient à table.

— Vous songez au roi ?

Le Premier ministre et Hu Jintao étaient censés savourer le repas à la Sagerska Huset en compagnie de plusieurs importants acteurs économiques suédois. Puis le président Hu serait conduit à l'aéroport d'Arlanda, où son Boeing 767 personnel l'attendait pour le ramener à Pékin. Ensuite seulement, le chef d'état-major pourrait être convoqué à la chancellerie.

— Oserai-je confier la bombe à mademoiselle Nombeko pendant que je serai avec Hu et que je mettrai le chef d'état-major au courant ?

— Monsieur le Premier ministre sait mieux que moi ce qu'il osera ou pas, mais j'ai déjà été coresponsable de cet engin pendant plus de vingt ans sans qu'il explose. Je pense être capable de le gérer quelques heures de plus.

À cet instant, Nombeko vit le roi et la comtesse quitter la cuisine et se diriger vers le ponton. Des âneries se tramaient peut-être. Nombeko réfléchit à toute allure.

— Cher monsieur le Premier ministre… Allez chercher le retraité du Mossad à la cuisine en faisant preuve du bon sens que j'ai cru déceler en vous. Pendant ce temps, je vais me rendre au ponton et veiller à ce que le roi et sa comtesse ne fassent pas de bêtise.

Fredrik Reinfeldt comprit ce que Nombeko avait

en tête. Tout son être lui disait qu'on ne pouvait pas faire ça.

Il soupira, et obtempéra.

— Debout !

Le Premier ministre secoua l'ex-agent B jusqu'à ce qu'il ait ouvert les yeux et se soit rappelé avec horreur où il se trouvait.

Quand Fredrik Reinfeldt vit que l'agent était prêt à entendre son message, il planta son regard dans le sien et lui déclara :

— Je vois que la voiture de l'agent est dehors. Je suggère – au nom de la fraternité entre les peuples suédois et israéliens – que vous sautiez dedans, que vous partiez sur-le-champ et quittiez le pays dans la foulée. Par ailleurs, je suggère que nous soyons bien d'accord que vous n'êtes jamais venu ici et n'y remettrez jamais les pieds.

Le Premier ministre, si droit, avait la nausée en pensant qu'en l'espace de quelques heures il avait non seulement volé des pommes de terre, mais également enjoint à un homme ivre de prendre le volant. Sans compter le reste.

— Et le Premier ministre Olmert ? demanda l'agent.

— Je n'ai aucune raison de l'appeler, puisque vous n'êtes jamais venu ici. Pas vrai ?

L'ex-agent B n'était pas sobre et il s'était réveillé en sursaut. Il comprit néanmoins qu'il venait de récupérer le droit de vivre. Et qu'il y avait urgence. Au cas où le chef du gouvernement suédois changerait d'avis.

Fredrik Reinfeldt était l'une des personnes les plus probes de Suède, de celles qui s'acquittent de leur redevance télévision depuis leur tout premier logement étudiant. Encore enfant, il avait proposé une facture à son voisin, lorsqu'il lui avait vendu une botte de poireaux.

Pas étonnant qu'il éprouvât ce qu'il éprouvait après avoir laissé filer l'ex-agent B. Et pris la décision que tout le reste serait tu. Enterré. La bombe aussi. Dans une grotte. Si c'était possible, du moins.

Nombeko revint, une rame sous le bras, et expliqua qu'elle venait d'empêcher la comtesse et le roi de partir pour une partie de pêche illégale. Comme le Premier ministre ne réagissait pas et qu'elle avait vu les feux arrière de la voiture de location de l'ex-agent B s'éloigner de Sjölida, elle ajouta :

— Parfois, monsieur le Premier ministre, il n'est pas possible de bien agir. Juste plus ou moins mal. Achever le ménage de la cuisine de la comtesse était dans l'intérêt national. Pour cette raison, vous ne devez pas avoir mauvaise conscience.

Le Premier ministre garda le silence quelques minutes supplémentaires, puis il répondit :

— Merci, mademoiselle Nombeko.

Nombeko et le Premier ministre gagnèrent le ponton pour avoir une discussion sérieuse avec Holger 1 et Célestine. Ils s'étaient endormis sous leur couverture et à côté d'eux, bien alignés, le roi et la comtesse avaient entrepris la même activité.

— Debout, l'idiot, sinon je te mets à l'eau à coups de pied ! lança Nombeko en enfonçant le bout d'une chaussure dans son flanc (elle ressentait une frustration qu'elle ne pourrait évacuer que si elle avait la possibilité de lui tordre au moins le nez).

Les deux ex-kidnappeurs s'assirent sur le ponton, tandis que les deux autres dormeurs se réveillaient aussi. Le Premier ministre commença par déclarer qu'il pensait s'abstenir de lancer des poursuites judiciaires pour enlèvement, menaces et tout le reste, à condition que Holger 1 et Célestine collaborent pleinement à compter de cette minute.

Ils acquiescèrent l'un et l'autre.

— Que va-t-il se passer maintenant, Nombeko ? s'enquit Holger 1. Nous n'avons nulle part où vivre. Mon studio de Blackeberg ne convient pas, car Célestine veut emmener sa grand-mère loin d'ici et c'est également le souhait de Gertrud.

— Ne devions-nous pas braconner quelques poissons ? demanda la comtesse, tout juste réveillée.

— Non, nous allons avant tout nous employer à survivre à la nuit dernière, répliqua le Premier ministre.

— Bonne ambition, commenta le roi. Pas très conquérante, mais bonne.

Puis il ajouta que c'était peut-être tout aussi bien que la comtesse et lui ne soient pas montés dans cette barque. « Le roi surpris en train de braconner » serait sans doute un titre auquel des journalistes malveillants ne pourraient résister.

Le Premier ministre se dit qu'aucun journaliste, malveillant ou pas, ne s'abstiendrait de son plein gré d'un pareil titre, aussi longtemps qu'il était pertinent. Il préféra cependant féliciter Sa Majesté d'avoir abandonné toute idée d'agissements criminels, car le nombre de délits commis la nuit précédente aurait déjà suffi à occuper tout un palais de justice.

Le roi, lui, se dit qu'en sa qualité il pouvait se livrer à toutes les parties de pêche illégale qu'il voulait, mais eut suffisamment de jugeote pour ne pas exprimer cette réflexion à haute voix devant son Premier ministre.

Fredrik Reinfeldt put donc continuer le sauvetage conjoint de la situation et de la nation. Il se tourna vers la comtesse Virtanen et la pria de lui confirmer avec concision et clarté qu'elle voulait bien quitter Sjölida en compagnie de sa petite-fille et de son copain.

Oui, car la comtesse avait retrouvé goût à la vie. Cela était sans doute dû à la présence prolongée de sa Célestine adorée et au roi, qui s'était révélé si fin connaisseur de l'histoire finno-suédoise et de ses traditions. De toute façon, les champs de pommes de terre étaient déjà vendus, et en toute franchise, être rédactrice en chef d'un journal était une activité franchement ennuyeuse, même à toute petite dose.

— Et puis, j'en ai marre d'être célibataire. Le roi ne connaîtrait-il pas un baron de seconde main qu'il pourrait me présenter ? Je n'exige pas un Adonis.

Le roi commença à lui expliquer qu'il y avait pénurie de barons, mais le Premier ministre l'interrompit en affirmant que ce n'était pas le moment de discuter de la disponibilité des barons de seconde main, disgracieux ou non, car il était temps de se mettre en route. La comtesse avait donc l'intention de les accompagner ?

Oui, elle en avait l'intention. Mais où logeraient-ils ? Une vieille dame pouvait être hébergée dans la première masure venue, mais une comtesse se devait de soigner sa réputation.

Nombeko se dit que ce problème ne tarderait pas à être résolu. De fait, il restait une bonne partie de l'argent de la vente de l'entreprise de pommes de terre, assez pour acquérir une résidence digne de la comtesse et de sa cour. Et plus encore.

— En attendant qu'un château se libère, nous allons

devoir loger dans un établissement respectable. Une suite au Grand Hôtel de Stockholm vous conviendrait-elle ?

— Pour une période de transition, cela fera l'affaire, répondit la comtesse tandis que l'ancienne rebelle Célestine étreignait la main de son petit ami grimaçant de toutes ses forces.

Il était déjà 6 heures du matin quand le camion de pommes de terre avec son chargement explosif s'ébranla à nouveau. Seul titulaire du permis et assez sobre pour conduire, le Premier ministre avait pris le volant. À sa droite étaient assis Holger 2, le bras en écharpe, et Nombeko.

Dans la remorque, le roi et la comtesse continuaient à converser. Le roi avait de nombreuses suggestions à lui offrir concernant son futur logis. Le château de style classique Pöckstein, non loin de Straßburg, en Autriche, était à vendre et pourrait être digne de la comtesse. Hélas, il se trouvait un peu trop loin de Drottningholm pour pouvoir prendre le thé ensemble. Mieux vaudrait donc acquérir le château médiéval de Södertuna, à proximité de Gnesta. Peut-être était-il un brin trop modeste ?

La comtesse ne pouvait répondre avec certitude. Il lui faudrait sans doute visiter tous les logements disponibles pour sentir ce qui était trop modeste ou pas.

Le roi se proposa de l'accompagner en compagnie de sa reine, qui serait à même de conseiller la comtesse quant aux caractéristiques d'un parc digne de ce nom.

La comtesse était d'accord. Il serait plaisant de rencontrer la souveraine dans un contexte autre que celui des latrines, où l'on se rendait pour un besoin pressant.

À 7 h 30, on déposa le roi devant le château de Drottningholm. Il sonna et dut argumenter un moment pour justifier son identité avant qu'un chef des gardes, rouge de confusion, ne le fasse finalement entrer. Quand le roi passa devant lui, il remarqua les taches vermillon sur sa chemise.

— Sa Majesté est-elle blessée ?

— Non, c'est du sang de poulet. Et un peu d'huile de moteur.

L'arrêt suivant fut le Grand Hôtel. Là, la logistique s'enraya. À la suite du coup de feu de son frère, Holger 2 avait de la fièvre. Il aurait eu besoin de s'aliter et de prendre des antalgiques, étant donné que la bouteille de Mannerheim était vide.

— Tu imagines vraiment que je vais prendre une chambre à l'hôtel et me laisser dorloter par le fou qui a failli me tuer ? protesta Holger 2. Je préfère encore m'allonger sur un banc et me vider de mon sang.

Nombeko l'amadoua en lui promettant qu'il pourrait étrangler son frère ou du moins lui tordre le nez (si elle ne lui grillait pas la politesse), mais que cela ne serait possible que lorsque son bras serait guéri. Se vider de son sang le jour précis où ils allaient enfin être débarrassés de la bombe serait quand même le comble de l'ironie, non ?

Holger 2 était trop fatigué pour s'opposer à de tels arguments. À 8 h 40, il était couché et on lui avait donné deux comprimés contre la fièvre et la douleur. Il s'endormit en quinze secondes chrono. Holger 1 s'étendit dans le canapé pour l'imiter, tandis que la comtesse Virtanen entreprenait d'explorer le minibar de la chambre de la suite.

— Allez-y, je peux me débrouiller toute seule.

Devant l'entrée de l'hôtel, le Premier ministre, Nombeko et Célestine réglèrent les derniers détails de l'organisation des prochaines heures.

Reinfeldt devait regagner la chancellerie pour sa rencontre avec Hu Jintao. Pendant ce temps, Nombeko et Célestine devaient circuler avec la bombe et autant de précaution que possible dans le centre de Stockholm.

Célestine prendrait le volant, puisqu'il n'y avait pas d'autre chauffeur disponible. Holger 2 était alité et le Premier ministre ne pouvait pas continuer à se balader avec cette arme diabolique en même temps qu'il rencontrait le président chinois.

Il ne restait donc que cette personne imprévisible, plus si jeune, mais peut-être toujours aussi colérique. Surveillée par Nombeko, mais bon.

Tandis que le trio stationnait toujours devant l'hôtel, l'assistante du Premier ministre l'appela pour le prévenir que son costume et ses chaussures de rechange l'attendaient à la chancellerie. Il se trouvait, par ailleurs, que le président chinois avait un problème. La veille au soir, son interprète s'était blessé, quatre doigts cassés et un pouce broyé, et se trouvait à présent à l'hôpital Karolinska, où on l'avait opéré. *Via* l'un de ses collaborateurs, le président avait suggéré que le Premier ministre disposait peut-être de la solution au problème d'interprétation lors de leur rencontre et du déjeuner, qui devait lui faire suite. L'assistante avait deviné qu'il faisait référence à la femme noire qu'elle avait brièvement rencontrée devant le château. Se trompait-elle ? Le Premier ministre savait-il où la joindre ?

Oui, le Premier ministre le savait. Il pria son assistante d'attendre une seconde, puis il se tourna vers Nombeko.

— Mademoiselle Nombeko accepterait-elle d'assister à ma rencontre avec le président de la République populaire de Chine, car l'interprète du président se trouve à l'hôpital ?

— Se plaint-il d'être sur le point de mourir ? s'enquit Nombeko.

Avant que le Premier ministre ait eu le temps de lui demander ce qu'elle voulait dire, elle ajouta :

— Bien sûr. Mais qu'allons-nous faire du camion, de la bombe et de Célestine pendant ce temps ?

Laisser Célestine seule avec le camion et la bombe pendant plusieurs heures ne leur semblait pas très… judicieux. La première solution imaginée par Nombeko consistait à la menotter au volant. Son idée suivante fut meilleure. Elle remonta dans la suite et revint quelques instants plus tard se planter devant Célestine.

— Ton petit ami est à présent attaché au canapé sur lequel il ronfle. Si tu fais des bêtises avec le camion et la bombe pendant que le Premier ministre et moi rencontrons le président chinois, je te promets de jeter les clés des menottes dans la baie de Nybroviken.

Célestine répondit par un grognement.

Fredrik Reinfeldt ordonna que deux de ses gardes du corps viennent les chercher, Nombeko et lui, au Grand Hôtel, dans une voiture aux vitres aussi teintées que possible. Célestine reçut pour instructions de chercher la première place de parking disponible et d'y rester garée jusqu'à ce que Nombeko ou lui-même l'appelle.

Impatient que ce problème apparu la veille soit résolu, le Premier ministre lui promit que ce n'était l'affaire que de quelques heures.

23

Où il est question
d'un chef d'état-major furieux
et d'une chanteuse à voix

Fredrik Reinfeldt s'installa dans l'un des fauteuils de son bureau avec un sandwich et un triple expresso. Il venait de procéder à un ravalement de façade : douche, vêtements et chaussures propres. Son interprète du chinois, sud-africaine, occupait déjà l'autre fauteuil, une tasse de thé suédois à la main. Elle portait la même tenue que la veille, mais elle n'avait pas fait l'aller-retour dans un champ de pommes de terre.

— Voilà à quoi vous ressembliez avant de vous crotter, commenta Nombeko.

— Quelle heure est-il ? s'enquit le Premier ministre.

Il était 9 h 40. Il lui restait du temps pour préparer l'interprète à sa mission.

Le Premier ministre lui expliqua qu'il avait l'intention d'inviter Hu Jintao au sommet sur le climat de Copenhague en 2009, alors que la Suède exercerait la présidence de l'Union européenne.

— On y discutera de beaucoup de questions environnementales et de différentes propositions dans ce domaine. Je veux que la Chine se joigne au prochain protocole sur le climat.

— Tiens donc, commenta Nombeko.

Parmi les questions polémiques, le Premier ministre avait également l'intention d'exprimer le point de vue de la Suède sur la démocratie et les droits de l'homme. Il serait d'autant plus important que Nombeko traduise mot à mot ces passages-là et qu'elle ne les agrémente pas de formulations personnelles.

— Autre chose ?

Oui. On allait également parler affaires. Commerce extérieur. La Chine devenait un partenaire économique de plus en plus important pour la Suède.

— Nous exportons pour vingt-deux milliards de produits suédois par an, lui expliqua le Premier ministre.

— Vingt-deux milliards huit cent mille couronnes, le corrigea Nombeko.

Fredrik Reinfeldt finit sa tasse de café.

— L'interprète a-t-elle quelque chose à ajouter ?

Il prononça ces paroles sans ironie.

Nombeko lui donna son avis. Elle estimait que c'était une bonne chose que la rencontre concerne la démocratie et les droits de l'homme, car le Premier ministre pourrait ensuite déclarer que la rencontre avait concerné la démocratie et les droits de l'homme.

Cynique en plus d'être brillante, songea Fredrik Reinfeldt.

— Monsieur le Premier ministre, c'est un honneur pour moi de vous rencontrer, dans des circonstances plus officielles, déclara le président Hu en souriant, la main tendue. Et vous, mademoiselle Nombeko, nos chemins ne cessent de se croiser. Chacune de nos rencontres est un plaisir, ajouterais-je.

Nombeko lui répondit qu'elle pensait de même, mais qu'il leur faudrait attendre encore pour évoquer leurs souvenirs de safari, car sinon le Premier ministre allait s'impatienter.

— Il a d'ailleurs l'intention de commencer fort par quelques remarques sur la démocratie et les droits de l'homme, domaines dans lesquels il ne vous estime pas très performant. Il n'a pas complètement tort. Mais monsieur le président n'a pas à s'inquiéter, je pense qu'il va y aller sur la pointe des pieds. Allons-y, si vous êtes prêt.

Hu Jintao grimaça à la perspective de ce qui l'attendait, mais ne perdit pas son sens de l'humour pour autant. La femme sud-africaine était bien trop charmante pour ça. C'était par ailleurs la première fois qu'il avait une interprète qui traduisait les phrases avant même qu'elles n'aient eu le temps d'être prononcées. Enfin non, la deuxième. Le même phénomène s'était produit en Afrique du Sud, bien des années auparavant.

Le Premier ministre se montra effectivement très prudent. Il décrivit la vision suédoise de la démocratie, souligna les valeurs de son pays concernant la liberté d'expression et offrit son soutien à ses amis de la République populaire pour développer des convictions similaires. Puis il exigea sur un ton mesuré la libération des prisonniers politiques chinois.

Nombeko traduisit, mais avant que Hu Jintao ait eu le temps de répondre, elle ajouta, de sa propre initiative, que le Premier ministre cherchait en fait à exprimer que le gouvernement chinois ne pouvait pas emprisonner des écrivains et des journalistes au seul motif qu'ils écrivaient des choses désagréables, ni déplacer des populations de force et censurer Internet...

— Qu'êtes-vous en train de dire ? lui demanda le Premier ministre.

Il avait remarqué que l'interprétation durait deux fois plus longtemps qu'elle n'aurait dû.

— J'ai transmis le message de monsieur le Premier ministre, puis j'ai expliqué ce qu'il voulait dire pour accélérer la discussion. Vous êtes bien trop fatigués tous les deux pour passer la journée entière ici, non ?

— Expliqué ce que je voulais dire ? N'ai-je pas été assez clair avec vous sur ce point ? Ceci est de la haute diplomatie. Il n'est pas question que l'interprète improvise !

Bon, d'accord. Nombeko promettait d'improviser aussi peu que possible à l'avenir. Puis elle se tourna vers le président Hu pour lui expliquer que le Premier ministre n'était pas content qu'elle se soit immiscée dans la conversation.

— Je le comprends, répondit Hu Jintao. Mais traduisez maintenant et dites que j'ai bien entendu le message de M. le Premier ministre et de Mlle Nombeko, et que j'ai suffisamment de jugement politique pour faire la part des choses.

Hu Jintao se lança ensuite dans une longue réponse, mentionnant au passage la base de Guantanamo à Cuba, où des prisonniers attendaient depuis cinq ans de connaître les chefs d'accusation retenus contre eux. Le président était hélas aussi parfaitement au courant de l'incident ennuyeux de 2002, quand la Suède s'était pliée à la volonté de la CIA sans broncher et avait expulsé deux Égyptiens vers la prison et la torture, avant qu'il apparaisse qu'au moins l'un d'eux était innocent.

Le président et le Premier ministre se livrèrent à quelques joutes oratoires supplémentaires avant que Fredrik Reinfeldt estime qu'il était temps de passer au sujet de l'environnement. Cette partie de la conversation fut moins combative.

Quelques instants plus tard, on servit du thé, y compris à l'interprète, et des petits gâteaux. Profitant de l'atmosphère informelle souvent de mise lors d'une telle pause, le président chinois exprima discrètement son espoir que la crise de la veille soit résolue au mieux.

Oui, merci, répondit le Premier ministre suédois, en affirmant que c'était bien le cas, sans avoir l'air tout à fait convaincant. Nombeko vit que Hu Jintao aurait volontiers aimé en apprendre davantage. Spontanément, elle ajouta, sans demander son avis à Reinfeldt, qu'on allait placer la bombe dans une grotte avant d'en murer l'entrée une bonne fois pour toutes. Puis elle songea qu'elle n'aurait peut-être pas dû tenir ces propos, mais au moins elle n'avait rien inventé.

Dans sa jeunesse, Hu Jintao avait pas mal travaillé sur les questions liées à l'armement nucléaire (cela avait commencé lors de son voyage en Afrique du Sud) et le sort de cette bombe l'intéressait. Son pays n'en avait pas besoin, car il disposait déjà d'un nombre plus que suffisant de mégatonnes. Mais si les informations des services secrets étaient exactes, après démantèlement, elle pourrait apporter à la Chine une connaissance unique de la technologie nucléaire sud-africaine, c'est-à-dire israélienne. Ce savoir constituerait à son tour un élément crucial dans l'analyse des relations et des rapports de forces entre Israël et l'Iran. Les Iraniens étaient du reste de bons amis de la Chine. Ou relativement bons. Le pétrole et le gaz naturel coulaient à flot de l'Iran en direction de l'est. En même temps,

Beijing n'avait jamais eu d'alliés plus pénibles que les dirigeants de Téhéran (Pyongyang mis à part). Ils étaient, entre autres, désespérément difficiles à cerner. Étaient-ils sur le point de produire leur propre arme nucléaire ? Ou la rhétorique n'était-elle pas la seule arme dont ils disposaient en dehors de leur arsenal conventionnel ?

Nombeko interrompit les réflexions de Hu Jintao :

— Il me semble que le président spécule sur le devenir de la bombe. Voulez-vous que je demande au Premier ministre s'il serait disposé à vous l'offrir ? Un geste pour renforcer la paix et l'amitié entre vos pays ?

Tandis que le président se disait qu'il existait peut-être des symboles de paix plus appropriés qu'une bombe atomique de trois mégatonnes, Nombeko poursuivit son argumentation en rappelant que la Chine possédait déjà tant de bombes de ce type qu'une de plus ou de moins ne pouvait pas faire de mal. Et elle était certaine que Reinfeldt verrait volontiers la bombe disparaître à l'autre bout de la Terre. Voire plus loin, si possible.

Hu Jintao répondit que la nature même des bombes est de faire du mal, toutefois cela n'était évidemment pas souhaitable. Cependant, même si Mlle Nombeko avait bien lu ses pensées et saisi l'intérêt qu'il portait à la bombe suédoise, il ne seyait guère de solliciter un tel service de la part du Premier ministre. Il la pria donc de revenir à l'interprétation avant que le Premier ministre ne s'irrite à nouveau.

Il était déjà trop tard.

— De quoi parlez-vous, nom de Dieu ! lança le Premier ministre avec colère. Vous deviez traduire, rien d'autre !

— Oui, excusez-moi, monsieur le Premier ministre.

Je cherchais juste à résoudre un problème. Mais cela n'a pas abouti. Alors, parlez. D'environnement, de droits de l'homme et de ce genre de sujets.

Le Premier ministre fut à nouveau envahi par le même sentiment d'irréalité, récurrent ces dernières vingt-quatre heures. Cette fois, son interprète était passée du kidnapping au détournement de conversation diplomatique avec un chef d'État.

Durant le déjeuner, Nombeko dut justifier la rémunération qu'elle n'avait pas réclamée et qu'on ne lui avait pas proposée. Elle assura une conversation animée entre le président Hu, le Premier ministre, le patron de Volvo, celui d'Electrolux et celui d'Ericsson, sans mettre son grain de sel partout. Sa langue fourcha juste une fois ou deux. Comme, par exemple, lorsque le président Hu remercia pour la deuxième fois le patron de Volvo pour le merveilleux cadeau de la veille, en ajoutant que les Chinois étaient incapables de fabriquer d'aussi belles voitures. Au lieu de traduire les mêmes paroles une seconde fois, Nombeko proposa que la Chine rachète l'entreprise Volvo en son entier, ainsi elle n'aurait plus de raison d'être jalouse.

Ou quand le patron d'Electrolux mentionna les investissements que l'entreprise avait réalisés en Chine pour promouvoir ses différents produits. Nombeko vendit alors à Hu l'idée qu'en sa qualité de secrétaire du Parti communiste chinois il pourrait envisager d'offrir un petit encouragement de marque Electrolux à tous les membres loyaux de son parti.

Hu trouva l'idée si bonne qu'il demanda sur-le-champ au patron d'Electrolux s'il accepterait de lui consentir une réduction pour une commande de soixante-huit millions sept cent quarante-deux mille bouilloires électriques.

— Combien ? s'étrangla le patron d'Electrolux.

Le chef d'état-major se trouvait en vacances en Ligurie quand le Premier ministre le fit convoquer. Il devait tout simplement rentrer. Il ne s'agissait pas d'un souhait de la chancellerie, mais d'un ordre. Il s'agissait d'une question de sécurité nationale. Le chef d'état-major devait se tenir prêt à lui présenter un inventaire « des grottes militaires disponibles » en Suède.

Le chef d'état-major confirma qu'il avait bien reçu l'ordre, réfléchit dix minutes à ce que pouvait bien lui vouloir le Premier ministre avant de renoncer et de commander un Jas 39 Gripen pour être rapatrié en Suède à la vitesse sous-entendue par son supérieur hiérarchique (c'est-à-dire deux fois la vitesse du son).

Cependant, les appareils suédois ne se posent pas et ne décollent pas à leur convenance dans n'importe quel champ du nord de l'Italie. Les autorités le dirigèrent donc vers l'aéroport Christophe Colomb de Gênes, ce qui impliquait un trajet d'au moins deux heures, vu la circulation dense qui était une constante sur l'A10 et la Riviera. Le chef d'état-major ne serait pas à la chancellerie avant 16 h 30, peu importait le nombre de fois où il franchirait le mur du son.

Le déjeuner à Sagerska Huset était terminé. Il restait encore plusieurs heures avant la réunion avec le chef d'état-major. Le Premier ministre sentait qu'il aurait dû se trouver avec la bombe, mais décida de faire confiance à Nombeko et à la peu fiable Céles-

443

tine encore un moment. Il était en effet terriblement fatigué, après avoir eu droit à tout sauf au sommeil depuis plus de trente heures. Il résolut donc de faire une sieste à la chancellerie.

Nombeko et Célestine suivirent son exemple, mais dans la cabine du camion, sur une place de parking de Tallkrogen.

Pour le président chinois et sa suite, l'heure était venue de rentrer à la maison. Hu Jintao était satisfait de cette visite, Liu Yongqing, son épouse, l'était au moins deux fois plus. Pendant que son époux consacrait son dimanche à la politique et à manger de la morue à la sauce au beurre, elle et plusieurs femmes de la délégation avaient eu le temps de réaliser deux formidables visites d'étude. La première sur le marché de Bonden à Västerås, la seconde au haras de Knivsta.

À Västerås, la femme du président se passionna d'abord pour le véritable artisanat suédois, avant d'arriver sur un stand offrant du bric-à-brac importé. Et au milieu – la femme du président n'en crut pas ses yeux ! – une authentique oie en argile de la dynastie Han.

Quand Liu Yongqing eut demandé pour la troisième fois dans son anglais limité si le vendeur en voulait vraiment le prix affiché, il crut qu'elle marchandait et se mit en colère :

— Oui, je vous dis ! Je veux vingt couronnes pour cette pièce, pas un öre de moins !

L'oie provenait d'un lot de caisses qu'il avait acheté lors d'une succession dans le Sörmland (le défunt avait, lui, acheté de son vivant l'oie pour trente-neuf couronnes au marché de Malma, mais cela, le vendeur ne pouvait pas le savoir). En réalité, il en avait marre de trimbaler cet objet, mais comme la femme étrangère s'était montrée agressive et avait jacassé avec ses amies dans une langue que nul humain ne pouvait comprendre, le prix fixé s'était transformé en question de principe. Vingt couronnes ou rien, c'était aussi simple que ça.

La vieille avait quand même fini par payer… cinq dollars ! En plus, elle ne savait pas compter !

Le vendeur était satisfait, l'épouse du président heureuse. Et le serait encore davantage, quand elle aurait un coup de foudre pour Morfeus, un étalon caspien noir de trois ans, au haras de Knivsta. L'animal possédait toutes les caractéristiques d'un cheval adulte de taille normale, mais ne mesurait qu'un peu plus d'un mètre au garrot et, à l'instar des autres représentants de cette race, ne grandirait jamais davantage.

— Je le veux ! s'exclama Liu Yongqing, qui avait développé une exceptionnelle capacité à imposer sa volonté depuis qu'elle était devenue épouse de président.

En raison de tout ce que la délégation rapportait à Pékin, il y avait une extraordinaire quantité de paperasserie à remplir au centre de fret de l'aéroport d'Arlanda. Les employés aéroportuaires connaissaient bien toutes les procédures de chargement et de déchargement, et savaient également quels tampons étaient requis pour chaque situation. Avion présidentiel ou pas, les règles étaient faites pour être respectées.

La précieuse oie de la dynastie Han passa sans encombre tous les contrôles. Ce fut plus compliqué pour le cheval.

Déjà installé dans son fauteuil présidentiel dans l'avion présidentiel, le président demanda à sa secrétaire pourquoi le décollage était retardé. Elle lui répondit que le convoi amenant sa Volvo de Torslanda avait encore quelques kilomètres à parcourir. Et que le cheval que l'épouse du président avait acquis posait quelque souci.

La secrétaire reconnut que les échanges avec les autorités locales étaient ardus dans la mesure où l'interprète était encore à l'hôpital, n'ayant pas suffisamment récupéré pour rentrer avec le reste de la délégation. La secrétaire n'avait évidemment pas l'intention d'ennuyer le président avec des détails fastidieux, mais pour faire court, la délégation aurait volontiers fait appel aux services de cette femme noire une dernière fois, si le président n'y voyait pas d'objection. Si c'était le cas, avaient-ils l'autorisation du président de le faire ?

Voilà comment Nombeko et Célestine, qui dormaient tête-bêche dans la cabine, furent réveillées par un appel, et gagnèrent le centre de fret de l'aéroport d'Arlanda avec le camion de pommes de terre et la bombe pour aider le président et sa délégation à gérer les différentes formalités douanières.

Que celui qui estime n'avoir pas assez de problèmes comme ça achète un mammifère en Suède quelques heures avant de s'envoler pour l'autre bout de la Terre, et insiste ensuite pour que l'animal voyage avec lui en soute avec le reste de ses bagages.

Nombeko était donc, entre autres, censée obtenir des services du ministère de l'Agriculture un certificat d'exportation valide pour le cheval caspien qui avait planté son regard velouté dans celui de Liu Yongqing quelques heures plus tôt.

Il fallait également montrer un certificat de vaccination en bonne et due forme au représentant des autorités de l'aéroport. Comme le cheval était caspien et que sa destination était Beijing, conformément aux règles édictées par le ministère de l'Agriculture chinois, il fallait également lui faire subir une prise de sang pour s'assurer que cet animal né et élevé à Knivsta, soit non loin du cercle polaire, n'était pas atteint de paludisme.

Par ailleurs, des tranquillisants, des seringues et des canules devraient se trouver à bord de l'appareil, au cas où le cheval serait pris d'une crise de panique en plein vol. Ainsi qu'un masque d'abattage si l'animal devenait incontrôlable.

Dernier point, mais non des moindres, le vétérinaire du district agréé par le ministère de l'Agriculture devait ausculter l'étalon et certifier ensuite qu'il s'agissait bien du même animal une fois à l'aéroport. Quand il apparut que le chef de la clinique vétérinaire du district de Stockholm était en déplacement à Reykjavik, Nombeko jeta l'éponge.

— Il nous faut trouver une autre solution.

— Qu'as-tu en tête ? s'enquit Célestine.

Une fois le problème du cheval de l'épouse de Hu Jintao réglé, Nombeko avait des raisons de se hâter de retourner à la chancellerie pour y faire son rapport. Il était important qu'elle arrive avant le chef d'état-major ; elle sauta donc dans un taxi après avoir exhorté Célestine à n'attirer l'attention ni sur elle ni sur le camion de pommes de terre. Célestine s'y engagea et elle aurait sans doute tenu parole si la radio n'avait pas diffusé une chanson de Billy Idol.

À quelques kilomètres au nord de Stockholm, un accident provoqua un embouteillage monstre. Le taxi de Nombeko eut la chance de passer à cet endroit juste avant, tandis que Célestine et le camion de pommes de terre restèrent bloqués dans le bouchon, qui s'était rapidement formé. Selon les explications de Célestine ensuite, il est physiquement impossible de rester à l'arrêt dans un véhicule alors que la radio passe *Dancing with Myself*. Elle décida donc d'emprunter le couloir réservé aux bus.

C'est ainsi qu'une femme secouant la tête en rythme dans la cabine d'un camion de pommes de terre dépassa par la droite une voiture de police banalisée, juste au nord de Rotebro. Elle fut immédiatement interpellée pour être rappelée à l'ordre.

Tandis que l'inspecteur vérifiait l'immatriculation et apprenait qu'elle correspondait à une Fiat Ritmo rouge dont les plaques avaient été volées bien des années auparavant, son collègue stagiaire se porta à la hauteur de Célestine, qui avait baissé la vitre.

— Vous n'avez pas le droit d'emprunter le couloir de bus, accident ou pas, déclara l'agent. Pouvez-vous me présenter votre permis de conduire, je vous prie ?

— Non, je ne peux pas, sale flic, répliqua Célestine.

Quelques minutes tumultueuses plus tard, elle était sur la banquette arrière du véhicule de police, les mains entravées par des menottes assez ressemblantes aux siennes. Les automobilistes bloqués dans les voitures alentour mitraillaient avec frénésie toute la scène.

L'inspecteur avait une longue carrière derrière lui et expliqua calmement à la demoiselle qu'il valait mieux qu'elle leur donne son identité ainsi que celle du propriétaire du camion, et qu'elle leur explique pourquoi elle conduisait avec de fausses plaques d'immatriculation. Pendant ce temps, le stagiaire inspectait la remorque du véhicule. Il découvrit une grande caisse. En faisant levier sur l'un des coins, on pourrait sans doute… Oui, ça marchait.

— Bon Dieu, qu'est-ce que… ? s'exclama le stagiaire, qui rameuta son supérieur sur-le-champ.

Les policiers ne tardèrent pas à revenir auprès de Célestine pour lui poser de nouvelles questions, cette fois relatives au contenu de la caisse. Cependant, elle avait eu le temps de se ressaisir.

— Qu'est-ce que vous vouliez, déjà ? Que je vous donne mon nom ? s'enquit-elle.

— Très volontiers, répondit l'inspecteur, toujours aussi calme.

— Édith Piaf, répondit Célestine.

Puis elle se mit à chanter :

> *Non, rien de rien*
> *Non, je ne regrette rien*
> *Ni le bien qu'on m'a fait*
> *Ni le mal ; tout ça m'est bien égal*[1] *!*

Elle continua à s'égosiller pendant que l'inspecteur l'emmenait au commissariat de Stockholm. Durant le trajet, il se fit la réflexion qu'on pouvait dire ce qu'on voulait du métier de policier, mais au moins il ne manquait pas de variété.

Le stagiaire se vit confier la mission de conduire le camion avec précaution jusqu'au même endroit.

Le dimanche 10 juin 2007, à 16 h 30, l'avion présidentiel chinois décolla de Stockholm Arlanda, direction Pékin.

---

1. En français dans le texte original.

Plus ou moins au même moment, Nombeko était de retour à la chancellerie. Elle parvint à entrer dans le saint des saints en contactant l'assistante du Premier ministre pour lui expliquer qu'elle disposait d'informations importantes au sujet du président Hu pour son chef.

On introduisit Nombeko dans le bureau du Premier ministre quelques minutes avant l'arrivée du chef d'état-major. Fredrik Reinfeldt avait l'air sensiblement plus en forme. Il avait dormi presque une heure et demie pendant que Nombeko était à l'aéroport d'Arlanda, occupée à jongler avec, entre autres, des formulaires et un cheval. Il se demandait à présent ce qu'elle avait sur le cœur. Il s'était imaginé qu'ils ne seraient plus en contact avant que le chef d'état-major ait été informé et qu'il soit temps de... procéder au stockage final... pour ainsi dire.

— Eh bien, voyez-vous, monsieur le Premier ministre, les circonstances viennent de rendre superflue la réunion avec le chef d'état-major. En revanche, il conviendrait d'appeler le président Hu au plus vite.

Nombeko poursuivit en lui expliquant le problème du cheval caspien de la taille d'un poney et de la liste presque interminable de formalités à accomplir pour que l'animal ne reste pas sur le sol suédois, ce qui aurait irrité l'épouse du président et son mari. Afin d'éviter ce dénouement fâcheux, Nombeko avait donc décidé d'opter pour une solution peu conventionnelle : placer le cheval dans le même conteneur que la Volvo que l'usine de Torslanda avait offerte au président le vendredi, et qui était, elle, assortie de tous les documents nécessaires à son exportation.

— Dois-je vraiment être mis au courant de ceci ? l'interrompit le Premier ministre.

— Je crains que ce ne soit quand même mieux, répondit Nombeko. Car le fait est qu'il n'y avait pas assez de place pour le cheval dans la caisse de la Volvo. Par contre, en ligotant le cheval et en le glissant dans celle qui contenait la bombe atomique et en transférant les documents d'exportation valides du conteneur de la Volvo à l'autre, la Suède se trouvait débarrassée d'un cheval caspien et d'une arme nucléaire en un seul voyage.

— Vous voulez dire que… commença le Premier ministre, qui ne finit pas sa phrase.

— Je suis sûre que le président Hu sera enchanté d'avoir récupéré la bombe, qui apportera sans doute toutes les réponses possibles à ses techniciens. Et puis la Chine possède déjà tant de missiles de moyenne ou longue portée qu'une bombe de trois mégatonnes de plus ou de moins, c'est négligeable, non ? Et pensez à la joie de la femme du président d'avoir pu emporter son cheval ! C'est juste malheureux que la Volvo soit restée en Suède, dans la remorque du camion de pommes de terre. Le Premier ministre pourrait peut-être charger quelqu'un de l'expédier en Chine dès que possible. Qu'en pense-t-il ?

Fredrik Reinfeldt ne s'évanouit pas à cause de l'information que Nombeko venait de lui communiquer, car il n'en eut pas le temps. De fait, son assistante frappa à la porte pour lui annoncer que le chef d'état-major était arrivé et patientait dans le couloir.

À peine quelques heures plus tôt, le chef d'état-major prenait son petit déjeuner dans le port charmant de San Remo, en compagnie de sa chère épouse et de leurs trois enfants. Après la convocation de la chancellerie, il s'était jeté dans un taxi pour effectuer tout le trajet jusqu'à Gênes, où un avion-école Jas 39 Gripen, la fierté de l'industrie aéronautique suédoise, l'attendait pour le ramener à deux fois la vitesse du son à l'aéroport militaire d'Uppsala-Ärna. On l'avait ensuite transféré dans une voiture et il avait pris quelques minutes de retard en raison d'un accident sur l'E4. Pendant que son véhicule était à l'arrêt, le chef d'état-major avait été témoin d'un fait divers sur le bas-côté. La police avait arrêté la conductrice d'un poids lourd sous ses yeux. La femme avait d'abord été menottée, puis s'était mise à chanter en français. Un incident étrange.

Sa réunion avec le Premier ministre le fut encore davantage. Le chef d'état-major redoutait que son pays ne soit sur le point d'entrer en guerre, étant donné l'urgence avec laquelle le chef du gouvernement avait exigé son rapatriement. Il apparut que le Premier ministre voulait simplement s'assurer que les grottes suédoises étaient opérationnelles et remplissaient leur fonction.

Le chef d'état-major répondit que pour autant qu'il le savait, c'était le cas et qu'il y avait sans doute quelques mètres cubes disponibles çà et là, en fonction, bien sûr, de ce que le Premier ministre entendait y entreposer.

— Très bien. Dans ce cas, je ne vais pas déranger le chef d'état-major plus longtemps. Après tout, il est en vacances, à ce que j'ai compris.

Quand le chef d'état-major eut fini de ressasser ce qui s'était passé pour en conclure que c'était incompréhensible, sa confusion céda la place à l'irritation. On aurait quand même pu le laisser en paix pendant ses vacances ! Pour finir, il appela le pilote du Jas 39

Gripen qui était venu le chercher plus tôt et se trouvait encore à l'aéroport militaire au nord d'Uppsala.

— Bonjour, le chef d'état-major à l'appareil. Euh, auriez-vous l'amabilité de me ramener en Italie ?

Trois cent vingt mille couronnes supplémentaires partirent ainsi en kérosène. Plus huit mille autres, car le chef d'état-major décida de faire appel à un hélicoptère-taxi pour se rendre à l'aéroport. Le trajet s'effectua dans un Sikorsky S-76A vieux de treize ans que son propriétaire avait acheté avec l'argent versé par l'assurance pour le vol d'un appareil similaire.

Le chef d'état-major rejoignit sa famille à San Remo un quart d'heure avant le dîner composé d'un plateau de fruits de mer.

— Comment s'est passée ta réunion avec le Premier ministre, mon chéri ? s'enquit son épouse.

— J'envisage de changer de parti aux prochaines élections, répondit le chef d'état-major.

Le président Hu reçut l'appel du Premier ministre suédois alors qu'il était encore dans les airs. Habituellement, il n'employait son anglais assez limité que lors de conversations politiques internationales, mais là, il fit une exception. Il était bien trop curieux de savoir ce que le Premier ministre Reinfeldt lui voulait. Au bout de quelques secondes, il était au bord du fou rire. Mlle Nombeko était vraiment un être à part, M. le Premier ministre ne partageait-il pas son opinion ?

La Volvo était bien sûr un beau cadeau, mais ce que le président avait récupéré à la place la battait à plate couture. Et puis son épouse adorée était si heureuse d'avoir pu emporter son cheval.

— Je veillerai à ce que la voiture soit expédiée au

président dans les plus brefs délais, promit Fredrik Reinfeldt en s'épongeant le front.

— Oui. Ou alors mon interprète qui est hospitalisé chez vous pourrait la convoyer jusqu'en Chine. Enfin, s'il se rétablit un jour. D'ailleurs, non ! Donnez la voiture à Mlle Nombeko. J'estime qu'elle l'a bien méritée.

Le président Hu promit ensuite de ne pas utiliser la bombe dans son état actuel. Elle allait, au contraire, immédiatement être démantelée et cesserait alors d'exister. Le Premier ministre Reinfeldt souhaitait-il être informé de ce que les techniciens du président apprendraient au passage ?

Non, le Premier ministre Reinfeldt ne le souhaitait pas. C'était un savoir dont sa nation (ou son roi) se passait très bien.

Puis Fredrik Reinfeldt remercia à nouveau le président Hu pour sa visite.

Nombeko regagna la suite du Grand Hôtel et retira les menottes d'un Holger 1 toujours endormi. Puis elle embrassa un Holger 2 tout aussi endormi sur le front et déposa une couverture sur la comtesse, qui s'était assoupie sur la moquette devant le minibar. Elle retourna ensuite auprès de son Holger, s'allongea à côté de lui et ferma les yeux – elle eut le temps de se demander où était passée Célestine avant de sombrer à son tour.

Elle se réveilla le lendemain à plus de midi, quand les deux Holger et la comtesse lui annoncèrent que le repas était servi. Gertrud était celle qui avait dormi de la manière la plus inconfortable et elle s'était donc levée la première. Faute d'avoir autre chose à faire, elle avait feuilleté la brochure d'information de l'hôtel et avait fait une découverte fantastique. L'établissement avait pris des mesures afin qu'on réfléchisse d'abord à ce qu'on voulait, puis on décrochait le téléphone pour l'annoncer à une personne à l'autre bout du fil, qui vous remerciait alors de votre appel, et veillait ensuite à ce que tout ce que vous aviez demandé vous soit livré sans délai.

Cela s'appelait le *room service*. La comtesse Virtanen avait alors décidé de mettre en pratique cette prestation.

Elle avait commencé par commander une bouteille de maréchal Mannerheim en guise de test. Celle-ci avait été livrée dans la chambre, même s'il avait fallu une heure à l'hôtel pour se la procurer. Puis elle avait commandé des vêtements pour elle-même et les autres en s'efforçant de deviner les tailles. Cette fois-ci, cela avait pris deux heures. Puis un repas entrée-plat-dessert pour tout le monde, sauf sa petite Célestine, puisqu'elle n'était pas là. Nombeko savait-elle où elle était passée ?

Nombeko, tout juste éveillée, l'ignorait, mais il était évident que quelque chose était arrivé.

— Elle a disparu avec la bombe ? s'inquiéta Holger 2 en sentant sa fièvre monter en flèche à cette simple pensée.

— Non, nous sommes débarrassés de la bombe une bonne fois pour toutes, mon chéri, répondit Nombeko. C'est le premier jour du reste de notre vie sans bombe. Je vous expliquerai plus tard, mais pour l'instant, mangeons. Et avant que nous partions à la recherche de Célestine, je veux prendre une douche et me changer pour la première fois depuis plusieurs jours. Très bonne initiative, ces vêtements, madame la comtesse !

Le repas aurait été un moment exquis, si Holger 1 ne s'était pas lamenté de la disparition de sa petite amie. Et si elle avait fait sauter la bombe pendant qu'il avait le dos tourné ?

Entre deux bouchées, Nombeko lui répondit qu'il

aurait été forcément impliqué, si Célestine avait fait ce qu'il venait de suggérer, mais que ce n'était pas le cas puisqu'ils étaient tous occupés à déguster des pâtes aux truffes au lieu d'être morts. En outre, ce qui les avait tourmentés pendant plusieurs décennies se trouvait désormais sur un autre continent.

— Célestine est sur un autre continent ? s'étonna Holger 1.

— Mange, maintenant, pendant que c'est chaud, répliqua Nombeko.

Après le repas, elle se doucha, enfila ses nouveaux vêtements et descendit à la réception dans le but de fixer des restrictions aux futures commandes de la comtesse Virtanen, qui paraissait avoir un peu trop pris goût à sa nouvelle vie aristocratique. Elle ne tarderait pas à réclamer un concert privé de Harry Belafonte ou un jet tout aussi privé.

À la réception, les gros titres des journaux du soir lui sautèrent aux yeux. Surtout celui de l'*Expressen*, assorti d'une photo de Célestine aux prises avec deux policiers :

ARRESTATION DE LA CANTATRICE

Une femme d'une petite quarantaine d'années avait été interpellée la veille, à la suite d'une infraction routière sur l'E4, au nord de Stockholm. Au lieu de présenter ses papiers d'identité, elle avait prétendu être Édith Piaf et n'avait rien fait d'autre que chanter *Non, je ne regrette rien*. Elle avait continué à chanter jusqu'à ce qu'elle s'endorme dans sa cellule.

La police s'était refusée à fournir à la presse un cliché de la délinquante, mais l'*Expressen* n'en démordait pas et avait acquis des photos auprès d'automobilistes munis de portables. Quelqu'un la reconnaissait-il ? Elle était manifestement de nationalité suédoise. Selon plusieurs témoins de la scène, elle avait insulté les policiers en suédois avant de se mettre à chanter en français.

— Je crois que j'imagine le genre d'insultes, marmonna Nombeko.

Elle en oublia de mentionner les restrictions relatives au *room service* à la réception et regagna la suite avec plusieurs exemplaires du journal sous le bras.

Ce furent les voisins les plus proches des durement éprouvés Gunnar et Kristina Hedlund, de Gnesta, qui découvrirent la photo de leur fille à la une de l'*Expressen*. Deux heures plus tard, Célestine retrouvait ses parents dans sa cellule du commissariat central de Stockholm. Célestine se rendit compte qu'elle n'était plus en colère contre eux et déclara qu'elle voulait sortir de ce putain de cachot afin de pouvoir leur présenter son petit ami.

La police, de son côté, ne souhaitait rien plus qu'être débarrassée de cette femme pénible, mais il y avait quand même un ou deux détails à éclaircir avant. Les plaques d'immatriculation du camion de pommes de terre étaient fausses, mais – apparut-il – pas volées. Elles appartenaient à la grand-mère de Célestine Hedlund, une dame de quatre-vingts ans un peu farfelue. Elle se faisait appeler comtesse et estimait qu'en cette qualité elle aurait dû être au-dessus de tout soupçon. Elle ne pouvait expliquer comment les fausses plaques s'étaient retrouvées sur le véhicule, mais pensait que cela s'était peut-être produit dans les années 1990, lorsqu'elle avait prêté son camion de pommes de terre à des jeunes de Norrtälje. La comtesse savait depuis l'été 1945 que les jeunes de Norrtälje n'étaient pas dignes de confiance.

À partir du moment où Célestine Hedlund fut identifiée, plus rien ne justifiait son incarcération. Elle pouvait s'attendre à payer des amendes pour infraction routière, c'était tout. Voler les plaques d'immatriculation d'une autre personne constituait évidemment un délit, mais les faits, remontant à plus de vingt ans, étaient donc prescrits. Conduire avec de fausses plaques était également un délit, mais le commandant de police était si las d'entendre *Non, je ne regrette rien* qu'il choisit de considérer qu'aucun acte répréhensible n'avait été commis. Par ailleurs, il se trouvait que le commandant possédait un chalet en périphérie de Norrtälje et qu'on lui avait volé son hamac dans son jardin l'été précédent. La comtesse n'avait donc peut-être pas tort, lorsqu'elle évoquait le manque de principes des jeunes de cette commune.

Restait la Volvo flambant neuve dans la remorque du camion. Un premier contact avec l'usine de Torslanda avait permis d'établir que ce véhicule appartenait à Hu Jintao, le président chinois, rien de moins. Toutefois, quand l'équipe dirigeante de Volvo s'était rapprochée des collaborateurs du président à Beijing, on les avait rappelés pour les informer que le président avait bel et bien offert le véhicule à une femme, dont il refusait de divulguer le nom. Soudain, cette affaire bizarre devenait une question de politique internationale. Le commandant en charge de l'affaire décida qu'il ne voulait pas en savoir davantage. Le procureur de garde partageait son opinion. Célestine Hedlund fut donc libérée et s'éloigna dans la Volvo avec ses parents.

Le commandant de police se garda bien de regarder qui était au volant.

SEPTIÈME PARTIE

« Rien ne dure dans ce monde cruel,
pas même nos souffrances. »

Charlie CHAPLIN

24

Où il est question d'exister
pour de bon et d'un nez tordu

Holger 1, Célestine et la comtesse Virtanen, qui avait décidé de changer son nom pour celui de Mannerheim, s'habituèrent vite à vivre dans la suite du Grand Hôtel, et trouver un château convenable ne fut plus une urgence.

Surtout que cette histoire de *room service* était absolument fantastique. Gertrud réussit même à convaincre Holger 1 et Célestine de passer commande. Au bout de quelques jours, ils étaient devenus accros.

Chaque samedi, la comtesse organisait une fête dans le grand salon de l'établissement, avec Gunnar et Kristina Hedlund en invités d'honneur. De temps à autre, le roi et la reine y faisaient une apparition.

Nombeko les laissait faire. La note d'hôtel était certes exorbitante, mais il restait une part non négligeable de l'argent des pommes de terre. Elle et son Holger avaient veillé à se trouver un logement indépendant, à une distance confortable de la comtesse et de ses deux courtisans. Nombeko était née et avait grandi dans un taudis ; Holger dans une ferme traversée de courants d'air. Tous deux avaient ensuite partagé leur existence sur un chantier de démolition, puis passé treize ans dans l'arrière-cuisine d'une maison perdue au fin fond du Roslagen.

En comparaison, leur F1 bis d'Östermalm, à Stockholm, était un luxe auquel même l'éventuel château de la comtesse n'aurait pu faire de l'ombre.

Néanmoins, s'ils voulaient un jour acquérir leur appartement, il fallait d'abord que Holger 2 et Nombeko règlent leur problème de non-existence.

Pour Nombeko, ce fut conclu en un après-midi. Le Premier ministre appela son homologue à l'Immigration, qui appela le chef des services de l'Immigration, qui appela son collaborateur le plus proche, qui trouva une note concernant une certaine Nombeko Mayeki remontant à 1987, et décida que ladite Mayeki séjournait sur le sol suédois depuis cette date et lui accorda sur-le-champ le statut de citoyenne du royaume de Suède.

Holger 2, de son côté, se rendit aux services de l'état civil à Södermalm, à Stockholm, pour leur expliquer qu'il n'existait pas mais aurait aimé qu'il en aille autrement. Après avoir longuement déambulé dans les couloirs parce qu'on le renvoyait de bureau en bureau, on finit par l'adresser à un certain Per-Henrik Persson, du bureau de Karlstad, car c'était le plus grand expert du pays en matière de questions d'état civil épineuses.

Per-Henrik Persson était un bureaucrate, certes, mais du genre pragmatique. Quand Holger 2 eut fini de lui relater son histoire, Persson tendit la main et lui pinça le bras. Sur ce, il déclara que l'existence de Holger 2 ne faisait pas de doute pour lui et que quiconque prétendait le contraire se trompait. Par ailleurs, deux éléments indiquaient que Holger était suédois et rien d'autre. Le premier était le récit qu'il venait de lui livrer. D'après la longue expérience de Per-Henrik Persson, il était impossible d'inventer un truc pareil (pourtant, il avait échappé à tous les épisodes incluant la bombe).

Le second était que Holger avait l'air suédois et qu'il parlait un suédois standard – à un détail prêt : il avait demandé s'il devait retirer ses chaussures quand il était entré dans le bureau moquetté de Per-Henrik Persson.

Par souci du respect du protocole, Persson souhaitait néanmoins que Holger 2 produise un témoin, voire deux ; des citoyens au-dessus de tout soupçon qui pourraient se porter garants et confirmer son histoire.

— Deux témoins ? Je pense que je peux les trouver, répondit Holger 2. Le Premier ministre et le roi feraient-ils l'affaire ?

Per-Henrik Persson déclara qu'un seul des deux suffirait amplement.

Tandis que la comtesse Mannerheim et ses deux assistants décidaient de faire construire au lieu de chercher un vieux château impossible à trouver, Holger 2 et Nombeko s'employèrent à vivre. Holger 2 fêta son existence toute juste acquise en racontant juste ce qu'il fallait de son histoire au professeur Berner de l'université de Stockholm pour que ce dernier prenne la décision d'organiser une seconde soutenance. Pendant ce temps, Nombeko s'amusa à accumuler cent quatre-vingts unités de valeur en mathématiques en douze semaines, en même temps qu'elle travaillait à plein temps en tant qu'experte de la Chine, à la chancellerie.

Le soir et le week-end, le couple se rendait à des

conférences ou au théâtre, parfois à l'Opéra, ou au restaurant pour fréquenter ses nouveaux amis. Toutes les occupations du ménage, sans exception, étaient de celles qui, d'un point de vue objectif, pouvaient être considérées comme normales. Holger 2 et Nombeko savouraient chaque facture glissée dans leur boîte aux lettres, car seuls ceux qui existent vraiment en reçoivent.

Le couple instaura également un rituel : peu avant l'heure du coucher, Holger 2 leur servait un verre de porto chacun et ils trinquaient à une nouvelle journée sans Holger 1, Célestine et la bombe.

En mai 2008, le manoir de douze pièces fut achevé. Il était entouré de cinquante hectares de forêt. Holger 1 avait, en outre, explosé le budget élaboré par Nombeko en achetant un lac tout proche, au prétexte que la comtesse ressentait le besoin de pêcher le brochet de temps à autre. Pour des raisons pratiques, une piste d'atterrissage pour hélicoptères dotée d'un appareil fut également construite. Holger 1 le pilotait en toute illégalité jusqu'au château de Drottningholm, chaque fois que la comtesse désirait rendre visite à ses amis souverains pour déjeuner ou à l'heure du thé. Holger 1 et Célestine étaient parfois invités, surtout depuis qu'ils avaient lancé l'association Préservons la monarchie, et fait une donation de deux millions de couronnes.

— Deux millions pour préserver la monarchie ? s'étonna Holger 2, alors qu'il se tenait sur le perron du nouveau manoir, un bouquet de fleurs à la main, pour la pendaison de crémaillère.

Nombeko n'avait émis aucun commentaire.

— Tu penses que j'ai changé d'avis sur un point ou deux ? demanda Holger 1 en invitant son frère et sa petite amie à entrer.

— C'est le moins qu'on puisse dire, lui répondit Holger 2, tandis que Nombeko gardait toujours le silence.

Non, Holger 1 n'était pas vraiment d'accord. Le combat de leur père avait concerné un autre roi, à une autre époque. Depuis, la société avait évolué à bien des égards, et à temps nouveaux solutions nouvelles, non ?

Holger 2 répondit que Holger 1 racontait plus de conneries que jamais et que son frère ne comprenait sans doute même pas le fond de sa propre pensée.

— Mais continue. Je suis curieux de connaître la suite.

Eh bien, dans les années 2000, tout allait incroyablement vite : les voitures, les avions, Internet, tout ! Alors, les gens avaient besoin de quelque chose de stable, de durable, qui leur donne un sentiment de sécurité.

— Du genre… un roi ? intervint Holger 2.

Oui, du genre un roi. Après tout, la monarchie était une institution séculaire, alors que les connexions Internet n'avaient guère plus d'une décennie.

— C'est quoi, le rapport ? demanda Holger 2, sans obtenir de réponse.

Holger 1 continua en leur expliquant qu'il valait mieux que chaque nation se rassemble autour de ses propres symboles en cette époque de mondialisation. Pour lui, les républicains voulaient au contraire vendre notre pays, échanger notre identité contre l'euro et cracher sur le drapeau suédois.

C'est à peu près à ce point de la démonstration que Nombeko ne parvint plus à se refréner. Elle s'avança vers Holger 1, saisit son nez entre son index et son majeur, et le tordit.

— Aïe ! hurla Holger 1.

— Bon Dieu, ce que ça fait du bien, commenta Nombeko.

Célestine se trouvait dans la cuisine de quatre-vingts mètres carrés. Elle entendit le cri de Holger 1 et vint à la rescousse.

— Qu'est-ce que tu fais à mon chéri ? aboya-t-elle.

— Viens avec ton nez et je vais te montrer, rétorqua Nombeko.

Célestine n'était pas stupide à ce point. Au lieu de ça, elle compléta l'argumentaire de son chéri :

— Les traditions suédoises sont sévèrement menacées. Nous ne pouvons pas rester assis sur nos gros culs et regarder pendant que ça se passe. Dans ce contexte, deux millions de couronnes, ce n'est rien. Ce qui est en jeu est énorme, vous ne comprenez pas ?

Nombeko fixait le nez de sa belle-sœur avec insistance. Holger 2 intervint à temps. Il prit sa petite amie par le bras, remercia pour l'invitation et le couple quitta les lieux.

L'ex-agent B était assis sur un banc à Gethsémani, en quête de cette paix intérieure que lui procurait toujours le jardin biblique.

Cette fois-ci, ça ne fonctionnait pas. L'agent comprit qu'il lui restait une chose à faire. Juste une. Ensuite, il pourrait laisser son ancienne vie derrière lui.

Il regagna son appartement, s'installa devant son ordinateur, se connecta à un serveur à Gibraltar, puis envoya un message anonyme non crypté à la chancellerie israélienne.

« Interrogez le Premier ministre Reinfeldt au sujet de la viande d'antilope. »

Rien de plus.

Le Premier ministre Ehud Olmert se douterait de l'identité de l'auteur du message, mais il ne pourrait jamais remonter jusqu'à lui. Du reste, il ne se donnerait même pas la peine d'essayer. L'agent B n'avait pas été particulièrement brillant au cours de ses dernières années de carrière. En revanche, sa loyauté à l'égard de sa nation avait toujours été sans faille.

Lors de la grande conférence sur l'Irak organisée à Stockholm le 29 mai 2008, la ministre des Affaires étrangères, Tzipi Livni, prit le Premier ministre suédois Reinfeldt à part, chercha ses mots quelques secondes, puis lui dit :

— Le Premier ministre sait comment ça se passe quand on exerce les responsabilités qui sont les nôtres. Parfois, on sait ce qu'on ne devrait pas savoir et parfois, c'est le contraire.

Le Premier ministre acquiesça. Il subodorait où la ministre des Affaires étrangères voulait en venir.

— La question que je vais vous poser maintenant pourra vous sembler étrange. Il est probable que ce soit le cas, mais le Premier ministre Olmert et moi-même, après mûre réflexion, avons quand même décidé de la formuler.

— Transmettez mes meilleures salutations au Premier ministre. Et posez votre question, répondit le Premier ministre Reinfeldt. J'y répondrai du mieux que je pourrai.

La ministre des Affaires étrangères Livni garda le silence quelques secondes supplémentaires avant d'ouvrir la bouche :

— Est-il possible que le Premier ministre ait connaissance de dix kilos de viande d'antilope présentant un intérêt pour l'État d'Israël ? Encore une fois, je vous prie de m'excuser si cette demande vous paraît saugrenue.

Le Premier ministre Reinfeldt lui adressa un sourire contraint. Il répondit ensuite qu'il était parfaitement au courant de cette viande d'antilope, qu'elle avait mauvais goût – elle ne comptait pas parmi ses mets favoris – et qu'on avait veillé à ce que personne n'ait plus à la goûter à l'avenir.

— Si madame la ministre des Affaires étrangères a d'autres questions à ce sujet, je crains de ne pouvoir lui apporter de réponse, conclut-il.

Non, la ministre des Affaires étrangères Livni n'avait pas besoin d'en demander davantage. Elle ne partageait pas l'aversion du Premier ministre pour la viande d'antilope (elle était de toute façon végétarienne), mais l'important pour Israël était de savoir que ladite viande n'avait pas atterri dans les mains d'individus n'ayant aucun respect pour les règles internationales relatives à l'importation et l'exportation de produits issus de l'abattage.

— Je suis heureux d'entendre que les bonnes relations entre nos peuples ne semblent pas remises en cause, répondit le Premier ministre Reinfeldt.

— Elles ne le sont pas, lui confirma la ministre des Affaires étrangères Livni.

Si malgré tout Dieu existe, il a sans doute de l'humour.

Nombeko avait essayé d'avoir un enfant avec Holger 2 pendant vingt ans. Elle avait renoncé à cet espoir cinq ans plus tôt. Elle s'aperçut qu'elle était enceinte le jour de ses quarante-sept ans, en juillet 2008 (le jour même où George W. Bush décidait à Washington que Nelson Mandela, lauréat du prix Nobel de la paix et ancien président, pouvait sans doute être rayé de la liste américaine consacrée aux terroristes).

Le comique de la situation ne s'arrêta pas là. Car il apparut bientôt que Célestine, certes un peu plus jeune, était dans le même état intéressant.

Holger 2 déclara à Nombeko que le monde ne méritait pas un rejeton de Célestine et de Holger 1, quoi qu'on puisse penser du monde. Nombeko était d'accord, mais insista pour qu'ils continuent à se concentrer sur eux-mêmes et leur bonheur, en laissant les deux allumés et la grand-mère de l'un d'eux s'occuper du leur.

Il en fut ainsi.

En avril 2009, Holger 2 et Nombeko accueillirent une fille de deux kilos et huit cent soixante grammes, belle comme un cœur. Nombeko insista pour que sa fille s'appelle Henrietta, en hommage à sa grand-mère paternelle. Deux jours plus tard, Célestine donna naissance à des jumeaux par césarienne programmée, dans une clinique privée de Lausanne.

Deux bébés presque identiques.

Des garçons. Charles et Gustave.

À la naissance de Henrietta, Nombeko quitta son emploi d'experte en relations chinoises. Elle aimait son travail, mais avait le sentiment qu'il n'y avait plus rien à faire dans ce domaine. Par exemple, le président de la République populaire de Chine n'aurait pas pu être plus satisfait du royaume de Suède qu'il ne l'était déjà. Il n'avait pas regretté une seconde d'avoir donné la belle Volvo à Nombeko, mais comme il avait quand même eu un coup de cœur pour ce véhicule, il appela son bon ami Li Shufu, du Zhejiang Geely Holding Group, pour lui suggérer que son groupe rachète l'entreprise suédoise. L'idée était au départ celle de Mlle Nombeko, mais le président, après y avoir réfléchi, l'avait reprise à son compte.

— Je vais voir ce que je peux faire, monsieur le président, avait répondu Li Shufu.

— Si vous pouviez ensuite obtenir un bon prix pour un modèle blindé pour votre président, je vous en serais très reconnaissant, avait ajouté Hu Jintao.

— Je vais voir ce que je peux faire, monsieur le président.

Le Premier ministre se rendit à la maternité avec un bouquet de fleurs pour féliciter les heureux parents, et pour remercier Nombeko de sa contribution exceptionnelle en tant qu'experte de la Chine. Pour ne mentionner qu'une de ses prouesses, elle avait obtenu du président Hu que la Suède puisse financer un poste de professeur en droits de l'homme à l'université de Beijing. Comment elle y était parvenue dépassait l'entendement du Premier ministre, de même que celui du président de la Commission européenne, José Manuel Barroso, qui avait appelé Reinfeldt pour lui demander : « How the hell did you do that[1] ? »

— Longue vie à la petite Henrietta, déclara le Premier ministre. Et appelez-moi, quand vous voudrez

1. « Bon sang, comment t'as fait ? »

reprendre du service. Je suis sûr que nous trouverons quelque chose pour vous. Absolument sûr.

— Je vous le promets, répondit Nombeko. Je vous contacterai sans doute bientôt, car j'ai le meilleur économiste, spécialiste en sciences politiques et père au foyer du monde. Maintenant, il faut que le Premier ministre nous excuse, car c'est l'heure de la tétée de Henrietta.

Le 6 février 2010, le président de la République populaire de Chine Hu Jintao atterrit à l'aéroport Oliver Tambo International, près de Johannesburg, pour une visite officielle de deux jours au programme très chargé.

Il fut accueilli par Nkoana-Mashabane, la ministre des Affaires étrangères, et par quantité de potentats. Le président Hu choisit de prononcer son discours officiel à l'aéroport. Il évoqua l'avenir commun de la Chine et de l'Afrique du Sud et déclara qu'il était optimiste quant au développement de liens plus étroits entre les deux nations. Il parla aussi de paix, de développement dans le monde et d'autres beaux principes auxquels croyait celui qui voulait.

Ce qui différencia sa visite en Afrique du Sud de celles au Cameroun, au Liberia, au Soudan, en Zambie et en Namibie les jours précédents (et au Mozambique ensuite) fut que le président insista pour passer sa soirée à Pretoria en privé.

Le pays hôte ne pouvait évidemment pas le lui refuser. La visite officielle marqua donc une pause à 19 heures, et reprit le lendemain, au petit déjeuner.

À 19 heures précises, une limousine noire vint chercher le président à son hôtel pour l'emmener à Hatfield, où se trouvait l'ambassade de Suède.

Il fut reçu par l'ambassadeur en personne, en compagnie de son conjoint et de son bébé.

— Bienvenue, monsieur le président, déclara Nombeko.

— Merci, madame l'ambassadeur, répondit le président Hu. Ce serait quand même un comble que nous n'ayons pas le temps d'évoquer nos souvenirs de safari cette fois-ci.

— Et un peu les droits de l'homme, répliqua Nombeko.

— Aïe, commenta Hu Jintao en lui baisant la main.

Épilogue

On ne s'amusait plus autant au service sanitaire de la commune de Johannesburg qu'à une époque. Depuis longtemps, il y avait des quotas de bamboulas dans cette administration et tout le monde comprenait les implications de cette évolution en termes de vocabulaire à utiliser au travail. On ne pouvait plus, par exemple, appeler les analphabètes de Soweto ainsi, qu'ils le soient ou non.

Mandela le terroriste avait fini par être libéré, ce qui était déjà bien assez mauvais. Pire encore, les bamboulas l'avaient élu président. Mandela avait ensuite entrepris de détruire le pays avec sa maudite politique d'égalité pour tous.

Au cours de ses trente ans dans le service, Piet du Toit avait réussi à grimper tous les échelons de la hiérarchie jusqu'à la position de vice-chef.

Cependant, une nouvelle vie l'attendait désormais. Son père, ce despote, était mort en laissant l'œuvre de sa vie à son fils (sa mère était décédée depuis longtemps). Son père était collectionneur d'art, ce qui n'aurait pas été un problème s'il ne s'était pas montré si conservateur dans le choix de ses acquisitions. Il avait toujours refusé d'écouter son fils. Sa collection comportait des Renoir, des Rembrandt, un ou deux Picasso, des Monet, des Manet, des Dalí et des Léonard de Vinci.

Plus pas mal d'autres objets, mais dans l'ensemble, la cote de sa collection était minimale. Du moins par rapport à ce qu'elle aurait pu être, si son père ne s'était pas montré aussi obstiné dans ses goûts. En outre, le vieux avait fait preuve d'un manque de professionnalisme flagrant en accrochant ses croûtes chez lui au lieu de les conserver dans un coffre-fort à température et hygrométrie constantes.

Piet du Toit avait dû attendre une éternité avant de pouvoir mettre de l'ordre dans tout ça, car son père ne refusait pas seulement d'écouter, mais également de mourir. Ce n'est que le jour de ses quatre-vingt-douze ans, quand un quartier de pomme resta coincé dans son gosier, que son fils put enfin prendre possession de son héritage.

Le légataire attendit l'enterrement, et pas davantage, avant de revendre la collection de tableaux paternels. En quelques minutes, le capital fut réinvesti d'une manière dont son père aurait été fier, si seulement il avait été capable d'en comprendre le bien-fondé. Le fils se trouvait à la banque Julius Bär sur Bahnhofstrasse, à Zurich, et venait d'obtenir confirmation que la totalité de la fortune de la famille, soit l'équivalent de huit millions deux cent cinquante-six mille francs suisses, avait été transférée sur le compte privé d'un certain M. Cheng Tāo, à Shanghai.

Le fils avait investi dans l'avenir. En effet, avec la Chine en plein boom économique matérialisé par l'expansion des classes moyennes et supérieures, l'art traditionnel chinois doublerait sa valeur en quelques années à peine.

Avec ce fantastique outil qu'était Internet, Piet du Toit avait trouvé ce qu'il cherchait. Il s'était alors rendu à Bâle, en Suisse, et avait passé un accord avec Cheng Tāo et ses trois nièces pour leur acheter la totalité de leur stock exceptionnel de poteries de la dynastie Han, chacune munie d'un certificat d'authenticité que Piet du Toit avait ausculté à la loupe : tout était en ordre. Ces stupides Chinois ne comprenaient pas sur quelle mine d'or ils étaient assis. Ils allaient rentrer en Chine, avec la mère des nièces. Retourner en Chine ? Au lieu de profiter de la vie en Suisse ? Le pays où Piet du Toit se sentait chez lui : il n'avait plus à fréquenter des indigènes illettrés à longueur de journée et pouvait être entouré de personnes de la bonne race, qui partageaient ses opinions et possédaient éducation et classe. Pas comme ce Jaune de Cheng, tout voûté, et sa clique. Ils avaient d'ailleurs bien raison de regagner cette partie du monde oubliée de Dieu, où ils étaient à leur place. Ils étaient sans doute déjà partis et c'était très bien comme ça. Cela leur éviterait de comprendre à quel point ils s'étaient fait duper.

Piet du Toit avait fait envoyer l'une des centaines de pièces chez Sotheby's, à Londres, pour la faire estimer. La compagnie d'assurances suisse l'avait exigé, ne se contentant pas des seuls certificats d'authenticité – les Suisses pouvaient se montrer très bureaucratiques –, mais à Rome, fais comme les Romains, dit le dicton. Piet du Toit était tranquille. Armé de toute son expérience, il s'était assuré de l'authenticité des pièces. Puis il avait abattu ses cartes en coupant l'herbe sous le pied de ses concurrents, qui auraient juste fait grimper le prix.

Voilà comment on faisait des affaires.

Le téléphone sonna à la seconde convenue. Les gens de goût sont ponctuels. C'était l'expert de Sotheby's.

— Piet du Toit à l'appareil. Enfin, je suggère que vous m'appeliez du Toit, le marchand d'art... Pardon ? Si je suis assis ?... Pourquoi, bordel ?

Un immense merci à Carina, mon agent, à Sofia, mon éditrice, et à Anna, ma secrétaire d'édition, pour votre excellent travail.

Un merci aussi immense à mes lecteurs attitrés : Maria, Maud et Hans, mon oncle. Et à Rixton, bien sûr.

Merci également aux professeurs Lindkvist et Carlsson, ainsi qu'à l'inspecteur de police Loeffel à Växjö, pour m'avoir fourni des informations que j'ai ensuite arrangées à ma sauce. Et à Selander, mon ami et correspondant d'Afrique, pour les mêmes raisons.

Hultman, à Zurich, a bien droit à un remerciement aussi. Et Brissman, même s'il est gardien d'animaux.

Enfin, mais ce ne sont pas les moins importants, je veux remercier ma mère, mon père, l'Östers IF et l'île de Gotland, juste parce que vous existez.

Jonas Jonasson